湖南省文学艺术人才扶持"三百工程"项目出版资助

卓今 著

湖南文学的
本土经验与世界性

The Local Experience
and Universality
of Hunan Literature

中国社会科学出版社

图书在版编目（CIP）数据

湖南文学的本土经验与世界性 / 卓今著. -- 北京：中国社会科学出版社，2024.7. -- ISBN 978-7-5227-3973-1

Ⅰ.Ⅰ209.964

中国国家版本馆 CIP 数据核字第 2024JK7980 号

出 版 人	赵剑英
责任编辑	喻　苗
责任校对	胡新芳
责任印制	王　超

出　　版	中国社会科学出版社
社　　址	北京鼓楼西大街甲 158 号
邮　　编	100720
网　　址	http://www.csspw.cn
发 行 部	010-84083685
门 市 部	010-84029450
经　　销	新华书店及其他书店
印　　刷	北京君升印刷有限公司
装　　订	廊坊市广阳区广增装订厂
版　　次	2024 年 7 月第 1 版
印　　次	2024 年 7 月第 1 次印刷
开　　本	710×1000　1/16
印　　张	20.75
插　　页	2
字　　数	281 千字
定　　价	118.00 元

凡购买中国社会科学出版社图书，如有质量问题请与本社营销中心联系调换
电话：010-84083683
版权所有　侵权必究

目　录

第一章　文学的地方性遗传 ……………………………………（1）
　　第一节　湖南作家的"道统"与"文统" …………………（1）
　　第二节　湖南作家与当代中国文学思潮 ……………………（8）
　　第三节　湖南作家的自我超越 ………………………………（19）
　　第四节　地域文化、本土经验与世界性 ……………………（24）

第二章　认知叙事与作家的自我进化 …………………………（28）
　　第一节　当代叙事学的实现基础 ……………………………（28）
　　第二节　认知叙事的概念及其特征 …………………………（31）

第三章　韩少功的认知叙事与文本构成 ………………………（51）
　　第一节　韩少功的艺术认知 …………………………………（51）
　　第二节　《日夜书》认知结构下的潜在文本 ………………（66）

第四章　残雪的本土资源与世界主题 …………………………（81）
　　第一节　残雪论 ………………………………………………（81）
　　第二节　残雪的经典解读与精神突围 ………………………（103）
　　第三节　《暗夜》的内省与自由境界 ………………………（119）

第五章　周立波作品中的中国经验 ……………………………（132）
　　第一节　《山乡巨变》的经典化过程 ………………………（133）

第二节 《山乡巨变》图像阐释的艺术在场性 …………（151）

第六章 黄永玉的故乡思维及其人类情感的普遍性…………（174）
第一节 文学的根底与漫长的准备……………………（175）
第二节 超文体文本：《无愁河的浪荡汉子·
　　　　朱雀城》………………………………………（189）
第三节 《无愁河的浪荡汉子·走读》之
　　　　上海朋友圈……………………………………（212）

第七章 不断变化的文学样态……………………………（230）
第一节 文学的时间可能是点状的……………………（230）
第二节 湖南作家的前沿探索…………………………（238）
第三节 王跃文《漫水》的灵空与温润………………（242）
第四节 张枣诗歌的表面"现实"与意识深处………（257）
第五节 阎真《活着之上》的义利之辨………………（269）

第八章 中国式现代化过程中的文学现代化……………（282）
第一节 文学现代化的延宕……………………………（282）
第二节 沈念《大湖消息》的生态问题探索…………（288）
第三节 乌托邦小说叙事探索…………………………（303）
第四节 于怀岸《巫师简史》的猫庄想象……………（315）

参考文献……………………………………………………（328）

第一章

文学的地方性遗传

◇◇ 第一节 湖南作家的"道统"与"文统"

湖湘学术具有明显的连续性和稳定性,以屈原为源头的巫诗传统和以周敦颐发端的原道精神,内在地催生着一种独特的湖湘文化。受此熏陶的湖南文人,尤其是当代湖南作家,曾勇立于20世纪80年代中国文学的变革之潮头,"文坛湘军"曾在全国引起轰动,成为中国当代文学的大事件。当代湖南作家的精神品格和心理构成受两大传统影响,一个显著特点就是思想深度与艺术魅力并重。进入新世纪以来,人类面临"后现代物化"与"精神性存在"等新的难题,在文学层面上,湖南作家希望依托传统,并通过"变法"解决现代性难题。

这里的原道不是韩愈《原道》所说的"反对佛老,发挥儒家正统思想"的道统学说。朱汉民先生关于原道精神有一段论述:"中国人总是将最高的宇宙法则与人文理想称之为'道'。因此,'道'也就成为中国文化精神的核心,而原道则成为中国学人所追求的最高学问。"[①] 他还引用哲学家金岳霖的"中国思想中最崇高的概念似乎是道"的说法。周敦颐《太极图说》所代表的宇宙论,

---

① 朱汉民:《湘学的原道精神》,《光明日报》2004年2月10日。

※ 湖南文学的本土经验与世界性

《通书》以"诚"为核心的修养论,"孔颜之乐"的境界论,可以说是对宇宙认识和人的终极关怀的一种原道精神。屈原创立楚辞这种文体,他的诗歌内容对上古巫术神话和民俗有大量的体现,学者陈恩林认为:"屈原先世及其自身所任职官与巫文化有一定的联系,屈原的某些生活事迹与巫类似,但不宜等同。"[①]《九歌》大量吸收了沅湘民间的巫歌和祭祀祝词,楚地巫诗传统在屈原的再创作中以正式文本的形式呈现,屈原被认为是巫诗传统的源头。当代湖南作家的作品常常表现为原道精神与巫楚魔幻主义结合在一起的一种奇特现象。新时期以来的湖南作家,他们的艺术风格大都带有明显的地域文化色彩或区域特征,并形成一种团体效应。"文坛湘军"并不是一个偶然现象,文学作品中的人文意象与自然意象,必定与地理环境以及文学的时间性与空间性相关联。闽人朱熹当年给张栻写祭文时说他们二人是"志同而心契""同归而一致"。1167 年,著名的"朱张岳麓会讲",二人的观点看似各执一端,实际上都在论证儒家的合理性,他们的途径、方法、视角不同,从而也形成一种学理上的互补。张栻本是蜀人,后辈学人视他为湘学集大成者和传承者,在他的影响下,湖湘弟子把重视"经济之学"作为"践履"的重要标准。张栻的老师胡宏作为湘学的创始人之一,他把性的本体地位譬如水,性与心、情等的关系则是水与流的关系。因此,在性与心的关系上,胡宏主张性体心用,即以性为本体,把心看作是本体的属性和作用,"心也者,知天地,宰万物,以成性者也"[②]。作家动笔之前无疑要解决认识论的问题,认识的来源和认识方法会主宰作品的筋骨、气韵和血脉。小说家通常要以理性为规范,让情感从理性中分离出来,互相形成一种张力。"原始之力""感知"又不能被理性过滤掉,需要突破和升级。一个有意思的现象是,朱熹承接"二程"的"理学"脉络,在闽地发扬光大,深刻地影响

---

① 王志:《屈原与巫文化关系研究》,博士学位论文,吉林大学,2006 年。
② (宋)胡宏:《胡宏集》,吴仁华点校,中华书局1987年版,第328 页。

第一章 文学的地方性遗传

着当代福建文坛，涌现出一大批如刘再复、谢冕、童庆炳、陈晓明、谢有顺这样的文艺理论家。而被理学排斥在外的"傍枝"——胡宏的"性本论"，"得其体必得其用"的"圆教模型"，则促使当代湖南文坛产生一大批小说家。近年来文学地理学研究成为热门，自然环境、人文环境与作家、作品、读者之间形成一种互动关系。文化类型、族群结构、人文地理的时空流转对作家的知识结构、气质气韵、价值观念、心理构成、文化选择、审美倾向、艺术感知诸要素形成的影响是毋庸置疑的。

湖湘文化作为一个笼统的概念很难落到实处，真正对作家产生学术意义上的影响的，应该是比湖湘文化这一概念要小得多的湘学。这里有必要对"湖湘学""湘学""湖湘文化"概念做一个说明。学者方克立对此早已做过界定，他认为"湖湘学"是一个学派，与同时期朱熹的"闽学"、陆象山的"江西之学"、吕祖谦的"婺学"并列，由胡安国、胡宏、张栻为代表，在湖南地区产生和传承的一个理学学派，主张体用合一、内圣外王。而"湘学"更确切地说应该是"一个标示湖南地区学术传承的学术思想史概念，屈原、周敦颐为湘学发展史上的两大开创性人物"[①]，之后又由胡安国和胡宏父子、张栻，以及湘学研究者发展丰富而形成的一门学术思想史方面的显学。"湖湘文化"则是一个涵盖面很广的概念，它不仅包括哲学、伦理、政治、法律、文学、艺术、宗教等精神文化内容，而且还包括民俗、民族心理、饮食、服饰、建筑、历史遗存、江山胜境、湖南地区土特产等物质文化和非物质文化。湘学作为衔接湖湘学派和湖湘文化的一个中间概念，它无疑承载了湖湘学派所主张的"体用合一"、内圣外王的核心价值，其理学精神和务实学风一直贯穿其中。湘学学术史上的重要人物并不都是湖南人。胡安国和胡宏父子、张栻等就不是湖南人，他们为湘学的形成发展做出

[①] 方克立：《湘学研究的对象、范围和意义》，载《湘学》（第二辑），湖南人民出版社2002年版，第6页。

了巨大贡献。此外，承载着湘学传统的湖湘文化人也不尽在湖南，文化的流动性特征使得许多湘籍人士走出湖南，走向世界，他们的成就以及他们的精神气质都体现了一种湖湘学人的特征。因此，"当代湖南作家"与湘学传承一样，也是一个宽泛的概念，大致可以包含三种类型：一是纯粹的湘地作家，二是游历在外的湘籍作家，三是非湘籍但长期居住和工作在湘地的作家。

当代湖南作家的一个显著特点就是思想深度与艺术魅力并重。对这种独特的气质，如果要追溯其文化根源，我们不得不回头探究原道精神和巫诗这两大文化传统。原道精神与巫诗传统是有内在关联的。朱汉民认为："楚文化中关于天地、自然的种种宗教观念、神话传说，体现出一种对自然的丰富想象与对天地的求索精神。故而，在这种文化背景下产生了对天地、自然、历史质疑的《天问》。"[1] 原道精神与巫诗传统恰好是一个作家所要具备的基本条件，即思想深度与艺术感染力。人的有生之年不过百年，后天获得的经验也受到种种限制，但文化传承中有一种集体无意识。瑞士心理学家荣格发现，人具有以某些特别的方式做出反应和行动的先天倾向，这些倾向完全不依赖于个人后天的经验，他认为，"人的心理是通过进化而预先确定的"[2]，他把这一现象叫作"集体无意识"。当代湖南作家的作品有一个区别于其他地方作家的明显标志，就是楚文化浓郁的原始宗教意识和神巫色彩。首先是巫楚文化，王逸在《楚辞章句》中说："昔楚国南郢之邑，沅湘之间，其俗信鬼而好祠。其祠必作歌乐鼓舞以乐诸神。"以屈原为代表的奇异诡谲的楚风文学传统滋养着楚地文人。湘地民间"信巫鬼，重淫祀"的风俗，依旧在偏远地带保存下来，"巫"和"傩"在现代科技的冲击下仍然能偏安一隅，能够解决人的精神困境。20世纪80年代成

---

[1] 朱汉民：《湘学的原道精神》，《光明日报》2004年2月10日。
[2] [瑞士] 荣格：《荣格自传·回忆、梦、思考》，刘国彬、杨德友译，上海三联书店2009年版，第4页。

长起来的作家，很多人童年和青少年时期都直接接受过"巫""傩"的熏染，湘西土家族苗族地区、湘南瑶族侗族地区至今还保有这些风俗。作家笔下那些在外人看起来夸张变形、神魔虚幻的景象其实就是写实。韩少功的《爸爸爸》中，鸡头寨与鸡尾寨的矛盾和斗争几乎就是湘地边远山区的真实生存状况，鸡头寨人的"怪异"行径超出了现代人的经验和常识，因此，80年代批评界把这一现象认定为"国民劣根性"，认为该作品是对民族文化弊端的揭发和批判，而在欧美的学者看来这根本就是一个寓言。实际上，这种风俗真实存在于湘地边远山区，即使现代文明中心地区往回追溯也不出一百年。孙健忠的作品如《死街》也常常打破阳间与阴间、人与神、人与畜之间的界限，活人穿着尸衣到处走，出钱买"阴官"，死人复活。残雪的文学主题常有巫神底色，母亲被化作一盆污水后的呻吟（《污水上的肥皂泡》），忆莲在银城监狱里自由地穿梭于生死两界（《莲》），无名小镇里居民的时空穿越（《小镇逸事》）。黄永玉长篇自传体小说《无愁河的浪荡汉子》可以说是纯粹的写实，但猎户隆庆与梅山兄弟的誓约、苗医的神奇医术、田三大的侠义与神秘、刘痒痒婆娘对蛊毒的敏感和强烈反弹，在现代人看来都有一种不真实感。批评家们采取一个偷懒的办法，就是把这貌似神魔鬼怪的叙述一律划入魔幻现实主义，这种研究法，民俗专家林河称之为"用史官文化研究巫官文化"，这种错位的研究很难接近真实。

"子不语怪力乱神。"孔子删定六经，确立"人者，仁也"的人本思想，劝诫人们"敬鬼神而远之"。楚国是儒家"仁德"思想浸染较晚的地区，其怪力乱神的行为一直为中原贵族所不齿。尚武尚勇、鬼神混搭都还说得过去，弑君、篡位、僭越的事件屡见不鲜，见怪不怪，楚君甚至自行称王，直接挑战周天子的权威。按照黑格尔的说法，"恶是历史进步的杠杆"。理性的狡黠有它残酷的一面，异化是阶段性发展中必须付出的代价。一千多年后，理学又自

※　湖南文学的本土经验与世界性

楚地而起，《宋史·道学传》将周敦颐创立理学学派之举提到了极高的地位："两汉而下，儒者之论大道，察焉而弗精，语焉而弗详，异端邪说起而乘之，几至大坏。千有馀载，至宋中叶，周敦颐出于舂陵，乃得圣贤不传之学，作太极图说、通书，推明阴阳五行之理，命于天而性于人者，瞭若指掌。"①周子的理学传承有一个清晰的脉络，到了胡安国、胡宏父子那里，湘学已成气候。周敦颐作为理学开山之祖，他的理学思想在中国哲学史上起到了承前启后的作用。清代学者黄宗羲评价："孔、孟而后，汉儒止有传经之学，性道微言之绝久矣。元公崛起，二程嗣之……若论阐发心性义理之精微，端数元公之破暗也。"②他的"万物生而变化无穷焉，惟人也得其秀而最灵"③，继承了《易传》和部分道家以及道教思想，提出了一个简单而有系统的宇宙构成论，"无极而太极"，"太极"一动一静，产生阴阳万物。圣人又模仿"太极"建立"人极"。"人极"即"诚"，"诚"是"纯粹至善"的"五常之本，百行之源也，是道德的最高境界"。湘学的开创者之一胡宏提出了性本体论，他认为性即是天命，为天下之大本，万理皆出于性。因此，这个"性"不仅仅指人性而言。在性与心的关系问题上，二者的联系表现为"未发"为性，"已发"为心，心是从性中萌发出来的，没有性之体，就不会产生心之用。这种"传经之学，性道微言"的道统思想与另一支文化血脉巫诗传统平行。以《楚辞·九歌》为主流传下来的一种巫诗传统，通过官方的正式文本与民间的口头流传互相丰富和发展。民俗学家林河在沅湘采风时发现当地姑娘们的唱词竟与《九歌·少司命》十分接近，不但《九歌》的原型还保留在沅湘之间，而且民间的祭祀也有《九歌》的影子。班固说屈原文法幽

---

①　（元）脱脱等：《宋史》卷427，中华书局2000年版，第9937页。
②　（清）黄宗羲：《宋元学案》卷11，全祖望补修《廉溪学案》，中华书局1986年版，第482页。
③　（宋）周敦颐：《湖湘文库·周敦颐集》，梁绍辉、徐荪铭等校点，岳麓书社2007年版，第6—7页。

怨，内容虚无，道德内涵不合经义法度，对屈原进行了伦理道德、人格、审美批评，甚至认为屈原"露才扬己"，只顾个人出头，不符合贤臣标准。班固显然是没有把屈原的诗歌从文学本质上进行考量，而是放在经学和一般辞家的评价体系中了。屈原的这种"弘博丽雅"的艺术风格"衣被后世词人"，楚地文人得其滋养更丰。湖湘学术具有明显的连续性和稳定性，历代有所作为的人物都注重总结前辈先贤的思想文化遗产。从后来的思想家群体来看，湖湘学人在探索宇宙本源的同时并没有完全摒弃"怪力乱神"，自屈原以楚辞巫诗为载体对生命本源进行深度追问之后，贾谊的《鸟赋》、柳宗元的《天对》续接了凡事追溯本原这一传统。周敦颐的《太极图说》在对儒家之道进行重构之时吸收了道家的存在论，胡宏、张栻的以"性"为世界本源的"性本论""性体心用"的模式打通了形而上学与经验哲学之间的鸿沟，"心"的感知层面被强化。明以后的湖湘学者更注重理性与现实的勾连，王夫之的"器变道亦变"，魏源的"技可进乎道"，一直到谭嗣同的兼容古今中外的仁学之道，各个时期的具有代表性的湖湘士人在个人的道德心性修炼以及外王事功方面，都注重站在前人的学术基础上加以调整、补充和发展。曾国藩带领湘军征战期间，在战事极其繁忙的情况下仍组织编纂刊刻《船山遗书》[①]。东方哲学注重个体生命实践，不擅长做形而上思考，然周敦颐的《太极图说》这种通过抽象思辨表现出来的东方哲学本体论，这种究天人之际的文化传统，不仅在湖湘学院教育模式（以岳麓书院为代表）下承传下来，也同时影响到了民间。二程、朱熹之后，周敦颐思想的传承经历了从思辨哲学到经验哲学的转变，人们重点关注人的生存、维护人的尊严和自由的那一部分，

[①] 王夫之著作于清同治四年（1865）的刻本。王夫之著作有《周易外传》《尚书引义》《诗广传》《张子正蒙注》《思问录》《读四书大全说》《黄书》《老子衍》《庄子通》《读通鉴论》等。道光二十二年（1842），王世全刻王夫之遗著18种，名《船山遗书》。同治初年，曾国藩、曾国荃兄弟重新汇刊《船山遗书》，合经、史、子、集四部，共58种，另附《校勘记》，为金陵刻本；光绪十三年（1887）船山书院又补刻6种，统称曾刻本。

因此宋明理学各家对"孔颜乐处"思想表示赞同，学者周建刚认为："周敦颐的'孔颜之乐'的命题实际上是个体生命如何从有限达到无限的问题，这一问题所蕴含的哲学意义至关重大。它解决了儒学如何才能与佛教、道家相提并论、分庭抗礼的难题。"[1] 明儒以后"经世致用"的哲学基础一直潜在地影响着湖湘文人，曾国藩及晚清人才群以及后来的以毛泽东为主的新民主主义革命时期的人才群，都注重经世致用、实事求是。

落实到文学上，20世纪80年代湖南作家群的崛起将原道精神与楚辞巫诗的诗学精神这两种文化传统合流，并推向一个新的高度。当代湖南作家承袭了这种湖湘学者的原道精神，善于理性思维。学者型、思想型作家是当代湖南作家的一个重要特征，他们的精神品格和心理构成同时也受到湖湘文化中的宗教、民风、民俗的浸染和熏陶，巫楚文化同时也成就了湖湘文人张扬的个性、感性的思维、恣肆汪洋的想象力。湘学的传承在历史境遇中也有过断裂，尤其是近年来经过无神论、唯物论的统领之后。20世纪80年代以来，哲学社会科学再一次兴起，文学艺术也迎来大繁荣的局面，人们在从事文艺创作时，发现单一的世界观根本无法表达丰富的人类精神，作家的触角需要从经验世界扩展到超验世界甚至未知世界。当代湖南作家由于拥有这种先天的地方性遗传，率先采用一种含魅的态度来进行叙事，由祛魅到含魅的叙事策略激活了中国文学。

◇◇ 第二节　湖南作家与当代中国文学思潮

湖南作家所表现出来的这种独特的诗学特征使得他们在整个当代文学中都异常抢眼，并为中国文学的"内部升级"做出了卓越的贡献。在当时的政治体制与文化政策的多重因素影响之下，作家们

---

[1] 周建刚：《颜子所乐何事？——对于理学境界论的一个哲学阐释》，《湖南科技学院学报》2014年第4期。

开始对艺术本体产生了一种自觉的关注，对民族文化心理结构深入挖掘，对传统文化资料重新认识和整合，以现代人感受世界的方式去把握和理解本民族的基本情感，并从中找寻生命的能量和源泉。在社会变革与观念创新方面，湖南作家在当代文学中贡献了标志性概念，在一些具有全国影响的文学思潮中，总有湖南作家担任着领军人物、旗手和主力军的角色。

一 社会主义新文学新写作范式与美学范式的形成

在延安文艺、革命文学、十七年文学等社会主义新文学思潮中，湖南作家丁玲、周立波可谓领军人物。早在20世纪二三十年代，左翼文学将目光下沉到民间，完成对旧文学诸如帝王将相、才子佳人的题材的改造。延安时期中国共产党在设想全面取得领导权以后的文化发展问题，即社会主义政治理想如何深入乡村或民间，这是一项艰巨的文化任务，毛泽东《在延安文艺座谈会上的讲话》提出"文艺作品给谁看"的问题，确定文艺是"为了人民大众"，在强调政治标准、艺术标准双重标准方面，对"文艺的基本任务就是暴露"这一主张，毛泽东提出，暴露的对象"只能是侵略者、剥削者、压迫者及其在人民中所遗留的恶劣影响，而不能是人民大众"[①]，对于人民"基本上是一个教育和提高他们的问题"。丁玲、周立波的创作深刻领会了延安文艺座谈会的精神，并付诸文学实践，创作出了这一时期的经典作品。丁玲的《太阳照在桑干河上》《在霞村》等，周立波的《暴风骤雨》《山乡巨变》等，开创了新的写作范式和美学范式。人物的新气象、新做派与新民主主义革命和社会主义建设的目标表现出高度的一致性。在文明升级和社会变革中，农民无法做到自发地进行改造和提升，因此，小说开头一般都是干部深入基层，对农民提出新的规范，同时又因农民的朴素的

---

① 《毛泽东选集》第3卷，人民出版社1991年版，第872页。

世界观改变自己过去高高在上、不接地气的习惯。丁玲、周立波的作品将政治意识形态与审美意识形态结合得比较好，他们如实地表现人物的思想情感，突破观念先行的安排人物模式。如周立波的《山乡巨变》中的两个人物陈先晋、王菊生，两位都是落后农民的代表，但周立波并没有将二人脸谱化，而是深刻地理解和同情旧式农民因对土地的眷恋而表现出来的拖后腿的行为。康濯、石太瑞、谢璞、未央等作家也承接了这一写作风格，湖南作家形成了社会主义新文艺的重要板块。知识分子试图通过通俗文艺的方式改造和提升乡村的文化水准，将旧式农民与其他阶层一同纳入社会主义新观念之中。知识分子深入民间，与人民打成一片，自身也接受了劳动人民的影响和改造，进行一种互为对象的改造。

二　寻根文学与文学思潮的革新

1985年，韩少功在杭州西湖会议上以一篇《文学的"根"》擎起"寻根文学"的大旗，这篇纲领性的论文，以一个大的观察视角，成功地进行了一次现代意识与民族文化的融合的范式改变。韩少功在《文学的"根"》中声明："文学有根，文学之根应深植于民族传统的文化土壤中……在立足现实的同时又对现实世界进行超越，去揭示一些决定民族发展和人类生存的迷。"[1] 他认为："'五四'以后，中国文学向外国学习，学西洋的、东洋的、俄国和苏联的；也曾向外国关门，夜郎自大地把一切洋货都查禁焚烧，结果带来民族文化的毁灭，还有民族自信心的低落……文学的根应根植于民族传统文化的土壤里，根不深，则叶难茂，文学应该在立足现实的同时又对现实世界进行超越，去揭示一些决定民族发展和人类生存的谜，找回民族的自我。"[2] 韩少功以一篇《爸爸爸》的中篇小说首先打破几十年来一元世界观的统治。人们误以为《爸爸爸》是

---

[1] 韩少功：《文学的"根"》，《作家》1985年第4期。
[2] 韩少功：《文学的"根"》，《作家》1985年第4期。

受马尔克斯的拉美魔幻现实主义的影响，韩少功当时并未读到《百年孤独》，《爸爸爸》的构思和创作实际上在《百年孤独》中译本出版之前已经完成。正是在这种原道精神与巫诗传统的双重启示下，湖南学人在个人气质上敢于做天地草创之壮举。谭桂林在《论新时期湖南小说的含魅叙事》一文中说："湖南作家容易进入穿越时空、等齐生死、泯灭物我的思维状态，因而在题材的取舍、情节的构设等方面就不免对与这种思维状态很吻合的鬼怪精灵产生浓厚兴趣。"[①] 这两种因素（原道精神、巫诗传统）落实到具体作品中，是相互包含、互为作用的。《爸爸爸》作为"寻根文学"的发端，它开启了当时中国文学一种另类叙事的模式，探索到了艺术规律的本源。在当时强势、高压的一元论作为指导思想的意识形态下，他没有囿于单一的世界观和方法论，潜移默化地被湖湘学说中的唯心主义所影响，包括"非性无物""万物皆有性也"（性被看成世界的本源和发端），以及湘地民间的巫、道、傩等超验主义。丙崽与鸡头寨作为一种文化符号十分准确地概括了一个民族的基本生命特征，以及其发展史与精神史。这部作品内在地对人性进行了思考，对传统伦理、人的尊严和自由等终极意义进行了思考，表达了对人类未来发展的深度担忧等。这些内容用一种极其诡秘、魔幻的艺术表现手法来展现，当然作为原道精神通常会直接表现在韩少功的散文随笔之中。韩少功被公认为思想型的作家，大都是因为他的小说体裁之外的文学作品。他的这一类作品，着力点不在叙事策略和文本的审美意义上，而是在迅速流变的复杂表象、深层社会变革中抓住要害，通常采用学者式语言。比如，他在《胡思乱想》一文中对于楚文化源流的探究，认为楚文化因受以孔孟为代表的中原文化的排斥，"是一种非正统非规范的文化，至今也没有典籍化和学者化，主要蕴藏于民间，这是一种半原始文化，宗教、哲学、科学、文艺

---

① 谭桂林：《论新时期湖南小说的含魅叙事》，《湘潭大学社会科学学报》2001 年第 4 期。

还没有充分分化，理性与非理性基本上混浊一体"①。他的《革命后记》对"文革"进行了系统的梳理和反思，他敢于一层层剥开这个烫手的山芋，把眼下人们针锋相对的几种情绪化总结为宫廷化、道德化、诉苦化，对特定时代存在的几个关键性问题如道路、制度、结构问题进行分类清理，对民主的可能性做了定量、类比、阐释等分析。他知识渊博，视野开阔，看问题尖锐，研究发掘深刻，言前人所未言，其观点无不击中要害。他在《读史笔记》里对诸子百家、礼乐之治、佛教民俗、西方文明等问题均进行了追索探源。韩少功作为新时期以来的一位重要作家，他的文学创作从某种意义上说浓缩了中国新时期文学发展的全过程，并成为中国当代文学的一个重要的坐标。他的持久的创新精神、深刻的思想和独特的艺术姿态显示了中国当代文学发展的一种精神趋向。他是吃透了前辈留下的精神遗产，善于用广博的知识和严密的逻辑把深奥的思想转化为好读的文字。在当代中国作家中，他的小说结构受西方小说影响最小，他一直在吸纳中国古代文学的精髓并在此基础上进行变革和发展，他的叙事模式包含了大散文传统、准列传体、章回体、宋元话本、折子戏，甚至还吸收了说唱艺人讲史、说经的方法。韩少功的文学资源既有来自湖湘文化的地方性传统，也有世界比较视野的启发，另外也有同时代或者比他稍年长的作家对他的影响、熏染、鼓励。古华、莫应丰、叶蔚林、谭谈、彭见明、水运宪、何立伟、蔡测海、刘舰平、蒋子丹等，都是韩少功密切来往的朋友。

三　先锋文学或实验文学

另一位具有思想深度和艺术魅力的湖南作家残雪，她是20世纪80年代先锋文学的主将。她步入文坛就是打着"反传统"旗帜，

---

① 韩少功：《海念》，海南出版社1994年版，第4页。

以现代主义先锋派的形象出现,近年来又开始倡导"新经典主义"。她的创作虽然深受西方经典文学的影响,注重探索人的灵魂层次和潜意识领域,擅长精神分析,但她用"巫"和"梦"的场景更得心应手。她的小说常常凭借祖先的深层记忆来表达现代性困惑。她的作品质量稳定,思想的深刻性与艺术的独特性贯穿她的所有作品,尤其是在中短篇小说中有杰出的表现。由于小说复杂的意蕴层次,读者很难整体把握作品的氛围和作者的意图,很难找准作品的核心所在。人物、结构、语言、意象等要素均超出了读者的阅读经验,因此,残雪的作品被贴了"神秘""巫""现代派"等标签。她的手法、结构所站立的基础,看上去似乎是一种陌生的世界观和方法论,她号称是吸收希腊哲学的"努斯"与"逻各斯"学说,"努斯""逻各斯"与胡宏的"性"与"心"几乎是一个同心圆。"努斯"为原始之力,发端于"性","逻各斯"帮助"努斯"成型,流于"心",两者形成一种交合,或者是"阴阳太极图"。"太极"作为众所周知的一个术语,意为派生万物之本源。黑白两个鱼组成的圆形图案形象地表达了阴阳轮转、相反相成是生成变化的根源的哲理。转化、统一、辩证、和谐是我们这个民族所有"美"的结构。残雪小说的结构也一定受此启发。周敦颐从《周易·系辞传》中得到启示,他在《太极图说》中阐释的宇宙观为:"无极而太极,太极而生阳,动极而静,静极而动,一动一静互为其根,分阴分阳,两仪立焉。"[1]残雪的作品早期注重形式的革新。刘牧曰:"天地未分之前,元气混而为一,一气所判,是曰两仪。"[2]刘牧断言不明此而修者,必不得至易门。文本结构亦存在"一气""两仪"。在20世纪80年代,残雪是比较早具有文学自觉的作家,并一直不遗余力地往文学内部的更深层次开掘。很多作家还停留在主

---

[1] (宋)周敦颐著,陈克明注释:《周敦颐集》,中华书局2009年版,第2页。
[2] (宋)刘牧:《易数钩隐图》卷上,(清)永瑢、纪昀等《影印文渊阁四库全书》,台北商务印书馆1986年版,经部第8册,第127页。

流意识形态和一元世界观而"不得至易门",她却开始了文本实验,站在体制内文学书写的对立面(她当时是一位个体裁缝,身份也在体制外),打破了原有的审美情趣和阅读习惯,从文学内部发力。早期的文本有诗化的语言和意象,幽默与反讽也是残雪早期小说的一个特色。有些短篇小说,看起来像是散文诗,通篇的语言文字洋溢着活力和动感,她偏爱采用那些丑的、恶的、神秘的意象,语句简短、结实、有弹性。她逃离了常规的理性的语言编码过程,将一些习惯性的语言揉碎、打乱、再搅拌,然后重新编码。从创作手法上来说,她抛弃了时间、地点、环境、情节、叙述节奏,没有方位感,非写实,充满虚无、绝望、暴烈和坚持,精神层面极度动荡。作品中的人物在面对精神危机、内部困扰时,大都是一种阴阳互交、螺旋上升的模式,越艰难越有激情。残雪的艺术精神与其成长和教育之间有着某种必然关联,作家的作品无疑会受到家族史、教育、外来文化、地域文化等影响。残雪早期作品的多重结构,艰深晦涩的意象,无穷的象征、隐喻和暗示,正是她在传统和反传统的挣扎中的"静"与"动","大象"与"小宇",形变与神合的辩证关系。残雪在文学探索中是独行者,但她在创作初期也得到过文学同行和朋友的鼓励,韩少功、谭谈把她的小说推荐给杂志,丁玲给她首发《黄泥街》,与何立伟、蒋子丹、徐小鹤、王平等也有日常交往。她也享受到湖南文学同仁的友爱,并不孤独。

兴起于20世纪90年代的历史小说,也是先锋文学的一种表现。唐浩明的文化历史小说既是一场具象化、细节化的文化寻根,也是打破陈规、突破禁区的实验写作。他的长篇历史小说《曾国藩》在当时来说就是对常识进行一种颠覆性的反转,打破了特殊年代被固化的观念和审美,湖湘历史人物自此之后成为中国的一种文化现象,最为直接的表现是在《曾国藩》之后,历史上诸多著名的湖湘学人物被群体性地进行文学再现。唐浩明深刻地解读了作为知识阶层的晚清士人和幕僚的人生价值取向和精神困境,他不仅对历史人物的个体生命进行了哲学观照，还对传统文化的现代境遇进行了深刻反思。

四 苦情精神与荒寒美学

诗人昌耀十几岁就离开家乡桃源，去往西北苦寒之地。他的诗歌有古语化特征、自我放逐的精神以及圣化写作的倾向，其精神苦境与屈原有着深刻的内在关联。昌耀的诗学核心包含着对人生困境的思考和探索，他以为站在青海这样一个地理意义上的高地可能会与精神高地更为接近，这是诗人的理想。昌耀所理解的诗"可为殉道者的宗教"，这是他作为游走他乡的湖湘诗人的胎记。昌耀的诗歌物象大都来自西北，粗粝而深沉。张枣与昌耀的经历有些类似，青年出去求学，长期生活在西方国家，他的诗歌抱负很大，有为汉语诗歌立法的宏愿，作为新古典主义的开拓者，他的行为深处仍然可以看出湖湘学人的创新精神。昌耀、张枣都是汉语诗歌中的现象级人物。

五 地方性遗传与故乡思维

黄永玉的长篇自传小说《无愁河的浪荡汉子》系列在《收获》杂志连载长达十一年之久，成为当代文坛现象级事件。他凭着天才记忆力，在艺术上体现出高文化浓缩的特征，即刘勰《文心雕龙》中所说的体性、风骨和情采诸要素的综合呈现，这些要素被升华为一种情感力量，这种力量可以看作小说艺术的本体性力量。在思想上，充满浪漫主义追求、理性思考、批判精神、对独立人格的塑造，以及向善、向美的一套完整的价值体系。长篇自传体小说《无愁河的浪荡汉子》有着超大容量的人物和事件。他在小说序言中说："平日不欣赏发馊的'传统成语'，更讨厌邪恶的'现代成语'。它麻木观感，了无生趣。文学上我依靠永不枯竭的、古老的故乡思维。"① 他吃过太多的苦，十二岁的小小少年，背着包袱顺着沅江过洞庭去闯世界，遭受过陷害、暗算、欺骗、背叛、嘲笑、无端的指责，孤独无助时，眼泪滴到饭碗里和饭拌了一起吃下去，也受到过无数的帮助和恩惠，得到过无数的赞许和鼓励。他只记恩不记仇，不记仇并不代表善恶不分、黑白颠倒，他自嘲为"湘西老刁民"。从湘西走出来的狠人、天才，通常都有一种天然的品质：扶弱锄强、疾恶如仇、侠肝义胆；对人情世故洞若观火，既知道以其人之道还治其人之身，以毒攻毒，也知道以柔克刚、上善若水的道理。《无愁河的浪荡汉子》中的张序子的事迹，都是以作者自己的真实经历为原型。他把遭遇的苦和痛过滤、遮蔽后，抽身出来，从高维度打量，像是在说别人的故事。他行事缜密却心怀慈悲，站在另一个角度看待这斑斓的世界。黄永玉在多次谈话中提到他的五字箴言：爱、怜悯、感恩。他把对立面、把敌人对他下的狠手以及某个时期自己遭受的错判、冤枉也算在需要"感恩"的事里头，感恩他们对他的意志的磨炼和生存能力的提升，感恩苦难经历磨炼了他对世事的洞明。他长期在西方国家游历，对西方文化有过大量的著述和思考，他从世界各地优秀文明里跳脱出来，审视自己的文化，但他的创作总是指向人性，确立人的自我价值和尊严。他的"无愁河"确立了一套独特的"黄氏"自传体写法。

六 乡土与政治生态

王跃文的小说让人感觉通达、通透，他的作品的精神高度、艺术高度在同行中也是有独特标志的。在探讨他的文学功力时，不妨看看他过去的作品，他的《大清相国》情节扎实，故事精彩。这部小说他做了功课，历史考证，资料查阅，包括那种章回小说体例、语境、时代感。他的《漫水》，那种满满的情绪铺排，密不透风的

---

① 黄永玉：《无愁河的浪荡汉子·朱雀城》，人民文学出版社2013年版，序言第1页。

细节等，表面出来的节奏却是温婉而散淡，与沈从文的《边城》有某种内在的传承。他在乡土题材写作方面有天然的感悟力，他拥有生活在乡村的童年与经验，拥有超强的记忆力，将乡村作为写作素材和写作对象时，一切都水到渠成。经过抽象和提炼，把世俗的"杂多"转换成艺术的"一"，又把艺术的"一"发散展开为世俗的"杂多"，这种矛盾转化、运动升级的能力，是很强大的。《爱历元年》语言和价值指向很干净，表现出一种精神洁癖。王跃文过早地被贴上"官场小说家"的标签，虽然他已经转型写其他类型小说，但他的官场小说毕竟产生过很大的影响，人们谈起官场小说，总是提起他。官场小说以揭露官场黑暗腐败为主，精细地刻画官场内幕和官场权力斗争，展现大官小吏的宦海沉浮、钩心斗角。作家以此形式揭露社会现实的黑暗，仗义执言、为民请命，将政治文化艺术化地展现给读者，成为当代小说创作的一股强大的力量，并且多数作品均为畅销之作。这也正说明了湖南作家秉承了湖湘学人心忧天下、敢为人先的责任感和忧患意识。

阎真的作品深刻地表现出了知识分子的忧患意识。义利之辨是千百年来中国知识分子面临的一个根本性话题，阎真的《沧浪之水》《活着之上》都是以官场之形探讨义利之辨主题的小说。如《活着之上》，这篇小说通过主人公历史学博士聂致远以一个受难者的视角揭示出：现代知识分子在复杂的价值标尺面前如何确立自己的价值，如何完善人格？单纯遵循古代圣贤标准已经很难与现代社会对接，现代西方伦理学同样也没有能力处理好"义"与"利"的问题。小说的意义在于把这个问题引向更广泛更深刻的层面，它已经不单单是知识分子的问题，而是现代人整体上都迫切需要解决的一个道德哲学问题。值得注意的是，官场小说成为湖南小说家最受欢迎的题材。近二十年来，涌现了一大批擅长官场小说的作家，王跃文、阎真、肖仁福、黄晓阳、浮石等。湖南作家的官场小说热，体现了世界观作为体、方法论作为用的学术传统。

※ 湖南文学的本土经验与世界性

除上述标志性很强的文学现象和文学思潮，湖南当代文学还有一些在全国文学界有影响的现象级事件，如历史小说、家庭小说、小镇青年文学等，一些主流话语题材和类型文学，如非虚构中的扶贫题材、生态文学等；还有人才群体现象，如文坛湘军五少将等，都有现象性特征。文坛湘军五少将谢宗玉、马笑泉、沈念、田耳和于怀岸，经过艰苦的文学跋涉，形成了自己的风格，在文坛有一定的辨识度。田耳的写作继承了湘西文人深入地方文化肌理的写作传统，之后又吸收了一些新理念，似乎有意要摆脱地方文化和传统的"束缚"，经过探索之后还是回归本源，仍然根植于这湖湘传统之中，就像他笔下人物符启明"仰望星空"的姿态，喻示着扎根乡土放眼世界的抱负。谢宗玉以散文见长，他的文字温暖、柔软、厚重，写故乡写回忆，以及对传统文化的回望，同时也在进行一种文化反思。他介入流行文化，关注现实热门话题，展现了湘楚文化的诗特征和家国情怀的忧思。马笑泉的文笔有刚劲之风，狂野大气，所写对象触摸到社会底部，探讨社会进程中传统文化的生长形态，既有家国忧思，也有挑战思想禁区的野心。沈念近期作品介入主流话题、现实关怀比较多，关注生态问题、非物质文化保护问题，其扎实的收集素材的能力与小说布局的艺术思考结合，形成了独特的表现形式，尤其关注当下的人的精神成长问题。于怀岸也是从湘西走出来的作家，其作品描绘了小镇（村）里的居民在完全现代化之前，依赖风水、道场、巫蛊这些手段来解决未知世界的问题，却将共同富裕的梦想付诸行动之中。湖南作家的群体影响一直存在，如湘西作家群、汨罗江作家群、衡洛作家群等。地缘文化的纽带是其中一个方面，除此之外还有文化积习上的感染熏陶，进取心的激励，审美的趋同性等。

湖湘作家不同程度地受过湖湘文化的心理暗示，他们从"性"与"心"的辩证过程中得到原发性动力，"性"被作为理性，而"心"被看成原始之力，依此奠定了认识世界和探索世界的基本能力。作家的世界观影响着其创作的最基本的价值取向，湖湘作家的认识论和方法论最后体现在他们的作品中，就会反映出这样一个实事：无论哪一种题材的作品，就算是风格迥异的作家，也都会体现出一个相似的内在结构。这种结构一方面是代表理性的沉稳、厚重、务真求实，"性"使"心"的运动成型，而心又不断地突破这种构成，突破需要一股原始动力，两种力量相互作用，交替发力，形成矛盾的张力，显现出一种独特的具有思想深度和艺术魅力的构成。

以楚地巫风为代表的中国原始文化的神秘性和超验性一直存留在湖湘文化传统之中，先贤的精神气质和处世哲学对湖湘学人影响至深，探求本源的务实之风在当代湖南作家中得到赓续。屈原及楚地巫诗传统的浪漫主义情怀和充满艺术魅力的文风，以及他的"深思高举""不与世推移"的人生哲学，对后世文人影响深远。他的华丽的文辞，他的对于巫祝的推演，在两千多年后的今天，又为湖南当代作家提供了灵感。屈原的政治苦境与精神苦境，也是湖湘学人在自由意志与主流意识形态形成冲突时的一种典型的生存境遇，这两种苦境促成了湖湘文人以宇宙本体论为精神底蕴、以巫诗为外化形式的一种结合体的诗学特征。进入21世纪以来，人类面临"后现代物化"与"精神性存在"等新的难题，在这两大独特传统支撑下，当代湖南作家总能率先"变法"，解决现代性难题。

◇◇ 第三节　湖南作家的自我超越

多数情况下，文学在精神生活中不是刚性需求，何况在这个繁华盛世，人们被无数的新奇玩意儿所吸引，文学与生活越来越疏远，它的教化功能和娱乐功能在继续减弱，受关注程度还在走低，在精神领域的地盘越来越小。但文学可能换了一种形成在生长，在全球资本化和数字化时代，新的文学生产规律和消费方式正在形成。文学的形态无论怎样改变，它总是由创作者生产出来的。作家无论用什么样的姿态介入文学，他们的作品构成了整个社会的和个人的精神史和文化史。文章乃经国之大业、不朽之盛事，这一点永远不会变。社会的精神文化体系正是由无数的并不是特别著名的作家和他们的作品构成，那些一辈子默默无闻的作家无须气馁，评价体系也不是一成不变的，真正的好作品，受得起委屈，也经得起批评，并在适当的时候显现出它的价值。智能化、数字化时代更需要原创和想象力，因此，作家面临的困难比古典时期要大得多。

第一个困难是文学样式和风格的问题。就小说而言，这个时代，所有的艺术样式都出现过了，比过去所有时代的总和还要多。我们可以参照一下前人的经验，清代曾经是集大成的时代，文学创作与学术研究全面繁荣，清以前的文人对于样式和风格争论，无非是尚质、尚文，主应用、主纯美。清代的创作环境并不宽松，反而能抛开这些争论，在很强的官方意识形态和高压文艺政策之下，创作上重践履，实事求是，敢于直面那个时代和社会重大而艰难的精神问题。学术上也是重实证，无征不信。翻译传播和工业化生产加速了文学的繁荣，现代文学从西方借鉴了很多经验和手法，人们有机会欣赏到古今中外最优秀的文学作品，从中借鉴叙事、结构、视角、意象，所有伟大的创新并非无中生有，都是根据时代的需要、根据文学发展的内部规律而产生的。结构是跟随故事、人物命运的需要而构建的，它这样走顺当，换个花样走就会别扭。高明的小说家在结构上是有用心的，结构与内容浑然天成，所呈现出来的样式自然就会有创新性，会引领时代。古人认为法是文之末事，导致中国叙事学不发达。变法不是不可以，文章要深入肌理，不入法不行，但雕琢太甚则伤其全，经营过深则失其本。

第二个困难是情感的介入度问题。有的作家有生活却缺乏艺术高度，有的有艺术高度却没有生活体验，大部分属第二类情况。作家是文化精英，大都住在城市里，过着精致优渥的生活。

作家要扎根人民，扎根现实生活，这个道理都懂。可是如何才能深入生活，亲临现场？跑到农村挂个职？卷起铺盖与老百姓同吃同住？到工厂车间体验当车工钳工？到建筑工地扎钢筋架打混凝土？这种"假农民""假工人"搞出来的东西还是很假，因为高贵的身段放不下去，贴地飞翔，俯瞰众生，找几个苦难血腥的故事，爆个料，作悲悯状，算是"实现"了底层关怀。真正的体验是那种拔萝卜带泥的生命体验，真正的关怀是把自己的命运等同于对象，通过实践融入对象。在城市养尊处优的作家们深感这个命豁不出去了，很焦虑。把自己作为外在的东西，用强制手段强加到对象中，用黑格尔的话说，自我与对象还未实现统一，一种没有实现确定性的精神，也就无法达到真理性。马克思早就洞察到了，艺术生产就是在实践的基础上把人的主观活动与客观存在高度统一起来。放不下富贵心，拉不下高姿态，它就统一不起来，就很难写出有"人"味的东西。

第三个困难是题材选择问题。信息量太大，什么题材都不新鲜了。小说家有时候手头的题材太多了也烦恼，心里想着一定要选一个劲爆的题材。九道弯，九连环，无数个巧合，曲折离奇，比知音体还要传奇。没有情怀、担当，没有精神向度，一堆故事成不了好作品。题材只是一个借口，成熟的小说家什么题材都能写出好东西。把最普通的事物写得有深意有韵味是一种能力。乡土、城市化、财经、科幻、爱情、官场、战争、历史都是当下很热门的题材，还有很多边缘题材。关键是抓住一个题材怎么去处理。乡村振兴、生态文明是当下主流题材，方法、政策、手段、金钱与幸福之间的微妙关系等，作家怎么看待这个事情，怎么处理这个题材，在艺术上是有挑战性的，它的重要性、丰富性和复杂性不言而喻。网络文学集中在历史、玄幻、修真、穿越、都市言情，只有极少的作家碰触现实题材。网络文学影响越来越大，青年和低龄读者在它的熏陶下成长，再过若干年，网络文学很可能就是"人民的主流文学",若是脱离现实,脱离人的基本生活和情感,它的未来是令人担忧的。古代文人笔记小说,以《搜神记》《酉阳杂俎》为代表,也是写玄幻、修真、穿越,因为远离现实生活,一直都不是主流。

第四个困难是独特性与普遍性的困难。湖南作家有地域文化的优势,故乡思维是区别于其他地方作家的法宝,语言、题材、视角、意象等方面都有独特的文化标识,有很强的可辨识度。湘西作家群、汨罗江作家群、衡洛作家群等,当地作家以本土素材为基本写作对象,其独特的山川地理和人文传统是文学取之不尽的源泉。但如何把这个特殊性上升到普遍性,是需要有创新的。地区性的作家容易被本地区文化捆绑,在人物安排和情节走势上纯粹为了展示奇异的风俗,而角色、对白、场景往往沦为道具。对乡土题材的把握也是一样,社会发生了变化,新的要素不断涌现,农民与土地的关系正处在前所未有的变化之中,工业化和城市化这两只大手正在改写农民的生产和生活。中国式现代化、乡村振兴、生态环保可能重新定义农村和农民。政治经济变革、科技创新、生产力发展使这种变化处在运动之中,它的重心在哪里,如跑马射箭,难以把握。

第五个困难是作家职业危机问题。一百多年前作家就开始职业化。资本的介入和西方传教士的推动使机械动力印刷术发展起来,活版铅字和石印代替了手工抄写和木刻线装,报刊和平装书的大量生产,文学的传播能力加大。新式学堂、女性获得受教育机会、民众文化程度普遍提高等因素,加大了市场需求,促进了小说业的繁荣,职业化作家某种程度上需要用数量来显示其存在状态,个人需要长时间在某一狭窄的领域做到精深的程度,无暇兼顾其他工作。民国的版税制度和新中国专业作家供养制培养了一大批优秀作家,有些作家堪称世界级大文豪。在现代化环境下,在创作难度加大的情况下,专业作家编制紧缩,事业单位财政拨款依赖于本地的经济状况，贫困地区还需要国家财政转移支付，作家收入微薄，生计艰难。近几年作家队伍的数量和质量虽然在上升，但专注程度在下降。同时，体制内作家的弊端也十分明显，专业作家与现实脱节，被动地退守到一个狭小封闭的环境，回避社会重大问题和尖锐矛盾，选择那些难度比较低、写起来比较顺畅的小东小西来交差。内容单薄，感情苍白，起不到感化人心的效果。加上商业化渗透、参照系短缺、批评鉴赏不到位，进入低水平竞争的恶性循环。有志于文学的青年人投身新兴的网络文学，网络文学的生产方式和消费模式还处于自然丛林状态，目前还不能担起文学的全部重任。传统文学很大程度上只能等待有天赋异禀的人自己冒出来。艺术生产不像普通商品生产，投入和产出完全不是一个对等的公式。前面是金山银山还是万丈深渊谁也不知道。也许正是它的无穷的可能性和不确定性，才使得这个职业充满了魅力。

社会发生了很大变化，人的自由概念不同于从前。古典时代，人通过斗争、革命等激烈的手段，从外在的权威里拯救自己来获得自由和幸福。现代人被物质和技术所操控，"人为自己立法"是真正的个体意义上的自我救赎，它的核心价值是从物欲中超脱出来。人与物质、主体与客体关系颠倒，精神扁平，审美扭曲。如果我们对这个文化趋势没有清醒的认识和判断，写作就会软弱无力。时代对作家的附加要求越来越多，读者文化水平整体性提高，见多识广，胃口大，眼光刁，他们在了解时代、读懂人心这一块已经相当高明。当劳模、多出作品、猛刷存在感的搞法，读者并不买账。想要超越自我、超越同时代优秀作品，作家更多的是需要自我升级。古人云，道之大，德之博，有德者必有言。好作品一定是出自那些有良知、有情怀、有超强的生命感悟力的人之手。有深度的作家（包括情感深度、思想深度），能够把握时代脉搏，看准问题症结，直指人心，其作品必蕴大含深、贯微洞密。

◇◇ 第四节　地域文化、本土经验与世界性

"本土经验""中国学派"已成为中国学术界的高频词，中国现当代文学历经了近百年的发展，中国也正走在国富民强、文化复兴的上行道路上，是时候总结中国现当代文学发展中的成就和不足了，而湖南文学回观本土，对本土经验与世界性探讨恰逢其时。

一　本土经验的反思与前进、坚守与超越

本土经验与世界文学概念本身需要梳理。本土经验是一个变动不居的概念，它的内在的多元性与社会发展同步，与外部世界的连接和互动同步。它的多重视角的丰富性容易让人产生迷惑，包括自卑和自大。因此，文学研究者最好用一种批评、审视的眼光来看待本土经验。准确地评估本土经验的价值，有利用于让本土经验与世界价值产生交互作用，并惠及人类文明的提升。本土经验最直接地表现在各民族、各区域文学的表达上，即文学表现的差异性。歌德曾经预言世界文学的可能，现实情况是，不同的国家不同的民族都有自己的文学典范，文化很难达到这种全球的单一性和一致性。即使是某种强势文化在某个时期在全世界范围形成一种覆盖感，但这种影响和主导的作用也是有限的，它并不能渗透到其他民族和文化的最深层的肌理。各文化之间互相影响的力量反而不能忽视。那么从这个概念阐发开来，实际上并不存在一个共同的、普遍的、叫作世界文学的东西。

自中国文学现代化以来，很难说"本土经验"就是那种纯粹的、未经西方影响的本土经验。中国古代的文学也多次受外域影响，其中佛教对文学的影响最为直接。那么受外域文化影响较深的中国经验，应该是在容纳和吸收世界其他文化优秀成分后的综合的、注入了本民族生命活力的经验，这个经验在发展过程中经过总

结和升华,成为自身的经验。同时本土经验也是一个相对的概念,它是以世界经验为参照系的。自我与对象的关系,二者之间包含着复杂性和丰富性,自我也是经过反思和批判的自我,对象是经过审视之后可接纳的对象。从对象中反观自我并实现某种优化,这才是讨论本土经验与世界性的正确途径。也就是说,中国文学在以本土经验为逻辑出发点时,给世界文学带来多大的启示,提供了一些什么样的价值。传统文化的创造性转换和创新性发展,古今对接、中西汇通,将现代之美与古雅之美有效融合,词语的凝练之美与意境的丰赡之美,同时在逻辑体系体现出现代之法,根据自身文化现实生长起来的新思想资源和艺术方法,才是具有现代意义的本土经验。在全球化信息化时代,体现出东方文明的历史感和厚重感,同时以刚健清新的文风传播其优秀的文明,形成一种区别于其他文化的感染力。

二 地域文化和边缘叙事的本土经验与世界性

自近代以降,湖南文人比较注重回观本土,走向世界。湖南处在内陆,有保守的一面,但在社会大变革时期又常常走在前头。湖南人的世界性眼光在近代以来非常具有超前性。湖南著名出版家钟叔河先生主编的《走向世界》丛书,有"睁眼看世界"第一人魏源的《海国图志》,第一位驻英、驻法公使郭嵩焘的《伦敦与巴黎日记》,中兴名臣曾国藩之子曾纪泽的《出使英法俄国日记》等,其中最为难得的是郭嵩焘,他具有超越同时代人眼界和胆识。他怀着为国家为民族尽职尽责的想法,背着骂名与外国人打交道。作为第一位驻外使节,他克服了常人难以想象的困难。湖南人在近代开风气的这种文化传统,被当代湖南作家继承下来,他们敢于创新,有批判精神,创造了湖湘文化与湖南文学的百年辉煌。屈原的浪漫诗学与家国情怀是湖南文人的精神源头,受这种文化浇灌的湖南文人常有旷世济民的胸怀、指点江山的志向和特立独行的精神品德。

当代作家丁玲、周立波也是立足本土、放眼世界的杰出代表人物。丁玲的《太阳照在桑干河上》，周立波的《暴风骤雨》都获得过斯大林文学奖。进一步开拓了湖南作家在创作过程中的本土经验与世界性探索。本土经验向外发力需要扎实的实践参照和理论建构，昌耀、韩少功、残雪、黄永玉、张枣、洛夫也是具有代表性的当代湖南作家。他们兼具湖湘学人的原道精神和浪漫绚丽的巫楚风格，擅长巫和楚的场景，把作品中的人物环境置于湖湘文化的神秘氛围之中。他们在了解西方文化后回过头来重新审视本土文化，其思想资源和艺术品格都具有世界性。其中韩少功的寻根文学、黄永玉的故乡思维、残雪的巫楚之风就是一种有自觉意识的本土经验，它本身就是一种具有世界视野之后的一种选择。

湖南作家写作题材大都以乡土题材为主，乡土题材在中国现当代文学中都是主流叙事，都市题材反而是边缘叙事，乡土题材的实践意义在于将语言和思维习惯的本土性推向普遍，而创作方法却是世界流通的方法，个体生活永远是具有独特意义的，每个人的精神成长经验都有着本土性特征。历史小说与家族小说在文学版图中属于边缘叙事，但正是这两种类型小说，通过自身发展经验来反思社会和历史。家族伦理、宗教、民俗、文化掌故等具体细节构建历史兴衰，与世界其他文化形成比较和参照。它既是个别的，也是普遍意义上的发展史，具有社会学和人类学意义。

三 个体与普遍的现代性重构

新时期以来西方理论对中国当代文学的影响渗透到方方面面。它显示出理性、逻辑、学理化、体系化特征，极大地拓展了以感性著称的中国传统文论方法，几乎取代了原有的阐释方法。经过相当长时间的实践之后，学者开始怀疑西方文论对中国文艺现实的解释力。被译介过来的理论尽管有一定的目的性，但这些一般性的、普遍性的理论，无法顾及中国本土的鲜活的特殊性。中国文学自身的独特性和丰富性无法得到更深刻更细致的呈现。如何构建自己的文艺理论，建立一套自己的价值体系，能够有力地解释正在发生的文学事实？每一个文学事件本身都存在着本土经验与世界性的关联性，二者不能割裂开来，形成单独的事件，就如同无法把社会的变革与文学自身的演进分开一样。每个中国作家的个体经验也是世界经验的一部分，他的真诚的表达与中国当代社会发展有着紧密的联系，代表着人类一般性的复杂性和主体体验。这个事件的个别性就是本土性，这个事件的总体性就是世界性。

第二章

认知叙事与作家的自我进化

◇◇ 第一节 当代叙事学的实现基础

现代性中国叙事学应该是以中国生命哲学为基础，既包含了以生命体验为核心的东方智慧的方法论，又融汇了西方科学的逻辑结构，概括性地呈现现代叙事文本的叙事诗学特征，前瞻性地探讨叙事可能性，它应该是具有普遍意义的具有民族文化特征的一门学科。实现中国叙事学的创造性转换，需要开拓出一种有自身优势，并有现代意义的思想文化体系。中国叙事学的现代性建构的当代意义和文化战略意义是要根植于理论原创、理论自觉和实践之上的理论重建，同时这种理论重建既有历史的动因又有现实的需求，它是在以下多种条件下实现的。

一 文学理论和批评的价值取向发生变化

中国文学理论面临一个现代性建构问题，其中叙事学与其他人文社会科学理论一样也处于历史的、动态的发展过程之中。叙事既属于语言的范畴同时也是意识的经验显现，是一门需要不断被整理、被建构的学问。如何对意识的经验进行科学的整理，并顺应时代、指导实践，是理论家需要承担的新任务。自20世纪80年代以来，文学审美思潮开始回归，文学回到人本身，回到文学本身的呼声越来越高。进入20世纪90年代，西方文论的大量翻译、引进和商品经济的夹击，使得批评价值和批评主体处于迷茫状态。进入21世纪以后，情况并未得到好转，专业批评在新媒体的冲击和各种复杂因素的倒逼之下，没有及时确立其主体性。因此，在全球化、大众文化和消费文化主导的文化潮流之下，专业批评出现了语境模糊、标准丧失、主体精神缺位、问题意识不够等问题。理论家开始反思，试图建构具有现代性意义的本土化的文学理论，其中包括中国叙事学。

二 艺术价值有待重新评估

在已有的中国传统叙事理论和西方叙事理论的基础之上进行中国叙事学的现代性转换，其研究对象主要有四个方面：一是中国古代叙事文本与叙事理论；二是西方叙事理论中具有真理性的理论成分；三是"五四"新文化运动以来中西两种传统融合起来的叙事文本和叙事理论；四是当下文学叙事实践和影响叙事的各要素。如何对古代叙事学进行现代性阐释，首先要返回历史本真，在坚持民族性的同时还要寻求古今中外的共同性。中国叙事学的现代性建构既不能不加辨别地继承传统，也不能不辨真伪地借鉴西方。在新的参照系下，对于古代传统叙事应该用现代视野来审视、考察；对西方资源，切忌简单比附、庸俗对接。后工业化时代、信息化社会，文学叙事已经不是单纯的文本形式，新领域、新形式、新要素不断涌现，边缘要素转化为核心要素，从未出现过的艺术形式成为主流，曾经的主流退化或消失，面对新领域、新要素，需要扎扎实实地从材料和事例中寻找真理，需要花大力气总结提炼，形成新的概念。

三 叙事文本阐释多种可能性的生成

中国叙事学的现代性建构在中国传统文化的现代转换问题上是一个宏观性课题，如何把古今中外的学术资源实现新变，并通过这种整体把握揭示其具有世界意义的普遍规律，理论家们都在探索。

"历史"和"微观"研究固然重要,更为重要的是找出规则、范式与已经形成的叙事学"常规科学共同体"之间的关系,将反复出现的可能形成概念的实例,以及其他被怀疑的边缘要素从已经描述过的公认规则中分离出来,形成一种新的范式雏形从而建构起现代叙事理论体系。我们需要关注这样几个问题:一是结构与势能。势能是叙事文体的生命整体,势能的动力关系涉及结构。结构是一个生命过程,需要对西方结构主义叙事学的批判性吸收。二是叙事空间形态的改变。结构的形态是一部流动不息的历史,它包含着过去又指向未来。三是时间的文化密码与精神原型,包括时态的学问,叙事视角的把握等问题。四是甄别西方结构主义叙事学。

四 学科发展的技术主义与历史主义

没有哪一门学科可以完全做到自给自足。本土经验、地域文化、传播媒介、叙事主体的心理因素以及其他学科的发展都促成叙事学的发生和发展。叙事实践会适应语言环境和社会需求而呈现出自己的发展轨迹,现代性中国叙事学的建构需要在古今中西已有成果中找到与现实对接的点,挖掘叙事文本和叙事理论中的材料和观点,充分利用新技术,整合资源,重新阐释。

五 理论家群体意识的崛起

中国叙事理论迫切需要"范式"转变。历史线索清理与现代意识阐释是一个浩大的工程,近几十年来,几代学人投入了巨大的心力,试图从历史还原、古今参照、中西贯通等方面建立现代性中国叙事学。首先是历史还原,从经史子集等丰富的文献中挖掘深层的文化内涵和心理结构,寻找叙事线索和规律,这方面已经取得了一定的成绩。其次是古今参照,按照新历史主义的观点双向关注文本的历史性。中国古代叙事理论经过深度的现代性阐释,某些概念和范畴已经成为当代叙事理论的组成部分。再次是中西汇通。每一种文化都有着相似和相通的地方，中西叙事理论的汇通有利于将现有的理论资源进行现代性转换。

◇◇ 第二节 认知叙事的概念及其特征

作家在社会问题面前拿不准症状，便会失去对现实提问的能力。纵观文学史，不难发现，文学体裁、题材、写法、书写对象、受众、传播媒介等很大程度上是根据现实需要进行调整的。通常某一学科进化为"常规科学共同体"后，就变成一种固定的模式，而不安分的新事物却要不断地试图打破这种模式。堆积起来的这些互相冲突的问题，在斗争中重新组合，引起"范式转变"[①]，中国当代小说叙事学正进入这样一个转折时期。文学叙事有自我生长、自我进化的能力。在信息量充足的时代，叙事材料由实转虚，作家开始将注意力从"典型环境""典型人物"分散到不起眼的事件和人物上，进行"非典型"表现。文明素养是由内部生成的，现代科技带来的认知革命，它激发了每个普通人的主体意识的觉醒。在叙事文本中，主体意识如何才能表现出来是一门有难度的艺术。什么是认知叙事？写作者构建了一种能够渗透各种叙事要素的叙事方法，这种方法需要探究大脑和心智，需要精细地把握和表现人物的心理和行为，需要对各要素和要素之间的关系有一个认知的过程。这个过程不是简单地认识外界事物和对信息进行加工，而是有心智哲学和认知心理学的介入。写作者通过内在的时间性和多维度空间来建立一种多样的、非典型的结构框架，这种有复杂深层结构的叙事方式即为"认知叙事"。认知叙事既要认识世界、认识他人，更侧重于认识自我，模糊外表特征，突出内在性。

---

① ［美］托马斯·库恩：《科学革命的结构》（第四版），金吾伦、胡新和译，北京大学出版社2003年版，第44页。

马克思曾说:"人的类特性恰恰就是自由的自觉的活动。"① 认知叙事能有效地帮助人找回自己的位置,确立自我主体意识,并消减由现代性带来的内心疲惫。人们总是对未知领域抱有一种好奇,认知叙事有意躲避那些人们熟知的传奇和表面的故事,关注普通人的命运,将笔触深入人的内心活动和灵魂深处。人本身的许多问题或者精神现象是人性中主观意愿与客观因素共同造成的"结构性"缺陷。写作者像一位心理治疗师,需要与作品里的人物进行一种深度的精神交流和灵魂互动,需要辨识伤痛和裂痕,唤醒人物的自省和修补的能力。包括最初的伤害(如童年记忆、受损、功能性障碍)。认知叙事论的理论来源是依据当前的文学现场和文学事实,这一事实逐渐演变成一种规模和趋势。② 认知叙事能够深刻地阐释人的精神本质,一定程度上将为未来的小说开拓新的叙事领域。

一 认知叙事的基本特征

认知叙事既是现实的,也是可能的。它的本体论范畴应该是"意识的经验旅程"。人物在表现出某种情绪时,没有一种深度的认知,那么,这种感受只停留在外表形式上,它不会在艺术作品中震撼人的整个身心。也就是说,在叙事策略上没有表达和确认,以上感受将仅仅停留在内心里,使人感到迷惘、困惑,人物的思想意识也得不到提高与发展。如果没有最初的确认,意识就要陶冶事物,那么它只是主观的、虚妄的偏见与任性。因为它的形式或否定性并不是否定性自身或真正的否定性。外在的未经理性过滤的描述,这种看起来既聪明又容易的方法,对某些事物有一定的应付能力,但却很难把握普遍的力量和客观真实。作家看到了人物的情绪,尤其

---

① 《马克思恩格斯全集》第42卷,人民出版社1979年版,第96页。
② 近几年出版的一系列长篇小说如《繁花》(金宇澄,2013年)、《独药师》(张炜,2016年)、《流年物语》(张翎,2016年)、《望春风》(格非,2017年)、《极花》(贾平凹,2016年)、《王城如海》(徐则臣,2017年)、《匿名》(王安忆,2016年)、《日夜书》(韩少功,2013年)等,都有鲜明的认知叙事特征,由于篇幅有限,无法一一列举。

是负面情绪，如忧郁、恐惧、怕死的意识，不给它以规定性，就很难成为人格意识。这种规定性就是一个赋形的过程，需要加以判断、确认，给它一个合理的处置。这就是认知叙事基本原理。

认知叙事这一事实自叙事文体产生以来一直就存在，只不过在当下更为突出。"认知叙事"概念的提出，一是依据大量的写作现象和文本事实。另外一点也很重要，叙事行为实际上有一个先验存在，叙事者依托一个或多个叙事主体（必要时把自己变成叙事对象），从而生成一整套关系，通过叙事的升级（不断地怀疑和否定），情节得到推动，结构逐渐完善。认知叙事的意义体现在它对人物的主体性的确立；它在叙述构造上，包含着最高的统一性和完善性；在叙述势能上，在他物身上反思到力本身。在叙述话语上，表现为明心见性与整体直观的统一。同时，它与精神分析型叙事有区别，它们之间的共同的部分只表现在叙事对象上，而在视角和态度上存在很大差别。在文体、文本类型、叙述目的、叙述手法上表现完全不一样。精神分析叙事在某种程度上是认知叙事中的一种手法。

为了防止认知叙事与精神分析型小说两个概念的混淆，这里有必要做一个说明。精神分析小说被约定俗成为一种文体类型，它作为一种特别的叙事方法撑起"精神分析小说"这种文体类型，并没有形成完整的叙事理论。"精神分析小说"一词来源于弗洛伊德的"精神分析学"，原本属于表现为某种病理现象的医学术语。弗洛伊德认为，人的心理可分为意识、潜意识和无意识三个部分。精神分析型小说主要突出"潜意识"和"无意识"部分，尤其是被压抑的无意识，这部分表现为不被社会规范所允许的欲望，表现为压抑和抵抗、泛性论等特征，但人的行为受本能支配，又带有明显的享乐原则和现实原则。他还在无意识概念的基础上，提出了人的精神是由本我、自我和超我组成的。本我是最原始的、与生俱来的，是无意识的基本结构部分，本能、欲望是它的构成要素。自我的基本结构是意识，而超我则是"道德化了的自我"。超我的主要职责是指导"自我"去限制"本我"的冲动。在本我、自我和超我的平衡状态遭到破坏以后，就表现为通常所说的精神病症状。精神分析型小说着重表现为破坏过程和破坏之后的状况，人物多表现为"偷窥""双重人格""恋母情结""童年阴影""强迫症"［弗洛伊德把这些特征都归结为"力比多"（libido）[①]］等行为，并以此来推动情节。精神分析小说对人物和情节的处置大都是放养式的，任由他们受难、痛苦思考、自我探索，就像精神分析治疗师一样，让患者躺在椅子上滔滔不绝地诉说，精神分析师自己却坐在后面睡着了。作家在精神分析小说中也是冷眼旁观，不纠正，不阻止，对人物的对错也不予判断，作家几乎放弃对情节的有效把控。在当代西方小说中，精神分析被普遍应用在小说中。

  认知叙事也不同于心理小说。弗洛伊德在《作家与白日梦》一文中说："我注意到，在许多以'心理小说'知名的作品中，只有一个人物——也总是主角——是从内部来描写的。作家仿佛坐在他的大脑里，而从外部观察其他人物。"[②] 一般来说，心理小说差不多是作家用自我观察的方法把他自己分裂成许多个自我，并且把他自己精神生活的互相冲突投射到几个人物身上。弗洛伊德认为，作家的构想与白日梦有些类似，所不同的是，作家既表达了自己的幻想，又是其他人的代言人。他还认为幸福的人从不幻想，幻想的动力是未被满足的愿望。作家通过角色代入，能够深刻把握每个人的内心。但总的来说，由于视角的局限性，这种心理小说很难表现复杂的现实生活。心理小说无疑包含了大量认知叙事手法。

---

  ① 弗洛伊德将"力比多"定义为包含所谓的本我——精神内部主要的无意识结构——中的本能能量或动力。他指出这些力比多驱力可能与现有的文明行为规范相抵触，这些规范在精神结构当中表现为超我。而在荣格作品中"力比多"是指个体指向自身发展或个性化过程中的自由创造力，或称之为心灵能量。

  ② ［奥］西格蒙德·弗洛伊德：《论艺术与文学》，常宏、徐伟等译，国际文化出版公司2001年版，第100页。

精神分析小说和心理小说强调单一性和典型性，都主张泛性论，把人的一切心理疾病都追溯到性，从而忽略一般生活经验。精神分析小说、心理小说等类型的小说都被视为"现代主义"或"后现代主义"作品，但并不是所有的现代主义和后现代主义都有认知叙事。浪漫主义、荒诞派甚至童话、寓言等叙事作品也同样有认知叙事。但在科技进步、文明升级的大背景下，认知叙事主要表现现实主义作品。它仅仅表现为一种叙事方式，而不涉及体裁和风格。

二 认知叙事的意义：主体性的确立

艺术家的名字如雷贯耳，感人肺腑的作品却很少见，这是后现代的一个典型表现。艺术家更愿意将创作主体和表现对象看成一个东西，而且突出强调创作主体。又由于自我主体意识的全面觉醒，这样，被表现的对象就要自己跳出来争取地位，在强大的理性面前，被压制的自然人性要冲破桎梏。存在决定意识，也决定意义，在客观唯心主义看来，先验的存在和经验的存在不可能一一对应，定义和判断永远是滞后的，你所抓住的当下瞬间已经变成过去，成为历史。后现代的身份认同已经不是单纯存在于地缘和血缘关系，在全球化时代，信息密集、物质富足，人反而更加孤独，因此，人需要重新确立自我的存在意义，重新寻找"此在"。先在结构的形式体验是包含在"变"的运动之中的，存在就是消失的过程，在消失中而持存的形式体验有一个先在结构，这个先在结构是通过由叙述人视角与角色人物的心灵重合建立的。叙述者与作品人物需要建立一种"一"与"杂多"的哲学关系，即"以心观物"与"以心聚焦"，同时还要包含丰富的实践性和辩证法。

马克思对人的本质有过著名的论述："人的本质不是单个人所

固有的抽象物，在其现实性上，它是一切社会关系的总和。"① 人在劳动实践中形成和发展了目的意识性，不管社会如何发达，文明如何进步，现代人以及未来人的意识仍然是社会的产物，因此，不管是劳动创造性，还是目的意识性，都是在人们结成一定的社会关系的前提下才具有的。但是，作为一定社会关系的总和而存在和发展的又是由每个单个的具体的人而形成的。马克思主义经典作家所追求的最终目标是人的全面解放和自由。马克思在《费尔巴哈提纲》中提到"世俗的基础使自己和自己本身分离"这种矛盾，是由于人类社会分化为人剥削人的阶级社会。认识到这个问题之后，马克思和恩格斯在《德意志意识形态》中强调："那些发展着自己的物质生产和物质交往的人们，在改变自己现实的同时也改变着自己思维和思维的产物。不是意识决定生活，而是生活决定意识。"② 因此，在他们看来，人的本质应该到人自身生产活动中结成的一切社会关系中去寻找，而不是到人的自然天性中去寻找。因为事物在发展变化中逐步走向对自身的否定（扬弃）。这个过程既需要通过制度改革来完善外部条件，同时还要具体单个的人进行自我推敲。因此，认知叙事需要通过人物的诉说，甚至带有自言自语的特征，他们从群体中分离出来，完全面向自我，倾听者也是自己。这个从群体中剥离出来的孤独个体是最真实的，他的疑问、谴责、反思、领悟具有某种真理性。像《易经》中所说的"杂而不越、修辞立其诚"的语言方面的真理性。文化基因对叙事的思维的主导虽然还保持着某种惯性，如叙事格局上的"道的四维"与"两极中和"，以及"包举大端、法天则地"的史学笔法，还有传统的"情节观"，完整的叙事模式，如"典型环境""典型人物"等。但认知叙事由于主体的自我能动性，叙事对象自我反叛，自动跳出来表现，某种程度上对这种传统叙事观的变革。因为传统叙事停留在认识世界的阶

---

① 《马克思恩格斯选集》（第2版）第1卷，人民出版社1995年版，第60页。
② 《马克思恩格斯全集》第3卷，人民出版社1960年版，第30页。

段，认识世界是对自然现象、社会现象进行"统"的过程，人的认识有限，生产力低下，需要通过这种"统"，对知识进行分类、总结，便于认识世界、把握世界。而每个个体要确立自我的主体性时，就需要阐释，或者解释，从一般中寻找特殊性。

认知叙事还表现在模糊外表特征，突出内在性。由于政治制度、经济发展、文化交流等错综复杂的原因，发达的欧美国家经历现代性和后现代性之后，反而越来越走向保守主义，文化艺术也往单一性和典型性的古典特征靠拢。而处于未完成的现代性的中国，越来越走向开放，日益呈现出多样性和非典型性的后现代性特征。传统文学文本以帝王将相、才子佳人、英雄模范为主，普通人的日常生活虽然占的比重越来越大，但又产生了新的范式："典型环境"和"典型人物"。信息时代以来，社会进入读图时代，新媒体接管了部分文化功能，大众娱乐不再由文学来承担，这样一来，作家的任务是如何解决人的精神难题。照相式的包括可以脑补的画面都被略去，个体的不可替代的独特性呈现出来。

如何证明自己的确定性具有真理性，德国古典哲学家黑格尔认为，需要有绝对否定性，需要超越生命。生命斗争的意义并不在一方活着另一方死了，对自我意识来说，生命中外在的自然定在意识层次太低，要把它提升到抽象的自我意识。这个提升的过程需要扬弃，它无疑是一个经验的过程，在这种经验里，作为一个存在着的意识以物的形态建立起来，也就是奴隶意识和主人意识（或高贵的意识和卑贱的意识）。这里包含两个环节："其一是独立的意识，它的本质是自为的存在；另一为依赖的意识，它的本质是为对方而生活或者为对方而存在。前者为主人，后者为奴隶。"[1] 高贵意识和卑贱意识如何过渡到对立面，再实现统一，需要培养和赋形。培养是向内陶冶，赋形是向外的，即赋予什么样的形式，主体性的确立也

---

[1] ［德］黑格尔：《精神现象学》（上），贺麟、王玖兴译，上海人民出版社2013年版，第186页。

就是自我意识的觉醒，伴随着怀疑和苦恼。因此，认知叙事需要参与整个过程。

认知叙事抓住人的精神流动性和不确定性特征，对意识的经验过程进行一种艺术化的表现，它是历史感和现实感的共同表达。认知叙事不是通过价值判断和立场先行来实现，而是对一些现象进一步深挖，坚持表象与本质的双重把握，主体与客体共同的反思，然后返还到自身。不仅与人物"共情"（同甘共苦），还要深入了解人物内心，挖掘日常生活极其细小的事件和情绪，因此，认知叙事情节的推进缓慢琐碎。作家需要高超的洞察力，明察秋毫，见人之所未见。认，是调查研究的过程，并伴随感受、体验；知，为明辨、判断。二者构成相互影响的关系，把纷繁复杂的事件进行艺术化处理后仍然以纷繁复杂的形态呈现，只不过这些事件最终成了被确认、被人格化了的艺术品。

在认知叙事中，有几大突出特点：（1）人物积极参与，确定目标，关注问题。（2）时间主要是在当下，强调现实性和有效性，具有启发和自我教育意义，并且让人物和读者不知不觉成为自己的导师，始终处于一种未完成的启蒙状态。（3）看起来焦点分散，节奏上也无法快速推进，实际上是在用绵功，始终咬住问题不放，并试图解决问题。（4）有内在结构性，帮助人物在关键时候能自动识别信念和情绪，从而为某种行为做出反应或改变。认知叙事强调的重点是生活中真正有价值的东西，是由情感引发而来的观念。千辛万苦证明不正确的信念是没有意义的，须由一种正确的心理力量唤起情感从而达到正确的信念，即通常所说的"正能量"。哲学家认为世间种种乱象是由认知失调所导致的。哲学家强调人应该培养与世间万物相适应的世界观、人生观和价值观。心理学家则认为人之所以会得心理疾病，主要是由压抑造成的。认知失调是指人的认知水平与外部无法达成和谐一致。由于逻辑、文化习俗等原因造成的错愕和震荡，导致了个体经验与普遍价值之间的失衡。当这种失衡到达临界点时，人就会懈怠，放弃自我意识，甚至产生心理疾病，精神失常。人物在现实中受到严重的压抑，心理能量找不到释放的通道，从而进入灵魂深层，形成郁结，在理性失守时，爱欲和荒诞趁机作乱，这一团郁结之气跑到意识层面四处冲撞，不可收拾，也就是这个原因。作家为了把握事实，在向内探索时，精神内部是看不见摸不着的，为了形象化，或者为了强化暗喻的功能，会选择荒诞事物作为意象。

三 认知叙事构造：最高的统一性和完善性

为什么经典作品的解释力那么强，它们的一切可以反复阐释的要素，很大一部分是人类的集体无意识，人囿于某种外在的羁绊或内心的困扰，通过"认知叙事"这种表现手法，可以给不同类型的人一个清晰的解答。一部经典作品经过无数代人的诠释，无论多么完善，它总要漏掉一些，这是难免的，因为人类的意识还在继续。优秀的传统小说也常常在认知叙事上表现得比较充分。面对一团团混沌的气象或者谜团，如何撑开，必须有结构。认知叙事把每个叙事单元设置为开放性状态，像细胞分裂，它有自我生长、自我调整的能力。结构是一个生命整体。死结构与活结构是现代结构概念的核心（认知叙事多表现为活结构），结构也随之演变为一种分析工具。然而文学创作和批评一旦进入结构分析模式，就很容易进入西方结构主义叙事学的窠臼。结构主义叙事学在认知叙事面前是失效的。认知叙事的流动性和失衡特征颠覆了结构主义分析模式。但是，为了方便看清一部作品的内部构造，并不能完全抛弃结构分析，前提是，用什么视角去看待这个结构，这里涉及"前见"和"立场"的问题。历史上诸多哲学、美学和阐释学理论都讨论过这个问题，但都没有给出决定性的结论，海德格尔认为："一切解释都有其先行具有、先行视见和先行掌握。"① 这个前提他称为阐释学处境。张江认为前见和立场是有本质差异的,因为立场主要表现为"主体选择""意识自觉""单向度姿态"。②

　　认知叙事对作家来说更具有挑战性,看起来没有定准,需要随物赋形。作家同作品人物的精神互动是一条流动的河流,能够驾驭认知叙事的作家,一定是有经验的舵手,对人物和作品的精神走向有足够的把握能力。当然,本章讨论的主要是小说的认知叙事。它的外在表现形式类似于中国古代巫风与古希腊的"努斯"(Nous)③的一种合体,而内在的筋骨则是"道"或"逻各斯"(Logos)。这个新综合体具有自我完善性,类似于自足的大自然,有大自然的一切本质属性,同时也具有人本身的本质属性。它是情感经验意识与思辨意识合一的矛盾运动,它的内部和外部互相转化。感性精神是能动的、超越性的纯粹精神,在这种新的综合体的运作下提升为纯理性。它是一种驱动力,是一种向更高处、更纯粹的精神生活攀升的能力。实际上,这一法则,我们同样可以在周敦颐的《太极图说》里找到依据。太极的阴阳互动勾勒出了生命的起源,同时也展示了这个民族所特有的"美"的结构。无极即是太极,太极动而生阳,动到极处归于静。静则生阴,静到极处又回复到动。④ 一动一静互为起点,它也是互相转化,模糊了内外界限。小说家的叙事不需要探索最初的"一"的推动力,只需要知道最高的统一性和完善性。认知叙事并不是写人物心理活动的小说,而是人物心理和行为

---

① ［德］海德格尔:《存在与时间》,陈嘉映等译,生活·读书·新知三联书店2006年版,第267页。
② 张江:《作者能不能死》,中国社会科学出版社2017年版,第394页。
③ 努斯(Nous)作为一个哲学概念是由阿那克萨哥拉首次引入哲学中来的,并影响了苏格拉底。努斯的含义是灵魂、心灵,但不是被动的、带有物质性的灵魂,而是能动的、超越的、与整个物质世界划分开来的纯粹精神。柏拉图发展了苏格拉底"灵魂至上"的精神。苏格拉底认为努斯是超越一切的"一",这个超越一切的一,是指"善""美德"。但苏格拉底认为美德是不可言教的,这恰好可以解释心理学所指的人遭遇的矛盾和内心的冲突。
④ (宋)朱熹、吕祖谦撰:《近思录》,中州古籍出版社2008年版,第15页。

第二章 认知叙事与作家的自我进化 ※

反映出来的一种状态。人物在矛盾中自我扬弃，情节也在这种矛盾运动中完成了"静"与"动"，"大象"与"小宇"，"形变"与"神合"的历程，叙述者与人物带着问题共同去寻求一个本质的答案，某些开放型文本甚至把读者也纳入这个活动。

人物设置有的强壮有力，有的弱不禁风，他们能够自动归位，最大限度地发挥能动性。他们有一个共同点，虽然人物被大量的事件、情绪所纠缠，但都不关注表面的物质，或者说表面事物只是一个借口。他们一心执着于精神内部世界。他们从最初的感性进入知觉阶段，这个阶段常常是摇摆不定的，莫名其妙的事物不期而至，荒诞不经，有悖于常理。人物很快会进入现象和超感官世界中，他们习惯了不确定，并与它们形成对抗（古典小说中的认知叙事也是这样）。离奇的事物纷纷围拢来，找碴、制造麻烦、往死胡同里逼，让人物精疲力竭，而人物又十分乐意这种冒险和刺激。经过几番生死劫难，人物到达知性阶段，找到了自己的主心骨，知道自己在干什么，该干什么，理直气壮，充满自信，不再遮遮掩掩。这种修炼程序，王阳明在《传习录》里说得很清楚，格物才能致知，这个到达知性[1]然后进入理性的过程，就是一个"格物"[2]的过程。调查研究、以身试"法"，"省、察、克、治"[3]的环节一环都不能少。人有这样一番经历后，必然意识到自我的本质运动。认知叙事的本意是试图证实人的这种能动性既是运动本身，也是运动的力的源头。

最初是试探性的，通过破坏事件→考验→回应考验→获得授

---

[1] 康德认为知性是介于感性和理性之间的一种认知能力。黑格尔认为知性是那只能产生有限的规定，并只能在有限的规定中活动的思维。与康德不同的是，黑格尔取消了感性，因为他把物自体取消了，也就不存在感性的问题。

[2] 格物为儒家认识论、方法论的重要问题，意为探究事物的道理、纠正人的行为，"格"有"穷究"之意。《礼记·大学》："致知在格物，物格而后知至。"格物致知，是中国古代儒家思想的一个重要概念，乃儒家专门研究"物之理"的学科。

[3] 王阳明的致良知的方法和步骤，参见王阳明《传习录》，中州古籍出版社2008年版，第103页。

权,达到特定的时空位置。采用半开半闭的方式:有一只看不见的手在牵引,有时候会到中途突然隐退,甚至"咣"的一声关上门,插上插销,任由读者和叙述者在迷茫中受难、挣扎、自省。当表象和知觉变得七零八落时,事物的本质自己就显露了出来。作家把握了生命的流动性与整体性,设置了一种动态、失衡的模式,使人物之间的关系随时自动调整。

要使故事呈现出意义,从生到死是一条绵延不断的线,在这条生命的主干线上会生出很多(极其丰富的)枝蔓。这时候,作家把自己置换成一位心理医生,他可以拿故事做一个整体的诊断。他的来访者(患者,其实是人物)倘若很顺利地建立起这个时间性的维度,在每个点都能撑开,在虚空中开出花来,这个人的病理性(在小说中表现为矛盾和冲突)就没有受到创伤。实际上每个人难免都有创伤,主体的那一段丧失了。主体是否流畅并不是作家关心的问题,作家更热心修补丧失的那一段。心理学诊疗所指的创伤可能是神经性"物理创伤",作家关注的是纯粹的"内在的创伤"。因为创伤使得每一个情感都有欲望,欲望和情感这一对冤家死死地扭在一起,谁也没法分开它们。认知叙事的结构也必然依存于这一对要素之上。认知或者认识在医学上是一个解释性的学问,它不具有完整的逻辑性。这正是文学所需要的,文学需要启动情感要素。情感是根本,是唯一当下发生的。尽管人物会使用不同的话表达心境,但是那些话不是即兴的,只有瞬息万变的情感是当下发生的。作家同医生一样,要牢牢抓住这个瞬间,如果作家在这一点上体会不到当事人的情感,那是因为时空维度没有建立,没法展开,从而观念也无法建立起来。

四 认知叙事势能:在他物身上反思到力本身

认知叙事同历史学一样,它要从最老的故事中寻找源头。同样以心理治疗为例,心理治疗师与患者需要通过故事来沟通,如果患

第二章　认知叙事与作家的自我进化　※

者一言不发，心理治疗师无从下手。所以，治疗和写作有一个共同点，那就是叙事是第一生产力。势能是叙事文体的生命整体。认知叙事，由于故事性并不强（尽量避免表面的故事，而是一种内在的故事），特别需要一种强大的势能把整个叙事过程控制住。势能是力的一种表现形式，按照西方哲学的说法，力是上帝的能力，是无条件的共相。德国哲学家雅科布·波墨是神秘主义和泛神论代表，他认为只有在他物身上才能反思到力本身。黑格尔的绝对理性就是受波墨的启发。斯宾诺莎则认为每一片瓦砾里面都有一个神，事物都是对着吸引力又不断地抵消吸引力，本能地在地球上运转。作家要在小说中构造这样一个层次，生命处在一种势能之中，不能让它脱轨，掌握了这个节奏便永不停歇。《孙子兵法》上说："凡处军、相敌，绝山依谷，视生处高，战隆无登。"[1] 梅尧臣将其解释为"敌处地势高，不可登而战"[2]。认知叙事暗地里拉下的架势与处军、相敌类似。势能在对抗中抵消，直接过渡到对立面，委于尘埃，而后绝地反击。运动才是自然的本质，才是生命的要诀。安稳是生命最大的敌人。碰撞摩擦只是现象，本质是将自然之力、原始之力逼回到自身。

　　势能的动力关系涉及构造，擅长认知叙事的作家，他们的小说叙事通常会吸收暗示性预叙，包括明清小说中的"头回"及近现代小说中的"哲理化""预叙""离间机制"，都属于暗示性预叙。小说家将这些手法融汇在文本中，看不出痕迹，但其精神上的影响是存在的。作家着力塑造一群灵魂的代言人和神秘事物的发现者，叙述他们获得自由过程中关于斗争的刻骨体验，并且设计较高难度系数的情节：人物刚刚摆脱旧的桎梏，又跨入新枷锁。自由的本质就是被围困和挣扎，"就是被人追着屁股跑"（博尔赫斯语），就是人

---

[1]（春秋）孙武：《十一家注孙子》，（三国）曹操等注，中华书局2012年版，第165—166页。

[2]（春秋）孙武：《十一家注孙子》，（三国）曹操等注，中华书局2012年版，第166页。

类受难的过程。认知叙事要建立好这种动态的势能，需要在结构上下功夫，作家们常常综合运用网状、螺旋、花瓣、屉笼套盒、意识流等结构模式。认知叙事特别注重意象的作用，情节和情节转换不再是叙事动力系统的引擎。受古代诗歌美学要素的启发，认知叙事也强调"意要深广""象要饱满"，意象被抽象成当代文学一个普遍要素，它被处理为小说中飘摇、朦胧、美丽的精神图腾。为了激活某种情绪，必要的时候采用一些尖锐、恶毒的意象，达到震撼、惊骇的效果。在以认知叙事为主的作品中，意象在叙事时空中的位置也不再是点缀，也不仅仅起点化作用，它以"强势"的形象出现，强力干涉，有时候在叙事中起着主导作用。

势能具体落实在故事结构、话语技巧方面。认知叙事既包含了所有的常规叙述，同时又有新的创建。在人称和叙述时间上通过一种转换，从表达层转变为故事本身。将心象投射到物象上，属于升级版的托物言志，有时候以非人类视角与人类视角的交叉重叠，看到底部和暗处，外在的看和内在的审视达到一种最大的可能性，出于反省的需要，"抉心自食、欲知本味"。这种酷烈的创痛是认知叙事的必要环节。作家和他的小说在这种叙述中无限分叉、重组。这只是外在的转换，但他们在小说叙事中把这种人称的外在变化变成了内在的构成。外部是分离的，但内部却是一个整体。人物既是最高的知性，又附加了混沌的最初的"我"（简单与复杂的混合体），拒绝标签化。一个强大的意识流主导着所有人的行为，虽然"非典型"又各自有分工，叙述者从某种回避、掩盖、残缺中提炼出某种理性，把那些看上去毫不相干却又有致命的关联的人和事物，编织成一张互相交织的网。语言在这种盘根错节的叙述中得到释放，作者和读者都体验到了一种升华。

认知叙事的创新很大程度上是一种叙事时空的创新，尽量把叙

第二章 认知叙事与作家的自我进化 ※

事模式处理为"次故事叙述"①。次故事叙述注重内感官对象。康德认为内感官对象（灵魂）与外感官对象性质不同，"因为这些对象在直观的形式条件上，与内感官相联系的只有时间，与外感官相联系的还有空间"②。而这里，次故事叙述是一个有魅力的叙事方式，它充满歧义、岔路，可以使结构变得立体多维。这种复杂的叙述方式有助于把握人物的精神层次，并从表层逐步向深层推进，但用这种方法的作家需要很高的掌控能力，用很强的大脑神经去对抗各种破坏，一不小心会把自己陷进去。一些作家开始从内部探索，全能叙述者退到幕后成为幕后操纵者，推出一个表面的叙述者出场表演，幕后操纵者有时候忍不住走上前台，成为表面叙述者，形成一种混合、交叉、互相置换的局面，真实作者"隐藏"在作品之外，隐含作者"显现"在作品之内。隐含作者有时候也可以看成虚构叙述者。隐含作者所说的话本质上与作品之外的那个真实作者无法区分。高明的艺术家干脆把自己搭进去，混为一谈。"我"跳进去成了隐含作者（虚构叙述者），拽出来又是真实作者。真实作者和虚构叙述者共同完成了叙述。在这类小说里常常是几种方式混合使用，作为外围框架的第一层叙述者处于故事之外，常常引出故事内的叙述者。出现在"故事内"叙述者故事中的人物，有那么一两位会自动充当下一个层次故事的叙述者，成为第二层故事的叙述者。第一层次的叙述者可能是全知叙述者，掌控着整个叙述节奏，影响着后两个层次人物的发展。有的采用限知叙事，留下一些缺失和陌生感，给叙事带来进退有余的空间。全知叙事者与限知叙事者内外穿插，大小贯通。这三种叙述构成一个层层相嵌的关系。有些作品的表层意义和深层意义却是通过看起来像"平铺直叙"的叙述

---

① 次故事叙事是对元故事叙事的一种解构，它对历史意义、经历和知识不再做完整的叙述，打破了主导思想赋予社会合法性的垄断地位。元叙事是由法国哲学家利奥塔（Jean-François Lyotard）在 1979 年首次提出的，通常被叫作"大叙事"。

② [德] 康德：《三大批判合集》（上），邓晓芒译，杨祖陶校，人民出版社 2009 年版，第 267 页。

达到的。有的干脆通过"直叙"进行无限扩张，使这种吸引变得纯粹、内在，也无所谓全知还是限知。这对读者是一种考验，只有为数不多的作家采用这种"花式叙事"。无论是哪种叙述，都考验着作者的叙事能力。他始终要把握这个势能，水流是湍急还是舒缓，是地表还是地下，都要有一种流动的气势。受众也很重要，有一个潜在的对象，可能是理想读者，在局外人看来是单调、乏味、冗长，"我"和"你"都不在乎。"我"的讲述近似于一种心理医生与来访者的倾心交谈，各自体验着沟通障碍的痛苦和信息分享的快乐。通过单纯本分的叙述者的精神升华过程，使小说内部能量呈现出曲线螺旋上升的态势。人物内心怀有深刻的矛盾性，表面却又显现出和谐与统一，以此达到一种叙述张力。

五 认知叙述话语：明心见性与整体直观

中国传统叙事注重生命的流动性和纯粹性，作者与读者往往是通过"有"和"无"的深度转换，"明心见性"，"直指人心"，在彼此相忘的情境中实现曲折复杂的心灵对话，这种叙事模式本质上就是一种认知叙事。西方经典叙事学精密的科学主义，以及后经典叙事学的形式和技巧，故事深层与表层结构的对应等方法，善于把读者从知觉带入知性。它们的特点是表达、陈述，必须说出来，把知识放到光天化日之下，变成公共的东西，所有的人都可以看懂，强调整体直观。

作为叙述话语，汉语的弹性与无限可阐释性在中国当代小说中体现出强大的优势，动词的非时态特征优势尤为明显。热奈特曾在《叙述话语》中提出三分法[①]：一是"故事"，即被叙述的内容。二是"叙述话语"，即用于叙述故事的口头或笔头的话语。三是"叙述行为"，即产生话语的行为或过程。认知叙事更注重"叙述行

[①] [法]热拉尔·热奈特：《热奈特论文集》，史忠义译，中国发展出版社2001年版，第9页。

为"。没有叙述行为就没有叙述话语，也不会有被叙述出来的虚构事件。语言、结构、题材只是外在的形式，叙事态度才是关键。无论是严谨刻板还是洒脱不羁的艺术家，他们在这一点上的追求是一致的。他们一定要用一种迷人的、充满魅力的态度来进行叙事，常常不免"用力过猛""用情太深"，甚至能从文本气息中感受到作者掏心掏肺的诚意。他们找到了"话语"真谛，用作品说话，对"文学性"做出新的注解。俄国形式主义批评家、结构主义语言学家罗曼·雅各布森说过："文学研究的对象并非文学而是'文学性'，即那种使特定作品成为文学作品的东西。"[1] 文学性指的是文学文本有别于其他文本的独特性。在雅各布森看来，如果文学批评仅仅关注文学作品的道德内容和社会意义，那是舍本求末。过于关注文学性，这是结构主义的长处，同时也是他们的缺陷，因为他们掌握了打开文本的技术，最后却什么也没捞到。认知叙事并非有意避开结构主义的游标卡尺，而是它自身的生长能力超越了这个理论范围，理论总是追着实践的脚后跟。中国古代文论从来就认为形式批评与社会文化意义同等重要，虽然每个时代都有侧重，"文质之争"也从未间断过，但品鉴的过程一定是带有双重标准的。事实上，无论是道德标准还是社会文化意义，都基本处于恒定的状态。教化、劝诫人们向善向美，追求真理，每个时代的要求是基本一致的，甚至不同民族不同国家也大同小异。作品形式所显示出来的与众不同的特点才是文学家关注的核心。只有通过言语才能进入作品的内部，因此，很大程度上，文学性主要存在于作品的结构层面和语言层面。认知叙事在语言方面下的功夫很大，需要一些有魔性的句子，需要打破语言常规，语言所指意义深奥，耐人寻味。语言单词单句的信息达到最大化，造成有一定难度的阅读，与现实铺天盖地的新媒体快速阅读形成对抗。无论是平淡的语言、诗化的语言或

---

[1] 朱志荣：《西方文论史》，北京大学出版社 2007 年版，第 287 页。

者是哲学化的深奥语言，关键是让语言本身具备某种具体可感的质地或特别的审美效果，它才具有把握事物本质的可能。一个鲜活的句子，它本身有脉动，有张力，甚至有细胞再生能力，它是一个活着的生命，这应该是文学语言的特征，也应该是一个作品文学性的标志。平淡的语言经过作家创造性地改变成为文学语言，作家体现在语言上的才华，就是对这些极其平常的语言进行提纯、升华和优化。文学语言的标准并不是一成不变的，哪种是好的文学语言，哪种是差的文学语言，批评家和读者都手执一杆秤，这杆秤无一例外都具有"当代性"。莎士比亚的剧作现在看来件件都是经典，他的舞台剧的语言在当时却被认为是粗俗的。陶渊明的诗当时被认为"质直"如"田家语"，钟嵘做了很大的努力才把它提为中品，为了显得有说服力，钟嵘还找出"欢言酌春酒""日暮天无云"[1] 这样风华清靡的句子。一些具有超前性的作家很容易遭遇这种"不公正待遇"。这些文学作品本身所具有的文学价值没有变，它的文学性是稳定的，他们的作品给读者提供了一种新的文学感受力。一些有杰出成就的作家更多的是关注文学内部的建设，而批评家在某种意义上代表了文学潮流和社会整体的审美水平。

话语的发出者很关键，话由谁说出来，同样的叙述，由不同身份的人说出来，达到的效果也不一样。采取认知叙事手法的作品，人物看上去像思想家和艺术家，对生活有深刻认识，主要表现出以下特点：第一是语言真诚、有力。人物以此完成最彻底、最坦诚的表达。第二是诗化的语言。他们都愿意挑战语言的高度和难度，极度浓缩信息量。人们达成共识，沟通愈是困难，愈是要用诗的语言融解。第三就是哲理与警示式语言。在那些充满沸腾激情的人堆里，某个人（通常是叙述者自身或者亲属）具有先知的禀赋。缺少这样一位关键人物是不可想象的。这种非常态的先知先觉，通常代

---

[1] （南朝梁）钟嵘撰，曹旭笺注：《诗品笺注》，人民文学出版社2009年版，第28页。

第二章　认知叙事与作家的自我进化

表着人类理性的一面，却又不被人理解，连自己也没有发现竟是真理的化身。人的多面性与生动性在这里体现出来，并完成对社会的认知和判断。第四是反讽与戏谑。这种作品整体会有一种哲学意义上的反讽，即笛卡尔式的某种趋向于揭示作者意图的解释学，一种辩证法思考。语言层面的反讽与戏谑大都是由于人物角色的需要，小说文本深刻的哲理性如果没有一种活跃的东西来调节，那将是非常可怕的艰涩。

人为什么会做出种种无法解释的行为？从神经病理学的角度，人有时候有一种变态精神，如梦魇、癔症恐惧症、强迫妄想症。《圣经故事》里约瑟和但以理都是释梦高手，他们因为这一特长救了自己和他们的民族。商周时期的姬旦也被后人奉为释梦高手，《周公解梦》这种民间流行的小册子被不断添加新内容。某种意义上，这些先知，他们的认知能力超越常人。弗洛伊德认为："梦是有效的精神现象——是欲望的满足，它们可以插入到一系列可以理解的清醒的心理活动之中，是心灵的高级错综复杂活动的产物。"[1] 有些认知叙事是通过梦境或者巫术（魔法师）来实现，以此建立一种内在的时间性。作家介于医生和哲学家之间，比如说到潜意识。当哲学家说"意识是精神不可缺少的特征"时，医生只能耸耸肩膀。哲学家对前意识——意识进行逻辑分析的时候，医生更在乎梦（潜意识）的表现。作家与二者都有区别，既不能做过多的思辨分析和逻辑判断，也不能停留在虚无缥缈的梦里面，他只能通过人物的表现—故事—来进行表达。梦仍然只是故事的一部分，他需要把所有的"有"建立在"无"之上。先在虚空中站稳脚跟，一旦站稳了，就忘记了周围的虚空。人物一开始都是混沌初开，以先验的直观的形式出现，经过努力、搏斗这一认识的过程，积极介入，弄清楚主体和对象的关系，尽管最终有可能不了了之，但主体和对象

---

[1] ［奥］弗洛伊德：《释梦》，孙名之译，商务印书馆2009年版，第122、612页。

得到不同层次的解释。叙述到了中途，人物有时候也怀疑自己的能动性不够，只不过是一种敷衍，想停止这种行为，但他们却无法阻止自己的思想意识河流。他们周围潜伏着各种干扰，而干扰本身也是一种精神构成，叙述者只好哄骗它们，顺着它们，和它们周旋，话语行为成为叙述本身———一种精神的构成。

　　认知叙事能够使文本达到信息密集、思想深邃、解释力强的效果，并且反映出人类在面临重大而艰难的精神问题和社会问题时，能够有效地把握世界，看清自身。在技术主义与历史主义的双向作用下，认知叙事散见于各种类型的小说，但它不是一种规定性的形式，它逐渐演变成一种叙事行为模式，这种模式在经验过后能够成为思想意识本身。在自然科学中，一个实验要成立的基本条件是可以被其他实验者反复验证，而文学创作恰恰相反，固定的可反复利用的方法是被忌讳的，但是思维方式本质上是一种实践过程。要将生命的流动性与整体性描述清楚并不容易，作家费力地描述有时候也只能达到一种"生命的皮相"。如何掌控或者把握艺术生命规律，没有现成的方法，永远处在失衡的动态中，作家与自己设定的人物，以及人物与人物之间进行深刻的精神互动，解决了旧矛盾又出现新的矛盾。它就是一个不停地斗争并从中获得经验的认知过程。

第 三 章

韩少功的认知叙事与文本构成

文学在先锋者那里从来没有一个既定的模式，当你看到某位作家每每一出手便有惊人之作，几乎可以肯定，他是一位先锋者，这种带着"实验性"写作的叙事，要分析其构成甚至有一定的难度。韩少功本质上就是这样一位艺术家，做出这样的判断不光是依据他小说叙事的高超技巧、丰富的想象力、超常的审美能力、半耕半读的归隐行为，更重要的是他的作品的美学价值和精神性存在。他常常以文学的形式，鼓动人去体验一种人性向善向美的经验，他还对古典政治美学抱有极大的热情。他的作品总是夹裹着一种高热度的精神能量，这种能量虽然也须依附在具体的小说人物、情节、结构、符号和总体的文本之中，但它隐隐地高蹈于这些具象之上，高贵美丽，与心灵人格聚敛成理想之光，穿透文字和想象力构筑的灿烂云霞，投射于幽暗人性之中。韩少功惯于把生命正能量转化成好看的艺术品，在他那里小说创作永远是一个动态的概念，是宇宙的振动弦，是已经到了《金刚经》所说"一切有为法，如梦幻泡影，如露亦如电，应作如是观"的"自性本空"的境界。

◇◇ 第一节　韩少功的艺术认知

韩少功在《灵魂的声音》中对小说定义做出了这样的解答："小说只意味着一种精神自由，为现代人提供和保护着精神的多种可能性空间。包括小说在内的文学能使人接近神。如此而已。"① 翻开所有评论和研究韩少功的文章,绝大多数都赞扬韩少功是当今最有思想深度的作家,同时也评价他是一位探索社会理想制度的践行者,这种判断来自他的大量的思辨性的散文随笔。他参加过学潮,很成功地办过《海南纪实》《天涯》两本杂志,担任过级别不小的官员,做过近似于乌托邦的社会体制的实验。当然也有人从他的小说创作中注意到了他同时也是一位看重形式感的作家,这一点常常被一笔带过,颇有些不公道。这也不完全是评论家的偏颇和失察,由于韩少功的思想光芒太过强大,以至于掩盖了他的艺术成就。他的思想深度,有足够丰富的材料可以佐证。20世纪80年代,他首先擎起"寻根文学"的大旗,尽管他在多个场合表示不喜欢被贴上这样的标签。从他后来的表现可以看到,他有意无意地发起一个又一个的主义或潮流,往往在高潮迭起时,自己却即时抽身,立于潮流之外,做一个清醒的局外人。在各种主义、各种流行渐趋衰落时,他通过发表在《作家》上的《文学的"根"》,树起了"寻根文学"的旗帜,让人们重新看到了文学的前景。接着,他的一连串如《爸爸爸》《女女女》《归去来》等被认为是寻根文学代表作的作品隆重问世。他点燃一把火,又奋力将这火烧旺。既然暂时无法完全摆脱文学的政治色彩和意识形态化,他干脆把文章做足。恰在这个时候,国家急切要完成现代性转型,文化成为现代性转型最好的驱动力和能源。文学家做好了这一功课,也算是文学与政治的一次甜蜜牵手,而这一过程同时也是"再一次文学自性"蓬勃兴起的过程。传统文化是一座富矿,韩少功最先认识到这一点,所以他理所当然成为"寻根文学"的发起人。人们惊叹于他的创作力,他的那些精巧的充满各种文体探索意味的中短篇小说,如《方案六号》《801室故事》《灰烬》《暗香》等,以及长篇小说《马桥词典》

---

① 《韩少功作品精选》,长江文艺出版社2006年版,第365页。

《暗示》《山南水北》《日夜书》，每一部都在挑战"小说"这个词既定的概念。他的那些小说不管选取哪一种素材，都具有内涵复杂、理解深刻、令人愉悦、开启心智等共同特征。因为这个原因，人们也更愿意把他看作一个文化复苏后的文学自觉"先锋派"，一个文体改革者，一个使文学回归文学本身的思想丛林里的先行者。他的杰出的小说艺术常常被他的社会光芒掩盖。韩少功曾经说，想不清楚写小说，想得清楚写散文。他的很多散文随笔对世态万象的确是有很深刻的洞见，人们对他作为"最有思想深度的作家"的判断，多半来自他的诸多具有思想深度的散文和随笔。对理想制度的探讨，对自由民主的全新理解，对人性健康和美的期待，伴随而来的是一场接一场的新的启蒙运动。在这个纷繁芜杂、是非莫辨的世道乱象中，他总是先知先觉，不管风云如何变幻，他始终是一个独立清醒的思想者。读他的随笔，人们更愿意把他看作一位学贯中西的学者。他的全球视野和对历史、当下事件的超强分辨能力，对知识和信息的巨大吞吐量，他的前瞻性的政治智慧和以探索人性为目的的宏伟抱负，加上他早年复杂坎坷的人生体验，他的散文不必采用任何结构上的技巧和语言上的花招，就能直抵人心。因此，人们也容易忽略他的散文的艺术性。

一 经验世界与超验世界的自由切换

韩少功的写作始终贯穿着这样一种历程，即对叙述的多维度开辟与对超验世界的探索。"五四"运动以来的新文学，高举民主、科学的大旗的同时，是以斩断对传统的依赖并与神魔划清界线为代价的。作家将想象力锁定在"经验世界"，对于超验世界采取回避、拒绝、打压的态度，作品的实用功能也提到前所未有的高度。马克思主义文学观占主导地位后，文艺批评把意识形态和艺术的阶级特征作为衡量艺术品质优劣的第一标准。文学艺术确实有为政治服务的功能，但"艺术的政治潜能仅仅在于它的审美之维"①。也就是说，艺术的政治潜能在于审美形式本身，以及艺术作品本身。政治功能是艺术多维度审美的要素之一。作为审美主体的作家在单一的文艺思想指导下存在许多局限性。如果一个作家的作品仅仅只停留在对"经验世界"的想象，那将失去文学中最宝贵的多维度审美。现实世界构成存在本体，而心象或想象被看作超验世界，小说创作的"道法自然"无疑是将两者进行完美的结合。20世纪80年代的"再一次文学自性运动"中，许多先锋作家的贡献在于着力探索一种文体上的道法自然，同时在审美的存在本体上修补超验世界的缺失，亦即审美的本真维度的缺失，将宇宙的外自然和人性内自然紧紧相连。在这方面，韩少功得益于楚地文化的滋养，因而成为一个典范。楚地的"巫""傩"属于外自然神秘主义哲学范畴，人性内自然又与本体维度交叉。将现实主义手法放入神秘主义、超验世界中淬火之后，形成一把寒光四射的快刀，将人类心灵暗处隐藏的东西一层层剥开，无情地对灵魂进行叩问。这样做的好处是无须直接塑造神魔形象，便能抵达人的丰富的精神世界，展现人性的复杂多变，借助一种无形的魔力直指人心最幽暗最脆弱部分。韩少功的很多作品都在这种多维度空间里如鱼得水。

没有直接与神对话，但总有一个内在的神灵在人的意识中活动，与宗教情怀的救赎意识和忏悔意识相呼应，强化道德感，回归人性的和悦美好。《归去来》镜影像重叠，犹如灵魂附体。我（黄治中）分不清到底是我自己还是马眼镜，物像与心象转换重合。"我"一进村子就觉得眼熟，石板路、芭蕉林、被"我"预测到的炮楼后面被雷劈死的银杏树，以及老树后面牛棚和生锈的犁耙。但"我"确定从来没到过这里，"我"的脑子清醒，也没有害过脑膜

---

① ［美］赫伯特·马尔库塞：《审美之维》，李小兵译，广西师范大学出版社2001年版，第189页。

炎。"还识得吾吧？你走的那年，还在螺丝岭修公路，吾叫艾八。"[1] 对于这种近乎古音的语言，"我"起初觉得很新奇，后来竟顺风顺水的蒙混过关。享受着当马眼镜的种种好处，最后变得无法从马眼镜的心境中抽身。楚地巫术中常常有这种景象，借着一个活人的躯壳传达死人的意愿，从乡民对"我"的态度来看，马眼镜无疑是一个好知青，但经过这种艺术处理，更具悲剧意识和崇高感。文学一旦打开超验世界这一扇神奇的大门，就可极大地拓展自身的想象空间。韩少功相当熟练地操持着这一切，他的作品中总是不缺自由驰骋的语言、汪洋恣肆的想象力、灵活精巧的结构。《余烬》和《四十三页》都时空错位，这是一种不错的观察角度，有一种扒开自己的灵魂自我检视的戏谑感和悲剧感。在《余烬》这个短篇小说里，知青福庄连牛车都没有，却在破窑里给一位大娘开了一张派车单。多年后，已经当了局长的福庄故地重游，来考察投资项目，司机开着他的奥迪轿车送产妇去医院了，司机凭借的正是福庄在破窑里写在红橘牌纸烟盒上的字条。在《第四十三页》中，球星阿贝在列车上遇到了不可思议的事情，车上的男人穿着中山装，女人扎着齐刷刷的短毛刷，穿着散发着红薯气的肥囊囊的大筒裤，扫地的乘务员恶声恶气地拿扫帚戳乘客的脚，把穿"奇装异服"的阿贝当特务，还把他的手机当发报机给收缴了。但他们却知道给感觉有点冷的乘客披上毯子，给每个人添茶递水，帮乘客在锅炉间烤湿衣服，车长给旅客测体温，耐心寻找钱包的失主。列车遭遇了泥石流，阿贝醒来回到了自己的世界，路人冷眼旁观，医院敲诈勒索，冷漠、暗算、欺诈，他不由得怀念起那列火车。《第四十三页》以列车、医院等场景的时空交错背景来突出小说人物的感受。《余烬》则把福庄这个人作为时空背景，小说的感受主体缺位，读者被迫与交错的时空进行互动，当了局长的福庄与当知青时的福庄的变化，

---

[1] 韩少功：《归去来》，人民文学出版社 2008 年版，第 59 页。

需通过派车这件事形成交叉点。人有时无法把握自己的命运，但冥冥之中却有另一种秩序与尺度存在。《鼻血》《暗香》《白麂子》其实是三种不同类型的小说，但它们有一个共同的特点，突破意识层面，进入潜意识层面。知青年代对偶像的热爱也有骨灰级的粉丝，比起开放年代，更有一种内敛的疯狂，《鼻血》的诡异情节更将一个小小知青含蓄、压抑的青春偶像崇拜表现得热血澎湃。小知青知知用丰富的想象力将"演电影戏"的杨家二小姐老宅子演绎得丰满、生动。见到破灯盏就不由得想到灯盏下忧郁的人儿，看到后院荒草掩盖着的一条石板小径，便附会着跑来捉蝴蝶的人，以及笑声碎碎地装满一院子的情景。知知把杨家二小姐撕掉一条胳膊的照片拼接起来压在枕头底下，后来被批斗时奇怪地流起鼻血来，开始还一滴一滴的，稍后竟是喷射，一条老狗从他胁下穿过去，不小心喷出一个红艳艳的头，一只白母鸡也被喷成红母鸡，地上的血水积厚了、涨高了，开始蠕动，裹着沙粒和落叶向低处扭摆而去。这种完全不符合医学常识的手法却助推了情节的荒诞和离奇，多年后知知看到老迈的杨家二小姐的胳膊果然有一条长长的伤疤，结尾也令人颇感意外。《暗香》与《鼻血》有相通之处，但《暗香》几乎都跟意识或潜意识有关，不像魔幻或者玄幻，而是接近现代心理学，属于科学范畴。不过韩少功并不打算把它们写得像科学，他又是表现了一种潜意识和集体无意识给人的生活带来的巨大改变。干了多年编辑的老魏晚年很孤独，一个叫竹青的人时常来看望他。竹青的几次造访都匆匆忙忙，不给老魏多余的时间从谈话细节里找到记忆线索。老魏仅从他的只言片语中了解到竹青是一位花匠，有一个养女，住在广西某地。某一天老魏翻出自己多年前的手稿，这个竹青竟然是自己笔下的小说人物，花工、养女，都是老魏赋予的小说情节，老魏后悔把竹青的生活写得那么凄凉。老魏去世后，女儿不懂得父亲涂涂画画的一堆字纸有什么意义，一把火焚烧了，几天之后收到一封来自广西的电报，说是那位叫竹青的人死于一场意外火灾。《白麂子》与《鼻血》《暗香》不同，所谓的灵异、怪诞都是心理投射。广施钱财、乐于助人的季窑匠突然失踪，人们从河里捞起一具肿胀的尸体当作季窑匠给掩埋了。主丧的李长子告诫众人，季窑匠有一个姐姐在石门镇打豆腐，借钱者当悉数归还。只有茂爹出面认了一笔账，并且卖了鸡蛋还了这笔账，其他人像苍蝇一样一哄而散。后来的情形是，只要坡上的白麂子一叫，村子里的人有的长毒疮，有的发癫，总是害一些莫名其妙的病。曾经与季窑匠交往甚密的辉矮子、黄三、罗海、清远这几家最不清静，只有还了钱的茂爹家平安无事，家庭和睦殷实，儿女个个都有出息。人们不自觉地说出了实情，以求得死鬼季窑匠的原谅。《鼻血》《暗香》与《白麂子》表面上看起来是两种不同的幻觉，都是感情债的潜意识在作怪，后者（即《白麂子》）甚至担负了道德教化的功能。弗洛伊德认为意识状态是瞬息万变的，某一观念一闪念之后便消失得无影无踪，但在某种条件下又会自动冒出来，而我们自己却一无所知。而《白麂子》更符合荣格所说的集体无意识。人们沿袭着这一古老的风俗，现代科学知识在这样一种别具一格的道德教化方式面前也显得苍白。

二 形式与内容的依存关系

故事是小说的基本前提，哪怕是后现代或者后后现代小说，也不可能完全做到去故事化，但小说家都不安于一个讲故事者的身份。他们常常探索非故事的诗歌领域，要达到那样的境界实属不易，因为这样一来，语言和结构就要扮演重要的角色。语言艺术作为写作的基本艺术，就如同国画家的笔墨，油画家的色彩，韩少功无疑是一位语言大师，但这里重点讨论的是他的结构。韩少功从不主张一种固定的格式，他的长篇小说大都是跨文体的，不好归入哪一类，这样一来，结构与形式之间互相依存的关系就消失，探讨小说的形式美也只能从语言、结构入手。不断创新并焕发魅力的形式构成了韩少功小说的主要诗学特征之一,如《马桥词典》《暗示》《山南水北》《日夜书》,对此都有杰出的表现。在《马桥词典》中,作者设置了若干个屏障,全篇分割成无数个小单元,但作为知青身份的这位叙述者,大多数情况下游离于故事之外,偶尔进来参与当地人的故事。每引出一个词条,即由词条内部的叙述者自行延展,生发,收尾。有些事件需一连串的词条才说得清,虽然中间有分叉、有间隙,但并不影响故事的连贯性。《暗示》用十足学术性和理论化的文字挑战传统小说概念,作者自诩其为"长篇笔记体小说",传统小说中不可或缺的要素——人物和场景,在《暗示》里隐退到最为边缘的位置,场景如太坪墟,人物如老木、大川、小雁、良种河马等仅仅作为小说"象"的例证,而且还是"因为作者一时旧的写作习惯"才勉强穿插进来的。作者不惜动用所有的手段,包括图表分析来例证言、象、意之间复杂的辩证关系,小说的深奥、艰涩、丰富甚至超过了小说这种体裁的承载能力,可以说是一份娱乐版的哲学报告。《山南水北》的体裁特征已经让出版社编辑非常为难,作家出版社在推介语中称之为"归隐乡野后首部跨文体长篇散文""亲历者挑战思想意识主潮的另类心灵报告"。显然,焦点人物、主要情节一直以来是韩少功在小说中刻意回避的东西,连散点透视、隐秘线索也抛弃了,几近于大树底下摆龙门阵、扯闲白话。说是散文吧,像《扑进画框》《地图上的微点》《三毛的来去》被当作散文是毫无疑义的,而像《青龙偃月刀》《带着丈夫出嫁》这类文章显然更像小说。《十八扯》《很多人》《红头文件》是不做任何加工的原始笔记,《待宰的马冲我流泪》干脆不着一字,留下一页悲伤的空白供人唏嘘、遐想。韩少功采用这种别样的手法,看似怡情,但戏谑、轻松中隐匿着悲伤和无奈。文学的结构如同物理的力学原理,它永远处于一个动态的、不和谐的甚至矛盾的状态,正如布拉格学派所主张的前置/后置以及俄苏形式主义陌生化,还有结构主义的跳跃、重合、代码指涉(能指/所指)等,它们完全可以做自我修补,自给自足,达到一个相对平衡的稳定状态。即使这样,韩少功也并不满足于文本的自足性,他会故意地给文本留下残缺、空白,通过读者互动开拓更新的空间。《日夜书》可能与《暗示》的体裁接近,但作者不打算说太多的理论,一心只想用好看的故事编织出无数的泪点和笑点,引得读者像疯子一样刚刚还泪水滂沱,马上又拊掌大笑。也有几位贯穿始终的人物,如行为艺术家"公用鳖"姚大甲,命运不济的郭又军,鬼才贺亦民,留洋的女学者小安子安燕,小说叙述者陶小布,知青时私自建党后来成为著名经济学家的马涛等。《日夜书》的结构也有散点透视和立体主义拼贴的味道,但其行文节奏更像卡农。故事没有一个中心人物,小说人物有时依次进入,有时交替出现,重叠、穿插,有时两小节或多小节合围一个中心,"轰"的一下造势,间隔,停顿,单线延续,造成一种起跑的姿势,然后又隆重地再来一下,其间还有强弱不等的伴奏、和声。人物和故事走向不是单向的,常常转位、逆行、反向、循环。它像一个旋涡,或者干脆像一个八卦阵图,让阅读者处于看似平静的中心,读者大概认为逆风而行或者是走入死门、休门是一件比较刺激的事情,实事上哪一条路都要经历艰难跋涉。

　　韩少功似乎并不想构筑一个像现代派那样的迷宫式结构,不过他的小说也有多维图式、镜像反射、螺旋导入,如《马桥词典》《暗示》,它们有表现主义和立体主义的复杂和重叠,又有达达主义的荒诞和戏谑,但他不打算用复杂解释复杂,虽然在形式上看它有一种视觉的多义性,但最终的主题思想还是现实主义关怀,具体地说是形而上的现实主义关怀。事实上,对于文学创作来说有一个很难避开的陷阱,某一手法或者风格刚刚形成,并引起同行的广泛关注和效仿,这一方法或者风格被过多的重复甚至滥用之后,曾一度非常时髦的或者看起来有新意的方法,又会在不断推进的改革和创新中被弃之如敝屣。一个稍微高明一点的艺术家都能够看透这个机制,并在这个机制上不断玩出一点小花样。而那些杰出的创作者是完全不理会这一套的，他们是永远的创新者，从不朝后看，只顾披荆斩棘，开疆拓土，韩少功就是这样的开拓者。大概韩少功觉得叙事虽然在历史演变中不断地变换意义，但它总是处于作品的表达层，因此他把它从表达层转变为故事本身。他一方面有意回避或忽略叙事技巧，同时又在《马桥词典》中，把叙事技巧发挥到极致。字典词条是一种极端正式的叙述模式。在这里他解构了词条的权威，对现有的意思进行了重构。很多小说第一章开头的魅力在以后的叙述中很快消失了，《马桥词典》在故事展开过程中一直保持着开头时的那种魅力，维持住读者尚无具体内容的期望。小说在结构上有什么特点呢？写完一个故事后即刻终止，把其结尾插到另一篇的或者几篇的开头。例如，小说写到"神仙府"词条，文中塑造一个完全彻底悟"道"的马鸣。而马桥人对于"道"的理解的偏差需借助另外三个词条"醒""不和气""科学"。每篇的开头和结尾都有好几个分叉，分叉有主流和支流之分，如"流逝"词条，因屈原的《九歌·河伯》有"流澌纷兮将来下"的句子。所以在接下来的"马疤子"词条中说明马桥人对于流逝的深刻见解，他们更愿意活在时间之外，时间被模糊之后，与马桥相关的一些惊天动地的大事也被他们像汨罗江干涸在沙洲上一样给"流逝"了。这种分叉、叠加成几何数量的增加，最后织成一个巨大的有弹性的网，真实作者和隐含作者混合、交叉、互相置换，"纯叙述"（讲述、叙述）与"模仿"（展示、再现）交互使用。真实作者"隐藏"在作品之外，隐含作者"显现"在作品之内。隐含作者也可以看成虚构叙述者。隐含作者所说的话本质上与作品之外的那个真实作者无法区分。这样一来，橡皮筋被无限地拉长，或者是网眼被织得更加错综复杂，故事自动地进行自我修复、织补。作者的这种创作与传统小说相比，它经历了另一种完全不同的精神历程。读者在阅读过程也在享受着一种智力探险的快乐。这种叙述方式，有些类似于他自己笔下《爸爸爸》里的古代祭歌的叙述层次：如"姜凉没有府方生得早。府方没有火牛生得早，火牛又没有优耐生得早……"① 接下来又是顺叙："他们原来住东海边，后来子孙渐渐多了……"② 同一段文字里有倒叙和顺叙，形成一个沙漏式的结构。叙述者的角色也如同作法的巫师，处在法事现场的巫师既代表巫师本人（执行者），又充当神鬼与人间的媒介（有一套传递、交涉的复杂过程），同时还要为神鬼代言（失去意识的躯壳说另外一种声音）。三种角色重叠交叉，一层套一层，真实与虚幻边界模糊。楚地的巫歌、巫诗和祭祀活动，通常叙述在世俗中受压、扭曲、分裂、变形以及心灵遭受致命重创的强烈感受，人们希望在这种激情的仪式中顺利穿越欲望、痛苦和煎熬，与真实的现实达成某种平衡。因此，巫术、巫师本身也是一个矛盾体，其过程和内涵不得不演变得相当复杂。

人们通常遵循文章的外在形式的表现来查看其思路，再依照思路摸清总的构架。文章按照一定的条理由此及彼地表达思想的路径、脉络，它们表现在文章的取材、线索、顺序、开头、结尾、过渡、照应以及段落层次的关系等方面。文章的结构组织要严密、清晰地反映作者的思路。这一系列方法，每个人大约在中学时就有过这样的语文训练。韩少功一举斩断读者对传统方法的依赖，就《暗示》这部小说来说，读者无法轻易看出他对材料是一种怎样的组织和安排。在《暗示》中，这一切组织、机制全部被打破。面对这样的作品，我们需要从自己的认识中去确立一种标准——永远没有一个现成的标准可以套用。每位读者运用自己的经验、学识、分析能力，从中或清晰或模糊地看到一些事物，或受到某种感动，但作品本身并不是一个经验的实事，如果这样理解的话，将会落入另一种窠臼。R. 韦勒克与 A. 沃伦说得很清楚："文学作品既非一个经验

---

① 韩少功：《想不明白——韩少功汉语探索读本》（下），四川文艺出版社 2012 年版，第 138 页。

② 韩少功：《想不明白——韩少功汉语探索读本》（下），四川文艺出版社 2012 年版，第 138—139 页。

的事实,既非任何特定的个人有或任何一组个人的心理状态,也非一个像三角形那样理想的、毫无变化的客体。艺术品可以成为'一个经验的客体'(an obiect of experience),我们认为,只有通过个人经验才能接近它,但它又不等同于任何经验。"① 结构如同一个生命的躯壳,僵硬、老化的躯壳无疑会影响生命体的活力。就韩少功的作品而言,它具有一种鲜明的个性特征,当然,要看透他的结构图式,不需要太多的灵气,也不一定需要现代艺术修养,但一定要抛弃已有的成见——对传统结构的定义。他的长篇小说布局恰似南方的丘陵、单个的小山头,其间河溪密布,岔路纵横,不容易走出来。《马桥词典》《暗示》《日夜书》都属于这一类,《日夜书》还有一条副线,隐藏着一种灵魂波动式的结构,情节的推进跟随叙述人内心的走向形成一种脉冲。陶小布充当讲述者的角色,他从心窝子里掏出一桩又一桩往事,一些平凡的和不平凡的人相继登台,演绎着他们的爱、辛酸、苦难、理想。一切悲喜剧终将谢幕,世界总归是美好的,作者仍然忍不住对宇宙对人生发问:"那是什么?那种直立行走的活物是人吗?那些天真的、妩媚的、刚毅的、慈祥的并且唯一能哭泣的动物,就是叫做人类的东西吗?哒哒嘀,嘀哒哒,乖乖隆的个咚——难怪一个孩子会发出如此含糊不清的惊叹……这就是传说中的天堂吗?当然就是你们的天堂。多么美好。"② 人类灵魂受难问题,人性的问题,人类存在的根本问题,是韩少功关注的大主题,也是贯穿韩少功作品始终的主题。

三 言、意、象的融合

言、意、象三者的紧张关系一直是韩少功的小说创作中探讨的核心,语言哲学问题是涌动于韩少功作品之中并悬浮于文本之上的

---

① [美]勒内·韦勒克、奥斯汀·沃伦:《文学理论》,刘象愚、邢培明、陈圣生、李哲明译,文化艺术出版社2010年版,第164—165页。

② 韩少功:《日夜书》,上海文艺出版社2013年版,第331页。

第三章　韩少功的认知叙事与文本构成　※

真气。语言与存在之间的关系贯注在他的每一篇小说之中，他从来不屑于充当一个单纯的讲故事的人，但也不愿做一个板着面孔说教的老学究，尽管他拥有广博的知识和严密的逻辑，他总是善于把深奥的思想转化为好读的文字。长篇小说《爸爸爸》运用方言古语，通过原始神秘的盘歌、唱简来寻找传统文化被忽略的语言功能，透露出作者对原始语言思维方式的推崇，坚守语言的"根"与流动不息的语言现场的语言观。《归去来》在语言表象的挟持下，小说人物"我"产生时空倒错、身份置换的错觉。《日夜书》茶场场长吴天保在乡村俚语、粗痞话中享受着语言盛宴和精神狂欢，值得注意的是吴天保将阳具这种初始的"象"转换成"言"，如"夹卵（算了）！""搞卵呵（搞什么）？""你咬我的卵（你痴心妄想）。""你搓卵去了（你干什么去了）？""大卵子一甩，天下太平呵（形势会越来越好呵）"等，画家大甲由"言"生"象"，赋予了它的"意"。《日夜书》描述姚大甲在美国开画展，画题以白马湖粗鄙话命名：《夹卵》《搓卵》《咬卵》《木卵》《尿胀卵》《卵毛》等。画展总题则为《亚利玛：人民的修辞》，其前半句既是基督圣母名谓的倒装，也是白马湖人骂娘的谐音。西方的语言哲学思潮对韩少功曾经产生过巨大的影响，但他又是比较早醒悟的人，他对国人缺少语言的自觉深表痛惜。在《现代汉语再认识》中，他说："我们对汉语的理性认识还笼罩在盲目欧化的阴影之下，没有自己的面目，更缺乏自己的创造。"[①] 韩少功借画家大甲之手捞起白马湖湿漉漉热乎乎的原始材料对西方话语中心主义进行解构和颠覆，影射那些端起架子绷紧着脸的虚伪做派。他认为语言是可以维系政权，保全制度，统一国家的，"语言上一旦四分五裂，政治上分崩离析也就不远了"。[②]《马桥词典》着力对语言中心主义进行解构和反思，《暗示》则是作者对语言与存在之间的一次彻底清理，对言、意、象诸

[①] 韩少功：《想明白——韩少功汉语探索读本》，四川文艺出版社2012年版，第117页。
[②] 韩少功：《想明白——韩少功汉语探索读本》，四川文艺出版社2012年版，第110页。

因素相互纠缠、相互魅惑进行纵深撕裂和归位。他认为任何具象都是被感觉到的具象，受到理智的控制，语言的参与使这一控制过程变得容易操作。事实上，小说家作文离不开这一程序。王弼在《周易略例》说："夫象者，出意者也。言者，明象也。尽意莫若象，尽象莫若言。言生于象，故可寻言以观象；象生于意，故可寻象以观意。意以象尽，象以言著。"① 王弼将言、意、象理论世俗化了，他这种形而下理论的指导意义在于：文本的多层次结构的特点给我们指出文学实践中的两条基本途径。一条是创作途径，即文学创作先有意，后生象，再显现于言；另一条是阅读途径，即先从言语入手，去把握形象，然后通过形象去把握意蕴。亦即创作途径：意—象—言，接受途径：言—象—意。文学言语因其内指性、心理蕴含性、阻拒性（使语言产生新鲜感），要使言在象与意中豁然铺开并非易事。一个句子可以经由想象和联想在头脑中唤起具体可感的动人图景，这使得文学家愿意在语言上多下功夫。《日夜书》里的"大甲"笔画圆一点看上去就变成了"公用"，知青大甲就一直背着"公用鳖"这样的不雅绰号。两拨看似一见如故的知青，话语中却暗藏凶器，互相抖搂自己的知识点，以吉拉斯或索尔仁尼琴的某部不为人知的作品将对方逼进死胡同，如果还能来一点英文或法文版本秀一秀，基本上就点了对方的死穴。看似单纯无辜的具象隐藏着语言的阴谋暴动，语言让社会身份认同感、阶级感、国家概念、人种差别变得简单明了。韩少功对于语言哲学的思考深刻影响了当代文学的思想方式，他不止一次对语言中心主义表示怀疑，尽管他在《暗示》中试图用语言反对语言，但作为作家，语言是一个基本载体，他的小说创作可以去故事化，但不可能做到去语言化。韩少功小说语言艺术的魅力恰恰也正是在语言的纠结中形成一种美的张力。

---

① 楼宇烈：《王弼集校释》下册，中华书局1980年版，第609页。

四　修辞立其诚

艺术是一个成功者的秘密武器，革命者的纵横术、苦难和诚恳都是一种艺术，但他们从来不直接说出来。印度的甘地通过他的杰出的艺术才华取得了革命成功，他只需半裸身子，斜搭一块粗布，挂着高过自己头顶的木棍徒步于印度大地，就已经成功一半了。切·格瓦拉只需骑着摩托穿行于南美各国。奥巴马淋雨演讲，马英九鞠躬谢罪。宗教领袖、传教士、侠客、巫觋、民间方士，都有一个一看便知的识别系统。释迦牟尼在菩提树下打坐，老子骑牛，诸葛亮摇鹅毛扇。这个识别系统虽然正在从单一向复杂转变，正如美术家已经从扎马尾、剃光头、留络腮胡这类简单的显性标志逐渐演变为与普通人混迹一起的隐性标志，但从一个人的衣着、谈吐、眼风、皮肤的亮度等一系列特征，也不难从人堆里一眼找出艺术家。

为什么当代作家的实践行为就不能算是一种艺术呢？或者视为一种真正接地气的行为艺术呢？我认为，在行为艺术方面，韩少功比那些玩概念、找噱头、赶时髦的行为艺术更能打动人。我们不妨把他候鸟般迁徙的生活看作一种艺术化的生活，海口—汨罗，秋冬—春夏，一个作家仅仅拥有城市的扁平的生活还不够，他应该拥有一个立体的诗意的世界。在这方面，韩少功完全说得上是艺术大师，别看他不讲究穿戴，也从不把什么印象派、波普主义挂在嘴边，然而他太了解当代艺术是怎么回事了。在小说《方案六号》中，一位在美国当代艺术界混了多年的老江湖训诫一位刚到美国的新人，他不断地泼冷水，把艺术新人（在国内可能小有名气了）准备在美国大干一场的想法全盘否定。这位行为艺术的祖师爷把他在美国遭的白眼、吃的苦头一股脑儿吐出来，猥琐也玩过，邋遢已经不流行，反传统美学早已成为垃圾。祖师爷提醒新人，鉴于他是中国来的艺术家，恶心也许还可以一试，比如吃掉自己刚拉下的粪便，但新人做不到。祖师爷最后拿出了他自己多年前的没有实施的一个方案，跳楼。按他的规划，这一行为将使新人暴得大名。结局令人意外，新人的父亲为了儿子出国，已负债累累，身患癌症无钱医治，为了不拖累儿子，他从高楼上纵身一跃。多么巨大的反讽效果！生活本身要比行为艺术高明不知多少倍！认识韩少功的人都有一个印象，韩少功生活简朴，衣着随意，他在湖南汨罗八景水库边的住宅里的家具都是用粗笨的原木制成：最前卫的家居艺术。他同时也是一位高明的室内设计师，这方面才华虽然没在他的乡间别墅里实施，但在小说《801室故事》中却有充分的展现。《801室故事》发表于2004年，这个设计方案拿到十年后的现在仍然是前卫的、时髦的，功能、用具、宜居程度远远高过许多专业设计师的水准。墙面用伊丽莎白粉红，窗帘用普罗旺斯黄，陶艺与射灯的搭配，洁具的造型跟配饰的对等，涉及了风水学、建筑美学、色彩学、符号学，透露出最尖端的装饰设计行业的信息。

由于对知识和信息的巨大吞吐量以及他的复杂坎坷的人生体验，他的艺术审美不可能是单向度的、平面的，他几乎不怎么费力就在复杂的人性和眼花缭乱社会万象中编织出花样繁复的样式。他追求政治美学也未尝不是艺术，他鼓动人去体验一种人性向善向美的经验，并最终向神性过渡的可能，鼓励人们追求公平、正义的理想社会。他在作品中不遗余力地讽刺挖苦那些有悖于人的发展的一切东西，他肯定人的精神性，认为真正美好的人性代表了真正的自由。

◇◇ 第二节　《日夜书》认知结构下的潜在文本

通过《日夜书》依然可以看出韩少功高难度系数的叙事本领，复调艺术作为表层结构，通过情感结构输出价值观和阐释各个时段的社会文化心理构成，真实作者、隐含作者与读者互动，编码者与解码者身份置换，叙事重心便隐藏于这个潜在文本之中。作者通过把人物置于"不对等的伦理"之中使之构成一种不断升腾的悲剧力量。韩少功作为新时期以来的一位重要作家，他的文学创作从某种意义上说浓缩了中国新时期文学发展的全过程，并成为中国当代文学的一个重要的坐标系。他的持久的创新精神、深刻的思想和独特的艺术姿态显示了中国当代文学发展的一种精神趋向。《日夜书》作为他的反映知青生活的长篇小说，在形式探索和意识形态领域又有新的拓展。

虽然知青素材只是一个借口，但采用这样一个借口是要冒风险的。知青素材本身所具有的传奇性和极端性，似乎不必过多地考虑形式，但这样一来表现力问题以及诗学问题又成为作家面临的难题。小说家要追求非故事的诗学境界，在这里他将面临两种困境，一是艺术与生活两者之间界限的困境，二是知青题材广泛应用后所带来的平庸性和模式化的困境。韩少功的大部分作品在形式上是非常用心的，而且表现非常出色。它以某种姿态（叙事）出现一定有其内在逻辑，并与其意识形态和作品主题密切相关。《马桥词典》的方言本质与词条形式形成完美的互动，《暗示》的言、意、象关系与文本本身存在着隐喻和暗示。《日夜书》在他的长篇小说中算起来是一部最像小说的小说，也是他的长篇小说里最不讲求叙事技巧的小说。但它的形式仍然是独特的，当知青题材变得越来越平庸、越来越日常化后，我以为只有以某种独特的方式，才能看清那个时代的灵魂结构。韩少功似乎掌握着一台庞大的球磨机，他把思想立场、意识形态、创作手法、流派、主义、解构、后现代、黑色幽默等一股脑儿打烂揉碎，最后又变成好看的故事，不管什么类型的读者都能从中找到各自的最爱，其作品甚至得到了各种意见不同的流派的赞赏。小说家为了影响和控制读者会使出各种技巧手段，其实也暗藏着一种心机，把批评家或者读者引向表层的社会道德意义以外的领域。在《日夜书》这部小说里，可以看出韩少功高难度系数的叙事本领，复调艺术作为表层结构，通过情感结构输出价值观和阐释各个时段的社会文化心理构成，真实作者、隐含作者①（"第二自我"）与读者互动，编码者与解码者身份置换，在这个庞大复杂的后经典叙事结构模式下，还隐藏着一个潜在的文本，作者曲折地表达出来的深层意蕴便隐藏于这个文本之中。我相信形式本身是有趣味的，关注形式并不是忽略思想内容和意识形态批评，恰恰相反，某种主题、价值观正好通过结构来呈现。

一 复调艺术及情感结构

复调本是一个音乐术语，巴赫金把它从音乐理论移植到文学理论。在文学理论中，复调是指小说结构上的一种特征，文学家在创作时并不一定套用这一理论，但客观上从艺术关照的角度形成这样一种视界。就叙事结构来说，复调艺术是《日夜书》的一个显形结构。巴赫金说，俄国的社会形态影响了陀思妥耶夫斯基看问题的方式，形成了他的复调艺术。那么，在《日夜书》里，是不是人物命运决定了这样一个叙事结构？复调理论具有极大的思想容量和极强的理论辐射力，除了指音乐、文学上的一种结构外，巴赫金认为"复调"应该包含多重含义，在不同领域有不同所指："在哲学理论中，'复调'指的是拥有独立个性的不同主体之间'既不相融合也不相分割'而共同建构真理的一种状态；在文化学理论中，'复调'指的是拥有主体权利的不同个性以各自独立的声音平等对话。"② 韩少功在社会科学诸多领域都有所涉猎，他在哲学、美学、

---

① 学者申丹将隐含作者做了一个简化的叙事交流图：作者（编码）—文本（产品）—读者（解码）。就编码而言，"隐含作者"就是处于某种创作状态、以某种方式写作的作者（即作者的"第二自我"）；就解码而言，"隐含作者"则是文本"隐含"的供读者推导的写作者的形象。值得注意的是，所谓"创造一个'他自己'的隐含的变体"，并非像创造人物那样创造一个客体，而是自己以特定的方式写作，以不同于日常生活中的形象出现。参见申丹《何为"隐含作者"》，《北京大学学报》2008年第3期。

② 转引自周启超《复调》，《外国文学》2002年第4期。原文出自巴赫金《陀思妥耶夫斯基的诗学问题》，白春仁、顾亚玲译，生活·读书·新知三联书店1988年版。

经济学、社会学、人类学等诸学科领域中轻松游走,因此他采用这样的一个结构使作品的方方面面构成一种隐喻。《日夜书》与《暗示》其实有些近似的地方,所不同的是,《日夜书》是以讲故事为主,用鲜活的语言的场景构造人物形象,还不时采用方言俗语、插科打诨,使各类不同意识形态的人群并置在一个拥挤嘈杂的空间里,其中也夹杂不多的理论成分,作为钢架或者筋骨支撑着表面看起来并不连贯的故事,使之构成一种互文性之下的内文本关系。时间和空间交叉、叠加是《日夜书》叙事的时空特征。"多少年后,大甲在我家落下手机。"接下来就是"当年我与他同居一室",再加上作者写作的当下,就已经展开了三个时间层次。"多少年后"这个时间是个不确定的点,指知青岁月后每一个可能的时间点,而"当年"(指知青插队的岁月)和正在写作的"当下"是固定点。故事的场景在这三重时间里来回切换,形成一个立体的多重结构,人物在这三重时间里处于一种多变状态。每个人在单元格里都是主角,知青姚大甲、郭又军、贺亦民、安燕、马楠、马涛等,农民吴天保、秀鸭婆、武妹子、杨场长,甚至还有一只毛茸茸的猴子也专门列了一个章节。这种带有散点透视和立体主义拼贴味道的结构,在显形文本和隐形文本之间形成了一个隐喻层,即表层意蕴和深层意蕴之间的无限可阐释性。从每一种视角切入都能构成一个完整的图像,这就是为什么读者很容易从阅读中得到满足。而批评家如果不用力,也容易造成"批评的遗憾"。卡农式[①]的行文节奏,刻意地回避中心人物的叙述倾向,需要一个执行力很强的叙述者。叙述者陶小布贯穿始终,但他不能太抢风头,否则就变成单一的线性结构,他有时站在前台,有时隐藏在幕后,引导小说人物有次序地入场(看似无序,其实有内在的规律),有时交替出现,重叠、穿插。郭又军在第三章的时候就交代了结局,他是上吊自杀的,后面若干

---

① 卡农是一种音乐谱曲技法。

章节又从头说起。有时候作为配角出场也是非常有必要的。为了某个情节的需要，两小节或多小节合围一个中心，轰的一下造势，间隔、停顿、单线延续，造成一种起跑的姿势，然后又隆重地再来一下，主调降为伴奏、和声（主角又出场当配角或者跑龙套），人物和故事走向不是单向的，常常转位、逆行、反向、循环，前后节奏咬得很紧。一个章节的内在逻辑自始至终追随着另一个章节，数个章节的相同节奏依次出现。作者不会让这种小泡泡无休止地重复，最后聚合起来，鼓成一个大泡：在它们互相追逐和缠绕，往上盘旋，升到一定的高度时，做一个小结，以专题讲座的形式出现，在某个方面表现非常突出的人或物会被拿来当作示范。第十一章"泄点"和"醉点"专门讲性，安燕、姚大甲、吴天保、贺亦民被作为示例，用来讲形形色色的性。他们无疑在这方面都有过非同寻常的体验，每种类型几乎都代表着某种意识形态或政治倾向。安燕的性趣味模拟暴力革命获得心理补偿。姚大甲显然讨厌严整的程序和密不透风的逻辑，不规则、随意性和灵感迸发才是艺术家的本性。吴天保满口脏话，是女知青眼中的"流氓"，在万哥与采茶女的事件上，他扮演了一回封建卫道士，进行了一场道德绑架。第二十五章"准精神病"专题讲座，蔡海伦、马楠、万哥、马涛这些轻度人格分裂者，都被拿来解剖。女权主义者蔡海伦仅在这一章出现，其形象塑造十分突出。女权主义者一不留神矫枉过正，向美好初衷的反方向越滑越远，成为被讽刺、揶揄的对象。第四十三章"身体器官"专题，山东小伙廖哥是在人类学——考古人类学和体质人类学论证的前提下出场的，论证了廖哥之所以高，贺疤子之所以矮，是跟历史与地理有关的。高富帅廖哥在爱情上是个失败者，要想把团支书厂花搞到手还需仰仗矮矬穷贺疤子的智慧，但最终，人还是趋于本能，贺亦民过高地估计了女人在择偶标准方面的进化程度。几种时空并行的好处可以让人性的结构显露无遗，人在不同环境下，在生理需要、社会制度、道德约束上显现出了不同的反弹力度。

第三章 韩少功的认知叙事与文本构成

以往知青文学中的知青大都是以受害者的形象出现,是政治高压下的牺牲品,一切恶果都可毫无心理障碍地推给社会和制度,即便有一些自我批判或者忏悔,实际上也是从反面证明自己的高大。《日夜书》的聚光灯不仅仅是打在白马湖的众知青身上,还有知青岁月之后的漫长人生,以及当地农民、知青后代等。出于人类学、精神分析学方面的考虑,作品必然涉及多层级的情感结构。情感结构是当代英国文化理论批评家雷蒙·威廉斯(Raymond williams)提出的,最初描述某一特定时期的人们对现实生活的普遍感受,即一个时期的情感结构,就是这个时期的文化。威廉斯主张以流动的"情感结构"来取代明确而抽象、但很可能是僵死的"世界观"或"意识形态"之类固定的术语和分析模式。他将"情感结构"定义为变动不居的社会经验,有别于其他已经被沉淀且更明显和更直接的现成的社会语义结构。[①]"情感结构"颇似中国禅宗所强调的"无住性",即人们用感官可以体察到的客观世界的不断变化性。也有学者认为,隐匿在"情感结构"中的是活生生的、紧张不安的、尚未成型、尚未露面的"感受中的思想"和"思想中的情感"。[②]由此看来,作家在某一作品中动用情感结构可以缩小由时空距离带来的文化隔膜感,要完整地认识一个时期的文化,个人的亲身体验尤其重要。每个人对生活感知或体验存在着明显的差异,这可以被当作一个常识,但个体本身之间的差异常常被简化,同一阶级、民族、宗教之间也有太多的不确定,怎样才能尽可能地还原真实?即使要描述一个现场发生的故事,也会出现多重视角,多种结论。那么,要再现和还原时隔40多年的知青生活已然不可能。随着时间的推移,后人对当时的文化隔膜程度显然越来越深,有些所谓的现场亲历其实也不可靠,加之近几十年来各种思潮、流派对"文革"

[①] R. Williams, *Marxismand Literature*, New York: Oxford University Press Inc., 1977, p. 133.
[②] 张德明:《英国旅行文学与现代"情感结构"的形成》,《浙江大学学报》2011年第3期。

十年的描述，几成一场文化围剿。知青文学的书写者绝大多数都是有着知青经历的人，这一题材被后来愈演愈烈的娱乐化所挟持，模式化倾向越来越明显：色情消费指挥棒下的女知青，从"铁姑娘"变成了被欺侮的对象，她们为了争夺进城指标献身（贞操）或者被迫献身；男知青从"硬汉"变成了性压抑、身体饥饿、精神上无根漂浮的可怜虫。接管知青这一阶段人生的重要角色——农民的形象是"土皇帝"、粗人、流氓（当然其中也不乏温情和善良者）。知青书写者为了索取时代、社会对知青这一代人欠下的孽债，常常不惜让农民扮演坏人、反面角色。《日夜书》的作者不是要揭穿种种历史假象，而是站在一种客观的、不偏执的情感立场上，抓住"特定时期的人们对现实生活的普遍感受"。《日夜书》的叙述跨度很大，并不只盯住一个确定点，包含了知青时代、后知青时代以及知青的下一代人的成长年代。作者作为亲历者也有一个成长成熟的过程，其世界观、感情倾向会逐渐发生变化。由于作者采用了这样一个结构，角色转换频率加快，像做高等函数题一样，等号两边因子不停地置换、代入——为了某种逼真的现场感，必须代入不同时期的情感，这种交错、置换给读者展现了一个丰富的精神场域和无限的思考空间。与众多知青题材不一样的是，《日夜书》重新引入了对于"人"的思考——某种非常规制度下的人，特殊环境下的"真实的人"。作家的高明之处是真实作者与隐含作者、作者与叙述者之间虚虚实实的关系，作家将个人经历和文化背景有选择地放到小说里，如知青经历、厅级官员经历，以及许多真真假假的事件，连同亲人、朋友、同学和一起下放的"插友"的亲身体验。每个人物不一定找得出一个完整的原型，他给他们加了水，和成泥，重新捏合出新的形象。分配在不同时间段上的情感结构形成对比，对知青，包括农民，道德要求被降到最低。知青搞点顺手牵羊或者恶作剧反而显得可爱，农民也不是一律面目可憎，就像吴天保这个活阎王，"把我们当牲口使，对下雨和下雪视而不见，天塌了也不忘吹出工哨,两米竿在他手里翻一筋斗,配上他故意疾行的步伐,实际上一竿翻出两米多甚至三米的距离"。但他对知青万哥的处理又让人觉得他也同情弱者:"我"中了邪(这一章是神来之笔),跌落悬崖摔坏了身子骨,挑担子不行了,踩水车也不行了,吴天保给"我"安排"守秋"的轻松活。即便是像杨场长这样的"大恶人",最后因为发痴、梦魇及其惊世骇俗的鼾声,作者也不惜给予他同情怜悯的笔墨。人起码的生理需求都要成问题的时候,会丧失自省的能力,道德高悬于云端,宽恕是最靠得住的。饿得两眼发绿的时候,与肚子里稍有一点油水的时候对比,情感结构会发生变动和转换。郭又军的庸俗,姚大甲的现实,万哥的龌龊,马楠的神经质等性格的养成,很大程度是受环境的影响。小说结尾笑月对姑丈的批判算是一次集中爆发。

  你要我说人话?你和我那个爹,都是这个世界上的大骗子,几十年来你们可曾说过什么人话?又是自由,又是道德,又是科学和艺术,多好听呵。你们这些家伙先下手为强,抢占了所有的位置,永远是高高在上,就像站在昆仑山上呼风唤雨,就像站在喜马拉雅山上玩杂技,还一次次满脸笑容来关心下一代,让我们在你们的阴影里自惭形秽,没有活下去的理由。

知青马涛有宏大的志向和一呼百应的号召力,秘密"建党"的冒险和刺激让陶小布作为小跟班对马涛的敬仰有如滔滔江水,"他是第一个划火柴的人,点燃了茫茫暗夜里我窗口的油灯,照亮了我的整个少年时代"。但这位知青领袖面对受伤流血的队友不闻不问,扬长而去,对亲人的冷漠等行为也夹杂在这些"伟大事业"当中,显示了作者客观上持有的批评态度。一个时期是这样一种观点,叙述者沉溺于当时的价值观,作者并没有刻意又跳出来进行分辩。第十一章、二十五章、四十三章作为某一时段的情感结构,包含了写作者"当下"的意识形态,这种"独白式"文体可能看作写作者思想感情的直接流露,因为它无法容纳众多人物语言的异质性和多样性,但这种"全知性叙述"会使作品观点有一个基本的尾音(情感倾向)。

在《日夜书》里,作者动用的情感结构可以用"冷眼深情"来形容,作者在处事、观察外部世界时是冷静客观的,但是"看似无情"的背后却是关心世道人心、热爱生活的。可在表露情感时,又透出一股近乎漠然不动的"局外人"的"客观"冷静的神态,"以出世之心做入世之事。不那么看重结果的得失"[1] 这种既当表演者又当观众,既"超脱人生"又"入世情深"的情感结构,编织了一个层次复杂、富有象征意义的叙述网络,通过真实作者和隐含作者互相置换、重叠,形成文本的张力,展现一种多维视角的可能。

二 隐含作者

作为表层结构的复调艺术将叙事导入了深层,在这一层次,叙事已经由"情感结构"和作者的两种状态("隐含作者""真实作者")来接管。作品中哪些部分是作者的真实感受,而哪一些又不是?作者在写作时通常有一种态度,会表达真实生活中不尽相同的立场观点。中国读者相信"文如其人",容易将作家立场同文本画等号,这里必须涉及一个重要概念,"隐含作者",依照韦恩·布思理论,隐含作者既包含在文本之内,同时也隐含在文本之外,文本之外的隐含作者是由读者建构起来的作者。美国叙事学家内尔斯(Nelles)说:"在某些特殊的情况下,一个作品可能会有一个以上的隐含作者。"[2] 西摩·查特曼(Seymour Chatman)则认为:"不同

---

[1] 出自韩少功新浪网实名认证微博。
[2] 申丹:《何为"隐含作者"》,《北京大学学报》2003 年第 3 期。

历史时期的读者可能会从同一作品中推导出不同的隐含作者。"[1] 一方面,"隐含作者"是作者处心积虑地创造的文本深层含义或者某些不便表达的意义,与之相对应的是,真实作者创造的某种看起来含混复杂的意义可能是在无意识状态下进行的,常常也有言不由衷、词不达意的可能。另一方面,读者推导出来的隐含作者与作者建构起来的隐含作者不一定对等,被解读之后的文本含义(变体)常常是真实作者创作文本时根本不曾想到的,经常出现一部作品中的隐含作者比历史上的真实作者更进步、更伟大的情况。莎士比亚在《威尼斯商人》中对那个唯利是图、冷酷无情的高利贷者夏洛克显然是持批判态度的,他自己竟也像夏洛克一样放起了高利贷,沦为了金钱的"奴隶",还常常将那些还不起债的人告上法庭。被认为德国当代最伟大的作家君特·格拉斯,他的小说、诗歌、公开信和批判性反思给德国和世人展现出崇高的"德国道德良心"的形象,他的"但泽三部曲"《铁皮鼓》《猫与鼠》《狗年月》被认为是德国战后文学重要作品。令人意想不到的是早年他曾经为臭名昭著的纳粹德国党卫队效力。到底是自愿还是被迫?这个问题成为君特有生之年永远也解释不清的话题。反之亦然,历史上有些真实作者尽管道德自律、人格高洁,但在作品中为了人物和情节的需要有必要做一些牺牲和妥协。贾平凹在《废都》出版之前被文坛说成是最干净的人之一,《废都》畅销之后,就成了流氓作家、反动作家、颓废作家。中国传统阅读方式不容易接受这一点,总以为日常生活中的那个真实作者与处于特定创作状态下的隐含作者是同一个人,甚至也容易把真实作者、叙述者、隐含作者混为一谈。

韩少功作品中的隐含作者在不同时期也有不同的呈现,作品与作品之间的意识形态立场有时候大相径庭,他的"伤痕文学"表现为清新现实主义文风,重点放在启蒙与困惑;而"寻根"小说以独

---

[1] 转引自 Seymour Chatman, *Story and Discourse*, Ithaca: Cornell Univ. Press, 1978, p. 151。

到的艺术手法构筑了一个神秘诡异的世界，致力于对传统意识、民族文化心理的挖掘，探讨本土经验与世界性的问题；随着全球化、现代性转型、政治体制改革等重大社会事件的发生，他近些年来创作的小说以及其他文体作品，不可避免地会对上述宏大命题进行研究和反思，他作品中的情节、人物也总是在乡村文化与现代理性两种文化的纠结冲突中形成一种矛盾美学，从而构成文学世界的内在紧张。时局动荡、经历坎坷也导致了他的创作历程具有连贯而又裂变的特征。看得出，早期作品中的真实作者在作品中建构起来的"第二个自我"在形象上是有所保留的。在《日夜书》中，我们看到了一个大胆、放肆甚至是豁出去的一个隐含作者，之前从未涉及过的爱情、性欲在《日夜书》里占据了很大篇幅，与之前的作品印象几乎形成对立。作者出于一种小说叙事艺术的考虑，同时也因为意识形态立场的需要，使《日夜书》的真实作者与隐含作者交替出现，互相纠缠，对抗、妥协、共谋，几种紧张关系相互拉升、对撞，有时甚至像好莱坞大片一样不惜通过制造两极对立而达成和谐。但有一点是一致的，真实作者建构的这样一个隐含作者和读者推导出来的隐含作者，都是从故事堆里爬出来的。一方面，从单纯的故事角度，这个隐含作者是一位讨厌抽象和宏大叙事的"实在人"，会讲笑话，会煽情。在《日夜书》里，语言的表现力十分突出，那是命运交响曲，还伴以非洲舞蹈中热辣辣的急促的鼓点，催得人亢奋，读者得攥紧拳头踩着节奏拼命奔跑。你一次次地被逼出眼泪和笑，结尾却是一阵悲鸣。语言铸就了一堵密不透风的墙，你想要跑出来，又拿什么来穿透？经历了一次非同寻常的语言的盛宴后，读者像坐过山车一样耗尽了激情，耗尽了体力。另一方面，隐含作者又在一些章节直接站出来叙述，他像一位睿智的哲人，冷静、理性，把生死、荣誉、人性看得透彻。尽管作者无意用深奥的手法探寻人性，这种叙述结构反而更深刻。人的欲望是多维存在的，真实作者在表达一个特定立场时一定对人性的本能做过科学考察。作者设置的"泄点""醉点""准精神病"情绪开关,最后干脆直接归结为"身体器官",总结为身体本能。隐含作者一会儿"进去",一会又"出来"。只有采用这样的结构,作者才有足够的力量控制住那些被他召唤出来的灵魂。一个世俗世界在各种欲望的撞击、升华中建立,从动物世界到世俗世界再步入神圣的世界。知青与农民,知青与后代,现实与理想,手风琴、篝火与稀泥、粪桶,马涛与陶小布,姚大甲与吴天保,马楠与小安子,两极对撞的振动产生了一种力量,触及读者灵魂最深层,使之产生强烈的自我意识及眩晕感。作者在人物形象安排上也擅长运用不对称艺术。马涛想的是天下大事,分析革命形势,准备举大事,而小跟班陶小布对秀鸭婆、武妹子、曹麻子那样的农民根本就没有信心,他担心在这里搞农民运动,这帮家伙会不会把他当疯子按在地上灌药,而且那两个一起搬竹子的家伙甚至跟他顶嘴,根本没把他当起义的领袖。姚大甲在这种极不对称中找到艺术灵感,他把吴天保的粗疵话、裤裆哲学引进他的行为艺术,并在美国暴得大名,赚得盆满钵满。他的《亚利玛:人民的修辞》比德里达、杜尚的解构来得更刺激,白马湖成了他一辈子吃不完用不尽的艺术源泉。而那些怀抱小浪漫、小情趣的知青,发现白马湖并不是诗歌、礼花、小帆船、飞奔的骏马那种田园牧歌式的生活,而是无休止地挑塘泥、赌饭票、啃死人骨头、赶野猪。在饥饿、寒冷中,人生的所有意义浓缩成了肉汤和白米饭,生理欲望是人性结构中的原发性问题,作者在作品中隐藏着一种追问:吃饱喝足了又怎么样?他在思考如何构建一个理想的制度引导和解决这种原发性问题。知青的后代笑月最后陷入失业、吸毒的困境。两代人的沟通障碍,是"两个设法兼容的软件,一撞上就死机。谈话的重启也很困难"。笑月最后把前辈珍爱有加的道德和艺术也统统送上了审判台。

三 《日夜书》之潜在文本

实际上,采用结构主义叙事方法对《日夜书》进行阐释显得有些力不从心，用"结构"的钥匙打开"主题"的大门算是一种偷懒的办法。从某意义上说，《日夜书》是反叙事的，或者是将叙事艺术用得不露痕迹，让人产生一种错觉，显得很随意，甚至像聊天。《日夜书》在形式上无疑已经达到了"陌生化"的效果。由于知青小说题材的泛滥和主题的模式化，作者有必要采取"另类"视角突破以往的模式，采用结构主义叙事方法的另一个好处是，一层一层地剥开文本，或许能更清晰地看到真相，或者不一定看到真相，但离真相更近一些。

《日夜书》从2013年3月出版以来，已经得到学界的广泛关注。在一次《日夜书》作品研讨会上，评论家对该作品的评论大致有以下几种：一是认为《日夜书》属于知青小说中的反思类型。评论认为，该书以知青作为观察点，实际上不仅仅关注知青，对"后知青时代"的批判比对知青时代的批判更加严厉，通过欲望和生死来观察现实人生和历史，其中包含了作家成熟的历史观。二是典型人物的塑造。评论认为《日夜书》就知青和知青后代来展开，塑造了众多形象各异的人物。知识分子马涛是被提及最多的人物，有人认为，马涛是一个典型的民间思想家，他特立独行、不同流俗，有一种执着精神和道义担当。也有人认为马涛的人格缺陷造成了他的悲剧，最后走向自己的反面，成为自己当初最反对的东西——另一种"假大空"。而梁队长（秀鸭婆）、吴天保与《怒目金刚》中的吴玉和、《赶马的老三》中的何老三构成了一个新道德人的形象谱系。三是认为韩少功在文体创新方面有明确方向。评论认为，一个有着深厚文学理论功底的人明白自己要怎么写，有人提到了"进步的回退"或"以退为进"的概念，认为《日夜书》与以往的作品相比显得"更从容""更自在""更自由"。也有人认为，当前的文体实验已经不像20世纪90年代那么盛行，没有必要在文体上倾注精力。四是从激情和美学体验方面肯定作家敏锐细致的观察力，认为该书充满了真实的生活气息。例如，书中常常穿插有诗性的、迷人的议论，以及富有张力和美感的语言。五是对《日夜书》表达不满。这种意见认为，韩少功以寻根文学著名，又以书写未来著称，《日夜书》没必要"延续知青写作的余绪"，该书充其量只不过是某种无伤大雅抑或无关痛痒的怀旧。

真正让文本产生多义性的是由意象并置造成的隐含意蕴的平行结构。前文用结构主义叙事方法解读文本，如果"怀旧""反思"是大家公认的基本主题，《日夜书》如果真像有些评论家所说的是一部"反知青"小说的话，只要逃离既往的叙述模式和意识形态，它的"反"便不成立。"怀旧"和"反思"是绝大多数知青小说的主题，更何况，《日夜书》不仅仅表现知青，而是把知青作为原点，时间跨度经历了近半个世纪，社会形态发生了惊人的变化。作家建构如此庞大的体系，重心落在哪里？意义被深埋在语言文字里，被好看的故事所淹没，《日夜书》的潜在文本即是这部小说的重心。对一个文本的解读有时候是对一个艺术客体进行重建。在大的叙事结构前提下，各式各样的人物的生命体验构成了小说的潜在文本。小说里众多鲜活的人物，他们的命运几乎都以悲剧形式收场，这还不够，结尾用一个年轻的生命的消逝来谢幕，种太阳的寓言算是一种无奈的叹息，最后（第五十一章）只能对生命本身进行追问。时至今日，尽管大多数精英知识分子认为现代性启蒙已经基本完成，但理性和谐的传统并未形成，自然、天真、美好的东西依然在不同程度地被摧毁，各种问题贯穿整个生命实践，到底该怎么办？作者并没给出答案。正如作者自己所说，"作家也许没有义务提供一切问题的答案，但作家有责任敏锐地感觉到生活中的各种疑难，特别是那些具有多义性的疑难"[1]。这个潜在文本其实有一个清晰的框架，这个框架就是作者那个对象化了的意识结构。对象化了的艺术，对象化了的情感，这大概就是审美意蕴。作品中有大量的隐喻

---

[1] 韩少功、吴越：《一代人的安魂曲——韩少功长篇小说〈日夜书〉访谈录》，《朔方》2013年第9期。

和暗示，一切意象、事件、事实都是它丰满的肌体，它们都附着其上。陶小布与马涛形成对立和互补，马涛的理想高蹈于世俗之上，而陶小布却不同，他的目光下降到地面，探视到人群内部，体验到每个生命个体。在马涛大谈维特根斯坦的时候，陶小布在挖塘泥、担粪桶，当马涛在国外混得不如意，理想破灭时，作为厅级官员的陶小布正与以陆学文为样本的体制毒瘤对着干，尽管结局两败俱伤。英雄主义问题是知青的后遗症，《日夜书》以英雄"反英雄"，将英雄主义概念无情地进行拆解。小说中的英雄人物最后都英雄气短，"挥刀自宫"。马涛的英雄主义被自己的虚伪解构，成名后变成一个庸俗的学者，对于排座次、级别待遇斤斤计较。陶小布是另一种英雄主义，机关公车制度改革惨遭失败，最后被副厅长陆学文的官场黑势力逼得败走麦城。公正廉明，勤政亲民，那又怎样？一个理想主义的现代公仆最后既得不到上司的支持，也得不到群众的声援，种下善因，收得恶果，直接导致了侄女笑月的堕落和丧命。安燕、姚大甲这些人看似荒诞不经的行为，其实也是对英雄主义的向往，他们游戏人生，疏远亲情，形成精神人格上的病态，他们的所作所为实际上是对英雄主义的解构。书中有两个值得注意的人物，那是作者倾注了笔墨的真英雄：秀鸭婆（梁队长）、贺亦民。秀鸭婆失去了男性功能，却是一个顶天立地的男子汉，他的道德承担让人感叹。贺亦民，一个让读者心痛的角色，他经历了悲惨的童年，从流浪儿、流氓、小偷成了电工、工程师、董事长、大专家，他嘲讽戏谑、他游戏人生，压根儿就不想当英雄。他拥有大油田设备的知识产权，一心为公，却报国无门，一腔悲愤，最后锒铛入狱。书中所展现的人文环境和历史机遇显然很难长出光鲜亮丽、高大威猛的英雄，秀鸭婆、贺亦民的"牺牲"也被隐藏在暗处，几乎被人忽略，这恰恰构成了潜在文本之中的一种不断升腾的悲剧的力量。

第四章

残雪的本土资源与世界主题

残雪的作品纯度高、包容性强、信息密度大、结构复杂、思想内涵丰富，具有很高的理解难度。残雪的文学意义可以用三句话来概括：思想资源的世界性，创作主题的超前性，艺术审美的独特性。她在中国文学界独树一帜，在当代世界文学界也有一席之地。

◇◇ 第一节 残雪论

残雪在20世纪80年代曾被视为"先锋派"，时间过去了20多年，她依旧坚持最初的写作态度和方向。她用奇幻的想象、另类的书写模式对潜意识空间进行挖掘和探寻，在精神与物质、灵魂与肉体的困惑中，探索人性的本质。她的作品因为理解难度较高，所以读者很少，影响面极其狭小。

一 思想资源的世界性

学者谭桂林曾说："残雪小说的主题是最具世界性和人类性的，她不太关注民族性，更不关注地域性，而是不厌其烦地在自己的创作中表达一种具有警示性的人类寓言。人类在文明的发展中退化。"① 我以为这样的评价是十分准确的。残雪的小说是以一种"向内"的形式、迷宫似的结构、晦涩难懂的意象、阴冷的基调、诡谲的情节、变形夸张的人物形象和"荒谬""梦魇"的环境，来表现人类的生存体验，并直接对人类的生存本质发问。残雪的小说人物不断地拷问、自审，跟自己的肉身过不去，厌弃和嘲讽物质和物欲，极力地追求精神的纯洁，其基本精神是生命意识、人本意识和自由观念。她用"丑"和"冷"对生命和灵魂做最深刻的揭示，用极具个性化的书写方式对人性的"恶"做无情的批判。她常常站在被人们普遍忽略了的阴暗处，诅咒人类行为中的一切不合理。人们还在普遍关注物质生活时，她以超前的创作主题、个性化的文本形式来表达对宇宙、自然与人生的理解和思考，有时候不得不用非常尖刻的语言警醒人们看清人的本质，看清事物的真相，从而实现精神层次的提升，并以此反证事物的美与和谐。残雪小说中的人物均以饱满的精神能量、永不服输的斗争状态呈现在读者面前，他们从来不屈服于外力的压迫和干扰，他们只被自身制约，被自我内心困惑，他们无一例外的大胆而深刻地审视自身，将灵魂与肉体无情地剖析。她的文本包含了复杂的隐喻、象征、暗示和不可知的领域。她自信有能力向人类揭晓她所掌握的精神世界的奥秘，如但丁的《神曲》、卡夫卡的《城堡》、博尔赫斯的《小径分岔的花园》。她认为人类总是处于无穷无尽的精神困境之中，并在与这种困境的斗争中呈现出勃勃生机。因此，残雪的小说针对的可以是指任何一个国度，任何一个民族，任何一个群体，它包含着整个人类的精神、心理、情感和文化内容，其思想资源具有世界性。她以文学的形式开拓人的内在经验的精神空间，破解人的灵魂深处的精神密码。

残雪的思想资源的世界性首先表现在对精神与物质这一对矛盾

---

① 谭桂林：《用心去感受，用激情去书写——在〈当代湖南作家评传丛书〉出版座谈会上的发言》，《理论与创作》2009 年第 3 期。

第四章 残雪的本土资源与世界主题

的探索。精神与物质的矛盾是人类进行自我审视时面临的最初的问题、最大的问题，同时也是最迫切需要解决的问题。《苍老的浮云》是残雪公开发表的第一部中篇小说，作品极其夸张地描写物质世界与人的精神世界水火不相容，物质世界的不断扩张对人的灵魂无情的残害，作品中的人物对物质环境极度厌恶，并采取放弃甚至毁灭自身的手段来进行对抗，最后，主人公自愿沉入深不见底的精神空间。在《苍老的浮云》中，几乎通篇都是对物质的诋毁和揶揄，对被物质所包围的人的精神的同情和怜悯，作者对主人公最后牺牲肉体而获得精神自在表达出了由衷的敬意。花香和女人在更善无的眼里是极其丑陋的。大白花的香气让更善无烦恼，头脑发昏，并联想到阴沟里有臭水，而一群女人的脑袋挤在一起则像"一大丛毒蕈"。吃饭也变成了一件恶心的事，比如嚼着一块软骨，弄出"嘣隆嘣隆"的响声；喉咙不停地"咕咚"作响。人物继续对事件变本加厉地诋毁："'做工间操的时候，林老头把屎拉在裤裆里。'慕兰说。一股酸水随着一个嗝涌上来，她'咕咚'一声又吞了回去。"[①]在这篇小说中，我们看到主人公虚汝华，在对物的世界的抵抗中表现出的惊人的勇气和决绝的态度："她听见体内的芦秆发出'哔哔啪啪'的爆裂声，她已经一个星期不曾大便了，也许是吃下去的东西全变成了芦秆，在肚皮里支棱着。她从桌上玻璃罐里倒出水来喝，她必须不停地喝水，否则芦秆会烧起来，将她烧死。"[②] 精神的纯粹总是以牺牲物质为代价，虚汝华发现自己变得像干鱼那么薄，胸腔和腹腔几乎是透明的，里面除了芦秆的阴影空无所有。她也分不出白天和黑夜，完全按照内心的感觉划分日子。物的腐败和毁灭反衬了精神的强大：藤椅被粉虫吃掉，线毯变成了一堆灰，麻雀从破洞的窗户里鱼贯而入，烂木桶底下的破拖鞋长着一排木耳。更善无则梦见自己赤身裸体扑倒在荆棘上面，浑身抽搐，进入睡眠。人

[①]《残雪文集》第1卷，湖南文艺出版社1998年版，第161页。
[②]《残雪文集》第1卷，湖南文艺出版社1998年版，第210页。

们想方设法通过对自身肉体的惩戒为精神寻找出路,通过对物质世界的厌憎来恢复个体的能动性。现实世界中,物质的强大势力压迫着人的精神和灵魂,人们不愿思考它们的平衡关系,哪怕完全物化也在所不惜。残雪在作品中塑造着一大群这样的人,他们为了追求自身的精神品质,不惜毁灭物质世界和自身肉体,体现出一种高贵的"人"的形象。《侵蚀》中,代表物欲的穿山甲日夜不停地在人的身体里闹腾,弄得人身体鼓胀、变形,疼起来在地上打滚,然而,疼痛时的呻吟似乎又夹杂了一些享受的意味,人在物欲面前经常采取妥协的态度。爹爹却不,他在一次施工中故意炸掉了一条腿,从此,他心里感觉到了无比轻松。弟弟将那条断腿背在篓子里,表现出"非同寻常"的大气。在残雪大量的中短篇小说中,有很多篇目都是在诉说精神与肉体(物质)的恩恩怨怨,二者在势不两立的斗争中达成了一种尴尬的妥协。《盗贼》中,新元一心向往与盗贼搏斗,但总是顾及自己体弱多病的身体。在胡三老头与卖红薯的小贩的怂恿下,新元与盗贼进行了一场搏斗,肋骨被打断了几根,肺叶也被打得稀烂,咳嗽时从嘴里吐了出来。没有了身体的牵挂和拖累,他反而能放开手脚从容应战,并无师自通地学会了摔跤技巧。人自身的能力有时候非常有限,需借助外力到达一种平衡,细菌、虫子、空气、响声都变成了改造工具,比如:"现在我每移一步,肚子就像要裂开一样,血吸虫大概已经把肝脏消灭了,不久它们就会将里面所有的器官统统消灭,只剩下薄薄的一张皮,我很欣赏这种不管不顾的态度。"[1] "我为什么一次次晕倒呢?就是因为她在隔壁弄出一种可怕的声音啊。那种声音……我没法形容。"[2] 人对物质的占有和享用,在残雪的小说世界里变得不合理,丑陋不堪。吃饭、睡觉本是维持人的生命体征的事,但它们又折射了人的贪婪

---

[1] 残雪:《从未描述过的梦境——残雪短篇小说全集》(上),作家出版社2004年版,第191页。

[2] 残雪:《暗夜》,华文出版社2006年版,第3页。

欲望，如：张着血盆大口吃排骨，剔牙；做噩梦，痛苦的磨牙声。喜庆的婚礼场面也成了被嘲弄、揶揄的对象。人物生存的周围环境阴冷、凄凉、龌龊，充斥着焚尸炉、肉葡萄、死蛾子、臭水沟、坟地。亲人的形象不再温和慈祥，而是夹带着眼屎、打嗝、放臭屁、梅毒、水肿、癫痫等。人的生存变成了一种罪孽："我？我生下来便被扔进尿桶。因为被尿泡过后，长大起来，我的眼珠子老往外鼓，脖子软绵绵的，脑袋肿得像个球。"① "我恍然大悟。原来父亲每天夜里变成了狼群中的一只，绕着这栋房子奔跑，发出凄厉的嗥叫。"②

残雪的思想资源的世界性还表现在人对自由意志的追慕，对精神纯洁的向往。自由的获得是要付出代价的，它需要勇气和力量，摆脱世俗的羁绊，摆脱物的操控；精神的纯洁需要脱离低级的享乐。人在一步步地接近理想，精神层次不断攀升。在人性的发展阶段，灵魂的分裂是在所难免的，除非一个人永远停留在原地。在《去菜地的路上》里，表哥仁升在离家二十多里外的荒坡上开了一块菜地，种了些辣椒、南瓜之类的蔬菜。他虽然年老体弱，疾病缠身，但每天坚持扛着锄头去菜地，年复一年，从不间断。没有人真正地看到过他的菜地，也没有谁看到他收获哪怕一丁点儿菜，所有与菜地相关的信息都是从他的描述中得知的。他高傲、自命不凡，因为邻居们的菜都种在自家屋后，打赤脚的时间也不如他长。自由意志本身是一个矛盾综合体，只有体验过地狱般的残酷与炼狱般的磨难才有对自由的渴求，在污浊的世俗中进行残酷的实践，在这种实践的体验中升华为一种追求的动力。在与邻居下棋时，他总是胡搅蛮缠，有时候被打得头破血流了他才心满意足。"那邻居愤怒极了，就抄来铁棍打他。本来他完全可以躲开，本来邻居也许只是吓

---

① 残雪：《从未描述过的梦境——残雪短篇小说全集》（上），作家出版社2004年版，第33页。

② 残雪：《从未描述过的梦境——残雪短篇小说全集》（上），作家出版社2004年版，第2页。

一吓他，并不真要打伤他，可他硬是将脑袋迎了上去。所有的人都听见了'嘭'地一响，立刻血流如注。"① 上升的空间还未达到极致，要彻底摆脱羁绊还有一段历程，他不断加码，把这块虚拟的菜地开到了30里外，他每天费尽全身力气挣扎着往前走，他认为死在路上是最好的结局。理想的目标就像那块虚拟的菜地，其魅力永远散发在追寻的过程之中。想要达到目标，路程艰难而遥远，有时一念之差就会前功尽弃，常常要与自我意志摩擦、对抗、明争暗斗。在残雪的小说中，这样的考验无处不在，其对象善于伪装、掩饰，它既纯真又邪恶。在《黑眼睛》这个短篇里，黑眼睛总是在人的意志薄弱的时候浮出来，有时在茅草的根部，有时在水缸里，明亮纯净得犹如婴儿的眼睛，但那神情是阴郁、鬼气、咄咄逼人的。它把人盯上一眼让人心神不得安宁，盯完了它自己却逃跑了，只在现场留下眼睛大小的两个洞。它像一个歹毒的典狱长，适时地对人进行威逼、胁迫，人如果屈从了它的威慑，将全面崩溃，但主人公只要收住邪恶、有毒的念头，黑眼睛就败下阵来。"成千上万的蚂蚁涌了出来……活着的蚁们抬着两只眼珠，那眼睛被咬得千疮百孔，完全失去了神采。"② 而在《鹰之歌》里，那只鹰，顽强地克服自身的弱点，它一心要实现自己的理想。"羽毛不全"可以说是作为一只鹰的致命缺陷，但它不管不顾，一心向往着冲向二重天，要在那里自由自在地翱翔，虽然它最终也没能到达二重天，并且连身体的存在也成了问题——它的整个身体被嵌进了深不见底的洞壁里，那里暗无天日，就连转动一下头都异常困难。周围环境险恶，还有更多的无缘无故的干扰，但它可以自由地"遐想、做梦和唱歌"。人们厌倦了世俗的平庸，苟且成了一种罪恶，人们追求精神

---

① 残雪：《从未描述过的梦境——残雪短篇小说全集》（上），作家出版社2004年版，第154页。

② 残雪：《从未描述过的梦境——残雪短篇小说全集》（下），作家出版社2004年版，第860页。

第四章 残雪的本土资源与世界主题

的纯洁,理想之光遥不可及,他们为此不计代价。陨石山寸草不生,就连"我"的爷爷也没有看见过下雨。如果一个人要做一件事,谁能真正拦得住他呢?这是《暗夜》里一个叫敏菊的男孩说的。"这一次,我决心独自走到乌县,走到猴山,不论有什么东西阻拦我,我也绝不回头。"① 敏菊执意要去猴山,路途无比险恶,永远不会天亮的黑暗,嗜血的猛禽,同村的对手永植的排挤和暗算,鬼魂的纠缠等,都难不倒这个少年,脚成了障碍,他砍掉了一只脚,跳也要跳到猴山。在《长发的梦想》里,杂技团的搬运工廖长发从小的理想就是当一名走钢丝的杂技演员,但他没受过一天的专业训练。"'当演员有什么好,脑袋提在手里,时刻有生命危险呢。'老婆秀梅听了他的叙述不以为然地说。'女人总是目光短浅。'长发气狠狠地骂她。"② 这是门要命的职业,同事泼冷水,就连走钢丝的师傅也赌咒发誓不再干这行了,长发却为这个梦想一天天地衰弱下去,他还是日复一日地梦见自己走在钢丝上,脚下深不见底,钢丝没有个尽头。

作家会不知不觉把自身的生活经验投射到作品之中。残雪的生活极其清苦,残雪的艺术实践亦极其孤独,就像"残雪"这个名字一样,一捧残雪,清寂、苦寒、反射着刺眼的白光,对大地做最顽强的净化,保持到难以承受的极限。精神分析被称为"描写本质的文学",因为"这种文学是直接从人性最深处通过力的螺旋形的爆发而生长起来的,她的合理性不言自明,她的生命力不可估量"。③ 人永远不满足于现存的状态,肉体与精神的分离也并没有完全到达自在的境界,新的矛盾在不断萌芽,探索就变得永无止境了。

---

① 残雪:《暗夜》,华文出版社 2006 年版,第 62 页。
② 残雪:《从未描述过的梦境——残雪短篇小说全集》(下),作家出版社 2004 年版,第 645 页。
③ 残雪:《残雪文学观》,广西师范大学出版社 2007 年版,第 126 页。

二 创作主题的超前性

20世纪80年代，在以主流意识形态为主的浓重氛围中，在以一元语境为表现手段的强势压制下，残雪的作品一开始就表现出一种"异端"的倾向。残雪的创作主题具有超前性，集中在人类社会发展过程中出现的异化现象和人如何对自我实施灵魂疗救。残雪对艺术生产的普遍规律的揭示表现出浓厚的兴趣，她的选材通常站在普通人的情感、心理、行为的角度，用夸张变形的艺术手法对人性的奥秘进行解码，反思人的存在价值。

残雪显然不是第一个涉及异化这个主题的中国作家，但她大规模、长期地在一系列小说中展现人类社会的异化现象。在她的作品中，人类主体自身活动过程中产生的对象反过来制约人本身，从而出现了大量的不和谐，也就是评论家和读者普遍感到的"冷丑""梦魇""怪诞"的事物。但与其他表达异化主题的艺术家不同的是，残雪作品中的人物，经过一系列的灵魂苦旅和精神洗礼，在异化这个过程中，丰富、完善和发展了自我。异化在这里包含了丰富的辩证法，人物往往在偏离人性—迅速介入—积极推动等程序中达到灵魂的自救和修复，在不懈地探索人性解放的途径中，精神得到升华。小说主题包含了一种强大的、垂直向内的批判力量，给人的思想和行为以警醒。时代的更迭、社会的发展，无疑会对每个个体产生强烈的思想震荡和巨大的精神磨难，人在进行自我的身份认同时，心理和身体的体验，往往被消解在一次次大的社会事件中，而人的焦虑和希冀、痛苦与欢欣的主体感受也被一些积极或消极的实践活动所掩蔽。人的异化程度一步步加深，灵魂经受着高强度的考验。科学技术的发展，使科技力量在促进人类进步的同时成了一种异化的力量，压迫甚至消灭了人类存在的意义，蚕食着人类的精神家园。人的主体感受完全被忽略，人被抽象化、工具化。如何重建人的价值？现代派作家常常站在人本身的角度去思考，西方现代主义经典作品中有大量反映这一主题的文章。20世纪八九十年代，中国作家普遍关注社会现实，他们以"伤痕文学""反思文学""寻根文学"为主进行现实主义创作，思考当时的社会现象，反思人的存在价值。先锋派的创作则以形式探索为主。残雪虽然也被列为先锋派，但她的创作主题一开始就有别于其他先锋作家。

在残雪早期作品中有两种比较明显的特征：一是在反映人的异化时，让文本中的主体进行灵魂上的思考，进行自我的否定与批判，向"人"的本位转化。二是人的转化的过程道路曲折，文本的主体虽然受尽了磨难，但仍然难免被异化。人性的丑陋、恶、龌龊被挖掘出来了。残雪的处女作《黄泥街》几乎全面地反映了这一现象。人的心灵和肉体，自然环境和动物，都处在一种被异化的煎熬中。人物心理变态，行为变得不可理解。如："黄泥街人都喜爱安'机关'，说是防贼，每每地，那机关总伤着了自己。例如齐婆，就总在门框上吊一大壶滚烫的开水。一开门，开水冲她倒下来。"[①] 又如："有一个叫王四麻的络腮胡子男人在门口的苦楝树上挂一个很大的粪桶，自己爬上树，坐在粪桶里荡起秋千来。"[②] 人在向"非人"的方向转化，荒诞、变异："城里有个胡老头子怀了胎，十个月生下一对双胞子……"[③] "早两天我进城，就有一个女人生下一条大蟒蛇，一出来就咬死那接生的……"[④] 人们不是分不清谣言和真实，而是懒得去管，在这个混浊的世界里已经没有耸人听闻的事件了。环境的异化与人的异化相互照应：黑色的烟灰像倒垃圾似的从天上倒下来。因为落灰，黄泥街人大半是烂红眼，一年四季总咳嗽。吃饭的时候，天花板里掉下黑蘑菇。腐烂的尸体堵住了下水道，太阳如一个鸡蛋黄，浮在昏黄的泡沫里，街上的小屋被水泡

[①] 《残雪文集》（第1卷·苍老的浮云），湖南文艺出版社1998年版，第239页。
[②] 《残雪文集》（第1卷·苍老的浮云），湖南文艺出版社1998年版，第243页。
[③] 《残雪文集》（第1卷·苍老的浮云），湖南文艺出版社1998年版，第254页。
[④] 《残雪文集》（第1卷·苍老的浮云），湖南文艺出版社1998年版，第255页。

着，像浮着一大群黑色的甲壳虫。疯长的鬼笔菌。在这种环境的变异中，人的肉体烂得绽开了红肉，有人耳朵也烂掉了，甚至汽车轮胎也烂成了一堆糟糊。动物也不再是从前的样子。在异化活动中，人的能动性丧失了，遭到异己的物质力量或精神力量的奴役，从而使人的个性不能全面发展，只能片面发展，甚至畸形发展。马克思认为有阶级社会的存在就有异化的现象。词源的考察表明，异化源于拉丁文 alienatio，在神学和经院哲学中，拉丁文 alienatio 主要揭示两层意思：一是指人在默祷中使精神脱离肉体，而与上帝合一；二是圣灵在肉体化时，由于顾全人性而使神性丧失以及罪人与上帝疏远。异化不仅仅是指形体变成了什么样的，比如甲壳虫之类，心理世界和外部世界不符，感觉自己脱离正常的生理和心理轨道，都可以称为异化。在消费社会，人们被无限的物品所包围，举止行为和心理结构都发生了变化，欲望无限地膨胀，作为主体的人失去了主动性，成了被物所操控的对象。短篇小说《雾》中，父亲的脖子浮在半空中；太阳变成发淡蓝色，被裹在很长的绒毛里，家人也都失去了原形；两个兄弟患有严重的软骨病，被父亲用一根绳子拴着拖来拖去；妈妈患有狂想症。在《男孩小正》这篇短篇小说里，爷爷的脸变成了一张狐狸脸，眼神阴森而凄惨。爷爷还经常跑到屋后的山上一个人偷偷地吃草，像羊一样趴在地上啃，他先是吃那些有点香味的草，如小叶香薷、大叶香薷、野葱等，后来干脆吃起了灌木来。而在《家庭秘密》（之一）中，云香的姐姐阿芹切菜时不小心切掉了指头，过几天又会长出新手指。据云香的姐姐说，爹爹的右腿以前被火车碾碎了，现在的右腿是新长出来的。为了证实家族里的这种奇怪的遗传——器官再生的能力，云香也鬼使神差地拿自己做了一次试验，在火焰中来回多次穿行，她的手竟一点儿都不发热，完全不会被烧伤。这样的例子比比皆是，如：一个人没有脚还能行走，并且发出脚步声。眼珠子又大又凸，腮帮子鼓鼓的，样子很像青蛙孩子，他们可以在水里生活。岸上的人们有时候也变成

第四章　残雪的本土资源与世界主题　※

鱼，而且他们都长了腮。长这种腮的人，在水里游的时候，那腮就像小山羊刚刚长出的角。"小妹的目光永远是直勾勾的，刺得我脖子上长出红色的小疹子来。"① 在《苍老的浮云》里，公园里的枯树顶上长出人的头发，还有尽管主人公不停地喷杀虫剂，门后钉铁条，贴警示性的箴言，腐败和变异仍旧势不可当。

　　身体受难，灵魂煎熬，心象与物象均已扭曲变形，圣殿已经倾圮。艺术家站在思想的废墟上孤独地呐喊，释放能量的过程同样惊心动魄。这一切都在冲撞之后熔解、爆发，释放着没完没了的焦虑和惶惑。一段时期内，残雪放下创作，研读经典文学，在解读卡夫卡的作品中找到了内在冲动的相似之处，在博尔赫斯那里找到了形式感，同时，也看到她的作品与但丁、歌德、莎士比亚、鲁迅他们笔下人物的精神层次以及直面死亡的勇气也是相通的。作家的精神也因此一次次地从焦虑和惶惑中突围。在其近期作品中，小说人物探索的是如何自救和完善，这大约也是人类的根本出路。《边疆》是残雪最近出版的一部长篇小说，六瑾通过对边疆事物的经历和认知，完善和超越了原先的"我"。启明老伯内心的伤是自己弄出来的，阿依的哥哥背他时还在他的背上扎出很深的窟窿。在六瑾看来，阿依的哥哥是为了救他才这样干的。当六瑾提出要与阿依握手时，出现了怪事："六瑾伸出手去，却握住了镰刀的刀口，她的手变得黏糊糊的，血正在涌出来。'阿依，你的手变成了镰刀吗？'"② 这种事对六瑾来说既在意料之外，似乎又一直期待着它的到来。现代人为如何摆脱眼前这种"意义不明的生活"而苦闷、惶惶不可终日，这是现代人被异化、遭受灵魂煎熬的源头，从"失踪"这件事上，人们找到了一个出口，启明老伯把自己变成了聋哑人，没过多久就得到了周围人的公认，所有的人都叫他"花农伯伯"。由于这种心理暗示，自己的容貌也大为改变，同事们集体"健忘"，院长

---

① 《残雪文集》第1卷，湖南文艺出版社1998年版，第2—3页。
② 残雪：《边疆》，上海文艺出版社2008年版，第260页。

和人事部经理也把他当成花农,居然与他另签合同。"他将自己这次改变身份看作一次成功的大撤退。新的身份也给他带来某种自由,他比从前更洒脱了。"① 显然,启明并没有找到最后的出路,因为在人事部经理挽留他的时候,他不想干了,决定把自己变成一条鱼。六瑾寻找的那种"走路双脚离地的山里人"也在身份模糊中实现了一次超越,她看着阿依,恍然间竟看到另一个自己正朝自己转过身来。灵魂的出路到底在哪里,小说人物在困惑中一次次试图突围,长篇小说《最后的情人》里,人们似乎正在朝着正确的方向推进,他们知道:"高潮便是地狱,因为没有得到缓解的快感正在消灭肉体。"② 这话从农场主里根口里说出。当里根的农场扩张到了无边无际的时候,他越过了欲望的地狱,将农场给了守林人。他感受到了生命原来的本真和虚无。也许肉体已经被消灭,他自己也弄不清,感觉自己是一团精气,是茫茫以太里的一缕走动的气体,总之,农场里的人都认为里根没有实体感。里根是突围最成功的一位,而埃达却还在不断地左冲右突,她说:"有什么砍什么,反正要斩断一些东西。"③

与早期作品相比,残雪近期作品中人物的异化,具有哲学上的发展的积极意义,是否定之否定。当人不能自由地发挥体力和智力,人物自觉地承受肉体的磨难、精神的摧残,并有意偏离目的,否定前身,从而获得一种灵魂上的通达。忆莲听表姐说:"我每砸下去一锤,脑子里就憧憬着快乐。"④ 忆莲也接过榔头,"虽然什么也看不见,还是莫名其妙地冲动起来,乱砸一气,不知怎么就砸到了自己的脚,痛得晕了过去"⑤。在《暗夜》里,"我"总是嫉妒和羡慕缺了一只脚还能飞跑的永植,并怀疑他的脚不是他自己砍下

---

① 残雪:《边疆》,上海文艺出版社 2008 年版,第 293 页。
② 残雪:《最后的情人》,花城出版社 2005 年版,第 52 页。
③ 残雪:《最后的情人》,花城出版社 2005 年版,第 53 页。
④ 残雪:《暗夜》,华文出版社 2006 年版,第 23 页。
⑤ 残雪:《暗夜》,华文出版社 2006 年版,第 23 页。

的。而在《在城乡结合部》里，因为城市的扩张而带来的城乡之争，以及"历史事件"的困扰，成天被焦虑和惶恐包围着的教授，被邻居小女孩苗苗在他的手臂上咬了一口，那手臂立刻就肿了起来。当别人质问这件事，小女孩却说她在帮他把身上的毒发出来。"垃圾老汉朝我俯下身来，我看见他张开血盆大口，抓起我的一只手就放进他的口中，三下两下我的手就被他吃掉了。"① 在"我"昏昏沉沉时，"他俩叽叽咕咕一阵，最后决定不动我，'让他自己清醒。'后来锁上门就出去了"②。事件的关键时刻，外力的推动显然很重要。

艺术生产中的生产者与生产对象之间的关联是极其形而上、抽象、反逻辑、非理性的，要把握它的规律，像是"用风铸钱，用沙搓绳"一样难，艺术的规律是无法言说的，说出来就变得可疑。残雪的创作主题的超前性还表现在对艺术规律的探寻和推测。如果要探寻艺术作品的本源，艺术创作中艺术家的心理活动、感受方式和精神结构与"艺术灵魂"往往是合二为一的。人的灵魂的内部的扩张，时间的"延异"（无限分岔），偶然性和差异性，从广义上来说是同一个命题。艺术总是试图用 A 的方式说出 B 的真相，绕弯子、打比方，但又有谁说得清艺术内部的必然性和规律性？这种寻找本身也是一种艺术。残雪也经过一番努力，做了大量的尝试，如《思想汇报》《痕》《下山》《天堂里的对话》《历程》《辉煌的日子》等大量的中短篇小说，都在说同一件事。《思想汇报》从表面上看具有很强的讽刺意味，但其实是在探索艺术本身，以及艺术家自我内部的困境和突围。小说把艺术人格和日常自我分成两个人，两个自我产生激烈的冲突。《思想汇报》中发明家 A 所从事的艺术事业，是"用一根比头发丝略粗的特制的针，在一个鸡蛋壳上钻出

---

① 残雪：《暗夜》，华文出版社 2006 年版，第 135 页。
② 残雪：《暗夜》，华文出版社 2006 年版，第 135 页。

五千至一万个洞眼来"①。30多年来他一直从事这种令人难以置信的发明，时常别出心裁地钻出一些梅花或者牛的心脏形状的图案。A的工作性质属于艺术，艺术的本质是超功利的。从梅花图案来看，A还没有超越对形式主义的探索。食客与A是艺术家分裂的两半。食客代表了艺术形而上的部分，代表了艺术家心底的激情和渴望，以及艺术的审美情趣和审美高度。A代表了艺术的形而下的部分，是艺术的实体，包括工艺、手法、材料等。艺术的实体必然被艺术神灵所驱使，身不由己。食客的到来使得A的发明达到一个前所未有的高度。如果说，艺术家的精神突围在早期小说《突围表演》中的X女士身上还表现得混沌模糊的话，那么，在发明家A的身上却表现得惨烈而决绝。艺术的形式、艺术所要表现的思想、艺术的受众、艺术的精神价值、艺术的原材料等问题，困扰着发明家A，困扰着残雪本人，同样也困扰着所有的艺术创作者。艺术家远离世俗，重又回到世俗的演变过程，往往是艺术家成熟的过程。中篇小说《痕》中，神灵驱赶着痕通往艺术的终极，那个"三角眼、无眉、一脸贼相、手执一把明晃晃的镰刀"的老者，如影随形，时时刻刻监督着痕。景兰是家里的常客，痕既需要他的吹捧，又对他不能完全理解自己的艺术而懊恼，"每次景兰刚来的时候，痕都不反感，走的时候痕却十分愤怒，将门'砰'地一关"②。这也许就是艺术家与评论家之间微妙的关系。他所编的席子越来越形而上，在材料和受众方面越来越远离世俗，而收草席的人却与他心存默契，严守秘密，最后他干脆搬到与世隔绝的山上。艺术家不可能活在真空里，于是，残雪在另一个中篇《下山》里，又安排痕下山，并与世俗力量的代表——他的岳父和好了。下山并不代表痕与世俗力量的妥协和共谋，而恰恰是艺术家悟出了艺术的真谛，回归到艺术的本真。艺术生产的冲动与艺术创新意识有时候混淆在一

---

① 《残雪文集》第2卷，湖南文艺出版社1998年版，第171页。
② 《残雪文集》第2卷，湖南文艺出版社1998年版，第295页。

起，有如死神在后头追赶，摧残和折磨着艺术家，威逼着艺术家动手。无论是食客，还是三角眼老者，他们都在扮演着这个追赶的角色。每一位艺术家都想超越前人，站在高处，睥睨一切过往，在艺术继承的连贯性中寻找偶然和差异。"雨停了，我要飞回去。在假设的空房间里，在坏疽般的崖石上，我将再次和你不期而遇。"① 艺术的真谛到底是什么呢？艺术家们终其一生都在寻找，或许死在中途是最好的结局。"看那隐蔽在密林丛中，飘渺的屋顶！看那屋顶的避雷针！你不是已经看见了吗？"② "完全有可能，我会死在路上，现在我每天都费尽了全身力气在挣扎着向前走。"③

三 艺术审美的独特性

奇诡的想象与独特的书写方式，是残雪的艺术特色。在残雪的文学世界里，其思想内容和创作主题远离主流意识形态，而艺术风格却带有明显的地域文化色彩或区域特征。宗教式的艺术实践，奇诡的想象，梦魇般的意象，迷宫一样的结构，包括人物活动的物理空间和心理空间，都带有浓郁的巫楚文化气质。残雪进行文学创作的初期，拉美的魔幻现实主义和西方的现代主义正好也传入中国，它们以极具张力的艺术形式和反传统的叙事手法，激发了潜伏在残雪身上的某种地方性遗传。楚文化具有浓郁的原始宗教意识和神话色彩。王逸在《楚辞章句》中说："昔楚国南郢之邑，沅湘之间，其俗信鬼而好祠，其祠必作歌乐鼓舞以乐诸神。"④ 以庄子和屈原为代表的奇异诡谲的楚文学传统滋养着楚地文人。在现代文明的冲刷下，湘楚民间仍保留着一息尚存的"信巫鬼，重淫祀"的风俗，偏远地带的老年妇女是这一风俗的主要传承者。在湘楚之地的民间

---

① 残雪：《从未描述过的梦境——残雪短篇小说全集》，作家出版社2004年版，第61页。
② 《残雪文集》第1卷，湖南文艺出版社1998年版，第473页。
③ 残雪：《从未描述过的梦境——残雪短篇小说全集》，作家出版社2004年版，第156页。
④ （汉）王逸：《王逸·九歌序》，《中国历代文论选》（一），上海古籍出版社1979年版，第155页。

"法术""法事"中,"巫"和"傩"充当了弱者面临精神困境时进行自我消解的精神主体。残雪从小由外婆带大,个体的成长经历和家庭氛围使得她所吸收的巫楚文化在实质性细节上更为丰富。巫歌巫诗和祭祀活动,从外在形式上来说,它被人们赋予神圣的仪式,附加了神秘色彩,从实质上来说,它是自己与自我的灵魂对话,叙述着人们在世俗中受压、扭曲、分裂、变形以及心灵遭受致命重创的强烈感受,人们希望在这种激情的仪式中顺利穿越欲望、痛苦和煎熬。巫术与艺术颇有一些相似之处,它们在完成其事业时,具有共同的心理过程,那就是强烈的情感、奇妙的想象、诡谲的形式。巫师手执拂尘,神昏情迷,哼唱着意思晦涩的巫歌,跳着夸张的舞步,情感汹涌,表现出与鬼神沟通交涉的复杂过程。早期的巫师兼有舞蹈家和歌唱家的职能。巫师舞蹈和歌唱的目的是"媚神",艺术家的激情表达则是对人的存在意义的理解。他们都可以在迷狂状态中达到自我宣泄的目的,都是通过这种"非理性"的表达,与真实的现实达成某种平衡。由于过早地离开学校正规的"理性"教育,残雪的想象力在岳麓山的丛林里和教育街的市井中得以天马行空、自由驰骋。成年之后,她把丰富的想象力用文学的形式进行了艺术实践,从而创建了这种极其独特的书写方式。

  残雪的奇诡的想象贯穿了她的整个艺术创作过程,在她的小说里充满了荒诞的情节、反逻辑的语言、古怪的意象、梦魇般的氛围,她把自己看作受屈辱的灵魂的代言人。灵魂受难时,从现实的角度来看,一切都是反常的,而在灵魂本身,那只是一次又一次的突围经历。比如:在《山上的小屋》里,所有的人的耳朵都出了毛病,只有她听到了那个被反锁在小屋里的人暴怒地擂门的声音。头皮上被母亲盯着看了的那一块会发麻,而且肿起来。在《污水上的肥皂泡》里,母亲洗完澡就失踪了,那是因为儿子倒了一盆滚烫的洗澡水蓄意谋杀,把母亲化作了一盆冒着肥皂泡的污水。残雪有意让灵魂在沉默中酝酿着一场暴动,这时候世界会呈现出物相颠倒、

第四章　残雪的本土资源与世界主题

时间破碎的景象，如《旷野里》，我和丈夫在错愕中制造一起又一起匪夷所思的事件，针头在闪电中爆出火花。有一个梦从窗口溜进来像鲨鱼一样追着我。"壁上的挂钟在打完最后一下时破碎了，齿轮像一群小鸟一样朝空中飞去，扭曲的橡皮管紧紧地巴在肮脏的墙上，地上溅了一摊沉痛的黑血。"①灵魂与肉体的搏斗是何等的惨烈，皮囊的桎梏被挣开时，鲜血会像喷泉一样飞溅，老鹰变成的老婆子扛着锄头，以栽油桐树的理由，到处一顿乱挖。"我听到了婴儿的惨叫，许多布鞋在尘埃里飞奔。"②但是这一切又都是那么洁净透明，"燃烧的冰雹正像暴雨一样落下来，透明的大树摇摆着洁白的华盖"③。语言仍然只是表象，作家无论如何努力，都是白费劲："我不能把要讲的事讲清，哪怕一点点。我的话一吐出来就凝成一些稀糊糊，粘巴在衣襟上面。我不断地用些疑问号，惊叹号，想要夸大其词。但是一切都完了。"④残雪凭借恣肆汪洋的想象力，用离奇荒诞的情节、诡谲的意象，将文本的意义设置在悬疑中，不同的读者读出不同的意思，在无限分岔的迷宫中，或者迷路，或者心生怨恨而懒得去找出口，或者在探寻中明白了什么。

在《犬叔》这篇小说里，残雪将奇妙的想象结合魅影和幽灵来分析灵魂的层次。水村的人又懒散又不喜欢有主见的人，犬叔（来历不明）一来就让人感觉别扭，他伙同村里德高望重的水永公公进行一项"荒唐的事业"，号召大家在荒山上种果树，这种事业是对传统的一种挑战。水永公公与村里的人通过奇怪的方式交流实施计划。水永公公的表达方式隐秘，词语模糊，一说完便元气大伤、体

---

① 残雪：《从未描述过的梦境——残雪短篇小说全集》（上），作家出版社2004年版，第29页。
② 残雪：《从未描述过的梦境——残雪短篇小说全集》（上），作家出版社2004年版，第42页。
③ 残雪：《从未描述过的梦境——残雪短篇小说全集》（上），作家出版社2004年版，第44页。
④ 残雪：《从未描述过的梦境——残雪短篇小说全集》（上），作家出版社2004年版，第21页。

力耗尽。种树只是表象，关键是在这个空洞的计划上建立起了共同的基础和铁一般的意志。叙述者"我"通过旋风、隐形的马、鬼魂、铁棺材看到了另外一个世界的情景，犬叔在这个景象里把自己幻化成一把锄头、一条鲤鱼、一阵风，演示家族的谜团。小说人物通过像巫师作法、傩神"过晕"一样的手法进行深层次的精神分析。另一篇短篇小说《蛇岛》，讲述人的精神归宿和自我灵魂的家园问题，人物的影像分三个层面向下垂直，一层比一层虚无。这三个影像分别是："我"、蛇岛的人、三叔以及坟地里的人。第一层："我"。我自己以为是个活人，一切都正常，但在蛇岛人的眼里是几十年前就死了的人，有坟墓，在人们的眼里"我"是个长期漂泊在外回老家寻找归宿的幽灵。"我"自认为有体量感，是实体，但在世俗的观念中又只是一个记忆，是"徐良家的"这么一个符号。生与死本来没有区别，回来反而是为了证实死这个事实。第二层：蛇岛的人。留着山羊胡的老人是其代表，他们自认为是人，而在我的眼里却如同鬼魂，做着极其反常的事，但没有坟墓。他们实际上死了，却还做着"生"的样式，让"我"的死来证明他们的"生"。第三层：三叔以及坟地里的人。三叔是他们的代表，他隐身，看不见，很凶恶，住在墓地。他是"真死人"和"假死人"眼里的鬼魂。三叔只出现在山羊胡老人的描述中，然而事情的真相是，当"我"认出了那老头就是三叔时，他的态度模棱两可。三叔为什么要用这种曲折委婉的方式邀请"我"呢？"那是种直接的心灵交流，汇成句子则多半有些语无伦次。"[1] 是不是真的三叔似乎也无所谓了，"我"、山羊胡老人、三叔三个影像重叠在了一起。当人放弃对自身的把握或者说彻底地让自身自由后，人也不再有焦虑了。

在残雪的小说中，到处都能看到她通过魔幻的形式把想象力发挥得淋漓尽致。这种手法可以营造一种神秘氛围，适合精神分析与

---

[1] 残雪：《从未描述过的梦境——残雪短篇小说全集》（下），作家出版社2004年版，第674页。

第四章 残雪的本土资源与世界主题 ※

灵魂层次的剖析，它让小说看起来具有无限的张力和深不见底的谜团，也让读者产生一种探险的冲动。例如，《西湖》是在讲述艺术家的灵感来自世俗的琐碎，极度的纯洁会杀死艺术的原动力，同时也杀死了艺术家的意念。《生死搏斗》则表达和谐源于内心的痛苦和冲突。《棉花糖》里最有承受力的不是别的，是虚无。《小镇逸事》中作者向内扩张的想象力直抵灵魂受难的场所，主角外面被铁甲包裹，内里忍受钻心的疼痛。这大约是人类自审的真相。

残雪独特的书写方式具体表现在以下三个方面。

1. 表现在语言上。残雪作品的语言特征与其结构一样构成另一种典范。文学说到底，是语言的革新，陈旧、老套、干枯、循规蹈矩的语言很难说是好的文学产品。思维是在语言的土壤上结出的果实。残雪的语言特征首先是建立在反向思维上的。语言的革新不是简单的表层的句法、用词，而是语言与自我关系的深层表达，用最有生命力的文学语言来说出人性的深部结构。语言的革新，在初级阶段会有说不出的尴尬。残雪作品的核心主题是精神分析，精神这种东西它虚无缥缈，像一缕烟，像一片霞光，像一串音符。因为说不出，同时也说不清，就得不停地说，不停地解释，象征、暗示、模拟这些东西形成语言表层的网状形式。它具有丰富性和不可重复性，它的拒绝现实和存在的现实形成矛盾性。为了准确地达到这种高难度的境地，残雪完全抛弃了语言的传统模式，因此，她的语言不可避免地具有它自身的矛盾性：弹性与刚性，透明与混沌，刻板与幽默。她在处理语言与传统的关系时，是有局限性的，不像文本形式和结构那样绝对化，颠覆和决裂都是不可能的。语言的客观存在形式、语言的民族性和历史性、语言的约定俗成，它们共同构成一个强大的系统和铁一般的规律。任何人都不可能超越语言的编码系统和解码系统，脱离了这个系统，就是一堆零乱的符号，不具有任何意义。因此，作家在创新时只能在极小的细节上做一些甄别和筛选。她注重发挥语义场的系统性和层次性，在句子的构成上追求简短、有力,在语义结构上追求朴拙,去掉一些枝枝蔓蔓。"有人在迫害我那条狗。真想不通,还有人会同狗有仇。"[1] 仪坚听出老迈在说双关语。她在心里深深地担忧起来,因为像老迈这样的粗人也要说双关语了,这世界不知会变成什么样子。语言的蕴含和预设也处处皆是,由于人物的对话许多都是一种心理较量,弦外之音是残雪小说语言的魅力所在,蕴意往往在句子的断言之内。以《蚊子与山歌》为例:三叔对描述者"我"说,"五适茶"能消百病。接着因为二流子阿为的出现,描述者觉得苦得难以下咽的五适茶,阿为却坐下来就提起铜壶倒茶,脖子一仰喝了一大杯。接着就是三叔的问话:"阿为呀,今天检查过自己的情绪了吗?"[2] 这里五适茶消百病与阿为的情绪检查产生了对应,是三叔的语言蕴含的结果的体现。这一预设却不在句子的断言之内,是句子的背景信息。语义的概括性、模糊性,有时大量地通过预设来体现。"走了一段他又忘了生气,又叫我倾听,而我听了半天又没有结果,就这样两人都怀着怨恨到了家。"[3] 这是《蚊子与山歌》的开头第二段,三叔与描述者"我"首先在沟通上产生了障碍,随着一步步走下去,按照这种语言轨迹,"我"开始热切地关注灵魂内部的事情,并最终觉悟。

2. 表现在结构上。了解了残雪小说的结构就等于打开了这座迷宫的大门,它的多维图式、透明的层次、镜像反射、螺旋导入,兼有印象派和立体主义的复杂和重叠,有视觉的多义性,而小说中炫目旋转的轴心却是简约、质朴、符号化的。作品中的空间和形体都显得缥缈和模糊,人物的特征性不很明显,其形象被分解为一些小块面,这些小的块面有镜面,也有凹凸面。某个局部的形象也许

---

[1] 残雪:《从未描述过的梦境——残雪短篇小说全集》(下),作家出版社2004年版,第723页。
[2] 残雪:《从未描述过的梦境——残雪短篇小说全集》,作家出版社2004年版,第422页。
[3] 残雪:《从未描述过的梦境——残雪短篇小说全集》,作家出版社2004年版,第421页。

不能在单一的视点上觉察到，而是要把几个视点的印象综合在一起才能看明白，古典主义文学家笔下的时间和空间感消失了，给读者的印象是，人物的背景与人物一起拥塞住了画面。因为结构是透明的，主体和背景重重叠叠，完全没有明晰的主体与背景的透视关系。例如《民工团》的老瑶，他的具体块面拼接起来的整体形象是：一个衣着不整洁，头脸不够清洁，个头高或者矮，身材瘦或者不瘦，皮肤白或者不白的一位40多岁的农民。这个农民有时顺从有时狂放，有时本分有时狡猾。日常生活的笨拙、古板、诚恳、厚道构成了人物的主色调，但从被挟制、被伤害、自虐倾向（腿上的伤口）等特征来看，老瑶给读者的主体印象是焦虑和痛苦、自我挣扎、灵魂得不到片刻安宁。其他模糊块面的作用正好让读者有着无穷的想象空间，给人一种缥缈和虚幻感。这篇小说里的其他人，如灰子、杨工头、寡妇等人的形象被叠加在老瑶之后，同铺的汉子、厨师、葵叔、寡妇的儿子在最后，至于老石、言哥以及其他民工则根本就是影影绰绰的背景了。文章内在的结构也具有上述特征。老瑶与灰子他们外出务工、超强度超时间的体力劳动、处处受制于人等是表层结构。通过人物的苦难、自虐、伤害寻求灵魂与肉体的剥离，直面死亡和虚无的内省气息，这是透过表层结构才能看到的深层结构，读者能从结构内部感受到作品散发出来的氛围和情绪，弄清这些结构需要体力、智力和时间。残雪的小说大都具有这个特征，只是侧重点不同而已。

3. 表现在人物形象上。残雪反传统的书写方式表达的并非通常意义上的女性主义，前面已有论述，残雪的思想表达具有世界性的特征，是超越民族性和地域性，同时也是超越性别的。女性主义注重反男权、反性别压迫，刻意地要寻求平等，残雪对女性的刻画着重表现在对传统艺术形象和审美习惯上的对抗。女性意识也是自我意识的一部分，这个自我应该是超越性别的，站在人性的一般立场上的。实际上，如果不能超越性别意识，就不能毫无羁绊地探讨人性。从残雪的大量作品中可以看到,她切入小说的视角大都从男性入手,青年农民、少年、退休的老男人。从女性视角切入的只占少数。例如《暗夜》这本小说集共收录了十四篇中短篇小说,其中只有三篇是从女性的视角切入的,它们是《莲》《小姑娘黄花》《龟》。如何对待女性身体是艺术家们面临的最大难题。在残雪的作品里,女性的身体常常被忽略,她有意颠覆灵魂——肉体的二元结构,由灵肉一体到去同一、非中心,然后二者对立,但身体是灵魂的载体,为了表达自我并实现精神的主体性,身体成了最大的障碍,它只好自行灭绝或者隐退。虚汝华腹腔塞满芦秆并烧焦,阿娥被装进玻璃匣子等,表达的都是这个意象。故意偏离社会形象的定位,斩断人们对女性一贯"贤良""柔美""温顺""娇媚"等的期待,将女性的恶习和怪癖放大,将传统文学作品中有意遮蔽的女性形象真实地展现出来,如打嗝、放屁、抠鼻屎,她们语言粗暴,行为龌龊。不仅仅是女性,传统文艺作品中男性的形象也是被颠覆的对象。男性的责任感、包容、英雄气质、主体意识被遮蔽,他们大都是一副邋遢猥琐的样子,行为卑微下贱,身体虚弱残障,思想品格不健全,人格分裂,神经质,患得患失,有的极度敏感琐碎,有的则极度愚钝呆板,内心也总是表现得焦虑、急躁,在社会责任感方面也表现得怕苦、偷懒、逃避。如皮普准(《历程》)、发明家A(《思想汇报》)、老瑶(《民工团》)、长发(《长发的遭遇》)、远蒲(《生死搏斗》)等,还有大量以第一人称出现的"我"以及家庭成员中的父亲、丈夫、兄弟等,他们总是处于一种被他人嘲讽、揶揄、极度鄙视的人际关系中。在这种状态下,人物内心的煎熬和灵魂的苦难更加突出,精神分析的过程也变得复杂和艰难,灵魂突围的场面更加惨烈。

残雪站在人性的普遍立场上,极度淡化人物的生存和物质方面,所有的人只生活在精神层面。生存和物质是困扰人类的基本问题,斩断对身体的依赖,是所有自我强大的人共同的选择,不管是男性还是女性。一个人只要不断地自我审视，就可能距离人性的核心越来越近。但是，没有被根本问题所困扰的人性，它的根基在哪里呢？这些一文不名的人一天到晚在跟自己的精神和灵魂搏斗，这种人物的设置，表达了艺术的突破就在于它的虚拟性和主观性的写作观。毫无疑问，人性的弱势、人性的苦难，才是人类的终极苦难。从某种意义上说，人格独立和精神自由是一个艰难而遥远的目标，也是一个值得永远探索的课题。

◇◇ 第二节　残雪的经典解读与精神突围

残雪作品中的人物有一个明显的特征，就是他们都具有强悍的生命力、永无休止的探索精神，人物只对自身灵魂感兴趣，视角始终是向内审视，且不知疲倦地进行深度的自我剖析。悬念、矛盾、纠葛均来自每个个体本身，精神的形而上特征与肉体的形而下特征构成一对矛盾，矛盾双方常常互相利用又彼此仇恨，最惨烈的结局是灵魂与肉体被血淋淋地剥离。作品中的人物在面对精神危机、内部困扰时，都积极地寻求一种解决办法，越艰难越有激情。她擅长采用三维立体式的透明结构，螺旋式的导入，将人性的无限张力和不确定性一一展示出来。在语言方面，她运用象征、暗示、隐喻等手法，形成语言的表层网状形式，使句子的构成和语义结构方面，简约中透着繁复，质朴中深藏着华丽，柔美的里层夹裹着强悍的力量。

由于其文本具有实验性特征，作者要面临自我的客体化与陌生化、实验的自由度与叙述的矛盾性等方面的问题。创作越深入，问题堆积越多，创作者不自觉地陷入了一种灵魂的虚无感与自我意识的困境之中。除此之外，作者还要面对受众的问题，如评论者对她的艺术形式的质疑和责难，很多读者抱怨看不懂，有的人曲解作品的意思。创作了十年之后，残雪被这些东西困扰着：焦灼、惶恐，站在虚空中无所傍依。这种情绪从残雪笔下的人物中不自觉地表现出来，如《突围表演》中的X女士，《历程》中的皮普准，《思想汇报》中的发明家A，《痕》中的痕等。《突围表演》中的X女士，虽然采用花样翻新的手段引领着五香街的意识形态，但她总是带着悲愤绝望的心情，用一种游戏狂欢的手段操纵着人们。《突围表演》表面看起来通篇都在讲"性"，X女士站在大街上用逻辑的、理性的、科学的方法讲性和讲男人的生殖器。她在讲一个研究课题，她的目标不是性，而是比性更大的范畴：生命意义、精神宇宙、人类灵魂。X女士面临的困境是艺术与创造、艺术与审美、艺术的传统与现代、自我意识、灵魂的虚无感等。性在这里被类化为艺术家的日常体验。X女士最终没有突出重围，她执着于成功，她不想让"成功"停留在抽象层面，她需要得到世俗的回应，因为她最终还是写了一份"关于房屋修葺的报告"来检验五香街居民对她的态度。《思想汇报》里的发明家A的工作性质属于艺术，艺术的本质是超功利的。从他在鸡蛋壳上钻的梅花图案来看，A还没有超越对形式主义的探索。食客的到来使A变得无所适从，他从来不看A的作品，他要A站在果皮箱上表演金鸡独立。出乎意料的是，这些与发明毫不沾边的把戏居然赢得了群众对A的普遍的赞誉和尊重。食客是矛盾的，他一方面要提升A的艺术水准，一方面急于得到世俗的认可。没有艺术灵魂和审美高度的创造是低层次的创造。作为艺术家的A，想摆脱以食客为代表的艺术灵魂和以邻居为代表的世俗力量，都是不可能的，他所有的困扰只能通过电话与另一头虚拟的首长倾诉来实现内心的平衡。《历程》是皮普准寻找自我的心理历程。皮普准自己有一点"胡思乱想"的爱好，大人小孩都骂他幼稚。"所有的人都要我编故事，而我一编出来。他们又不满意，找岔子，把我说得一无是处，我真是见了鬼了。"[①] 周围的人，男老

---

① 《残雪文集》，湖南文艺出版社1998年版，第366页。

曾、女老曾、老王、离姑娘、三姑娘，既挑逗他又拒绝他。房子的结构都处在变幻莫测之中，混乱、挣扎、无端的烦恼时时控制着皮普准，即便时空转换，也仍然无法摆脱。两个女朋友都曾经当着他的面与别的男人胡闹，据说这样可以让他心胸开阔。自审的过程中矛盾、艰辛、苦难都算不了什么，有时候必须面对来自自身的卑微和不自信，想办法克服它、超越它。最后，皮普准站在虚空中，孤零零无处藏身，正如女老曾说的"这正是你乐意的"，但皮普准却仍期待"一个新的城镇"。《痕》里的痕每次醒来都有一种懊悔的心情，他所编的草席越来越形而上，在材料和款式方面远离俗众，只有一个人定期买他的席子，价钱越出越高，痕因此在当地过上了富人的日子。但是痕发现，那个人把买走的席子都丢弃在山上烂掉了，买草席的人从不评价痕的手艺，痕所编的草席越来越不实用，有些甚至织得像渔网，但买草席的人却心领神会。痕也经常到山里看看那些烂掉的草席。最后，他干脆搬到与世隔绝的山上，故意让自己在毛竹丛里迷路，但还是清醒地找到回家的路，这让痕更加懊悔。

在 1990 年后的一个时期，她创作的作品中的人物都会陷入这样那样的困境，挣扎、焦虑、懊悔、怯懦、患得患失，不像更早时期作品中的意象，如《公牛》里用那头公牛的角挑破板壁，《苍老的浮云》里的虚汝华让腹腔里的芦秆燃烧，《污水上的肥皂》将母亲化作一盆冒着肥皂泡的污水。那些形象是何等的勇猛、朝气蓬勃、无所畏惧。这时候的残雪，想要坚持自己的创作理念，又对这一套搞法产生怀疑，外部的反应有的说好有的说坏，让她莫衷一是。创作到了这个阶段，或许需要一个强大的理念支撑。由于残雪对文学的思考方式、对文学真正意义的追问以及其作品的表达形式和思想内容等，更多地受西方文学传统的影响，很自然地想在西方经典文学作品中寻求帮助。她需要在人类灵魂的王国里寻找一点亮光。残雪在《属于艺术史的艺术——卡夫卡与博尔赫斯的小说》中这样写道："在浩瀚无边的人类灵魂的王国里，有一些寻找光源的人在踽踽独行，多少年过去了，他们徒劳的寻找无一例外地在孤独中悲惨地结束。王国并不因此变得明亮，只除了一种变化，那就是这些先辈成了新的寻找者心中的星，这些星不照亮王国，只照亮寻找者的想像，使他们在混乱无边的世界里辗转时心里又燃起了某种希望。这是一种极其无望的事业，然而人类中就有那么一些人，他们始终前仆后继，将这种事业继承下来。卡夫卡和博尔赫斯这两位文学上的先行者，就是寻找者心中的星。"① 1995年，残雪开始对自己的文学观以及创作实践进行梳理，她暂且停下小说创作，专心致力于文学评论，对西方经典文学作品进行评述，评的是别人的作品，讲的是自己的创作观念和感受。她在品评中吸收营养。在苦闷和彷徨中，先辈的亮光鼓励着她继续走下去。对卡夫卡和博尔赫斯的作品的解读使她重又找到了自信。之后，残雪又陆陆续续地解读了除上述两位以外的其他经典作品，在但丁的《神曲》里她与炼狱中的众多苦鬼对话，在歌德的《浮士德》中她感受到了两极转换的魔术以及反省的意境，在莎士比亚的《哈姆雷特》里她探索出了一条险恶的新生之路。除了解读西方经典文学作品以外，她还重新研读了鲁迅的作品，她在鲁迅的《野草》里找到了"抉心自食"的勇气。

在残雪眼中，卡夫卡的《城堡》是一座"灵魂的城堡"。人所面对的最大的问题就是体内那种不灭的冲动。"城堡排斥着人，不让人进去；从统一方面来说，城堡来自人的生命冲动，这种冲动就是要进去的冲动，冲动维系着城堡的生存。一个要冲进去，一个绝对要排斥，这就是艺术家灵魂的画面。"② 这种拒绝与反拒绝的斗争愈演愈烈，人的精神就在这种斗争中得到升华。而《审判》也并非对官僚机构的审判，而是内心的"自审"，是自己对自己的审判。

---

① 《残雪自选集》，海南出版社2004年版，第561页。
② 残雪：《为了报仇写小说——残雪访谈录》，湖南文艺出版社2003年版，第105页。

第四章 残雪的本土资源与世界主题 ※

"'K'是艺术家的冲力,所谓的官僚机构就是艺术家自己的另一个自我,即理性。"① 同样,残雪认为,《美国》与狄更斯没有关系,与现实中的美国也没有多少关系。主人公卡尔到"美国"游历的过程就是一个人的灵魂历程。"人要获得一个独立的灵魂,就要被抛到荒野里。"② 胖女人象征着艺术。卡尔与流浪汉还有胖女人在最高的阁楼上组成一个家,其实就是艺术的宫殿。胖女人对卡尔的奴役,就是艺术的灵魂对人的肉体的奴役。残雪用独特的视角在《审判》与《城堡》两篇小说里找到一条隐秘的线索。如果说整个《审判》都在描述着 K 如何徒劳地为自己阴暗卑琐的"生"找理由的话,那么城堡就是 K 用无数痛苦、绝望和恐怖建立起来的庞然大物。K 在否定城堡的时候实际上是在建立,只是 K 不知道。从银行襄理到土地测量员是一次精神飞跃,而在这种飞跃当中,可获取的东西越来越少,可欲望却愈来愈膨胀。这样看来,城堡起源于人对自身现实的否定,也就是起源于自审。为什么城堡里所有的居民几乎都生活在自虐之中呢?老板娘用摧残自己的方式检验自身对克拉姆的忠诚;村主任被一份送错了部门的文件弄得神经错乱,最后病倒在床上;弗丽达、汉斯、巴纳巴斯一家,这些人个个都是自虐狂,他们不自寻烦恼、不自找痛苦就活得没有滋味。他们就在这日复一日的自我折磨中找到幸福感。残雪认为,其原因就包含在那个起源的机密当中,只有自审,才是他们活的动力。残雪着墨最多的是《地洞》中的这只小动物无穷无尽的疑虑和矛盾性。小动物不停地掘洞,开掘所带来的短暂快乐,以及在完工之后的某一刻对这个精密得无可比拟的建筑产生的甜蜜感,还不是它真正想要的。因为无论是掩人耳目的苔藓装置,还是针对假想敌的迷宫、城郭、壕沟,甚至是极为实用的储藏室等,都不堪一击,漏洞百出,几乎都半途而废。它不停地挖,挖完之后立刻否定,把自己弄得精疲力

---

① 残雪:《为了报仇写小说——残雪访谈录》,湖南文艺出版社 2003 年版,第 106 页。
② 残雪:《为了报仇写小说——残雪访谈录》,湖南文艺出版社 2003 年版,第 106 页。

竭，痛苦不堪。小动物真正追求的或许就是这种无休止的折腾，恐惧——消除恐惧，贪婪——抵御贪婪，痛苦过后的幸福，短暂幸福过后的巨大痛苦，向着虚无的地方开掘。残雪依旧按照她的理解，把读者的思路带到形而上的境地："那只小动物的精神世界里有这样一个空洞，那是它永久的恐怖的源泉，地洞里的一切奔忙与操劳既是为了填补精神上的空洞，又是一种企图将只存在于精神领域的东西现实化的徒劳努力……灵魂里的恐惧是永存的。"[1] 这种自相矛盾的开掘与否定既是填补又是掏空。而在《双重折磨夹击下的创造活动——再读〈地洞〉》里，残雪把人引向了更加虚无的境地。她认为小动物所处的地洞其实代表着纯艺术领域或者精神，而地洞以外的外界是世俗领域或者肉体，外面的敌人则是未经抽象的世俗体验。这些敌人是实体，它们真实地存在着，与外面敌人相对应的是内部的敌人，这些假想敌，其实就是虚无和死。另外，地洞里那些堆积如山的流着血水的猎获物则是从世俗体验中升华出来的精神体验。小动物的同盟者就是理性的判断。的确，这只小动物"营造的过程给人的强烈的印象是：有—无—有—无，'我'在两极之间发疯地赶来赶去"[2]。"这是一种高级的精神生活，给'我'带来常人难以想像的幸福感。"[3] 小动物对死和虚无的体验不正是那些在黑暗王国里探索的先行者的体验吗？先行者如卡夫卡早已洞悉了一切。与小动物有些类似的是卡夫卡的另一篇短篇小说《猎人格拉库斯》中的猎人格拉库斯。小动物是在"有"与"无"之间奔忙，而猎人格拉库斯则在"生"与"死"之间的虚空里悬浮。他裹着尸布，躺在一条小船上，通往天堂的阶梯永远在他的脚下延伸，永无尽头。每当将要看见天堂的大门时，他就会突然苏醒，发现自己还躺在小船上。他注定处于这种两难境地，"只能永远漂泊在不知名的

---

[1] 《残雪散文》，浙江文艺出版社 2000 年版，第 268 页。
[2] 《残雪散文》，浙江文艺出版社 2000 年版，第 280 页。
[3] 《残雪散文》，浙江文艺出版社 2000 年版，第 280 页。

第四章 残雪的本土资源与世界主题

河流上"①。在另一篇《歌手约瑟芬或耗子的民族》里，卡夫卡同样表达了艺术与世俗的摩擦。残雪在解读它时，看到了它的隐秘结构。约瑟芬象征艺术灵感，观众和反对派其实代表了理性。音乐是终极之美，代表永恒或无。约瑟芬的那种听起来很一般的口哨其实与大众的口哨是有本质区别的，区别就在于约瑟芬吹奏时的态度，她是有意识的。她的生命与歌唱是融为一体的，而大众的口哨随口吹出来，体现了一种无意识。这是生活与艺术的区别。在《无法实现的证实：创造中的永恒痛苦之源——解读〈一条狗的研究〉》中，残雪依然用她独特的视角来看待这篇小说。她将小说分五个段来解读：与音乐狗相遇——发现奇迹；四处奔走向同胞描述——说出奇迹；对音乐之狗和空中之狗的研究——研究奇迹；做实验，企图证实食物的起源——证实奇迹；绝食及绝食最后阶段与美丽的猎狗相遇——创造奇迹。"读者一步步被带进'我'那充满激情的世界。'我'以令人信服的感受向读者表明了从逻辑上看来根本不可能的事物的真实存在；从这感受里，读者可以看到非理性创造那种无中生有的强大力量，以及这种创造由于被理性钳制而又无法摆脱的永恒痛苦。'我'桀骜不驯，死死执着于自己的异想天开，只要还有一口气就要将那凭空设想的实验付诸行动。"② 狗与它所做的研究都只是一个表象，残雪在这里逐一将每个因素的表象剥开，让读者看到表层之下的风景。她认为，文中的"我"，也就是那条狗，是一个具有怀疑精神而又躁动不安的特殊个体。而空中之狗和音乐之狗是非理性和诗情之体现。而一般的狗，也就是那些大众，是理性或者科学原则之体现。一般动物是社会行为。土地被视为隐形结构中的现实。"我"最后遇到的那条美丽的猎狗，是死神或天堂的使者。而狗的习惯动作：刨地，则是日常体验。咒语和歌是艺术的升华。但是，日常体验和艺术升华是根本难以区分的，就像一张纸

---

① 《残雪散文》，浙江文艺出版社2000年版，第282页。
② 《残雪散文》，浙江文艺出版社2000年版，第295页。

的两面，无法将其剥离。因为二者同时包含着对方。"我"的实验过程相当艰难，"想要证实食物是无中生有产生的，大地却不给予任何暗示。'我'并不气馁，实验本身刺激了'我'的幻想力，'我'锲而不舍地坚持下去，终于创造了食物斜线降落的例子，也就是食物追随饥饿的例子……由于科学理性的范畴（斜线降落仍然属于土地吸引食物的一种方式），胜利成果很快被消解了。'我'现在走投无路了"[①]。但是，这是一条不服输的狗。它要进行一项全新的研究，要以彻底的饥饿来证实创造的自由，也就是证实食物是从虚无中产生的。"实验是什么？实验便是调动起非理性的蛮力，与无处不在、压倒一切的沉默，与铁一般的规律作一次殊死搏斗。"[②] 研究最终不了了之，而过程却是那么的惊心动魄，丰富多彩，真理永远在寻找真理的路途之中。一条狗的研究实际上讲述的是它的真诚、勇敢和不灭的创造激情。

与理解卡夫卡不同，残雪在博尔赫斯的艺术世界里找到了信心，更坚定了自己的艺术表现手法方面的信念。以解读博尔赫斯的《赫尔伯特·奎因作品分析》一篇为例，残雪对这篇文章的解读以及对文中奎因这个人物的分析，差不多就是对自己的分析和解读。奎因是一位具有清醒创作意识的艺术家，早就知道纯艺术之深奥，被大众误解之不可避免，作品被曲解是艺术家的命运，其主要原因是作品的革命性和未完成性，以及作品内含的那种吸引读者又排斥读者的矛盾性。这正是残雪早期创作的真实写照，明知前途荆棘丛生，偏要踏上征途，非常悲壮。经残雪苦心孤诣所构筑出来的纯艺术，被大众曲解为神经质、梦魇、疯话。而对那些能够进入和愿意进入残雪作品的读者来说，何尝不是既喜欢又排斥。作者与读者一同被拽进矛盾的旋涡里。"文中塑造了一位极为独特的作家奎因。这个作家不关心公认的历史，仅仅只关心艺术史（灵魂史），只执

---

① 《残雪散文》，浙江文艺出版社2000年版，第295页。
② 《残雪散文》，浙江文艺出版社2000年版，第295页。

第四章 残雪的本土资源与世界主题 ※

着于内心独特的体验（时间）。他是一个寂寞的人，他的所有创作都一直处于试验阶段。这个作家的作品通常引起普遍的误解，是因为它的深奥内涵同古典作品并不相同，而一般的读者只看见了作品那古典的外表，没有觉察到外表之下以全新的形式发展了古典文学的深层结构。"[①] 残雪早期作品《黄泥街》虽然带有某些现实主义的痕迹，但实质上作品所关注的并不是人们公认的那个年代的历史，而是人类灵魂深处的东西；并不是人们所说的国民性批判，而是人性的深度开掘。作品的结构已经转向了内部，但人们仍然习惯于按照解读古典作品的方法去解读它。这是奎因的命运，同时也是残雪的命运，更是博尔赫斯的命运。"这样的作品与那些观念先行的作品有何不同？这种创作的确是十分奇妙的。一切都是浑然天成，因为它们是灵魂本身的图像。作者通过一种神秘的写作使这种图像从黑暗的处所浮到了表面，这种作品的阅读也需要读者具有一种超出世俗的境界，因为作品提供的是非平面的向内深入的立体图像。三分法的结构勾出了时间的无限分岔，阅读必须是能动的，必须加入那种灵魂冲突的描述，否则就会落入二分法的俗套。大众的阅读往往只达到二分法的模式，这是艺术家摆不脱的遗憾。"[②] 因此，艺术家的遗憾从来就没间断过，作为纯粹的艺术家，残雪把自己定位为本质的艺术家，面对世俗评价的同时向一切敢于面对死亡的自审者敞开，她说："我敢说在我的作品里，通篇充满了光明的照射，这是字里行间处处透出来的。"[③] 卡夫卡、博尔赫斯还有残雪，他们的纯艺术创作属于同一类型，他们所面临的难度也是一致的，那是绝对的高难度。他们都有把梦境和虚无缥缈的东西塑造成形的能力。正如博尔赫斯在一篇小说里所描述的那样："他明白，即使识破高低层次的所有谜团，把纷繁无序的梦境材料塑造成形，

[①] 残雪：《解读博尔赫斯》，人民文学出版社2000年版，第21页。
[②] 残雪：《解读博尔赫斯》，人民文学出版社2000年版，第21页。
[③] 残雪：《为了报仇写小说——残雪访谈录》，湖南文艺出版社2003年版，第292页。

※　湖南文学的本土经验与世界性

仍是一个人所能从事的最艰巨的工作：比用沙子编绳或者用无形的风铸钱艰难得多。"①因此，残雪对博尔赫斯的解读应该有更深刻的体会。《环形废墟》里的魔法师究竟要达到什么目的？魔法师的动机又是什么？残雪把目光转向了魔法师本身，他是要通过发明来使自己的本质得到证实。"历经沧桑的魔法师又是怎样一个人呢？如果说他是一个实实在在的俗人，他又怎么没有世俗的历史呢？如果说他完全是一个幻影，他又怎能搞发明创造呢？可见他自己同他要发明的那个人具有相同的本质。"②魔法师用梦创造出来的小伙子获得了生命，小伙子成了新的魔法师。魔法师向火焰走去。"生命终有结束的一天，人在那一天终将在自己的本质里团圆……火神的废庙又一次被大火焚毁。有无数名杰出的魔法师，曾在这圆形废墟上进行过真正的创造，他们的创造物已作为他们的替身进入历史，而历史本身也是属于这些痴心妄想者的。"③这样的解读，会让人不自觉地关照艺术家本身，魔法师不正是无数从事高难度、纯艺术创作的艺术家的写照吗？《神的文字》似乎昭示着艺术创作者的某种宿命，"他"被关入地牢，一个绝对不可能让人得救的地牢，那里暗无天日，只有狱卒从上面用铁滑车给他放下来水罐和肉块，还有一只被关在隔壁的美洲豹。从表面上看，这里的他似乎就是博尔赫斯本人。博尔赫斯晚年双目失明，作为图书馆馆长，算是待在完美的地牢里。残雪何尝不是待在由她本人亲手开掘的地牢里。"决不想死的囚徒必须做点事来打发漫漫的时光。他所做的，就是向灵魂最黑暗的深处探索，他要抓住最原始的记忆，找到同神汇合的途

---

①　[阿根廷]豪·路·博尔赫斯：《博尔赫斯全集·小说卷》，林之木、王永年译，浙江文艺出版社1999年版，第101页。
②　[阿根廷]豪·路·博尔赫斯：《博尔赫斯全集·小说卷》，林之木、王永年译，浙江文艺出版社1999年版，第101页。
③　[阿根廷]豪·路·博尔赫斯：《博尔赫斯全集·小说卷》，林之木、王永年译，浙江文艺出版社1999年版，第101页。

径。"① 神的文字就写在美洲豹的花纹上，而这只美洲豹"远在天边，近在眼前"，和他一同被关在地牢里。实际上他日日夜夜和神的意志活在一起。博尔赫斯作为诗人的狂热气质一次一次地体现在豹或者老虎身上。在《萨伊尔》中，博尔赫斯写到了象征强大的老虎。萨伊尔是一枚钱币，是从描述者的好友特奥德里娜的矛盾美中抽象出来的一个意象。"萨伊尔的美是一个非常难以承受的美。它来源于生命中的矛盾，消耗着生命本身，它专心致志，从不偏移。它的魅力摄人魂魄，它既强烈地激起人的欲求，又蛮横地阻止那种欲求的实现。这样一个异物，见过它的人将毫无例外地卷入那种分裂与混乱。"② 残雪在这里给《萨伊尔》以独特的解答："萨伊尔产生于悲剧，它的美是一种悲剧美。特奥德里娜脸上那变幻的、包罗一切的表情是黑暗的光线、黑色的太阳，它暗示的是煎熬、磨难甚至杀戮，然而它也暗示着金光灿烂的高贵的虎，暗示坚忍不拔和蔑视一切。"③ 博尔赫斯写得最为得心应手的小说是收录在《世界性的丑事》里的那些篇目。残雪着墨最多、倾注精力最多的评论也是这一部分。博尔赫斯用近似于调侃的口气，描述着南美洲亚马孙河、密西西比河流域的人们的那种直率、单纯、狡猾、热烈、冷酷和放荡不羁。《心狠手辣的解放者莫雷尔》中的莫雷尔，天生一副恶棍的容貌。他出身贫寒，没有读过《圣经》，杀人越货，作恶多端。"艺术的源头要追溯到某种怜悯心，那是由一名神父的慈悲心肠开始的（艺术同宗教感不可分）。人出于怜悯心介入生活，结果却适得其反，一连串骇人听闻的残酷降临了。"④ 在莫雷尔的生涯里，从一个州偷了马，到另一个州卖掉，这种行径在莫雷尔犯罪生涯中是一个微不足道的枝节。莫雷尔的手下有一帮为他死心塌地干

---

① 《残雪散文》，浙江文艺出版社 2000 年版，第 238 页。
② 《残雪散文》，浙江文艺出版社 2000 年版，第 263 页。
③ 《残雪散文》，浙江文艺出版社 2000 年版，第 264 页。
④ 《残雪散文》，浙江文艺出版社 2000 年版，第 264 页。

活的混血儿兄弟。他们在南方各大种植园走动,有时候手上亮出豪华的戒指,让人们另眼相看。他们唆使那些整天排着行弯腰在地里干活的黑人逃跑。由他们卖到另一个州,并给黑人一笔提成。在自由和金钱的双重诱惑下,黑人们都不顾一切了。逃亡的路程无比艰辛,目的地无关紧要,只要到了那条奔腾不息的河上,知道自己在航行,心里就踏实了。这些黑人被卖之后再一次逃到甘蔗地或者山谷,莫雷尔却找种种借口不给提成。黑人们在血迹、汗水和绝望的心情中,不再信任莫雷尔。政府也开始追查贩奴行为。北方的废奴党这时正在鼓吹黑人自由。莫雷尔干脆把罪恶的勾当拔高到解放的行动,他要带领黑人起事,好载入史册。莫雷尔深深地懂得所谓解放的含义:"解放就是被死亡在屁股后头追击的感觉,像那从一个种植园逃到另一个种植园的倒霉的黑人的刻骨体验。"[1] 残雪认为,黑人们也谈不上"中计","因为自由的真相就是逃亡时的感觉,莫雷尔的天职就是解放人体内的创造力"[2]。但是逃亡者不甘心,要彻底地解放,莫雷尔就让他们彻底地解放。让他们摆脱苦难的尘世,同自己的皮囊永远诀别。在残雪看来,《心狠手辣的解放者莫雷尔》是博尔赫斯通过莫雷尔这个艺术形象表达艺术中阴沉和狰狞的面貌。那么另一篇《汤姆·卡斯特罗:一桩令人难以置信的骗局》,残雪认为博尔赫斯是借一个冒名顶替的故事,尽情地阐述艺术规律:"波雷格是一位艺术形式感方面的魔术师,他的力量来自于丰富的审美经验的积累,但他自己却不能表演,并且他只相信一件事:神的启示(艺术灵感的源泉)。于是不寻常的一天到来了,他终于同来自灵感深处的,略显迟钝而内心顽固的灵感扮演者奥尔顿谋面了,这一对搭档立刻就得心应手地开始他们的伟大事业,规律由此得到实现。"[3] 艺术的最终实现需要中介或者跳板,残雪认

---

[1] 残雪:《解读博尔赫斯》,人民文学出版社2000年版,第4页。
[2] 残雪:《解读博尔赫斯》,人民文学出版社2000年版,第4页。
[3] 残雪:《解读博尔赫斯》,人民文学出版社2000年版,第15页。

第四章 残雪的本土资源与世界主题

为:"妙不可言的蒂克波尼夫人(心灵激情的象征)给这二位野心家提供了良好的创造机遇,她不断地通过报纸向波格雷这一类人发出信息,等于是曲折地邀请他们二位来进行那举世无双的创造……奥尔顿在无所不知的波格雷引导下,以其卓越的、破除规范的可信的表演,赢得了充满渴望的蒂克波尼夫人的心,让心的激情得到了宣泄,展示了陌生化形式的无穷魅力,从而也得出这样一个准则:越是从未有过的,越具有艺术上的可信度,全盘的颠覆与挑战产生的往往是最有生命力的艺术。"① 但激情并不就此中止,每一次的高潮中都潜伏着更大的危机。所有的亲戚朋友都不认这位冒名顶替的家伙。"继续向纵深挺进是艺术家唯一的出路。"② 波格雷又通过一些手段赢得了所有债主的信任,债主们才不管他是真是假,有人承担债务才是主要的。但是更大的冲突还在后头。这时故事出现了悲剧性的转折,波格雷死于一场车祸。天才的波格雷"以自己的毁灭来将奥尔顿抛向那无依无傍的自由境界……奥尔顿从波格雷的毁灭中领悟到艺术的真谛"③。博尔赫斯的小说有如他的《小径分岔的花园》,隐喻是永恒的时间和无限的空间,他的玄思几乎都抵达了人类智思所能拓展到的极限。他神话般地将书本上沉睡的故事复活。中国的传统文化,阿拉伯人的神话传说,自然科学的奥秘,这些不同类别、纵横交错的知识体系,在博尔赫斯笔下被重新唤醒。他的想象力越广阔,他越显得精确。在残雪看来,博尔赫斯的故事只不过是一个外壳,每一篇小说的思想都蕴藏着一个艺术规律,或者表达了一种艺术观点。残雪将这些规律一一提炼出来,按照她自己的阅读经验,给后来者差不多是画了一张地形图。于是,迷宫里的深层结构显现出来了。如《巴比伦彩票》:巴比伦王国——精神的王国;彩票制度——精神模式;抽签——个体获取时间;赌

---

① 残雪:《解读博尔赫斯》,人民文学出版社2000年版,第15页。
② 残雪:《解读博尔赫斯》,人民文学出版社2000年版,第15页。
③ 残雪:《解读博尔赫斯》,人民文学出版社2000年版,第15页。

博——将生命力转换成精神体验；彩票公司——理想制度制定者；巫术——彩票的预言性质；巴比伦历史——精神发展史。彩票制度在一代代巴比伦人的手中得到完善，但到了最后，彩票却失去了功利性质。但是，"巴比伦人看重的是时间本身，他们看出彩票给人提供的是一个矛盾，即死—不死的矛盾，他们一进入这个矛盾就找到了人的可能性，那就是无限制地从上帝手中获取时间。既然最后的签永远抽不到，人就可以于瞬间体会彩票制度的完美，用一次一次的庄严抽签活动将时间分成无数片断，怀着永生的希冀沉迷于活动之中，捧出自己的生命将这种高级的不带功利只重奉献的赌博搞到底"[1]。博尔赫斯小说里的每一个要素，在残雪看来都有深层意蕴，这些要素表面上已经十分精彩，它往往使读者产生一种惰性——只需停留在表面的故事就足够了。但如读者勤于思考，深层的风景会给探索者带来无穷无尽的乐趣。残雪的解读与其说是在与你一起读懂故事，不如说是在与你一道寻找一种方法或者规律，一种在迷宫里找到方向的方法或者规律。"生命发展到高级阶段所产生的精神世界，永远是人类追求的目标。"[2] 残雪对博尔赫斯的《沙之书》的解读，似乎可以阐述这种人类对精神世界的追求："《沙之书》单纯而神秘，它描绘的是灵魂与现实的真实关系。……这本书就是灵魂的真实模样，然而有谁能承受灵魂的真实展露呢？成天面对着要消解自己固有的人生意义的图像，人是会发疯的。人受不了那些图像，又为那些图像所深深地吸引，以致改变了以往的生活，将这件事当作了生存的意义。人就处在这种不可解的矛盾中。在矛盾发展中，人的惟一武器就是自欺，在自欺中来继续探索无边无际又无底的《沙之书》。《沙之书》是一本什么样的书呢？其一是它像沙子一样无始无终，以其时空的无限性排斥任何人为的确证和努力，也就是把认识变成了过程。它使人在这种无限

---

[1] 《残雪散文》，浙江文艺出版社2000年版，第242页。
[2] 残雪：《解读博尔赫斯》，人民文学出版社2000年版，第54页。

性的面前感到晕眩。其二是它的丰富性和不可重复性，这一点也使人要掌握它的企图化为泡影，它的图像层出不穷，它的变幻无休无止，无规律可循。其三是它以它那种异质的否定性同人已有的现实形成尖锐的对立，它咄咄逼人，让人落入无依无傍的虚空之中。"①

残雪在解读卡夫卡的作品中找到了内在冲动方面的相似之处，并且在博尔赫斯那里找到了形式感。同时，她的作品与但丁、歌德、莎士比亚、鲁迅他们笔下人物的精神层次以及直面死亡的勇气也是相通的。

生命意识和艺术本源的核心都落在一个点上，那就是自我意识。探索灵魂的得救征途，同时也是艺术家的激情得以释放的过程。人生的至善之路与艺术的隐秘结构一样，既复杂多变又简略单纯。残雪认为但丁的《神曲》"地狱篇"是将主体置于"死"的绝境之中，反复加以拷问的记录，真正的创造是灵魂深处的魔鬼的反叛与起义。当一个人主动为自己定罪，然后主动下地狱并成为罪犯的时候，他的艺术生涯就开始了。虽然用来钳制住罪犯的枷锁是无形的，但它比有形的枷锁更能钳制人。犯人并不知道自己会得救，他用肢体语言来显示自己不死的灵魂。"我"（艺术家）的感觉是一切的关键，感觉发挥得越勇敢、越狂放，越能触及真理的内核。浮吉尔和"我"合在一起构成了自愿下地狱者的自由意志。"我"与三只猛兽的遭遇使我从浮吉尔那里得到启示："你必须走另一条路。"残雪理解的"另一条路"就是人的脆弱理智同猛兽一般的肉欲的搏斗中注定要失败。要想精神不死，唯一的出路就是进行超脱性的创造，在创造中让欲望释放。歌德的《浮士德》里有一个难解之谜，那就是：梅菲斯特为什么要同上帝打那两个赌？残雪认为，那是作者本人要向人类展示艺术家毕生的追求，是他要将生命的狂喜和悲哀、壮美和凄惨、挣扎和解脱、毁灭和新生，以赞美与嘲

---

① 残雪：《解读博尔赫斯》，人民文学出版社2000年版，第54页。

讽、肯定与否定交织的奇妙形式，在人生的大舞台上一一演出。诗人的内心充满了深深的沉痛，因为他清晰地感到这苦短的人生的每一瞬间，都是向着那永恒的虚无狂奔；而人要绝对遵循理性来成就事业是多么不可能。在沉痛与颓废的对面，便是那魔鬼附体的逆反精神，它引领诗人向"无人去过""无法可去""通向无人之境"的地方冲刺。每一刻都面对死神的艺术家，决心要做的——也就是歌德让梅菲斯特打赌的目的——是不断向读者揭示生命那一层又一层的、无底的谜底。莎士比亚笔下那么多震撼人心的悲剧，他的所有的悲剧只关注人的内心、灵魂，不关注表面。故事情节、戏剧的悬念只不过是灵魂得以表演的道具。当残雪读到莎士比亚的悲剧，如同在地底下挖到了宝藏，人处于麦克白的位置，内心的邪恶（巫婆）都会出来作祟。麦克白及夫人都具有清醒的自我意识，自我意识让他们邪恶，让他们痛苦，最后让他们毁灭。而在《哈姆雷特》中，幽灵给王子指出复仇之路，实行起来才知道复仇的含义是寸步难行，于是冲撞，于是在冲撞中自戕，于是在自戕中同幽灵进行那种单向的交流。把"复仇"两个字细细地体味，却原来复仇是自身灵魂对肉体的复仇。凡是做过的，都是不堪回首，要遭报应的；凡是存在的，都是应该消灭的；然而消灭了肉体，灵魂也就无所依附；所以人总处在要不要留下一些东西的犹豫之中。残雪在《铸剑》中看到，人要复仇，唯一的出路是向自身复仇，世界满目疮痍，到处弥漫着仇恨，人的躯体对人的灵魂犯下的罪孽无比深重，而人的罪孽起因又正好是人的欲望，即生命本身，所以无法挪动的人也无法向外部复仇。向自身复仇，便是调动起原始之力，将灵魂分裂成势不两立的几个部分，让他们彼此间展开血腥的厮杀，最后让他们三者（黑衣人、眉间尺、大王）变得你中有我、我中有你，达到那种辩证统一。

◇◇ 第三节 《暗夜》的内省与自由境界

中篇小说集《暗夜》收录的作品有一个共同点，都有一位描述者（或叙述者）穿针引线、贯穿始终。描述者的纯粹性首先表现在自我分裂的勇气上。他所面临的一切矛盾是自身的矛盾，他所接触的对象是自我分裂出去的对象。这种分裂和自我发现的过程，需要借用客观条件和外力来起作用并最终达到目的。描述者的高明之处是，他们在初级阶段，感性与理性是有明显的界线的，感性的描述者与自我分裂出去的理性对象之间存在着很深的鸿沟或者裂痕。描述者总是把自己放在最为简单明了的位置，一切都出自本能和自然。单纯的描述者与复杂的对象经过几个回合的交锋之后，感性与理性处于模糊状态。单纯的变得复杂，复杂的又回到单纯，循环往复的肉体的折磨和严峻的精神考验，是人的自我意识锻造和提纯的工艺流程。经过高度的提炼之后，描述者"我"到达了一个纯精神层次的平台。然而，探索是没有止境的，精神领域的复杂层次永远没有尽头。

描述者的三种状态：

1. 未经抽象的世俗经验与纯粹的精神性。感性与非理性如流动的气体或空气中的声波，形式上是线性的，有时间感，但在空间上，它们是相互依存、不可分割的。感性是放在非理性的范畴中考察才成立的一个概念。同样，考察一个人的风格体系和精神特征，感性与非理性有时完全是混沌的，没有界限的，但是非理性必然是感性和理性层面上的飞跃。

《莲》在这方面颇具代表性。描述者"我"（即忆莲）是一个处事大大咧咧、没有心计，但精力旺盛、身体健康，比较情绪化的女孩。而另一个复杂的非理性的自我——表妹阿莲，首先在外形上与"我"形成反差。她总是病恹恹的，她常年住在地下室里，很少见阳光，大把大把地掉头发，脸上没有血色，手指按下去像按在氢气球上。但是阿莲却是真正掌握自己命运的人，她几乎完全摒弃了外在的形体，活在自我的内心里，倒是描述者"我"成天过着心神涣散的生活，还做出一副杞人忧天的样子。阿莲总是能够一眼看到事物的本质，而我仅仅看到表象而已。"昨天夜里我俩（阿莲和严处长）悄悄地去了办公室，你猜得出我俩在房间里看到了什么吗？就在暖气片旁边，地板破损的那个洞里，长出了大丛的玫瑰花！"[1]窗外明明下着雨，还有两个小孩为钓鱼的事打得头破血流，而阿莲却并不这样看，阿莲认为外面是凉风习习的大晴天，小孩子们的争吵她丝毫没听见，完全沉浸在她所看到过的地板缝里长出来的那丛玫瑰花的诡异之美当中。忆莲与阿莲的关系表明了感性在通往理性和非理性的上升阶段。而在《小姑娘黄花》中，小兰和黄花似乎上升了一个层次。黄花像一位法力高超的魔法师，她强悍、果断，游走在虚幻与现实之间。非理性凌驾于理性与感性之上，描述者小兰完全成了摆设。

矛盾的调和需要人穿针引线，自我分裂的源头同时又是迈进精神的更高层次的"理由"。《莲》中忆莲的妈妈一讲起阿莲，语气就显得有些神秘和兴奋。她老人家到"我"的住处来却不是为了看"我"，主要是打探阿莲的近况。妈妈的叙述里头，时间是错乱的，并且从妈妈口里说出来的阿莲是一个年龄不确定的女子，有时是儿童，有时是青年，有时又是她的同龄人。妈妈谈话的时候好像要召唤什么，甚至给"我"取名字"忆莲"，似乎也是为了"记住阿莲"，尽管那时表妹阿莲还未出生，但这是一个神秘的召唤。阿莲是二位老人的精神寄托，我只是一个他们想念阿莲的中介罢了。而银城之行促成了精神层次的攀升，当地板上长出一大丛玫瑰，阿莲得到了某种启示，与单身女人严处长制订了一个秘密计划。这个计

---

[1] 残雪：《暗夜》，华文出版社2006年版，第7页。

划就是迫使"我"去银城出差一趟。银城里有古怪的鹦鹉、黑店、形式主义的圆形监狱。银城是另一个世界，是人们内心的复杂世界。表象的世界与银城仅仅隔着一堵石墙，石墙密不透风，没有一丝缝隙，但采石场的人们却可以自由穿越，一抬脚，想进去就进去了，想出来就出来了（这是艺术中非理性的自由特征）。银城的体验令人痛苦又令人兴奋。严处长戴着脚镣走来走去，她的脸上居然出现了幸福的红晕。"我"回去的路程几乎是一场梦那么简单，那么不可理喻，从墙壁里伸出一只手就将我拖了回去。同样，在《犬叔》里，我（水述）、水永公公、犬叔，各自代表着不同的精神层次。起初，我搞不懂他们，村里的人徒劳地在对面山坡上垦荒种树，他们被水永公公一手操纵却又心甘情愿，犬叔是个例外，他是水村的另类和异端，代表更高的精神层次。描述者我起初感性而单纯，经历了一系列事件，犬叔和水永公公消失在无底的深坑里。桂枝以及其他对我的刺激和羞辱等，这一系列都是描述者"我"必须经历的台阶。我最后也成了另类，水村的太阳晒不到我，太阳见我就躲开了。我不知不觉地上升到了一个新的层次。

　　阿莲、黄花、犬叔，他们实际上代表着纯艺术领域或者精神，地板缝里的玫瑰花，荒山植树，是超现实超功利的，是突破世俗力量的艺术召唤。忆莲的父母、严处长、黄花的舅公、水永公公，他们代表着不同级别的审美层次。那些纷繁复杂的稀奇古怪的人和事物，都是未经抽象的世俗体验。人对规律的认识过程是那么缓慢，总是需要一股强大的外力介入。每个描述者都面临一个强大而又蛮横的外界力量，它们总是能够帮助描述者"我"的对生命认识和审美层次的一次次的升华。更高层次的审美总是接近死亡和虚无。事件的终结点，是让我找到了自我。这是我从混沌到透明的一个过程，这是个艺术升华的过程，它让我领略了艺术的形式美的法则，而变故和挫折让我达到了艺术的精神核心。描述者最后都大彻大悟，比如忆莲。因为"我一下子闻出来了，爹爹手里的香烟是用玫瑰卷成的呢"①。

2. 荒谬与不确定性。人的意识领域是一个无边而又广阔的宇宙。那些具有极强自我意识的人总是不甘于表面化的生活。在这里,《民工团》《侵蚀》等小说里的人物拒绝以一种逻辑的态度对待生活,而是把自己抛向一个未知领域,在无边的黑暗中摸索、探寻。有什么办法呢? 人的内里的冲动迫使自己去尝试一种神秘的体验,去受苦,去挣扎。唯有这样,灵魂才得以安宁。这种体验是通过对肉体的折磨而达到的一种灵魂升华。潜在的冲动,自我理智无法主宰的奇妙领域,具有荒谬和不确定性。在外界诸多因素的困扰下,小说人物尤其是描述者,似乎找到了自由释放精神能量的方法,虽然他们采取的方式不一样,但达到了同样的效果。

抛弃了肉身的具体存在,人不知不觉地超越了死亡和虚无感。

《民工团》的描述者"我"是个单纯而本分的民工,这种身份的定位有特别的意义。以"我"看问题的角度和体验,读者跟随描述者经历了难以承受的肉体折磨。在这里,肉体的折磨与灵魂的升华是成正比的。民工们臭烘烘的宿舍是在暗无天日的地下室里,潮湿、不透风,凶神恶煞的工头每天骂骂咧咧,凌晨三点多就把他们赶出热被窝去工地干活。他们必须在天亮之前把那些水泥背到工地上,因为天一亮城管看到路边的水泥就要来罚款。然而,工作的艰难程度完全超出了他们的想象,一袋水泥有两百多斤,而搭在车上的跳板又高又窄,工头还站在旁边催促,差不多要拿鞭子赶了。民工们都没吃早饭,背几趟就觉得双腿发软,出虚汗。他们白天的工作就是挖土方、扎钢筋、倒预制板、搭脚手架等。累得骨头都散了架,没有人敢偷懒,怕工头把他们赶回去。一个小伙子因为睡眠不足,干活时掉进石灰池子里,在附近小医院胡乱治一下,拉回家等死。还有一位从脚手架上掉下来当场摔死。有些人赌咒发誓地说回

---

① 残雪:《暗夜》,华文出版社 2006 年版,第 32 页。

第四章 残雪的本土资源与世界主题

去以后再也不来了，但还是年复一年地来了又回去，过完年又来。灰子是个家庭条件比较好的独生子，他也一起来打工。由于在家时挑食，他养成了吃饭很慢的习惯，厨师嫌弃他，摔了他的碗，他眼里噙着泪默默地忍受着。在旁人看来，灰子完全没有必要吃这种苦头，但这种肉体的折磨可以让精神得到安抚，旁人是无法理解的。老瑶也是这样，只是隐藏得更深一些。同样，在《侵蚀》中，描述者的家人体内总有穿山甲在作祟，妈妈甚至对中毒这件事着了迷。穿山甲在体内闹腾的时候，人们都痛得满地打滚，然而人们却渴望着这样的疼痛。描述者"我"在爹妈和弟弟的引导下也进入了这个境界。大多数人只能停留在"疼痛"这个层次。当肉体与精神的搏斗到了最惨烈的阶段，具有超强意志的人会采取极端的方式，企图保留住精神，消灭掉肉体。战斗的最后，精神和肉体各自有所妥协。我的爹爹故意炸掉一条腿想用这种方式达到平衡。

平衡总是相对的，平衡也需要不断地调整和完善。然而，通常情况下，肉体在到达承受极限时会向精神妥协，妥协的结果是肉体承受加倍的苦难。《民工团》里的民工有一种告密的风气。工作太苦了，向工头告发了同事就可以换取一点轻松活。"我"（即老瑶）始终保持不与任何人拉家常的态度，但还是吃尽了苦头。工头引诱灰子告发老瑶，实际上"我"（老瑶）与灰子互相怀疑对方告发了自己，最后他们都没捞到好处。老瑶被放了一天假去"公园"进行所谓的旅游，在那里看到灰子在又苦又脏的皮革厂做苦力。老瑶怂恿他逃跑，而灰子并不想跑，似乎这正是他梦寐以求的生活，并因此变得很老练，还分配到了最重的活。一个斜眼男人暗示他将有血案发生，送他去"公园"的那辆车还有司机，有点像卡夫卡的《乡村医生》里的那匹马，招之即来挥之即去。只不过，这里的召唤人不是老瑶自己，而是他所不知道的一种外在的暴力。单纯的老瑶总是被一种无形的力量挟裹着，身不由己。老瑶回宿舍，自己的铺位已经安排了别人。这个占他铺位的人很精明，似乎一眼能看透老瑶心里面的想法，老瑶只好由着他睡了自己的半边铺。周围的人个个都比他精明，凡事都在他们的意料之中。同铺的那个家伙突然提出来要带他去"看一场好戏"。老瑶偶然发现了工头的一些秘密，从此就被安排到一些最轻松的活。工头甚至暗中纵容他消极怠工。这一切，实际上是同铺在操纵，他只等着老瑶就位。这是命中注定的事情，一切都是客观规律。只要老瑶有足够高的悟性，一切都在轨道上滑行。精神的提升到了一个新的平台。外力的介入对提升起到了关键性的作用。与老瑶同样得到神秘力量指点的是《暗夜》里的敏菊。敏菊在去猴山的路上，而猴山是现实之外的灵界，是永远找不到的，但描述者敏菊需要一次经历，齐四爷适时地召唤了他。真正让描述者敏菊进步的是那些与他作对的诸多事物。竞争者永植甚至勇敢决绝地砍掉自己的脚。还有独轮车、天空中飞翔的猛禽等。外力的介入让他明白，最大的障碍还是自己，他也砍掉了自己的脚，他以为这样就可以轻装上阵了。其实这还只是一个形式，更惨烈的磨炼还在后头。

《民工团》的老瑶似乎越来越走运，居然得到了一个非常特别的差使：在一幢刚刚竣工的大楼的顶层（二十六层）做看守，实际上什么都不用干，每天由卖烧饼的寡妇送饭。突然有一天，老瑶有一种要打死楼梯上那条狗的冲动，结果是被这疯狗撕掉了腿上的一块肉。疯狗的病毒在体内扩散，不知什么时候铁门又被反锁了。那位卖油条的老板娘用匕首将有毒脓血的肉剜了出来，老瑶的小腿白骨森森。循环往复的晕过去又醒过来，钻心的疼痛让老瑶体验到了死亡和虚无。《暗夜》里敏菊的猴山之行完全陷入荒谬和不确定之中，猴山是一个缥缈的意象，描述者"我"连自己也不能确定"我"是不是"我"。

死亡和虚无感无孔不入，同铺的汉子、永植他们的强行介入，是要带领描述者进入一个新的层次，描述者从一个一无所知的门外汉变成了初级阶段的学生。引路人如灰子、同铺汉子、齐四爷他们已经完成了各自的使命，需要有人带他进入更高层次，这个人就是描述者自己，事物的终极阶段只能靠自己去深刻领悟，去践行。《民工团》的老板娘（即寡妇）、杨工头，《猴山》的爹爹、矮秀，他们是死神或者天堂里怀有特殊使命的人。死和虚无的荒谬和不确定性一直为他们所洞悉，只是他们需要让描述者一步一步地去真实地体验。

3. 描述者明确的意图与执行力。描述者在事件中所体现出来的意图，也就是他的功能和目的，在进入事件的初始阶段，总是被神秘的力量所驱使。在执行前，有一个艰难的选择，他们无一例外地选择了服从自我内心的冲动。这也是描述者命运中性格的必然性所致，其能指和所指都带有明显的倾向性特征。当经过一次次的锻造和磨炼之后，描述者抛弃了外在的形式的束缚，进入自然状态。描述者后期不再像先前那么费劲，一切都水到渠成了，像禾苗自然生长，像日月星辰的自然运转，出自本能。

倾向性特征带有很重的社会性色彩，对未知领域的探索以及对艺术的创新是人在社会进化过程中的本能冲动。在《水娃》中，人们意识到了生存的荒谬性与不确定性。人从哪里来，到哪里去。生命的奥秘对一个男孩来说，谜底是那么的诱人。通过对自身的一次次怀疑和否定之后，身份的确认已经不重要，结果往往是把人抛向矛盾的深渊，再一次陷入无边的黑暗。探寻本身也成了一个没有止境的荒谬行为。描述者"我"（阿良）本是一个无忧无虑的少年，在一次捕蝴蝶时（捕蝴蝶这种行为本身就是一种对迷茫和不确定因素的探索，蝴蝶意味着蜕变），"我"的探索按着预想的路径徐徐往前推进。"我"遇上了许多令人不解的事。娄伯的爷爷，还有绿色的鲫鱼鱼苗、蝙蝠、陶钵里的大毛虫等。探寻的开端充满了奇异的风景。这正是阿良起初想要的那种效果。谜的表面开始向他一步步逼近，并强迫他去解开它。那个叫蟹西的隐形人水娃，娄伯的侄孙儿，与"我"正面交锋。这个像空气一样无影无形的水娃，摆出一副欲擒故纵的姿态。十几岁是一个充满危险的年龄阶段,是性的朦胧阶段。不让他去做的事反而会引起他更大的兴趣,尤其是对生命本身的探索。阿良对隐形人本身以及隐形人的身份产生了浓厚的兴趣,提出要摸一摸水娃的手,水娃立即断了他这个念头,但又答应让"我"摸一摸他的草帽。水娃总是这样半推半就。这是一个若隐若现的风景,风景的内部该是多么的奇妙。描述者强烈地倾向于一种事物,这种事物必定有巨大的吸引力。《宠物》里的描述者远文君,他饲养麻雀的行为是一个冒险而又具有创造性的举动。艺术家必须创新,新的层次、新的境界像魔力一样召唤着艺术家。不服从这样的召唤,一生将生活在悔恨的情绪之中。大哥因为当初错误的选择,以为逃避可以解决问题,最终遭到了惩罚。大哥的听觉神经异常敏感,无缘无故地暴躁。他选择了在森林里当一名伐木工人。周遭的社会阶层平庸得令他发疯。因为森林里的鸟不会飞,白白地生了一对翅膀,像他自己年轻时放弃了一些理想,等于折断了自己的翅膀。描述者的家人代代遗传着这种创造的幻想,母亲与麻雀有内心沟通,但一见到它就头痛,这是因为外公当初把一帮乞丐养在家里,外公后来遇难,母亲总是活在自责中。外公、大哥还有父母,他们都曾经有过艺术创新的冲动,但没有付诸实施。现在,远文君算是实现了他们的愿望。甚至包括邻居、同事,他们也对远文君的创新充满了期待。

《暗夜》说的完全是无边的灵魂里的事情,描述者"我"是一个名叫敏菊、喜欢玩蟋蟀、并且对外界新事物充满好奇的男孩。好奇是动因;神秘、无边、无休止、黑暗,是客观要素;猴山是终极目标。齐四爷是这种倾向性得以实现的中介和桥梁,同时又是引路人。因为猴山那个神秘的令人向往的地方,只有齐四爷知道。齐四爷却意外地邀请"我"同他一起去猴山。"我"与齐四爷一直就在去往猴山的路上,走了几天几夜,实际上一直是黑夜,因为那个地方叫乌县,根本就不会天亮。一些人推着独轮车飞奔而来,似乎故

第四章 残雪的本土资源与世界主题

意要撞倒我们。那其实是一些心里怀着怨毒的鬼魂。描述者"我"开始与灵魂里的自我正面交锋。天上落着鸟血，飞鸟一边飞行一边厮打。永植一直想取得齐四爷的信任去猴山，没想到齐四爷却选中了脑子不如永植的"我"。这是艺术法则的问题，永植的复杂在这里成了弱点。永植知道问题出在哪里，他砍掉一只脚，轻装上阵，跟着独轮车一跳一跳地奔向猴山。人为的纯粹总是敌不过天然的纯粹，永植还是失败了。"我"实在受不了这种黑暗中的长途跋涉，也许因为背囊里的"鼠猴"的折磨，也许因为永植的启发，"我"也只有一只脚了，最后"我"也搞不清自己是永植还是"我"。似乎就要到猴山了，但却意外地碰到了死去多年的亲戚矮秀。原来，路上遇见的推着独轮车飞奔的人群就是矮秀和板村那些死去的孤儿们。一说到猴山，这些人就闪烁其词，令人虚实莫辨。从人们的言辞和表情可以判断，猴山不是一个好地方，甚至是一个令人羞耻的地方。总之，去猴山是大逆不道的，也是一条不归路。对灵魂的探索既让人兴奋又让人恐惧，人们更愿意过着表层的生活，普通人不会像描述者那样有着坚定的信念去往灵魂深入探究。猴山一直是爹爹内心的"末世的风景"，也许是因为猴山的猴子会说我们的方言，也许是带着一种遗传基因的冲动去猴山，总之，这种明显的倾向性有主客观因素，还有神秘的遗传因子。描述者别无选择，像《宠物》里的先辈们一样，爹爹当初选择了逃避，他付出了代价。"爹爹曾经那么强壮的体魄，被越来越重的心思给压垮了。"[1] 爹爹就处在表层和深层的矛盾之中终老一生，他不敢将理想付诸实施。

中介或者桥梁适时地隐退，描述者面对虚空，无依无傍。由必然到自然的过程，是一个充满艰辛的过程。是时候考验描述者的体力、耐力、悟性了！艺术里的情感因素和社会因素犹如一张纸的两面，它们互为矛盾又互为依托，唯一能够调和它们的是艺术的审美

---

[1] 残雪：《暗夜》，华文出版社2006年版，第51页。

功能，即马尔库塞所说的，"艺术作品借助审美的形式变换，以个体的命运为例示，表现出一种普遍的不自由和反抗的力量"①。那么，以这种力量挣脱僵化的现实，打开广阔的视野，与现实的功利态度保持一定的距离，随着距离的拉开，描述者逐步忘记了初衷，淡化了过去的追求，甚至根本违背了原先的想法，从而达到一种本真的状态。

早期的功利性和目的性（对未知领域的探索、渴望达到精神的彼岸），总是伴随着描述者激烈的内心矛盾和残酷的精神体验。这个过程是一次涅槃，一方面是由周遭环境和自我内心带来的惊悚、恐慌、焦虑、悸动，另一方面是主观渴求中对事物发展脉络的准确预测而形成的可怕的冷静和克制。这些都将改变着人的情绪和内分泌。有研究表明，多细胞生物的控制机制有两种：一种是化学调节，它通过激素来完成；另一种是神经调节，它依靠神经系统来完成。心理学家认为，情绪不仅与神经系统有密切关系，而且与内分泌系统有密切关系。激动、紧张、呼吸加速加深会影响肾上腺的激素分泌。相反，内分泌同样也会左右人或动物的情绪。这种不间断的波动和影响，会让生理系统产生新的指标，达成共识，找到平衡。描述者的精神状态和心理承受能力在这种曲线的螺旋式上升中达到一个全新的平台。描述者无论怎么做都有道理。

《盗贼》里的描述者"我"即新元，身体瘦弱，但内心却向往与盗贼搏斗，"我"与"英雄"胡三老头自动达成一种默契。胡三老头是"我"实现原始冲动的阶梯，胡三老头以"患了绝症"为契机，算是把"我"推向了虚空，卖红薯的小贩的出现干脆断了"我"的后路。"我"在搏斗中被打断了肋骨，肺也打得稀烂并从嘴里吐了出来。"我"反而觉得一身轻松，因为这正好卸掉了身上世俗的包袱，过去对身体的不自信都是因为这个包袱。"我"无师

---

① ［德］马尔库塞：《审美之维——马尔库塞美学论著集》，李小兵译，生活·读书·新知三联书店1989年版，第205页。

第四章 残雪的本土资源与世界主题 ※

自通地学会了摔跤,并对胡三老头的一切授意心领神会,完全超出了胡三老头的想象。胡三老头觉得水到渠成了:"我们打算去过一种流浪的日子。"我的回答让胡三老头颇感意外:"那我就留在这里。"① 描述者完全可以按照自己的设想与那些盗贼搏斗,达到了一种自由的境地。胡三老头和盗贼都是"我"虚拟出来的景象,他们实际上是自我内心的矛盾、灵魂里的焦虑,描述者描述的过程就是一个自我完善的过程。

同样,《水娃》里船票的出现使事情有了转机。母亲装作漫不经心的样子给了"我"一张船票。周围所有的人都知道事情的真相,但"我"还得一步一步地往前走,既是为了自己,也是为了给读者当导游。去上坟的船票所指向的目的地实际上是一个叫"水下游乐场"的地方,据说在那里,男人和女人赤身裸体在深水里嬉戏。那里其实就是生命的源头。半大男孩对生殖的奥秘产生了浓厚的兴趣。杨爹告诉"我",这种门票到处都是,只要留心一点就看到了,并说,早上起来叠被时,说不定枕头下面就放着一张。大人总是只给一些暗示,还鬼鬼祟祟。谜底最终还是在大一些的男孩们口里得出。哥哥总是用矿石收音机收听"水下游乐场的声音",还总是害怕被父母知道。描述者阿良像走进了一个布满岔路的迷宫,那里像镇子里贫民窟里的无数条沟沟壑壑,那里信息密集,结构隐秘,层次复杂,人走着走着就会迷路。讲地理课的马老师其实一直在暗示着什么。"我"终于有机会去水底游了一遭,结果令人沮丧,阿良自己也是从那里来的,也是一个水娃。水底下除了水娃处都是死人。生和死本来是没有界线的,有的得到了生命的机会就活了,变成了水娃,大多数都是呈现一种死亡状态。脑袋里长腮的娄伯暗示着生命以及人的异化。"我"找回了自己水娃的身份。"我"跟其他所有的水娃大致相同。生命的现实性也不过如此,它们是多样

---

① 残雪:《暗夜》,华文出版社 2006 年版,第 249 页。

统一的。蝴蝶在文中是一条隐线，一大堆花蝴蝶停在娄伯的眼眶为娄伯催眠，构成一个恐怖的意象。蝴蝶在这里形成一种神秘的召唤，它神秘美丽，但有毒。阿良就在蝴蝶的引导下一步一步地远离混沌状态，接近生命的真相。

《暗夜》里的猴山其实是虚无缥缈的，它存在于人们的描述之中，存在于人们对猴山的向往的无限遐想之中，它仍然是生命的奥妙所在，是虚无和死亡。描述者历尽千辛万苦，几乎丢了性命，终于找到了猴山。"我踩着了一只大鸟的脚，鸟儿的凄厉的叫声划破了夜空，它叫出的居然是'永植啊！！'那么我的确是永植了。我抬起头，山就在前方，寂静得很，山里头比外面更黑，我又是独腿行走，该如何样上山呢？"[1] 这个收获来得有些突然，虽则是找到了猴山，但"我"却已经不是"我"自己，变成了永植。这又有什么意义呢？而且还只有一条腿，根本上不了山。描述者已身不由己，内里的冲动占了上风，主观意志大于客观存在。永植实际上并没有死，所谓的猴山只是一个梦，是齐四爷的梦，也是"我"爹爹的梦。人们都处在追寻这个梦的过程之中。这个梦一代一代地遗传下来，没有人敢去正面碰它。然而，"我"寻找猴山的决心比任何人都要坚定。"这一次，我决心独自走到乌县，走到猴山。不论有什么东西阻拦我，我也决不回头。如果一个人要做一件事，谁能真正拦得住他呢？"[2] 猴山的存在与否并不重要，它或许就是一种莫名其妙的冲动，一种不可名状的情绪，一种心理债务，是艺术创造中永恒的痛苦之源。它牵扯着那些充满内在张力的具有艺术感和强烈自我意识的人。"我"就是这样一个人，由于内心强烈激情的驱使，非要去探寻它、弄清它不可，倘若搁置在那里不管，一生不得安宁。那些来来往往的独轮车，在"我"记事起就看到它们在太阳底下，繁忙而又喧闹。它们是艺术创作中的日常体验。母马或许是天

---

[1] 残雪：《暗夜》，华文出版社2006年版，第47页。
[2] 残雪：《暗夜》，华文出版社2006年版，第62页。

堂里的使者或许是地狱里的幽灵。它具有某种神圣的或者邪恶的感召力。齐四爷，还有爹爹他们总是游走在非理性和理性之间。猴山永远不是一个实体。它像宗教，实际上是一种神秘的体验。描述者"我"虽然历经磨难，但因为他的主观能动性使得他很顺利地达到了一个崭新的精神层次。抛开功利和目的，艺术创造者与艺术精神合二为一。

第五章

周立波作品中的中国经验

　　周立波在《暴风骤雨》和《山乡巨变》中勇敢地直面艰难而复杂的"土地问题"和"农民问题"。他以作家的视角考察和探索中国的政治制度、治理水平、发展模式等问题，在这个价值框架之下，他也探索人性、审美、乡村文化传统。"延安文学"和"十七年文学"经典化的问题一直被搁置，比它早的现代文学和比它晚的新时期文学都得到了充分的阐释。重新审视那些被遗忘和忽略的作家、作品，从阐释学的角度观察它们的经典化问题，发现它们在形态、规律、发展模式、干预手段等方面，都不同于现代文学和古典文学的经典化。公共阐释中的公理的极端自明性在短时间内不容易显露。由于经典化的变动的时间值和空间值因素，任何一种判断可能都为时过早。受时代变革的影响，经典的内在品质和外在因素也相应发生变化。当代文学作品能否成为经典，还取决于一些新的变化：（1）观念变化，读者期待视野发生更迭；（2）形式融入大量新元素，其价值有待重新评估；（3）文本可阐释的空间多种可能性的生成；（4）意识形态和文化权力的变动；（5）学科发展的技术主义与历史主义内外诱因，促成文学的隐性要素变为显性；（6）民族文化战略意义主导下的文化意识的崛起。周立波的部分作品恰好都能适应这些变化，经过时间的淘洗，他的两部长篇小说《暴风骤雨》《山乡巨变》在思想性和艺术表现力方面，其固有的价值和被阐释出来的"新的"价值渐次显现。

第五章 周立波作品中的中国经验

◇◇ 第一节 《山乡巨变》的经典化过程

一 《山乡巨变》的"遮蔽""前理解"问题考辨

讨论当代文学的经典化是困难的,一部作品是否能成为经典带有很大的不确定性。"某些文本生来就是文学,某些文本是后天获得文学性的,还有一些文本是将文学性强加于自己的。从这一点讲,后天远比先天更为重要。重要的不是你来自何处,而是人们如何看待你。"① 即便是有些作品它的文学性很强,由于某种原因,它依然需要通过时间距离发生作用,同时代读者和批评家很难跳出观念的遮蔽和"前理解"。经典有很强的"可阐释性",当某个经典作品没有得到充分阐释,它就要面临被搁置几百年甚至更久的时间的命运,直到人们给予它足够的关注。

1. 现代文学经典化的未完结与当代文学经典化的"正在进行时"

当代文学的经典化需从现代文学的发展说起。现代文学的时间概念"以 1917 年 1 月《新青年》第 2 期第 5 号发表胡适《文学改良刍议》为开端,而止于 1949 年 7 月第一次全国文学艺术工作者代表大会在北京召开"②。这之后为当代文学。现代文学的内涵即"用现代文学语言与文学形式,表达现代中国人的思想、感情、心理的文学"③。总体来说,现代文学内部又分三个阶段。第一阶段(1917—1927 年)称为"五四"时期的文学。鲁迅的《狂人日记》《呐喊》《彷徨》,郭沫若的《女神》是这一时期的代表作品。叶绍

---

① [英]特里·伊格尔顿:《文学原理引论》,刘峰译,文化艺术出版社 1987 年版,第 11 页。
② 钱理群、温儒敏、吴福辉:《中国现代文学三十年》(修订版),北京大学出版社 1998 年版,第 1 页。
③ 钱理群、温儒敏、吴福辉:《中国现代文学三十年》(修订版),北京大学出版社 1998 年版,第 1 页。

钧、冰心、汪敬熙、郁达夫等作家创作的新式小说，胡适、沈尹默、刘半农、刘大白等诗人创作的白话文新诗。周作人、朱自清、俞平伯等作家的抒情叙事散文。还涌现出一系列文学流派和文学社团（如问题小说、乡土文学、身边小说、语丝文体）。他们共同批判和否定了整个封建制度及其思想文化体系，强调个性解放、民主与科学，积极探索民族解放道路，进行思想启蒙，以平民文学取代帝王将相、才子佳人文学，并面向世界，吸收和借鉴外国文学先进成分。第二阶段（1927—1937年）通常称之为"左联"时期的文学。茅盾的《子夜》《林家铺子》及农村三部曲等一批现实主义作品，以及蒋光赤、田汉、洪深、丁玲、臧克家、张天翼、叶紫、东北作家群、"左联"五烈士等作家和文学群体的作品，显现出左翼无产阶级革命文学创作的成就。第三个阶段（1937—1949年）为抗战文学和解放战争时期的文学，如街头诗、独幕剧以及一些大型的集体创作。在解放区，毛泽东《在延安文艺座谈会上的讲话》解决了文艺大众化等重要的文艺理论和实践问题，并明确了文艺为"工农兵服务"的方向，开辟了无产阶级"革命文学"新阶段，国统区文学也向大众化的方向发展。

　　现代文学的经典化经历了近百年，最晚也有70年，无论是学院派还是民间派，在相当长一段时间内，都认可"鲁郭茅巴老曹"（即鲁迅、郭沫若、茅盾、巴金、老舍、曹禺）的经典地位。受夏志清《中国现代小说史》[①]的影响，20世纪80年代，沈从文、张爱玲、钱锺书的文学价值被重新定位，一度超过现代作家中的一批经典作家。张爱玲的经典地位目前还有颇多争议，她的文学成就被肯定的主要是她的前半生的文学，后半生的文学创作的真相还有待

[①] 夏志清（1921—2013），江苏吴县人，美国哥伦比亚大学东亚语文系教授。《中国现代小说史》中译繁体字本于1979年和1991年分别在香港（友联出版社）和台湾出版，2001年香港中文大学出版社又出版了中译繁体字增订本，中译简体字增删本则于2005年由复旦大学出版社出版。夏志清《中国现代小说史》在20世纪60年代最早向英语世界介绍中国文学，并发掘张爱玲、钱锺书、沈从文等重要作家。

挖掘。同样也是前期文学成就与后期文学成就的对比，新时期以后，郭沫若的文学地位颇多争议。另外还有一些跨现代和当代的作家也饱受争议，文本的内部和外部都在重新接受考验，同时也夹杂了意识形态和文化权力的因素。萧红、穆旦、梁实秋、林语堂、闻一多、郁达夫、周作人、徐志摩等"第一时期"的作家，得到了较为充分的阐释。沈从文、萧乾、汪曾祺、路翎、彭燕郊等一批作家的创作也是跨现当代。第二阶段的"左翼"文学与第三阶段的抗战文学和解放区文学，其文化传统和文学观念直接影响了"十七年文学"，而"文革文学"的时间跨度更长。这种分期容易掩盖相关作品的丰富性和复杂性。同属于"延安文学"和"十七年文学"的丁玲、周立波、赵树理、艾青、孙犁、柳青、梁斌、杜鹏程等作家，他们又各有不同。从公共阐释①的角度，可以发现某种理性阐释和反思性阐释的缺席，以及澄明性阐释、建构性阐释、超越性阐释不充分，将作品置于大纵深时间和大广度空间范围里考察，可能发现某些被埋没的价值。

2."载道"与"言志"的问题延伸

北宋理学家周敦颐在《通书·文辞第二十八》中提出"文所以载道也"②，朱熹认为"文所以载道，犹车所以载物"。③"文以载道"这一文学概念常被置于"诗言志"传统的对立面。"五四"时期"载道"与"言志"经过激烈的碰撞后，"文以载道"遭到否定。有研究者通过文献考证发现现代重要作家如冰心、周作人等是主张文学应该"言志"，现代文学第一次散文思潮强调"自我表现"，这一思潮"凌厉诞生"并"席卷文坛"。研究者认为："作为这一思潮的创作标志，是冰心发表于1921年12卷第1号革新版

---

① 张江：《公共阐释论纲》，《学术研究》2017年第2期。
② （宋）周敦颐：《湖湘文库·周敦颐集》，梁绍辉、徐荪铭等校点，岳麓书社2007年版，第78页。
③ （宋）周敦颐：《湖湘文库·周敦颐集》，梁绍辉、徐荪铭等校点，岳麓书社2007年版，第78页。

《小说月报》'创作'栏的《笑》，它无疑是现代'白话美术文'诞生期的'发轫'之作。作为这一思潮的理论标志，是周作人于1921年6月8日《晨报副刊》发表的《美文》（此前提倡美文的还有傅斯年等人），主张借鉴英式随笔的形式，来创作新文学的散文。"[1]此后"言志"的文学观念开始占上风。紧随其后，"以周作人、鲁迅为首的北京'语丝社'与以朱自清、俞平伯为首的沪浙地区的'O·M社'（'我们'社）横空出世；两个散文社团流派南北呼应，使创作上的'自我表现'思潮得以自觉地漫延与覆盖五四文坛"[2]。崇尚实学和复古主义的"学衡派"和"甲寅派"被挤到边缘位置。朱自清在他的《背影·序》（1928）中申明："我意在表现自己。"[3] 此后，文学界有一股风气，以至于不加辨别地认为，言志就是好文学。刘锋杰对"五四"以来"文以载道"作了深刻反思，认为百年来中国文艺理论对"文以载道"的批判，犯了三个"错"：一是"将孔孟污名化"，二是"将道与政治相混淆"，三是"将载道观与文学的创作规律相隔离"。[4] "延安文学"和"十七年文学"的一些作品所反映的中国最真实的状态、最真实的人心，既有中国文学经验的探索，如社会主义现实主义，也有中国道路的经验探索，如农民问题与土地问题的最佳解决办法。七亿农民的民心所向是最大的"道"，也是最大的"志"。"道"即"志"，同时"道"又与政治高度重合。在当时单纯地强调独立性和批判性，强调作家应该与主流意识形态保持距离，要求作家进行批判性或私人化写作，是"五四""言志"理想的延续。这一问题在20世纪80

---

[1] 吴周文：《"载道"与"言志"的人为互悖与整——一个纠结百年文论问题的哲学阐释》，《文艺争鸣》2019年第10期。
[2] 吴周文：《"载道"与"言志"的人为互悖与整——一个纠结百年文论问题的哲学阐释》，《文艺争鸣》2019年第10期。
[3] 朱自清：《背影》序，载《朱自清全集》第1卷，江苏教育出版社1996年版，第34页。
[4] 刘锋杰：《"文以载道"再评价——作为一个"文论原型"的结构分析》，《文学评论》2015年第1期。

年代"新启蒙运动"时期达到顶峰,文学主体性、审美反映论、审美意识形态论、审美形式论、审美超越论等理论的提出都是基于对"言志"的文论传统的补充。"载道"观同样被混淆为"政治叙事"。马克思主义文论被看作"载道"模式的另一代名词。周立波的作品的艺术性被其政治主题所掩盖。时至今日,我们在挖掘周立波作品的审美要素时,同样要对他的"载道"与"言志"进行辨析。实际上,周立波的文学无法用"载道"和"言志"简单区分,如果要考察作家意图,他的志趣在家国情怀、民族复兴的理想。对共产党领导下的中国的发展模式及道路、制度的探索,作为作家,他也有精明的世道人心和浓浓的人间烟火味。他的"言志"超越个人化的生活情趣。与同时代作家一样,表现出"道"与"志"的统一。

周立波早期也是一个"文青",也有小恩小怨、个人爱恨情仇的私人化写作。他以自己为原型的早期短篇小说,写枯燥的校对工作时,他仰望神秘的夜空,幻想自己的两只手臂是两只粗壮的翅膀。他的单调苦闷的狱中生活也增加了一些情调和审美。他的转变是在参加左联以后,"他以浓厚的兴趣学习和研究马克思主义文艺理论,研究新的现实主义即社会主义现实主义的创作方法"[①]。当时李公朴主编的《读书生活》半月刊开了一个文学专栏,周立波发表的一系列文章,对文学的特性和功能,艺术典型问题、作家的世界观和创作方法的关系,文学作品的内容与形式等问题做了深入研究,那是从个人之"小志"到家国民族之"大志"的转变。

二 休眠的"活着"状态:抗压性与历史性

毫无疑问,土地问题在当时是最前沿的话题,也是最迫切的问题。问题不在于"十七年文学"是否有足够的质量或者体现足够的

[①] 胡光凡:《周立波评传》(修订版),湖南文艺出版社2018年版,第37页。

人民性，而是所有的目光都聚集这一个问题。文学品种的单一化或曰单调化是读者颇为不满的地方。经典的抗压性、历史性表明，经过时间的沉淀，它们通过了权威性和规范性方面的品质检验。连续出版作为一种经典的现实性，显现为"活着"的姿态。周立波作品与其他"十七年文学"作品一样，作品本身的思想价值与艺术价值在公共阐释领域呈现"休眠"状态。在20世纪80年代初到21世纪头10年，近30年时间没有引起评论者的兴趣。好作品同样有对抗压力和消化委屈的能力，类似于"延安文学""十七年文学"这类作品，价值没有得到充分呈现，阐释者有可能是经验上的遮蔽，主观认为它们反映的是高大全、红光亮的人物。文学作品是一面镜子，读者不能从作品中照见自己的不足和失败。读者在阅读作品时难免立场先行、先入为主。"一切理解都必然包含某种前见，这样一种承认给予诠释学问题尖锐一击。"① 如果说"前有"（Vorhabe）、"前见"（Vorsicht）向来就有，阐释者如何超越前见？伽达默尔认为，当我们倾听某人讲话或阅读某个著作时，我们必须忘掉所有关于内容的见解。我们只是要求对他人的和文本的见解保持开放的态度。但是这种开放性总是包含着我们要把他人的见解放入我们自己整个见解的关系中，或者把我们自己的见解放入他人整个见解的关系中。对文本内容上的前见构成了我们的理解，包括海德格尔所说的前"筹划"（Vorentwurf）。理解的任务就是做出正确的符合于事物的筹划，这种筹划作为筹划就是预期，而预期应当是"由事情本身"才得以证明。作品一旦与政治和解，文学的独立品格就会遭到怀疑。

丁玲的《太阳照在桑干河上》②，周立波的《暴风骤雨》③，两

---

① ［德］汉斯—格奥尔格·伽达默尔：《诠释学Ⅰ：真理与方法——哲学诠释学的基本特征》，洪汉鼎译，商务印书馆2016年版，第383页。
② 丁玲的《太阳照在桑干河上》1952年由人民文学出版社出版。
③ 周立波创作于1947—1948年的长篇小说《暴风骤雨》，1948年由东北书店初版。

部获"斯大林文学奖"①的作品,是否就已经成为经典?《太阳照在桑干河上》反映共产党的工作组领导群众进行的一场土地革命,与恶霸地主钱文贵斗智斗勇,塑造了张裕民、程仁等一批性格复杂、个性鲜明的人物。小说在文体上有探索和创新,其反类型化的手法在革命性题材上增强了文学性。《暴风骤雨》以东北的元茂屯1946—1947年的土地改革为样本,深度剖析了中国共产党在早期推进土地改革的工作方法和集体智慧,生动地表现了工作组发动群众与狡猾、狠毒的韩老六斗争的曲折过程,塑造了郭全海、赵玉林、老孙头等一批鲜活的人物。地道的东北方言使小说有幽默感和艺术陌生化效果,原汁原味地呈现了元茂屯的民俗文化,具有文化人类学价值。两部作品在思想价值维度、知识创新维度、表现力维度方面都是杰出的。但人们把两部作品与政治意识形态和文化权力绑定在一起,贴上"政治叙事"的标签后,遮蔽了其审美价值。"斯大林文学奖"是这两部小说的另一个标签,国际奖项(尽管有意识形态性)保住了两部作品的"文学地位"。而周立波的另一部作品《山乡巨变》,命运更加坎坷。

《山乡巨变》与"十七年文学"的命运是捆绑在一起的。"十七年文学"作为当代文学的重要时期,是否留下具有长久影响力的作品,一直是人们关心的话题。柳青的《创业史》塑造了梁生宝、梁三老汉等人物。为了深入现实,真切地把握人物性格和塑造人物形象,柳青在皇甫村一住就是14年。梁生宝和梁三老汉被公认为是最富有特色的典型形象。《红日》《青春之歌》《林海雪原》《红旗谱》也有其自身的文学光芒。但同时,"十七年文学"作品大多数受到当时的文艺规范影响,在人物的塑造方面有类型化问题。正面人物高大全、红光亮,反派人物猥琐、狠毒、丑陋。好与坏、美

---

① "斯大林文学奖"是根据苏联人民委员会1939年12月20日决议设立,奖给科学、技术、文学、艺术、建筑等方面的杰出成果。1951年,丁玲的《太阳照在桑干河上》、周立波的《暴风骤雨》、贺敬之和丁毅的歌剧《白毛女》同获斯大林文学奖。

与丑二元对立，缺少过渡和复杂性。小资产阶级知识分子通常表现为中性形象，而国民党军人、土匪、地主基本上都是青面獠牙。对"十七年文学"的专业研究相对冷落，公众也极少讨论。

出版社虽然连续出版，但出版频率低，发行量低。这里有作品本身政治话语、作家的艺术水准参差不齐等因素。文学研究方法也存在问题，需要打破研究惯用的政治视角，有必要深入文本内部，克服阐释中的"遮蔽""前见"，采用微观和综合的研究方法。

值得一提的是，大多数"合作化运动文学作品"都有美术出版社参与出版。20世纪80年代流行连环画，俗称"小人书"。连环画图书中最多的最常见的是古代名著，红色经典被作为当代经典中文化普及读物。当年画连环画的画家已经成长为国内顶级美术大师，周立波的《暴风骤雨》连环画由施大畏、韩硕所画，《山乡巨变》由贺友直所画，上海人民美术出版社出版。它们在新世纪后又成为美术院校学生练习线描的范本。各美术出版社近十年来按照旧版重印，封面设计、版式原封不动（怀旧的需要），陆续推出普通版、收藏版。

三 文学经典化的"隔代亲"现象与《山乡巨变》的重生

中国当代文学批评家中有很大一部分人痛心疾首地认为当代没有好作品。有些读者宣称从来不看1949年以后的作品。学术界对现代文学顶礼膜拜，认为民国时大师遍地走。这种对前代文学经典的认可类似于人类亲缘关系中的"隔代亲"现象。于是出现现代文学一再被深挖，许多二流三流作家被捧上神坛。现代文学三十年，被研究的对象和资源十分有限。跳过"十七年文学"，人们对新时期文学也已经产生了浓厚的兴趣。每个时代的文学都有自己的中心任务，新时期文学的中心任务就是启蒙，对旧有的文学观进行反叛，创立新的范式。这种语境下的文学，对文学外部的改造大于对文学内部的探索。现在回过头来再审视他们的文学性，也存在诸多遗憾，过于注重与外部力量的对抗，精力消耗在纠错纠偏上，艺术表现力和思想深度用力不够。回过头来再看"十七年文学"，周立波的《山乡巨变》在文体上沿袭延安文学以来的社会主义现实主义；在意识形态上顺应历史潮流，安静地做人类学观察，精心地打磨语言质量和艺术成色。从2003年开始研究周立波的文章明显增多，出版的预热略早于研究。2001年人民文学出版社再版《暴风骤雨》，2002年再版《山乡巨变》。各美术出版社重印这两部作品的连环画是从2000年就开始的。

用现在的眼光看，《山乡巨变》就是一个主旋律题材。写农村合作化时期，工作组驻扎湖南益阳清溪乡，引导农民入社以及农民入社后的矛盾曲折的历程。全书分上、下两卷，上卷以驻乡干部邓秀梅为主角，带领清溪乡人从互助组进入初级农业合作社，下卷以盛淑君、刘雨生等本土干部为主，继续组建初级社。全书塑造了邓秀梅、亭面胡、王菊生等性格复杂的人物，采用益阳地方方言传神地刻画出人物内心活动和外在神韵。（见表5-1）

表5-1　　　　　　　　《山乡巨变》出版情况统计

作品	出版社及出版次数
《山乡巨变》	作家出版社（1958、1960、1961、1963、1985），人民文学出版社（1959精装、1959平装、1979、2002、2004、2018平装、2018精装、2019），上海人民美术出版社·连环画（1961、1962、1964、1965、1978、1980、2007、2011、2016、2017、2018），上海文艺出版社（1961、2019），人民美术出版社·连环画（1979、2007），黑龙江美术出版社（2002）

从表5-1中的出版年份统计情况可以看出，20世纪80年代至90年代的20多年间，《山乡巨变》几乎没有出版。文学批评史经历了几次大的转变，在政治意识形态与文化领导权力为一体的大的文艺环境下，艺术表现力和作家主体性被忽略。20世纪80年代文学主体性大讨论，强调人性、作家主体性、艺术求真等，由于"政

治叙事"这一主题,《山乡巨变》真正的艺术性再次被遮蔽。

近10年来,文艺评论者、专业读者、出版机构似乎形成某种默契,回头重新检视新中国成立以来的文学创作,"惊喜地"发现新中国成立之初的文学作品的价值。这种"隔代亲"现象有它的必然性。第一,评论者、读者对文学人类学的知识探索的热情。乡村的风俗、生活起居、生产方式、说话方式、思考问题的方式,在现在看来都有"陌生化"效果。"一边用脚板在踏板上探寻鞋子"[1]——那时的床铺很厚的稻草和褥子,离地很高,有踏板。亭面胡与支书李月辉的对话,反映出那个时代的人在新旧交替时的处世方式:

"要在从前,为官做宰的,鞋袜都不脱,'一品官,二品客',都是吃调摆饭的,如今呢,你这样子舍得干,一点架子都没有,完全不像从前的官宰。"亭面胡一边割禾,一边这样的唠叨。

"本来就不像从前嘛。佑亭叔,我讲句直话,你那一本旧黄历旧应该丢到茅厕缸里了。"[2]

如"稻草酒"这种偏僻的知识:"雪妹子,不要以为拖稻草不重要啊,这稻草能够当饲料,又可熬酒,一百斤稻草能出十五斤白酒。"[3] 第二,检验经典的时间标尺在起作用,经过时间积淀后作品本身的价值呈现出来了。《山乡巨变》的艺术表现力、文学创新手法,经历时间的考验后显现出了它的独特价值,这种现实主义手法为读者提供了中国农业社会最后的小农生产模式的专业知识,以及社会变革给世道人心的深刻影响。周立波的笔触通过平凡的事例达

---

[1] 周立波:《山乡巨变》,人民文学出版社2018年版,第397页。
[2] 周立波:《山乡巨变》,人民文学出版社2018年版,第492页。
[3] 周立波:《山乡巨变》,人民文学出版社2018年版,第493页。

第五章　周立波作品中的中国经验

到了心智拓展和认知超越的效果，让读者能够与人物对话、交心，有一种跨越时空的情境共振。第三，当代文学评价体系的包容心态。当代文学正在构建一种新的价值框架，形成多元共生的文学生态，对不同观点抱以理解。既对文学内部进行纯文学的极度维护，也容忍文学外部的各种文化批评。第四，用旧文学对新作品进行参照和激励的需要。人类担心自己的智力和心理会童稚化，要从比父辈更年长的长辈那里吸取智慧、寻找经验教训。对当下情形控制力不够，就从传统中寻找思想资源。对同代人不满而产生的某种文学理想投射到前辈身上。通过互补，在精神上得到极大的宽慰，焕发出新激情和能量。第五，民俗、语言等文化传统的回流。《山乡巨变》对语言民俗的用心从以下例子可以看出：

> "你来得正好，她正在念你，怕看不到手了。"随即邀郎中坐到床前墩椅上，叫老婆婆把手放在床边一个枕头上。面胡婆婆站到一旁。
>
> 郎中把住脉，侧着脑壳，闭了眼睛，想了一阵，又望了望病人的脸色，问起病况和年纪，面胡婆婆一一回答了，郎中起身，坐到桌边，开完药方，没有说话，就起身告辞。面胡奉了岳丈的命令，送到门口，把一张红票塞进郎中的怀里，等对方收好，他小声问道：
>
> "先生你看呢，不要紧吧？"
>
> "老人家也算高寿了，服了这帖药，过了今晚再看吧。"[1]

这个场景采用克制、内敛的叙述方式。面胡与郎中的对话包含了多重信息，通过暗示、隐喻体会其中的要素。语言背后的信息大于语言本身。郎中最后的话说得客气、委婉，读者可以从他

---

[1] 周立波：《山乡巨变》，人民文学出版社2018年版，第453页。

的语气中判断出病人的病情，把中国人含蓄的处世之道表现得十分到位。

《山乡巨变》尽管表现的是一个热烈的农村合作化运动，但在叙述上却以理性克制为宗旨，人物的内在能量需要通过精致的对话才能体会。

四 《山乡巨变》的艺术表现力与中国经验

经典在思想文化、语言风格上随着时间的延伸有递增效应。时间的辅助性使经典发酵，信息增值，产生新的含义。经典作品显现出来的最大、最明显的特征是它的思想价值的维度。思想价值的维度，包括以下六个内容：观念上的创新；合目的的伦理因素；对象化了的精神力量；理性确定性与真理性；隐藏很深的德行和教化追求；重新定义自我与世界的关系。20世纪的中国，解决了土地问题和农民问题，就等于解决了"人心"这个根本性问题。周立波对此有清醒的认识。他在一次讲话中通过对电影纪录片《伟大的土地改革》的评论，说出了他对于土地革命的理解，认为这样的电影具有"重大政治意义和历史价值的真实文献，我们应该欢迎和重视它的上映"[1]。清王朝皇帝的那道支持地主的圣旨与中国共产党1946年5月4日的《五四指示》[2]、1947年7月的《中国土地法大纲》[3]揭示了一个真理，以及农民阶级与地主阶级的阶级矛盾的根源所在，他用形象的语言概括为：地主的"八步百鸟出窝床"、私人刑堂和牢狱。"农民一件单衣，穿了几辈子，补成了破棉袄，而地主

---

[1] 周立波：《一部具有重大的政治意义和历史价值的影片》，《大众电影》1952年第1期。

[2] 《五四指示》是指1946年5月4日中共中央发布的《关于土地问题的指示》，简称《五四指示》。该指示决定将减租减息的政策改为没收地主土地分配给农民。《五四指示》揭开了解放区土地立法的序幕，为实现耕者有其田的土地革命指明了方向。

[3] 1947年7月中共中央工作委员会召开全国土地会议，9月通过了《中国土地法大纲》，10月10日由中共中央正式公布施行。

却用六斤黄金雕成屏风。"①周立波自己出身较为富裕的家庭，与许多新民主主义时期的革命者一样，他是敢于革自己命的人。尽管从他的两部长篇小说中感受到他对于解决农民问题和土地问题的热情，作为小说家，他用隐喻曲折的方式揭示农民与土地生死相依的关系。土地庙作为一个意象进入正题：邓秀梅进入清溪乡，"她抬起眼睛，细细地观察这座土地庙。庙顶的瓦片散落好多了，露出焦黄的土砖"②。接着写一对泥菩萨。"每到二月二，他们的华诞，以及逢年过节，人们总要用茶盘端着雄鸡、肘子、水酒和斋饭，来给他们上供，替他们烧纸。如今香火冷落了，神龛里长满了枯黄的野草，但两边的墙上却还留着一副毛笔书写的，字体端丽的古老的楷书对联：

天子入疆先问我
诸侯所保首推吾

看完这对子，邓秀梅笑了，心里想道：'天子诸侯早已进了历史博物馆了。'"③

"这副对联不也说明了土地问题的重要性吗？"这句话是邓秀梅的心理活动，这是周立波做的一个"文眼"。土地庙作为文眼的好处，是体现了传统与现代的对照。土地庙是传统五谷六畜的保护神，现在散落的瓦片和枯草让其露出了破败相。邓秀梅的到来，新的土地政策呼之欲出。这个文眼打好了，接下来情节就比较好铺开。此后，邓秀梅的工作就是要打破农民传统的土地观念。

艺术表现力是检测经典的另一种维度。在叙事、对话、典型化事件、人物塑造、美学主张等方面，周立波初步构建了文学观念方

---

① 周立波：《一部具有重大的政治意义和历史价值的影片》，《大众电影》1952年第1期。
② 周立波：《山乡巨变》，人民文学出版社2018年版，第7页。
③ 周立波：《山乡巨变》，人民文学出版社2018年版，第7页。

面的中国经验。

1. 曲折、迂回的对话艺术与民间性语言的糯粘

作者通过邓秀梅与亭面胡的对话,把清溪乡土改前的状况说清楚了。他不是简单地叙述,而是拐了一个弯。这个弯做了很复杂的艺术处理。亭面胡挑一担竹子到城里换油盐。竹子很重,要挑很远的路,又卖不出好价钱,为什么还要费这么大力气去卖呢?因为听说竹山又要归公。"普山普岭,还不都是人家财主的?要夹个竹篱笆,找个竹尾巴,都要低三下四去求情。"① 这位有着富农、地主情结的老农,眼下陷入困境,自己烂了脚板,老婆又生了病。"家里又回到老样子,衣无领、裤无裆,三餐光只喝米汤"②,好不容易攒的几个钱,"花边都长了翅膀,栏里的猪也走了人家"③。把农民的怀疑心态和现实困境交代清楚。通过算命先生之口,交代了他的家庭构成。算命瞎子先是"推算一阵,就睁开眼白",算出儿子当军长,住高楼大瓦屋。亭面胡说大崽得伤寒死了,只能到阎王那里当军长了。瞎子露出窘态,通过端茶,泼一身一地,又自圆其说,稳住了场面。农民想"住高楼大瓦屋"这件事是关键,驻乡干部邓秀梅抓住这一点来做他们的工作。关于民间性的对话艺术,周立波在不同场合的创作谈中表达了他对语言艺术的苛求。他反感那种词汇枯燥的学生腔,推崇农民的"生动活泼、富有风趣"语言。"农民的语言对称、有节奏、有韵脚、铿锵。"④ 没得讲手。吵场合。赶季节、抢火色。都是叫花子照火,只往自己怀里扒,哪一家都不放让。组长倒是一个好角色,放得让,吃得亏,堂客又挑精,天天跟他搞架子。我只懒得去,是这号货,劝不转来的。不要怪我劈直话,你们工作组的都是空费力、瞎操心。有空请到我们家里来谈

---

① 周立波:《山乡巨变》,人民文学出版社2018年版,第9页。
② 周立波:《山乡巨变》,人民文学出版社2018年版,第10页。
③ 周立波:《山乡巨变》,人民文学出版社2018年版,第10页。
④ 《周立波文艺讲稿》,湖南人民出版社2017年版,第5页。

讲。天粉粉亮。盛家姆妈有煞气。难为恩那嘎哒。(难为您老人家了)如此乡风俚语贯穿始终。邓秀梅的语言与清溪乡人的语言不同,她是上面派来的干部,语言比较书面化,工农干部出身,不是纯粹知识分子,仍然有乡土味。"老人家,累翻了吧?快放下来,歇歇肩再走。"① 周立波将民间性的对话的艺术比较多的倾注在他的长篇小说中,他在《暴风骤雨》里写出了一股东北大楂子味,他一个湖南人竟写出土得掉渣儿的东北话。在对话中善于用悬念。邓秀梅与盛佑亭聊天时,路过另一位挑竹子的高个子壮汉。他叫什么?他呀,大名鼎鼎,到了清溪乡,你会晓得的。与盛淑君的对话又设置了一个悬念。邓秀梅打听李主席的性格,盛淑君告诉她李主席人好,没得架子,也不骂人,不像别的人。邓秀梅问:"别的人是指哪一位?盛淑君脸上一红,扭转脸去说:'我不告诉你。'"②(一路上就有两个疑团)盛淑君的悬念接着解开了,这个"别的人"就是她暗恋对象陈大春。陈大春对盛淑君有看法,她的问题既不是成分,也不是爱笑,真正的原因你以后看吧。(悬念中套着悬念)

2. 精心选择典型化事件

典型化程度越高,艺术价值越大。土改发生偏向的地方不适宜在艺术上表现。《暴风骤雨》的元茂屯,《山乡巨变》的清溪乡都是作者经过精心挑选的。他认为革命现实主义反映的现实,"不是自然主义式的单纯的对于事实的摹写。革命的现实主义写作,应该是作者站在无产阶级立场上,站在党性和阶级性的观点上,对所看到的一切,真实之上的现实再现"③。周立波塑造人物有他的独特之处。在谈到正面人物与反面人物时,他说:"我以为作者要像熟悉他的手足似的熟悉他要描写的正面人物。就是写反面人物,也必须

---

① 周立波:《山乡巨变》,人民文学出版社2018年版,第7页。
② 周立波:《山乡巨变》,人民文学出版社2018年版,第16页。
③ 周立波:《现在想到的几点——〈暴风骤雨〉下卷的创作情形》,《生活报》1949年6月21日。《周立波文艺讲稿》,湖南人民出版社2017年版,第9页。

眼光如炬，照彻他的心底。"① 由于长篇小说人物众多，他有意将人物分了主次，但小说表现出来的往往是配角塑造得更生动。他的长篇小说《铁水奔流》的人物安排是很用心的，他在牛福山的苦难和身世方面着墨较多，这个人物立起来了，却抢了主要人物李大贵的风头。有读者写信抱怨范玉花和牛福山的恋爱写得太简单，看着不过瘾。他在答读者问的时候说明了他的人物安排："如果把他和小范的爱情写得很详细，他的形象就会盖过李大贵的形象。"②《暴风骤雨》的孙老头人物形象丰满，语言、行动都有很强的画面感，读过作品的读者都印象深刻，而主角赵玉林和郭全海的形象反而有些模式化。《山乡巨变》中的亭面胡、菊咬筋也盖过了主角邓秀梅、刘雨生等。"十七年文学"一个普遍的特征是主角高大全，没有丝毫缺点。这些人物与那些有这样那样缺点的次要人物相比，读者更喜欢后者，他们更亲切、更可信。《山乡巨变》如果拿掉亭面胡、菊咬筋这两个人物，作品就变得比较平庸了。

3. 精心刻画的人物群像

周立波在写作之前做了大量的功课，他先要"攒人谱"。他从中国旧小说那里得来的经验，心里积攒了丰富多样的"人谱"，写作时信手拈来。语言的成功是人物塑造的关键。他的人物谱里以语言确立形象，农民的语言、学生的语言、干部的语言，都大不一样，甚至男人、女人、老人、小孩也有区别，同样是男性中年农民，相互间也有细微区别。老式农民亭面胡喜欢吹嘘自己。偷偷卖竹子与政策对着干，却又热情邀请驻乡干部住到自己家里。他对乡里看不惯的人和事喜欢"劈直话"，对于烂泥糊不上墙的事他也不想多管，要他打探龚子元却被灌醉误了事。另一位配角菊咬筋，他是专家型人物。别人育秧苗烂根，萎靡在烂泥中，只有他和谢庆元的秧苗葳蕤蓬勃。在与社员竞赛时，他的"有收无收在于水，多收

---

① 周立波：《关于写作》，《文艺报》1950年6月，2卷7号。
② 《周立波文艺讲稿》，湖南人民出版社2017年版，第30页。

少收在于肥"秘诀，在"黑雾天光的时节"偷偷挑丁块柴火到集市上卖，声称是"换点油盐钱"，实际上是偷偷买肥料。他既不惹是非，也不害人，就是痴迷于种庄稼。菊咬筋与亭面胡是两个过渡人物，原本只起一个"铰链作用"，连接好人邓秀梅、李月辉等人，坏人龚子元、龚子元的堂客等人。这两个中间地带的人物最出彩，因为他们最真实可信。《山乡巨变》的下册，邓秀梅这个中心人物被抽走，小说构造更难，也更见功力。它突破了《暴风骤雨》中人物的好人很好、坏人很坏的模式，人物的多样性和复杂性也显现出来。《暴风骤雨》中也有墙头草式的中农刘德山，有缺点但幽默耿直的老孙头，与郭全海的好形成强烈对照的是韩老六的坏。《山乡巨变》的人物没有这种强烈对照式的安排。亭面胡和菊咬筋是中国农民真正的底色，勤劳苦干，守旧，求稳。尤其是菊咬筋，周立波耗费大量笔墨塑造这个人物，有很深的意味。整个《山乡巨变》都是正面描写清溪乡从互助组到初级社的艰难历程。农民将好不容易到手的土地又合并成了"公家"的土地。很多问题在互助组时就没解决，匆匆忙忙就进入了初级社，以至于后来以更快的速度进入高级社、人民公社，"大跃进"时问题全面爆发。很多因素并不成熟，驻乡干部、本土干部、农民积极分子都采取强推办法，包括生产资料分配，生产关系的调整等。菊咬筋一家人是一面镜子，他们担心那些"懒家伙"入社后占他们这些勤快人的便宜。周立波在塑造菊咬筋这个人物时对他有些许同情和欣赏，同时也对农业合作化运动有一种隐忧。

4. 健康、劳动美、自主精神的美学主张

总体来说，周立波遵循了早期革命叙事以及解放区文学、社会主义现实主义的审美主张。社会主义现实主义文学忌讳过多地渲染容貌。周立波一方面受过西方小说的影响，他早期翻译过英美文学和俄苏文学，同时，也受过传统章回小说浸润。在他那个年代，革命的灵魂画手都强调力量和精神，倡导健康美。如对邓秀梅的描述:"与此同时,老倌子也在打量邓秀梅,'穿一身青斜纹布制服。白地蓝花的衬衣领子露了出来,披在棉衣领子的两边。口袋佩一支钢笔。插一把牙刷。她没戴帽子,剪短了的黑浸浸的头发在脑门顶上挑开一条缝,两耳的上边,夹两个黑黑的夹子。两撇弯弯的、墨黑的眉毛,又细又长,眉尖差不多伸到鬓边'。"① 对大美女张桂贞(秋丝瓜的妹妹)的描写也是写眉毛:"额边一绺头发编个小辫子,一起往后梳成一个巴巴头,眉毛细而长,眉尖射入了两鬓。"② 革命叙事与红色经典的美的主张与封建传统、"五四"传统都有根本性区别,帝王将相、才子佳人小说,鸳鸯蝴蝶派小说、武侠小说、"五四"时期小资产阶级情调小说等,对女性的美总有带着性暗示的身体描写,或者成为被看和被消费的对象。红色经典打破这一审美桎梏,跳出这个窠臼,从精神到外貌全面确立女性的主体形象。《暴风骤雨》写漂亮女子也是写眉毛。对村姑盛淑君的描写更注重因劳动而造就的健康美,姑娘"站稳身子,顺便把挑着的泼泼洒洒、滴滴溜溜的水桶换了肩。从侧面看,她看到的脸颊丰满,长着一些没有扯过脸的少女所特有的茸毛,鼻子端正,耳朵上穿了小孔,回头一笑时,她的微圆的脸,她的一双睫毛长长的墨黑的大眼睛,都妩媚动人。她肤色微黑,神态里带有乡里姑娘的蛮气和稚气"③。邓秀梅仿佛看到了当年的自己。对女性的重新定位,劳动美作为社会属性的美放到第一位,身体美有意被遮蔽。

  理性确定性与真理性使这部作品的价值经受住了考验。在处理真实性与现实性方面。周立波自加入"左联"以后,采用历史唯物主义与辩证法,强调知识的可靠性和对典型的把握的精准性。他在写《暴风骤雨》时,认为土改发生偏向的地方不具有样本意义。④

---

  ① 周立波:《山乡巨变》,人民文学出版社2018年版,第8页。
  ② 周立波:《山乡巨变》,人民文学出版社2018年版,第357页。
  ③ 周立波:《山乡巨变》,人民文学出版社2018年版,第15页。
  ④ 他认为"北满的土改,好多地方曾经发生过偏向,但是这点不适宜在艺术上表现"。参见《周立波文艺讲稿》,湖南人民出版社2017年版,第7页。

细节的真实不等于现实，从中提取的事实就很难具有真理性。这种对典型的准确把握使得其史料价值更可信。无论是写"真实"还是写"本质"，每一个时代的现实主义文学经典都与当时社会的复杂性同步。一部好作品其思想价值和艺术价值随着时间的推移，得到了叠加的肯定性。它实际上对读者、评论家都提出挑战。好作品都有阐释的难度。

◇◇ 第二节 《山乡巨变》图像阐释的艺术在场性

图像艺术对文学经典的二度创作具有建构性阐释与澄明性阐释的意义。图像艺术的展览、收藏、再版等艺术活动和经济活动，又使文学原作品以纯形式的方式持存。环绕和穿插于文学原文本的连环画、木刻属于"副文本"，作为视觉艺术的"副文本"与小说原作形成一种对话关系，使作品意义处于动态阐释之中。李桦的版画、贺友直的连环画对《山乡巨变》的再叙述，在各自的艺术领域里都达到了最高水平。小说《山乡巨变》在20世纪80年代以后相当长的时期内处于不被关注的状态，两位艺术家的图像叙事使《山乡巨变》始终处于一种在场的状态。

周立波发表于1958—1960年的长篇小说《山乡巨变》表现了20世纪50年代末期农业合作社从初级社到高级社的发展历程，描写了农民在这一巨大制度变革中的思想和行为的变化。他驻扎农村，体验人物内心深处的情感波动。中国农民几千年来习惯的那套封建地主分配模式被彻底颠覆，他们被要求进行一种前所未有的社会主义公有制的分配模式。落后的生产力与现代社会无差级分配模式形成巨大的张力，这种不对称关系构成小说叙事的底层逻辑结构。小说忠实地再现了农民在这一场变革中的情感变化和生命体验。以典型环境、典型人物的手法，通过湖南益阳清溪乡干部（包括驻乡干部和本乡干部)、积极入社者、消极怠工者、对抗入社者、破坏分子（敌对势力间谍）五类人物之间的矛盾展开叙述。小说出版后引起巨大反响，美术界木刻、连环画家立即做出反映，对小说进行"二度创作"。在小说《山乡巨变》出版不久，就有李桦的《山乡巨变》木刻的插图版，贺友直的《山乡巨变》连环画（4册）出版。不同载体的艺术形式对原文本进行了多角度阐释，图像阐释不仅构成了一个立体的多维《山乡巨变》，同时还使原文本以一个艺术综合体的形式处于"在场"的状态。60多年后再回看这一文化现象，这种"副文本"的文化价值和历史文献价值值得关注。

一 以"副文本"形式的对话关系表现《山乡巨变》的在场性

以不同形式环绕和穿插在文本周边的文字、图像以及其他体裁的文本统称为"副文本"。"副文本"一词由热奈特提出，他认为副文本的范围包括"标题、副标题、互联型标题；前言、跋、告读者、前边的话等；插图；请予刊登类插页、磁带、护封以及其它许多附属标志，包括作者亲笔留下的还是他人留下的标志"[1]。作为改编后独立成册的木刻、连环画的副文本与正文本保持着相对独立性，它可以独立支撑其艺术生命、开拓其传播渠道。这一类副文本"参与文本构成和阐释，助成正文本的经典化，保存了大量文学史料"[2]。有独立艺术形式的图像类副文本以其独特的理解方法和呈现形式，与正文本保持着某种平等的对话关系。

明清小说"绣像"沿袭下来的插图传统一直是附着和穿插在文本之中的副文本。"五四"时期插图广泛应用于图书出版。如果说

---

[1] [法]热拉尔·热奈特：《热奈特文集》，史忠义译，百花文艺出版社2001年版，第71页。

[2] 金宏宇等：《文本周边：中国现代文学副文本研究》，武汉大学出版社2014年版，总论第1页。

第五章　周立波作品中的中国经验

当时的"绣像"仅是一种装饰，现代的书内插图已成为文字的有力佐证和叙述延伸。如郑振铎的《插图中国文学史》将图像阐释与文学史叙述结合起来，图像成为文学不可分割的文本要素。"插图一旦进入版面，便与作品融为一个生命整体，只取文字而割弃插图，不啻于割裂原作；文图并取，才能尽大限度地展示原作的本来面貌与生命力。"[①] 鲁迅主张的木刻艺术，成为现代文学作品的封面和插图的主要艺术形式，它的美学功能和叙述功能不受时代的干扰，在长达一个世纪的时间内依然保持着艺术活力。作为副文本的图像艺术在现当代文学发展历程中曾负担着传播和普及文化的使命。毛泽东在延安文艺座谈会的讲话指出："我以为，我们的问题基本上是一个为群众的问题和一个如何为群众的问题。"[②] 解放区文艺秉承这一宗旨，以浅显易懂的群众语言和喜闻乐见的艺术形式建立起了与人民的情感连接，并在文艺理论上建构了一套新的文艺范式，茅盾将这种新的范式称为"民族形式"[③]。这一文艺思想在新中国成立以后以具体形式落实到文艺实践中。视觉媒介担负着文化传播和文化普及的重任，其中木刻、连环画属于纸质视觉媒介，与其他视觉媒介相比，传播渠道简单、成本低，在题材上有向上和向下兼容的能力。这一媒介形式在社会主义文艺生产和传播的初期发挥了它应有的作用。如歌剧《白毛女》不仅改编成电影、芭蕾舞剧，还出版连环画册；小说《小二黑结婚》也是通过电影普及后，又出版连环画册，就连秧歌剧《兄妹开荒》也有手绘本。此外，木刻艺术在文学作品出版的装帧设计与内文插图方面也扮演了主要角色。木刻是版画中的主要画种，木刻的兴起与中国革命的需要有着紧密的关

---

① 杨义、[日]中井政喜、张中良：《中国现代文学图志》，生活·读书·新知三联书店2009年版，第438—439页。
② 《毛泽东选集》第3卷，人民出版社1991年版，第851页。
③ 茅盾在《中国文化》第一卷第五期发表《论如何学习文学的民族形式》。参见杨义、[日]中井政喜、张中良《中国现代文学图志》，生活·读书·新知三联书店2009年版，第438—439页。

系，即鲁迅所说的"虽极匆忙，顷刻能办"的特点。

周立波的两部重要作品《暴风骤雨》《山乡巨变》在这方面具有代表性，两部作品改编后的连环画都成为经典作品，施大畏所绘的《暴风骤雨》开创了连环画浓重色块与透视性线条的手法，他把西画具象质感与中国画留白想象进行融合，发展出一种独特的笔墨语言。李桦的《山乡巨变》插图作为穿插于文本之内的副文本也有其独立的形式语言，对人物与故事从木刻艺术属性的角度进行阐释。由于艺术家李桦自身的影响力，以及其对小说的形象化阐释，《山乡巨变》插图版（1959）呈现给了读者一个丰满而富有张力文本。董子畏改编、贺友直绘的《山乡巨变》连环画在艺术上也是独辟蹊径，它吸收了传统绣像装饰性线条和不对称构图，又结合了时代审美趣味，可以说是白描艺术的经典形式。《山乡巨变》连环画册出版和发行数量远超《山乡巨变》小说本身（见表5-2、表5-3）。视觉艺术的副文本对原文本的充实、穿插、延伸形成一个动态的叙说链，使得这个历史性文本处于一种"在场"的状态。

木刻、连环画属于静态视觉艺术，从阐释学的角度来看，静态视觉艺术也需要一个再认识的过程。再认识的前提是对现象有更精确的分析，只有这样才能准确地把握和模仿对象。图像阐释作为文学的中介至少显现出两个功能，一是保持文学"纯形式"的在场性，二是使作品意义处于动态阐释之中。李桦的版画、贺友直的《山乡巨变》连环画，是在对阐释对象深度理解的前提下，对原文本所要表现的价值和意义最大程度的艺术呈现。毫无疑问，两位艺术家对原文本的阐释以各自艺术属性的方式展开，并通过其艺术属性的语言精准地捕捉到了作品的深层含义。由于"二度创作"是一个叙述与阐释共构的复杂过程，图像艺术作为理解的艺术难度更大。伽达默尔强调阐释是"作为构成物转化的中介"，那么，"二度创作"可以看作再中介。作者在叙述之前首先要充分找准自己"再中介"的角色定位，保证对原艺术质料和新艺术质料的双重理解。每个时代都会出现新媒体介入原文本的现象，如戏剧对话本的再现，影视剧对长篇小说的再现。木刻和连环画是20世纪重要的图像表现形式。经典作品有历史性和抗压性特征，同时它还因其独特的思想价值、知识创新和艺术表现而被阐释者不断地阐释。经典的内在规定性"一是原创性，二是可阐释性"[1]。周立波的长篇小说《山乡巨变》的经典化过程经历过起伏波折，在20世纪80年代以后不被关注的情况下，两位艺术家的图像艺术却以笔墨线条的方式使之保持了持久的在场性。进入21世纪以来，图像艺术介入世俗的经济活动和社会活动，无意间实现了"成果转化"，客观上使《山乡巨变》保持了"行为方式"和"艺术方式"的双重在场性。两位艺术家的图像阐释，以及图像艺术与文学在场性的内在关联，在《山乡巨变》这个艺术个案中表现出一种独特的跨学科的"艺术史"意义。

审美意识形态有时候独立于其他意识形态，或者比其他意识形态更先一步觉察到历史潮流的变化。以20世纪80年代为例，在人文主义、各种思潮汇集的背景下，曾经占绝对权威的红色经典被"新的权威"所遮蔽。进入21世纪以后，社会对各类题材、各种思潮采取包容的心态，红色经典以其自身的价值再次受到重视。经典的沉浮与审美意识形态和文化意识形态相关联，而政治意识形态又影响着其他意识形态。政治意识形态表现为由社会制度底层架构决定的上层建筑模式。因此，对作品的阐释无法置身于这种历史性与底层逻辑之外。20世纪70年代末至80年代初，"包产到户"的土地分配制度将农民与土地的关系重新定义，表现社会主义集约经济的文学作品的美学光环黯淡下来，人们的审美开始聚焦于个人感受。在这一语境下，《山乡巨变》中的人物被重新定义，拒绝入社的顽固派陈先晋、菊咬筋变成大运动中的清醒者，而邓秀梅、李月

---

[1] 卓今：《文学经典的内部构成：原创性和可阐释性》，《中国文学批评》2021年第3期。

辉等推动初级社进程的人物成为集体无意识运动的激进者。进入21世纪，生产力的发达程度适合集约经济模式，农村土地流转、大公司、大集体兴起，共同富裕理想进入可操作层面，人们重读《山乡巨变》，发现正面人物的角色价值又值得重新肯定，亭面胡的守正笃实的形象则在经典的起伏中始终屹立不倒。

二 以视觉艺术的行为方式表现《山乡巨变》的在场性

木刻、连环画对小说的二度创作以及这种图像艺术的展览、收藏、再版等艺术活动和经济活动，使文学原文本以纯形式的方式持存。20世纪80年代以来，文学作品高扬人文主义、个人主义、抽象人性，《山乡巨变》显然不能满足读者张扬个性的需求，它受到冷遇也在情理之中。但与小说文本境遇不同的是，当时作为小说《山乡巨变》插图的木刻、独立成册的连环画，却以"纯形式"的艺术形式在文坛以外流行。之所以说它是"纯形式"，是因为人们接受和喜爱的理由在于其笔墨线条方面的艺术价值。它们按照视觉艺术发展规律在传播，并影响着受众：美术学院的学生以其作为临摹的经典；收藏家也视其为艺术珍品争相收藏；艺术家的个人画展时常将其与其他画作一起展出；艺术家作为研究对象时其版画连环画作品被研究者频繁提起。消费文化的兴起，艺术收藏品通过商业运作进入买卖环节，成为可以被估价的商品，艺术品的附加功能被极大地拓展，外延扩大的同时也缩小了艺术品本身的内涵，简化为流行符号——消费文化以贴标签的方式凸显艺术品的价值符号与身份符号，其积极的一面是将那些非流行的经典艺术品推送到大众视野之中。如2016年潘家园拍卖会拍卖的西宁图书馆收藏的贺友直的《山乡巨变》连环画，以6万元成交，成为当时的新闻。湖南美术馆两次展览李桦的《山乡巨变》版画，展览方本意是为了收藏升值，但客观上促成了艺术普及。李桦和贺友直都是中国著名美术家，他们的作品展出、拍卖所造成的新闻效应，可以看作艺术品的在场性——它的外在形式被受众感受到它的存在。以贺友直的《山乡巨变》为例，他的每一次展览都是一次被公众接受的机会，由于受众的国别和文化的差别，艺术品"被经验到"的方式也不尽相同。同一个人在不同时期欣赏同一幅画也会产生不同的感受。问题不在于艺术品与人的关联程度，而在于只要产生关联，它就实现了一种"在场性"。1984年6月贺友直参加瑞士第一届连环画节展览，不到两年（1988年1月）又在第十五届法国昂古莱姆国际连环画节期间举办个人连环画展，展览中将当时中国城市随处可见的小人书摊作为艺术环节的一部分摆在展厅，外国观众称之为"马路上的图书馆"。① 贺友直带着他的连环画参加了很多国际画展，他亲手绘制的一块画砖被永久地安放在法国国家连环画和图像中心广场上，这块地砖的构图由《山乡巨变》人物亭面胡画像与画家本人头像构成，亭面胡着蓝色粗布上衣和灰色老头裤，两只裤管挽到膝盖以上，左手背在身后，右手举着酒瓶，看着右下角贺友直的头像憨憨地笑着。贺友直的头像是一幅只有半截脸的抽象的极简主义风格画，眼镜下方是作者的中英文签名以及日期"2000年5月4日"。那么，贺友直、周立波、《山乡巨变》、亭面胡、彩色地砖等多种要素混合的一组艺术符号，以一种奇怪的组合方式永远留在法国的地面上，它甚至超出了热奈特对"副文本"的定义。它体现了图像阐释的真正内涵，也即伽达默尔所说："艺术作品其实是在它成为改变经验者的经验中才获得它真正的存在。"②

《山乡巨变》连环画仅上海人民美术出版社就19次印刷。董子畏对《山乡巨变》连环画文字做了通俗化改编，淡化了方言，适合普通读者和儿童读者。《山乡巨变》小说文本最初密集地出版发行，出版社和艺术家也敏感地意识到这部小说的时代意义，版画家李桦

---

① 朱国荣：《白描民间悲欢情：贺友直》，上海文化出版社2015年版，第105页。
② [德]汉斯—格奥尔格·伽达默尔：《诠释学Ⅰ：真理与方法——哲学诠释学的基本特征》，洪汉鼎译，商务印书馆2016年版，第151页。

被邀请作小说插图，连环画家贺友直的单位领导指派他画一套连环画。二人先后赴湖南益阳桃花仑获取素材、体验生活。他们的作品自面世以后即受到普通读者和学术界的赞扬。在1980年到21世纪头十年红色经典发行处于低谷的情况下，版画和连环画仍以其自身的艺术规律产生着影响。以下是小说文本出版、连环画出版、版画展览、拍卖、出版的情况统计：

贺友直的《山乡巨变》连环画的实际再版次数多出图表数据，依据2019年上海人民美术出版社出版的图书版权页标注1965年版第19次印刷。（见表5-2）周立波的小说出版与连环画出版相比，三家出版社（作家出版社、人民文学出版社、上海文艺出版社）相加的数量还比不了上海美术出版社一家的连环画出版（见表5-3）。

表5-2　　　　　　周立波《山乡巨变》出版情况统计

出版社	版次（年份）
作家出版社	1958、1960、1961、1963、1985
人民文学出版社	1959精装、1959平装、1979、2002、2004、2018平装、2018精装、2019
上海文艺出版社	1961、2019

表5-3　　　　　贺友直《山乡巨变》连环画出版情况统计

出版社	版次（年份）
上海人民美术出版社	1961年（第1、2册）、1962（第3册）、1964、1965（第4册）、1977—1978、1978、1980、2002、2007（精装）、2011（全5册，平装、线装）、2013（礼品盒线装、宣纸）、2016、2017、2018、2019、2020
人民美术出版社	1979、2007
黑龙江美术出版社	2002（32开宣纸）

第五章 周立波作品中的中国经验

　　画家与大众的沟通和对话主要通过出版、拍卖、展览和教学。每一次《山乡巨变》图像展览，客观上都是对《山乡巨变》的再阐释。2013 年由罗彪、李辉策划，湖南美术出版社主办的"精于镌艺，系于民族——李桦木刻版画作品展"在深圳观澜国际版画基地举办，展览了李桦近百幅《山乡巨变》木刻。2020 年湖南美术出版社在美仑美术馆（长沙）以同样的主题展览。2017 年范迪安等人策划，中央美术学院、中国美术家协会等多家主办单位主办的"桃李桦烛——李桦诞辰 110 周年纪念展"在中央美术学院美术馆展出。雍和嘉诚、泰和嘉成等拍卖公司纪念中国新兴木刻运动八十周年举办的 2011 秋季艺术品拍卖会，以李桦版画《山乡巨变插图》为主拍卖专场。1995 年及 2014 年，泰和嘉成拍卖有限公司举办了李桦旧藏暨版画拍卖专场。由于木刻作品高度概括和浓缩了小说《山乡巨变》的思想和艺术，激起了读者重读《山乡巨变》的冲动。（见表 5-4）除了出版、展览、拍卖等文化和经济活动，图像艺术保持生命力的另一种方式是教学。两位艺术家都曾担任中央美术学院教授，他们的作品既是教学的经典案例，同时也是美术初学者临摹学习的样本。李桦 20 世纪三四十年代就是木刻大家，发表和出版不计其数，其他出版、展览信息不在统计之内。中国版画的发起人鲁迅曾评价李桦："先生的木刻的成绩，我以为极好，最好的要推《春郊小景》，足够与日本现代有名的木刻家争先。"[1] 鲁迅给李桦的 7 封信均收入 2005 年版的《鲁迅全集》13 卷。鲁迅也专门写信批评过李桦某一时期风格过于 grotesque（怪诞、奇怪），或者中西混搭却不够统一的问题。徐悲鸿评价李桦有几幅近于 Durer（丢勒）。李桦版画展览的一则前言评价李桦："在他的创作中，总是充盈着强烈的历史责任感，以及独立的艺术精神，他立于现实之

---

[1] 鲁迅：《致李桦》，载《鲁迅全集》第 13 卷，人民文学出版社 2005 年版，第 303 页。

※ 湖南文学的本土经验与世界性

中,且勇于批判现实的不合理。"①

表5-4　李桦1979年以后与《山乡巨变》版画相关的出版、展览和拍卖

展览	湖南美术出版社（2013，2020），中央美术学院、中国美术家协会（2017，2017）
拍卖	雍和嘉诚（2011）、泰和嘉成（1995、2011、2014）
出版	《西屋闲话——美术评论十八题》（1979）、《美术创作规律二十讲》（1983）、《美苑漫谈》（1983）、《李桦画集》（1987）、《李桦藏书票——李桦签名本》（1991）、《美术》（总第479期）《纪念李桦先生百年诞辰、第十八届全国版画展作品选登》（2007）、《荣宝斋》杂志专辑（2011.12）、《滴泉集：李桦的艺术历程》（套装上下册）（2012）、《上海鲁迅研究：鲁迅与美术暨纪念李桦诞辰110周年》（2017）、《国家美术作品收藏和捐赠系列》（2019）、《李桦》（汉英对照）（2019）等

贺友直对红色经典有自己独特的理解,他还画过《小二黑结婚》年画连环画,他把大色块对撞的年画风格,与连环画叙事融合在一起,兼具装饰性与学术性。中国连环画出版社总编辑姜维朴评价贺友直:"《山乡巨变》连环画的出现,将中国连环画艺术推向了一个新的高峰,同时也有力地推动了连环画艺术以至中国人物画新的发展。"② 贺友直非常注重作品的文化内涵,他说:"我只有小学毕业,但是我画出的连环画也是有文化内涵的。"③ 贺友直提出连环画家的"艺术的加法"④。他创作的《小二黑结婚》《朝阳沟》《十五贯》《白光》《皮九辣子》等几乎所有的作品都遵循这一法则。这些法则在《山乡巨变》中体现得更为充分,人物姿态同周围

---

① 2013年"精于镌艺,系于民族——李桦木刻版画作品展"前言（深圳观澜国际版画基地）。

② 姜维朴:《贺友直和连环画〈山乡巨变〉〈白光〉及其他》,《连环画报》2016年第5期。

③ 朱国荣:《白描民间的悲欢——贺友直》,上海文化出版社2015年版,第6页。

④ 朱国荣:《白描民间的悲欢——贺友直》,上海文化出版社2015年版,第7页。

物件的安排非常讲究，植物、建筑与山川地理的构成也是精心布局。他的画有着独立于内容之外的纯形式的美学价值，也正是这个原因，《山乡巨变》连环画成为国画线描人物的经典作品。

三　以创作主体的深度介入表现《山乡巨变》的在场性

以文学作品为原文本的图像阐释需要遵循三个创作原则。第一，重视作者意图。阐释的意义对象和原文本思想指向具有不可更改性，阐释者要忠实原文本思想和艺术风格，并尽可能挖掘原文本的作者意图。第二，有限创新。由原文本的故事、事件所展开的线条笔墨构成的图像叙事，必然生发出与原文本平行和交叉的新的美学意义、思想价值和艺术价值，所有的新的意义和价值均以原文本意义为旨归。倘若开发出与原文本背离的意义和价值，则不属于该原文本的副文本。第三，有限自由。图像阐释者进行"二度创作"时在叙事与阐释的双重身份中享受有限的创作自由，尽可能依据原文本的思想和艺术，在视觉上打开想象的空间，使原文本被遮蔽的信息展露出来，引导读者朝向更深广的意境和意义。

通过新的艺术品种的延伸、拓展、投射，产生新的艺术感知。画家要将停留在读者想象中的人物具象化，需要与原文本气质贴切的人物形象和可信赖的素材。从展览可以看出，李桦的《山乡巨变》木刻人物经过反复推敲，一幅作品有几幅不同构图的底稿。木刻家在对原著进行想象性理解后，现实中的模特还会"修改"他原先的想象。陈大春个子瘦高，长脸，长相英俊，裤腿高挽，叉着腰拄着锄头歇气，大致符合《山乡巨变》里的描述："身材粗壮，脸颊略长，浓眉大眼，鼻子高而直，轮廓显得很明朗。"[①] 盛淑君则是拿着红缨枪的纯朴健康的姑娘，按现在的审美标准算不上美女。当时的审美是脸膛红润、形体健壮、有朝气。原著里对盛淑君的长相

[①]　周立波：《山乡巨变》，人民文学出版社2018年版，第23页。

有具体描述:"脸颊丰满,长着一些没有扯过脸的少女所特有的茸毛,鼻子端正,耳朵上穿了小孔,回头一笑时,她的微圆的脸,她的一双睫毛长长的墨黑的大眼睛,都妩媚动人。她肤色微黑,神态里带有乡里姑娘的蛮气和稚气。"① 性格方面也有"样子都好,只是太调皮,太爱笑"笼统的描述。因此,画家可以根据自己的理解发挥。李桦的木刻和贺友直的连环画,盛淑君都是穿着碎花短上衣,净色裤子。李桦的底稿裤子有条纹,成稿为净色裤子。不同的是李桦刻出来的盛淑君两根粗短的辫子齐肩,贺友直画的盛淑君两根黑油油的长辫在腰臀之间摆来摆去。邓秀梅的形象两位画家笔下是一致的,齐耳短发,泼辣干练,比实际年龄大,典型的女乡干部形象。李月辉外在形象也是一致的,两位画家笔下都是戴着同款帽子,着装也差不多,看上去确实如原著所说的软和的性格,像个"婆婆子"。

两位艺术家表现出来的《山乡巨变》的艺术形象,除了自己头脑里的形象和作品描写的形象,还参照了桃花仑乡原型人物的形象。因为周立波创作《山乡巨变》是有人物原型的,他在益阳桃花仑与乡亲同生活、同劳动,1957年秋天还担任了中共桃花仑乡委员会副书记,跟农民朋友建立了亲密的友谊。"许多人都成了他的知心朋友,甚至两口子吵架也要找他公断是非。日子一久,周立波真正熟悉了农村干部和群众的各种各样的性格与各式各样的思想。"② 胡光凡在文中还提到,从1955年起,周立波就同邓益庭一家做邻居,相处了一年多,邓是一位勤劳的"老馆子"③,是一位"作过四十多年田的'老作家'"④。他是竹山湾有名的"面胡"。这就是《山乡巨变》里"亭面胡"的原型,周立波还取了原型邓益庭的

---

① 周立波:《山乡巨变》,人民文学出版社2018年版,第15页。
② 胡光凡:《周立波评传》(修订版),湖南文艺出版社2018年版,第212页。
③ 相当于北方"老爷子"。
④ 湘中农民把作田能手称为"老作家"。

"庭"与盛佑亭的"亭"同音。亭面胡同原型邓益庭一样,"平日爱喝一杯酒","特别会养牛,有一本'牛经'",但原型是"喜欢发躁气",劳动回来"显得气势汹汹的样子,骂小孩,骂鸡又骂猪"的样子没有照搬上来,小说中的亭面胡是一个性格温和的老头。李桦、贺友直采风所刻画的人物形象都参照了周立波小说原型。当时作家艺术家在社会变革的大气氛下都有创作冲动。"从一九五五年夏天以来,党中央连续召开了省委、市委、自治区党委书记会议和七届六中全会,集中讨论了农业合作化问题,毛泽东同志作了《关于农业合作化问题》的重要报告,全会通过了《关于农业合作化问题的决议》,这两次会议就农业合作化的指导方针问题展开了一场很大的辩论。"① "一九五五年冬天和一九五六年春天,益阳的农业合作化运动同全国、全省一样,也掀起了高潮,许多刚建立的初级社很快都转为高级社。"② 作家艺术家反映时代的火热生活,都投身到工厂、农村。周立波自己也是响应号召,1955 年从文化部回到家乡湖南。周立波的回湘据说源于毛泽东主席与他的一次谈话,毛泽东主席说:"湖南文坛时下很不景气,没有一个扛大旗的作家,湖南那么多名家为什么不回去几个,把湖南撑起来?"③ 周立波回湘后,又把康濯、蒋牧良、柯蓝等作家邀请回来。"中共中央中南局第一书记陶铸指示新上任的湖南省委第一书记张平化,要给回湖南来的作家创造一个优越的工作和生活环境,才能留住人才,结出硕果。张平化当即表态:作家们回湘后,分别享受省委书记宣传部长的待遇。"④ 作家们回湘掀起湖南文学创作热潮,20 世纪 80 年代兴起的"文坛湘军"与这一次作家回乡有因果关系。

画家在深入生活、认识生活的基础上,通过艺术的形式再现生

---

① 胡光凡:《周立波评传》(修订版),湖南文艺出版社 2018 年版,第 210 页。
② 胡光凡:《周立波评传》(修订版),湖南文艺出版社 2018 年版,第 210 页。
③ 彭仲夏、谭仕珍、何先培:《四大作家返湘记》,《新文学史料》2008 年第 4 期。
④ 彭仲夏、谭仕珍、何先培:《四大作家返湘记》,《新文学史料》2008 年第 4 期。

活。李桦的木刻作品发表在1962年，前期准备工作花了两年时间。在湖南体验生活期间，李桦留下了大量写生及生活素材，共创作了《山乡巨变》系列插画51幅，用作《山乡巨变》小说插图，其中套色木刻15幅，黑白木刻36幅。15幅套色木刻最终被收录进1979年由人民文学出版社出版的《山乡巨变》版本中，这15幅插图版画再加上上下册收录的由学生谭权书创作的3张版画，将小说《山乡巨变》中的典型场景都呈现出来了。从《山乡巨变》木刻展览可以看出木刻的完成程序，展厅也通常将木刻创作程序完整地呈现出来。15幅套色版画，每一幅套色版画的完成是在一系列创作写生稿、彩稿的基础上最后定型。人物、农具、家畜、家禽又都有单独成型的精致的小稿。李桦的创作重实践、重体验。"在中央美术学院版画系任教期间，常常带学生下厂、下乡体验生活。"[①] 在当时交通不发达的情况下，"先后到过北京的郊区，河北省白洋淀和平山县，三门峡水利工程工地，大庆、大连船厂，又去湘、赣、两广、四川等地写生"[②]，还不辞劳苦应邀到全国各地讲学。艺术创作是认识事物和表现事物的过程，李桦的木刻创作是通过深入生活→认识生活→选择典型→提炼形象→创造形象等程序得以完成。创作《山乡巨变》木刻插画，在上述一系列程序之前，他首先要完成"理解原文"这个程序。

　　李桦为了充分理解"作者意图"，创作中多次与作者周立波书信联系，讨论创作思路，并在周立波的介绍下，赴湖南益阳农村体验生活。他在日记里记录了当时到达益阳的情形，既是创作心得，也是一份反映益阳风物人情的社会学文献。

　　　　1960年10月，为周立波的小说"山乡巨变"作插图，1960年10月10日自北京出发，12日到达长沙，13日到益阳，

[①] 徐婵娟、李抗：《李桦：渴求光明的斗士》，《荣宝斋》2011年第12期。
[②] 徐婵娟、李抗：《李桦：渴求光明的斗士》，《荣宝斋》2011年第12期。

第五章 周立波作品中的中国经验 ※

14日到达目的地桃花仑公社。这里地势在洞庭湖南,已入丘陵地带,益阳的资江河岸就有山,山不大,树木繁茂,江南景色也。资江水运颇繁忙,小火轮及帆船、小划子都有,更有竹木排,江面很美。①

他的木刻作品里真实地呈现了当地的风景、风俗、器物。他刻有多达几十幅反映物件和动物的小稿,对生产、生活细节的表现是创作《山乡巨变》木刻的材料准备。人物是最重要也最难把握的环节,李桦在观察人物时将创作感受也写在日记中。其中有与刘雨生原型曾五喜的交往:

十月十五日第一次与曾五喜见面,他是周立波同志塑造刘雨生这个形象的模特儿,他现在是桃花仑公社的一个生产大队的总支书,具体的形象虽然和小说中给人的形象有些不同,如身体较瘦削、矮小,眼睛也不是十分近视……②

在另一篇日记里,李桦又对曾五喜的精神气质做了大篇幅的描述。这些日记大都写于1960年底。他在创作之前频繁地接触小说的原型人物,与每位原型见面都记下了感受,尤其注重对人物外形和精神气质的把握,如某位原型"身材高大、削瘦,但看起来还健康",又如盛佑亭原型"此人看起来很矮小,爱谈话",谢庆元原型"这人双脚有点病,看来非勤俭者,爱吃懒作"等。画家动笔创作之前把握形象是第一步,在原型基础上根据自己对小说人物的理解做一些想象和发挥。

文字中没有表达出来的才是画家着力刻画的。画家难题是要填补小说的"虚"和"空"。以文字为载体的文学是抽象艺术,小说

---

① 出自李桦在湖南美术出版社美仑美术馆展出的日记复印件。
② 出自李桦在湖南美术出版社美仑美术馆展出的日记复印件。

人物形象尽管有衣着、形体、面部、气质的描写，如果将这种"有鼻子有眼"的形象落实在线条中，定格为"具象"，对画家来说需要下一番功夫。小说因节省笔墨，对景物的描写常常一笔带过，画家将人物呈现出来时，景物却是烘托人物心情和重要因素。图像艺术对小说的二度创作需要将小说中没有的东西画出来。周立波在桃花仑乡、竹山乡体验生活时搬过几处住所，一开始住竹山湾，1958年又搬到瓦窑村。这几个村的山川地貌是什么样子，读者不得而知，小说中并没有对清溪乡建筑外貌做过多描写，而李桦和贺友直的画作却必须把村部、农户、农具、山形地貌落实到具体形象上。社员开会的场所在乡政府，原先是一个祠堂，小说原著里对乡政府（祠堂）描写有两处很详细，一处是邓秀梅刚到清溪乡政府时，作家以小说人物的视角对乡政府周围的环境进行一番介绍：草坪、旗杆、大麻石、草垛、觅食的母鸡等。马上就要进入内部时又是一番景象："无名装饰艺术家用五彩的瓷片镶了四个楷书的大字：'盛氏祠堂'。字的两旁，上下排列着一些泥塑的古装的武将和文人，文戴纱帽，武披甲胄。所有这些人物的身上尽都涂着经雨不褪的油彩，屋的两端高高的风火墙粉得雪白的，角翘翘地耸立在空间，衬着后面山里的青松和翠竹，雪白的墙垛显得非常耀眼。"[①] 然后又对房屋布置、格局、装饰等做了介绍，如戏台、天井、享堂、方砖地面，还有各式各样的农具，神龛正面的木壁挂着毛主席的大肖像。另一处是邓秀梅第二次去乡政府开会："邓秀梅和李主席回到乡政府，看到厢房和别的几间房屋的亮窗子里，都映出了灯光。开会的人还没到齐，先来的男女们分散在各间房里打扑克、看小人书、拉胡琴子、唱花鼓戏。会议室就是东厢房，李主席的住房在外屋，就是这个祠堂里的一间最熨帖的房间，面着地板，两扇闭了纸的格子窗户朝南开，一张双幅门通到享堂。屋里右手白粉墙上两个斗大的

[①] 周立波：《山乡巨变》，人民文学出版社2018年版，第19页。

楷书大字，一个是'廉'，一个是'洁'。"① 即便是如此细致的描述，对读者来说仍然是一百个读者有一有百个乡政府（盛氏祠堂），但两位画家表现出来的盛氏祠堂就非常具体，建筑外貌类似于徽派建筑风格，依层递加、两层的马头墙（湖南叫风火墙），高出两边山墙一倍的墙垣，白墙青瓦，飞檐翘角，响亮素雅。两位画家笔下乡政府（盛氏祠堂）几乎一模一样，应该出自同一个原型——桃花仑乡的盛氏祠堂，都是两层翘角的风火墙，地面铺着方砖。

贺友直的《山乡巨变》连环画共534页，每一幅都是精美的创作，这就意味着从底稿到成品需要画几千幅图。比李桦早两年，1958年底，贺友直接到他所在的上海人民美术出版社领导给他的一个重要创作任务，即根据周立波的小说《山乡巨变》创作一套反映农村合作化的长篇连环画，向中国共产党建党40周年献礼。贺友直同样也是多次到益阳桃花仑写生，大量走访，与原型人物接触，悉心揣摩，花了5年多时间，出齐了4册连环画。第一册于1961年7月出版；第二册于同年11月出版；第三册于1962年9月出版；第四册于1965年3月出版。尽管当时贺友直已是颇有成就的"老画家"，但《山乡巨变》连环画的创作过程却也经历了颇多波折。生活在大都市的贺友直对农业合作化并不了解，"再说，故事发生在湖南，那里的农村是什么样子的，地是怎么种的，工具是怎么使用的，还有当地的生活习俗又是怎样，男女老少的穿着打扮又是怎么样的，他全然不知"②。带着这些问题他卷起铺盖去了湖南益阳桃花仑乡，与农民同吃、同住、同劳动。他一开始"用了墨色皴擦出明暗的黑白画法，以白衬黑，以黑衬白，这种画法要比素描法更为概括简练，画面效果也更为强烈，此种画法来源于苏联《星火画报》的插图"③。没想到社里领导对这种画法很不满意，顾炳鑫和

---

① 周立波：《山乡巨变》，人民文学出版社2018年版，第28页。
② 朱国荣：《白描民间悲欢情——贺友直》，上海文化出版社2015年版，第55页。
③ 朱国荣：《白描民间悲欢情——贺友直》，上海文化出版社2015年版，第55页。

程亚君看了这些画稿，给了两个字："重画"。1959年初夏，贺友直第二次卷铺盖去益阳，第二稿和第一稿相比并没有明显的改变。顾炳鑫（时任上海人民美术出版社连环画创作室副主任）对明刻版画有研究，他自己也是连环画家，建议贺友直参照明刻版画的装饰性线条、衣着和纹路。贺友直从陈洪绶的《水浒叶子》《西厢记》木版绣像画找到线描的诀窍，从《清明上河图》《七十二神仙图》中找到了构图的方法。1960年《山乡巨变》第三稿草图中，传统山水画中的高远透视法，木版绣像画中的白描线条，多种手法融合后就有一种略带有夸张、变形的意味，用装饰化的线描手法来描绘人物和场景，创建了一种连环画新形式。这其中对他启发最大的是陈洪绶的《水浒叶子》，他说："陈老莲不把人物当人物去画，而是把人物当成构图的'部件'去安排，该大则大，该小则小。"①

《山乡巨变》是贺友直的艺术高峰，同时也是连环画界的杰作。在此之后连环画过于强调笔墨线条的学术性，远离了通俗读者的审美需求。20世纪80年代后期，采用大笔浓墨、光影层叠、明暗效果细腻方法的学术性连环画，成为连环画的主流。美术界内部的功力比拼，各类奖项的评审越来越挑剔，远离大众走精英路线，这些都是连环画走向衰败的原因。

四　以艺术形象的方式表现《山乡巨变》的在场性

艺术家对原文本的理解和阐释，在深刻领会和把握作家意图的前提下，将文学作品中的想象性形象转换为具象性形象，如何区分"误读"与"创新"的界线是一个难题。以文学作品为原文本的图像阐释大致有三个层次：第一个层次是将文学的抽象形象与自然题材相结合，以阐释者的实际经验作为其阐释基础。第二个层次是转化图像故事、素材的风格化运用，以原典知识作为其阐释基础。第

---

① 朱国荣：《白描民间悲欢情——贺友直》，上海文化出版社2015年版，第56页。

三个层次是文本的真实世界与象征世界的内在意义组合，以综合直觉作为其阐释基础。进入 21 世纪以来，图像艺术以纯粹的艺术属性介入经济活动和文化活动。两位艺术家的表现手法深刻领会了各自绘画品种属性的奥秘。贺友直处理画面时在充分考虑艺术性的情况下还要兼顾通俗性，白描是最恰当的形式。李桦的木刻对《山乡巨变》的表现突出艺术性。有较高艺术价值的作品在专业领域可能不断被提起，反复被评价；而有较高思想价值的作品则随着时代观念的更新，不断焕发出新的意义。贺友直的连环画线条布局自然洒脱、散逸疏旷，看似随意，实则凝神聚力细细勾画。534 幅画越往后越自然，意到笔成。《山乡巨变》连环画第 3 册①封面是一个女子奔跑时蓦然回首，俏皮害羞的样子。这是一个经典的爱情场面，被男人抛弃了的盛佳秀爱上了离过婚的刘雨生。盛佳秀常趁刘雨生不在家时偷偷弄饭做家务。有一天刘雨生故意提前回来，把做好事的"田螺姑娘"逮个正着。贺友直便设计一个盛佳秀害羞跑开的场景。画家在处理这幅画时，大量留白，只在左上角和右下角各添几笔植物，着重凸显恋爱女子的媚态。周立波在《山乡巨变》中写爱情非常克制，但处理得很高明。如邓秀梅对爱人的思念用一种压抑的笔调。另一对有情人：陈大春与盛淑君，青年人谈恋爱，害羞，躲躲闪闪，有一种青涩感。刘雨生与盛佳秀都是成年人，直接而火辣。贺友直深刻领会了原文本的作者意图，又加入了艺术家的想象力，因此这个封面人物形象具有不可磨灭的经典性。

《山乡巨变》人物众多，作家在表现人物个性、时空感、表情和内心活动时，可以抽象地一笔带过，通过人物言行使读者生成一个形象出来。而画家却需要一笔一画都落到实处，有时不得不无中生有，生造出一个形象来。对于并置于同一空间的人物，画家给每

---

① 周立波原著，董子畏改编，贺友直绘画：《山乡巨变》连环画，上海人民美术出版社 1965 年第 1 版，2019 年第 19 次印刷。以下有关《山乡巨变》连环画的艺术评价所依据的画面均依据此版本，不再另作标注。

个个体最恰当的姿态，从肢体和表情中瞥见内心，不能有丝毫懈怠，否则千人一面。《山乡巨变》里开会的场面很多，小说里可以笼统地表现一个会场。画家需要考虑会场的人的面部表情和姿态，人物是面向读者还是背对着读者。画背影既省力又增添神秘感，但《山乡巨变》连环画仍然有多幅会场正面图，会场人多，挤挤挨挨，颇费笔墨，画家把每个人的神态都用心刻画出来，人们各怀心事，与当时心态吻合。整个4卷《山乡巨变》连环画的人物，每一个细节都经得起放大。开场的人物谱系（共13位主要人物）吸收了明清章回小说绣像序章画法，抓住了每个人物精神特质，动静相宜。邓秀梅、李月辉并置在一个画面，稳重大气。刘雨生与谢庆元席地而坐，刘对谢好言相劝。陈大春、盛清明两位年轻人拉开架势，使不完的力气。盛淑君、盛佳秀健康勤劳、美丽大方。亭面胡、菊咬筋、陈先晋三位"作家"一头水牛，面胡与先晋貌合神离，菊咬筋心事重重。秋丝瓜和龚子元在一个画面，两个坏人贼眉鼠眼，狼狈为奸。

《山乡巨变》小说里对自然风景描写不多，花草树木、阡陌交通，所有的器物，都是画家的再创造，有些画面浓缩了江南农村的诗意和对普通日常事物的美学提炼，其意象和意境的融合使一个现实题材作品达到了诗意境界。远山衬托下的宽阔江面，百舸争流，一片繁忙。灌木与山丘之上添一只喜鹊，烘托邓秀梅刚到清溪乡的紧张刺激的心情。树木、杂草、墙垣与人物位置有着高明的美学安排。人物在第二层画面，第一层是高大乔木，景与人显得疏朗。翘檐的风火墙作背景时大块留白，青瓦弧线勾向天际，传统乡村的古典美。贺友直参照陈老莲的人物画法，如人物躯干伟岸，衣纹线条细劲清圆。画面布局手法简练，画风沉着含蓄，格调高古。陈老莲也擅长为文学作品创作插图。

对原作的把握还体现在人物的家居环境等细节上。菊咬筋屋子里放置的农具丰富多样，大禾桶、精致的竹筐、簸箕，晒坪里也摆上一长溜晒着辣椒干菜的簸箕。亭面胡的家居简陋。有些画面大胆创新，以景写人，烘托人物心情，比直接画人更有力量。如第2册第109页用实线勾画云层，乌云流布衬托大春的愤怒。又如第3册第103页，刘雨生对未来收成充满乐观，秀梅说："你眼睛近视，心倒飞得远。"画面是一棵笔直高大的松树，天空中三只翱翔的鸿雁，整个画面空无一人。暗喻说话人心境高远，有很强的象征意义。与之相邻的一页是两人交谈，两边犄角松树林密不透风，中间斜拉一条宽大的留白，疏可跑马。

木刻天生有一种形式感，其形式美在于黑白二色的历史感和古旧意境，给人一种时间幽深之感。经过刻刀、雕版、油印等工序，有一种表达的有限性与想象的无限性之间的矛盾张力，黑白变化和虚实关系两种简单的范畴派生出无穷的可能性。李桦1947年前的作品更注重形式感，早期抗战题材、革命风云题材如《怒潮》系列，以及被鲁迅批评的grotesque风格的系列作品，画面激荡，人物动感十足，用色复杂多变。《山乡巨变》画风更稳健、成熟，同时他也在探索木刻的新技法。他在刻画人物表情时极力避免脸谱化，如《砍树》这幅图的人物安排，小说中并没有指向具体的人，起因是龚子元的堂客捅破窗户纸看到邓秀梅摆放在桌上的文件上的半句话，散布山林归公的谣言，引发砍树风潮。人们倾巢出动，普山普岭通宵达旦地砍，砍倒了上千棵树。李桦却使这个画面经典化，他用套色木刻，大块留白，远景一抹淡绿色，几根抽象的竹子被风吹得弯腰低头，近景是一位捆着头帕的老汉，弓步屈腿，左手握住伏倒的松树干上的树枝，右手用高举月牙形砍刀砍向树枝。树干旁边躺着一把锋利的斧子，老汉的衣纹走向表明肌肉用力的程度。腰上的白围裙使画面有高光和亮度。老汉身后一位戴着头帕的妇女，蹲着捞起一撮树枝正在打捆。松树的纹理与衣纹明暗对比强烈，同远处抽象的山林形成视觉上的呼应。画面上的两个人没有具体指称，而是普遍的一般砍树的形象。申请入社的场面扶老携幼的人群背影朝乡政府走，乡政府白墙黑瓦，高高矗立的旗杆和举向天空的风火墙翘檐，在远山的衬托下黑瓦更黑，白墙更白，一丛被风吹弯的楠竹使画面动起来，人们处在一种火热、激荡的改革大潮中。

盛淑君与陈大春两人相爱却暗中较劲，都等着对方向自己表白。两人在山里经过几个回合的试探终于牵手成功。那么，版画家李桦是怎么处理这个场面的呢？从展出的木刻小稿可以发现，李桦画了好几个小稿，都是两人坐在一捆柴上，动作有些差异而已，淑君很委屈，大春在解释什么，两人靠得也不那么紧，最后呈现出来的已经是最大胆的动作，淑君朝大春肩膀斜靠过去，大春坐得很正，像一个演讲者挥动右手对着淑君说教的样子（大概在说第2个五年计划，开上拖拉机后再恋爱）。图画以大黑为底色，硬线条，黑白灰对比强烈，没有过渡色，大春右手上方夜空中月牙挂在树梢，图下方一丛矮灌木，枝叶清晰，叶片银光闪闪，像剪影。男人的脸是硬线条，女孩子的脸柔媚沉醉，很好地反映出两人刚刚试探时的心态。这个修改调整反映出当时的审美潮流。在周立波创作《山乡巨变》时还可以写恋爱男女热烈拥抱，疯狂而含蓄。1962年已经是人民公社、大集体，《山乡巨变》木刻大都标注1962年、1963年，有些小稿没来得及刻，1979年还刻了一批，此时审美趣味已发生变化，从李桦的木刻可以看出时代语境以及其历史性和现实性。

图像阐释同样也受制于海德格所说的"前理解"（或"前见"Vorurteil），即"'有典可稽'的东西，原不过是解释者的不言而喻、无可争议的先入之见"[①]。前见并不意味着一种错误的判断。伽达默尔认为前见是起源于具有前见的人，他人的威望，他人有权威诱使阐释者犯错误。也就是说错误判断来自他人的威望和自己的轻率。《山乡巨变》当时无疑具有很高的威望和权威，但两位艺术家

---

① ［德］海德格尔：《存在与时间》（中文修订第二版），陈嘉映、王庆节译，商务印书馆2019年版，第214页。

也在他们自己的学科领域里具有很高的威望,无论是图像阐释还是文字阐释都是在寻求各自的内涵和意义,"人文科学的各学科在一个平等的水平上汇合,而不是互相充当奴仆"①。艺术家所要克服的是排除本学科的某些积习和成见,大胆创新,按照自己的理解做出恰当的阐释,用属于自己的艺术语言使《山乡巨变》获得更为广阔、深邃的意义。两位艺术家的表现手法深刻领会了各自艺术属性的奥秘,贺友直处理画面时在充分考虑艺术性的情况下还要兼顾通俗性,他从古人的技法中获取灵感,白描作为最恰当的形式,既获得读者喜爱又在学术上有所精进。李桦的木刻对《山乡巨变》的表达突出艺术性和文字背后的深层意蕴。这个个案具有某种普遍性,绘画、影视对文学作品的二度创作与文学经典化有深刻的内在关联,二度创作不仅是一个叙事的问题,它包含了建构性阐释与澄明性阐释方法。如果把这一现象置于新历史主义批评方法中,从文学史的角度考察其生成规律,《山乡巨变》木刻、连环画,通过视觉艺术的力量突破时代局限,表明了图像阐释的阐释学意义。

---

① [美]欧文·潘诺夫斯基:《图像学研究:文艺复兴时期艺术的人文主题》,戚印平、范景中译,上海三联书店2011年版,中译前言第5页。

第六章

黄永玉的故乡思维及其人类情感的普遍性

我以为，抛开小说的技巧，最深刻的用情才是最有力的呈现，黄永玉的《无愁河的浪荡汉子》在这方面做得很成功。《无愁河的浪荡汉子·朱雀城》单行本出版后，在高频率的获奖、展览、媒体渲染之下，人们开始注意到了以绘画艺术驰名中外的黄永玉的文学才华，原来他的小说可以写那么好！在这之前，他有一些不错的散文被人传诵，如《太阳下的风景》《这些忧郁的碎屑》《比我老的老头》《从塞纳河到翡冷翠》等。他还出过诗集，获得过中国诗歌最高奖。当然，人们更熟悉他的绘画，无论是木刻、水墨、油画，还是雕塑。他是最善于将本土经验上升为世界性价值的艺术家。他的画作质量上乘，数量惊人。在那些尺幅巨大的花鸟、人物，尤其是彩荷（如悬挂于北京荣宝斋的巨幅画《荷》）中，画家大胆地用色，精神能量爆发如核能裂变，复杂的构成里所包含着说不出的爱和疼痛，只有陷入爱情迷狂与宗教迷狂时才能达到那种美和绝望。他的画风绮丽跌宕，不拘一格，材料信手拈来，水墨、油彩；创作手法混搭，象征主义、野兽派、古典主义、现实主义、写意泼墨。同时，他对木刻、雕塑、设计、装置、行为艺术等也均有很高的造诣，他的总体的艺术建构同样也是一种独特的超时代的存在。

第六章　黄永玉的故乡思维及其人类情感的普遍性　※

◇◇ 第一节　文学的根底与漫长的准备

黄永玉早年的文学活动渗透到他的每一个艺术场域，书信、笔记、题跋、对联，甚至包括对景物的命名。他的文学是一个立体的多维度的呈现，从这个意义上来说，他的文学活动属于大文学范畴。他并不局限于某一体裁的规定，笔墨所到之处都是他的文学世界。最常见的文配图中的题跋，可以算得上很好的散文诗或警句，有些长一点的其实就是一篇文艺评论或者散文，画本身倒成了一个由头。与传统文人画的题跋不同的是，他的文字并不全是画面的补充，而是一种对应，带有极大的偶然性和即兴创作的味道，有时候甚至仅仅就是借用那一片纸留下的空白。《动物短句》《大画水浒》算是主题性比较强的文字。他对自己的文字训练有"残酷"的一面，在《动物短句》里，把丰富的信息浓缩在一句话里，决不允许琐碎和繁杂，每一句如重锤敲击，震荡心灵。有辛辣讽刺的妙文："猫，用舌头洗刷自己，自我开始。"有优美的诗句："萤火虫，一个提灯的遗老，在野地里搜寻失落的记忆。"他给80多种动物作了哲学解读和美学阐释。这个文字的"节约"本领在后来的小说创作中也得到体现。生肖挂历也被他做得像个连续剧，龙是抽象出来的动物，龙年生肖挂历极难表现，但他却把传说中龙的九子与世相百态联系起来。他还常将寓言、笑话、童年故事、机智短语糅合在一起，做一些好玩的美术小品。这些在他自己的文学领地里都被列为杂项，但却充分展现了黄永玉广博的知识，豁达的性情。他以一种浪漫、纯真、充满童趣的思维模式深度揭示了自己的人生观和生命体验。他把创作的大白话式的对联悬挂于中堂，"世界长大了，我他妈也老了""吹灭读书灯，一身都是月"。他的画作的题跋随处可见一闪而过的睿智与才情，以及不为人间琐事困扰，放达超逸的闲情，同时也可以看出他对这个世界用情很深，有大悲悯大情怀。

在文学方面，他的创作体裁涉及小说、诗歌、散文、剧本。不管从作品的数量、质量上讲，还是从对文学的贡献上讲，他不逊于国内顶尖的专业作家。6卷本《黄永玉全集·文学卷》（湖南美术出版社2013年版），100多万字；《无愁河的浪荡汉子》系列[①]；香港《明报周刊》连载过但一直未出版的长篇小说《大胖子张老闷列传》，17万字。迄今为止已出版小说、诗歌、散文、杂文等数十个单行本，一部合集，即《黄永玉全集·文学卷》。值得一提的是，他的诗歌曾获中国作家协会第一届全国优秀新诗（诗集）奖（1979—1982），一起获奖的诗人还有艾青、李瑛、公刘、邵燕祥、流沙河、舒婷等。黄永玉的获奖作品《曾经有过那种时候》的可贵之处就在于，在那个特殊年代，晦涩和朦胧会妨害诗意，美的意象、典雅的词句会不合时宜，有力的诗句一定是直接击中要害的。他的散文，《太阳下的风景》《比我老的老头》《这些忧郁的碎屑》《从塞纳河到翡冷翠》广为传播。"我们那个小小山城不知由于什么原因，常常令孩子们产生奔赴他乡献身的幻想。从历史角度来看，这既不协调且充满悲凉，以致表叔和我都是在十二三岁时背着小小包袱，顺着小河，穿过洞庭去'翻阅另一本大书'的。"[②]这段文字被广泛引用。

一 地方性遗传与世界视野

解读黄永玉的文学作品，几乎是一个高难度的挑战，须小心避开当代文学理论常用的技法和常规，一旦陷入某种规定的封闭概念之中，将无法打开那种回环往复、纷繁复杂、一层叠着一层的意义和美，他的作品尤其不适合用西方文论的实证、逻辑、推导一类的

[①] 《无愁河的浪荡汉子》系列是指《无愁河的浪荡汉子·朱雀城》（上、中、下），人民文学出版社2013年版，83.8万字，《无愁河的浪荡汉子·八年》上、下（壹、贰），人民文学出版社2016、2019年版，共83.4万字，《无愁河的浪荡汉子·走读》（1、2），人民文学出版社2021年版，46万字。

[②] 黄永玉：《太阳下的风景》，上海人民出版社2019年版，第182页。

第六章 黄永玉的故乡思维及其人类情感的普遍性 ※

手段,如果要在方法上赢得一种解放,就得放弃所谓的"方法",用一种诚恳的姿态走进他的文字。很多读者感慨,读黄永玉的作品,起先会有许多不适,典雅混合着俏皮,密集的方言,民国语言,读者与作品的关系是疏离的。这种距离恰好是作者设立的一块跳板,他的小说既给人一种亲切和黏稠感,同时又设置了一些小小的阅读障碍,类似于智力游戏,让读者感受到与作品之间的一种既紧张又和谐的关系。黄永玉的文学作品处处都是智慧,包含着博大精深的哲学而无哲学相,融汇了高超的叙事艺术却看不到炫技的痕迹。他的《无愁河的浪荡汉子》所呈现出来的是一种极其罕见的独特个体艺术,故乡思维、儿童视角、民国风范,它的文学性、神秘感,它的残酷人性中的诗性,毁灭中的大爱,倾圮的瓦砾里闪耀着的悲悯,扑面而来的泥土气息和活泼泼的生命体验。那么他是怎样将这种实相从外观到内里达到一种统一的呢?

黄永玉的诗歌、散文、杂文看起来似乎只是一时闲笔,但却从这种悠闲中看出他的从容和自信,他从一开始就有很强的文体意识,并且形成了自己独特的艺术风格。自传体长篇小说《无愁河的浪荡汉子》的形式、叙事、语言、结构,都不同于以往的自传体小说,它内涵丰富,认识超前,富有普世情怀,展现了巫诗传统与原道精神相互依存的内在张力,以及楚文化基因里的狂傲与不羁,同时也是他一生所吸收的多样文化熏陶、杂糅沉淀。黄永玉的出生地正是屈原"路漫漫其修远兮,吾将上下而求索"的沅江,他的身上不可避免地烙下屈子的精神苦境和文化苦境。他喜欢画莲,一种湖湘土地上常见的水生植物,他在表现莲这一具象时所承载的美学思想也常常是"无极而太极"另一种形式的表达。湖南作家的思想原发性常来自两种影响,一是绮瑰浪漫的巫诗传统,一是追问天地宇宙的终极关怀,这种幼年打下的文化印记常伴终身,使得湖南湘文人自愿寻求一种艺术魅力和思想深度并重的表达方式。从黄永玉的《无愁河的浪荡汉子·朱雀城》这部小说可以看出,他笔下的艺术形象的物理空间和心理结构，既有一种浓郁的巫楚风格，同时又有一种究天人之际、追问人生终极意义的宇宙情怀。中国作家不缺绮丽和壮美，但往往庄严有余，旷达不足，一涉及深刻的主题，便忘了洒脱和幽默，尤其不能容忍闹腾和玩笑。黄永玉的作品却将它们一并糅合在一起，最终展现的是大爱、宽恕、悲悯。"大爱"始终是贯穿他文学的主题，他对他的那些既野蛮、暴烈又温柔敦厚的乡民的爱是一种文明的回归。他对现代性难题的态度，诸如对贫富悬殊、两极分化、民族冲突、性别歧视、国家对立、战争灾难、资源消耗、环境污染等问题的评判，都有普遍价值和现实意义。这一点，他的表叔沈从文给他的影响很大，沈从文给他三点忠告：一是充满爱去对待人民和土地；二是摔倒了，赶快爬起来往前走，莫欣赏摔倒的地方耽误事，莫停下来哀叹；三是永远地永远地拥抱自己的工作不放。

　　黄永玉出生于书香门第，家庭熏陶使他骨子里有一种文人气质。外婆是大家闺秀；祖母饱读诗书；曾祖父是编过县志的拔贡；祖父在熊希龄手下做事；父亲学音乐出身，是凤凰县的文昌阁小学校长；母亲女子师范学院毕业，是凤凰县女校校长。父母的朋友圈多是读书人，亲戚里也不乏有影响的文化人，除了众所周知的表叔沈从文外，他的二姑公聂简堂还是晚清的翰林。成年以后，他自己的朋友圈汇集的也都是当时的文化精英，如钱锺书、臧克家、唐弢、冯雪峰、端木蕻良、汪曾祺、萧乾、黄裳等都是他比较亲近的朋友。除此之外，他还常常感受到沈从文朋友圈的文化氛围。他在一篇回忆文章中写道："从文表叔家，常常碰到一些老人，金岳霖先生、巴金先生、李健吾先生、朱光潜先生、曹禺先生和卞之琳先生，他们相互间的关系温存得很，亲切地谈着话，吃着客人带来的糖食……"[①] 他后来在中央美院任教，邻居朋友有林风眠、李可染、

---

① 黄永玉：《太阳下的风景》，上海人民出版社2019年版，第171页。

第六章　黄永玉的故乡思维及其人类情感的普遍性　※

张仃、李苦禅、蒋兆和、叶浅予等。在香港工作的几年，罗孚、金庸等既是好朋友又是同事，直到现在他还常常当面取笑金庸的小说。沈从文与萧乾是最愿意看到他在文学上有所成就的，黄永玉为此常常感叹：表叔、萧乾能看到《无愁河的浪荡汉子》该有多高兴啊，表叔会在旁边做很多批注，多得比文章本身还要多。

黄永玉的文学创作在他的人生当中与美术创作是并行的，只不过在85岁之前，美术创作是显性的，文学是隐性的。作家李辉在《黄永玉全集·文学卷》序言《主题变奏七十弦——黄永玉文学创作概述》中曾经给黄永玉的文学创作划分了几个阶段：第一阶段为尝试与沉寂，从1943年至1963年左右；第二阶段为潜在写作，从1964年至1976年；第三阶段为自觉与丰收，自1977年至今。第一阶段的作品主要有散文《火里凤凰》，剧本《儿女经》，还在香港报纸上发表了一些诗歌。1953年，沈从文写信要他回大陆，回来后在中央美院教版画，不幸遭遇各种政治"运动"。中央美院的工作队在河北邢台开展"社教运动"时期，最著名的作品是动物短句。第二阶段处于"文革"时期，1974年因一幅猫头鹰画成为最重要的批判对象。猫头鹰"睁一只眼闭一只眼"对社会不满，《动物短句》有影射当局之嫌，骂"大跃进""拉磨的驴"。诗歌《老婆呀，不要哭》也是这一时期的作品。到了20世纪80年代，诗歌《曾经有过那种时候》获奖，其文学真正进入了第三个阶段——文学自觉时期。后来产生广泛影响的作品大都是20世纪80年代之后创作的。

真正投入写作，除了天赋，还需要经验的广度和足够的时间上的付出。黄永玉有着漫长的文学创作的准备阶段。如果从作品的内在审美性或文学性来划分的话，创作《无愁河的浪荡汉子》之前与之后表现出两个不同的倾向，之前的作品，感性、象征、概念有时候分得很清楚，而在写《无愁河的浪荡汉子》时，他把这些要素融合提炼，上升为一种精神，看似回到了原点，实际是螺旋式上升。

20世纪90年代初期开始写《无愁河的浪荡汉子》，从创作主体的世界观和方法论来划分的话，前阶段为本体维度与本真维度交叉阶段。之后为自觉阶段，也即本然维度（道法自然）阶段。黄永玉是一位从民国走过来的人，他的生命体验将整整一个世纪，其审美是多维度的，他拥有一个经验世界和超验世界并存的世界图视。现代中国人多是单向度的审美，单一的辩证唯物主义世界观，读者在遭遇这种多层次的丰富的生命图景时，信息对接会出现选择性的流失。反过来，这类作品在选择读者时也会不自觉地进行一种筛选。因此，与早期的散文相比，这类作品会显得不那么好读。在创作《无愁河的浪荡汉子》之前，仅就他前一阶段的写作观、文学成就而言，他也可以算得上好作家了。他有文体意识，懂得文学技巧，创作方法上的提纯，故事的编排组接，结构上不露声色的安排，隐喻、陌生化手法，文字的推敲讲究，实际上都全面体现了他文学功底。但是，如果就此罢休，不再从事文学创作，中国文学史在散文诗歌史上会将他一笔带过，到了《无愁河的浪荡汉子》，他才算真正在文学史上写下了重要一笔。《无愁河的浪荡汉子》这部自传体小说无疑是一本厚重的作品，不是指开本和字数，而是指内涵，有人甚至把它与《红楼梦》相提并论。

　　道法自然，这里的自然应该包括物性、宇宙的外自然和人性的内自然。但是物性宇宙的外自然与本真维度是交叉的，楚地的"巫""傩"属于外自然神秘主义哲学范畴，人性的内自然又与本体维度交叉，探索人类存在意义对精神灵魂的层层剖析也归于这一类。黄永玉创作的核心意义表面是在展现外自然的种种神奇，而实际上是透过这些表象探索人类生存的本体维度，对存在本身进行追问。在他的笔下，有着极尽繁华驳杂的表象，和丰富得让人难以消受的外自然现象，但他并不拘泥于这些，仍然将笔触伸入人性的内自然。《金刚经》里说"应无所住而生其心"，心不执着于表象，才能随时任运自在而如实体悟真理。他把自己一生的传奇经过沉淀、过滤、提炼、发散，从审美的角度对艺术创造客体澄怀静观，使其客体化。以黄永玉对禅的理解，他显然是吃透了"无住性"。宇宙万物都有一个内在的自然规律，文学的内部自然规律是什么？黄永玉以一个世纪的体悟，显然知道文学创作应如何建立在以"自然之道"为中心的哲学本体论基础之上。正如国画的点线面与留白一样，文学创作也一样要解决"无"和"有"、"虚"和"实"的问题，创作主体的修养在精神上达到与"道"合一之后，便与自然同趣，进入人工即天工的境界。观黄永玉的小说，不难发现其中处处透露着庄子和道家的文学观，以及魏晋玄学与佛学的融合。他在言意关系上深谙玄学的"言不尽意"，常常说到要害处戛然而止、留有余地。黄永玉作为画家，在"象"上面是要坐实的，这种"职业习惯"也让他在行文时占了大便宜，几乎是毫不费力地把人物和场景描写得十分传神，但他并不把这一技法作为一个"强项"引入文字中，而是追求"言外之意""象外之趣"。他以无处不在的隐喻、暗示、象征把"言有尽而意无穷"拿捏得十分到位。无论是老庄还是玄学都是重神轻形的，但他还创造性地吸收了佛教的形神观。佛的造像行为是主张寄神于形的。形神关系说到底就是心物关系，黄永玉几十载的绘画艺术生涯，显然是吃透了心与物的基本理念，吸收各家之长，在形神的辩证关系上无障碍地跨越，万物为他所用，摆脱了小说叙事中方法问题对他的羁绊，真正地从心所欲，"自然流露"。

二 《无愁河的浪荡汉子·朱雀城》是一部怎样的书

《无愁河的浪荡汉子·朱雀城》是自传体小说《无愁河的浪荡汉子》的一部分，从两岁到十二岁的一个阶段，小说主人公的活动场地主要在朱雀城，共80多万字。黄永玉似乎是立下了一个宏愿，在他接下来的日子写完后几十年。整部小说在时间跨度上近一个世纪，空间上涵盖了大半个中国，甚至还涉及欧洲。这是一部近百年的历史长卷，朝代更迭、世事流变，差不多是一部百科全书式的小说，内容上几乎涉及方方面面，大到国家的政治体制、意识形态、宗教问题、民族问题，小到诗词歌赋，饮食养生，巫医百工、风物掌故、世相百态等。黄永玉将他一生的领悟以爱、怜悯、感恩的方式贯注在作品中，作家韩少功将其誉为"百年悲悯"。

钱锺书先生在翻译理论上曾经提出"化境"一说，说是在翻译时既能不因语文习惯的差异而露出生硬牵强的痕迹，又能完全保存原有的风味。黄永玉的作品其实是融入了很多手法的，若读者不细心不用功，就只能看到表面的繁华与美。纪传体小说很容易像记流水账，但他都隐晦地、创造性地"做了手脚"，他知道一部如此长篇幅的小说也不太适合玩手法。那么他的功夫是花在了语言和故事本身了吗？他显然不缺传奇，也不缺故事。他的高明之处是给人一种错觉——看起来似乎没花什么功夫。朱雀城给人一种遥远而古老的想象，这个意象发散开来，在空间上产生了陌生化的效果。在时间上，作者刻意地让它慢得几乎静止。《收获》杂志从2009年第1期开始连载，主人公狗狗（序子）两岁，到2012年时已有30多万字的规模，才写到6岁，有些性急的读者曾在微博上发牢骚。读者会看到朱雀城人的从容，他们细细地品味生命中的紧张和萧条——与外面不大一样的活法。结构是线性的，按照时间顺序，并没有玩什么花样，使线性的结构丰富和厚重才是作家真正了不起的地方。黄永玉是丹青高手，他把绘画上笔墨功夫移植到小说创作上，情节螺旋攀升，层层叠加，每一个单位时间又被铺排得满满的，同时又有意识地腾出一些"无用"的地方，在密实的架构、丰盈的肌理中留下这些空隙，读者与小说人物一起享受着这种"慢"和"空"。主人公序子的家庭是当地名望很高的大家族，成员庞大，各种身份的人物形成一个盘根错节的社会关系。爸爸妈妈是当地有名的知识分子，又是共产党员，小说叙述不可避免地在知识启蒙和革命运动大背景下进行。20世纪二三十年代军阀混战，朱雀城的原型湘西

第六章 黄永玉的故乡思维及其人类情感的普遍性 ※

凤凰县在当时扮演了重要角色，民国第四任内阁总理熊希龄就是凤凰人，序子的爷爷在总理府的慈幼院做事，西门坡上的"老王"（湘西王陈渠珍）是序子家的至交加邻居，序子的表叔孙得豫是黄埔一期的学生，后来当师长，另一个表叔在北京当文学家。序子父母的同学、同事都是朱雀城的文化精英，而那些多得让读者理不清关系的亲戚朋友们，大都是市井平民。这是一根由几股复杂的因素编织而成的粗大的"线"：他把顶层的政治、军事、文化、经济动态处理为一种稀薄的背景，着眼于基层的教育、司法、风俗、饮食、工商业、休闲文化等。诸多要素都在同一时间段上展开，一路向前推进，这是一种相当有难度的叙述。他甚至用了很大的心思，要把朱雀城的事事物物全都写进书里，但他在涉及朱雀城的文明史和文化糟粕时融入了个人的价值判断，他端给读者的这一盘珍馐显然做了技术处理，尽量符合现代人的胃口。朱雀城又是针对苗族问题的镇远怀柔之地，民族关系成为最突出的问题。小说中赤塘坪作为行刑之地多次出现，这个场景是朱雀城人的终极舞台，它演绎着一出出惊心动魄的"人生大戏"。被屠刀砍落的人头滚到地上无人殓埋，序子与小伙伴出于对死者的尊重，将三颗人头供在台子上烧香，庄严中夹杂着顽劣，粗粝、暴烈、血腥成为日常，以至于序子在后来的人生历程中遭遇磨难时常常回忆这个场景。赤塘坪是两类人的归宿，一类是"不听话"的苗民，一类是"赤色分子"。事实上，黄永玉在处理这一类事件时是怀着哀伤与绝望的，赤塘坪常常也被设置为一个孤立的场景，没有"前因"，也不谈"后果"，朱雀城的文明史上这个"毒疮痎"，在麻木的朱雀城人那里有时候竟然艳若桃花。这部小说塑造了一大群相对固定又有所更新的人物，父亲、母亲、祖母、太祖母、王伯、隆庆、芹菜、狗屎、幺舅、幺舅娘、二舅。他在描写人物时不是单层铺开，而是分了层次，首先在结构层次上有主次之分，其次在心理上、人格结构上有表层深层之分。王伯和隆庆的形象深入人心，他们的旷世爱情令人感动。王伯是女人，序子的保姆，湘西人常把长一辈的比父母年长的女性叫"伯"。他们的故事美丽凄婉，决绝高贵，既高蹈于世俗之上，又匍匐于红尘之中，互相深爱着对方却出于某种原因只能精神恋，不能实现世俗意义的结合。当隆庆被豹子吃掉后，王伯精神崩溃，出走他乡。这两个人物在人格结构上处于最深层。其次就是二舅、幺舅、谢蛮婆等人物。黄永玉在二舅身上寄托了很多东西，他的文艺理论和对文章的品评常借二舅之口说出来。说的虽是呆话，却很见功夫。小说中有大量的诗词原创，二舅思念外甥，做了一首《临江仙·雪湿梦》，从这里可以看到作者诗词上的造诣。"梦中湿我相思枕，断魂零落山深。洞庭千里雪纷纷。孤雏身小，归思与归程。几曾得见亲亲否？伤心难叩湘灵。愁云翻遍页千层。双鸿三匝，哝白了双鬓。"[①] 美的意境，真切的情感，表达了内心孤独、多愁善感的二舅与小外甥的精神上的相互依靠。谢蛮婆这个人物虽笔墨不多，却是一个成功的典型人物，在她身上集中体现了底层劳动妇女的悲苦和狡黠，婚姻不自主，年轻守寡，损害他人的利益扶助弱者，还有一套自圆其说的理论，她大大咧咧，行事挟带风雷，说话口无遮拦。刘染匠、刘痒痒、刘浸浸、包大娘、田三大、李研然，以及序子的玩伴和同学，朱雀城的几位著名的"朝神"等，上百的人物群相构成朱雀城的市井图画，有些人物很难界定他们是好人还是坏人，看似坏人的人却有人性的光辉，好人也大都有人格缺陷，也有一两个坏透顶的大恶人，真正的大恶人却是逍遥在赤塘坪之外的。由于朱雀城地处偏远，法治稀薄，私刑、侠客常常代替公法，幺舅、田三大之类的人物扮演了这一领域的"狠角色"。

艺术的深层次客观性常常会通过故乡思维表现出来。故乡的语言和行为的感染，通过文学的方式将飘散在记忆中的精神性存在具体化，使之成为可感的"历史"，这大概是黄永玉写这部小说的原

---

① 黄永玉：《无愁河的浪荡汉子·朱雀城》，人民文学出版社2013年版，第377页。

第六章 黄永玉的故乡思维及其人类情感的普遍性 ※

动力。黄永玉在故乡凤凰其实只生活了12年，精神人格基本形成，90岁了还能说一口地道的家乡话，典型的湘西人的做派。故乡思维毫无疑问是流淌在血脉之中的，但同时还必须是建立在超常的记忆之上。黄永玉天赋过人，记忆力极好。自传体小说对作者的起码要求无疑是好的记忆力，这一点，从小说中表现的丰富的细节可以得到证实。如同电影胶片留下的影像，他能够在时间的深处挖掘出"在现场"的感觉，大量的具体可触摸的古旧意象陈设，糊着净白的夹帘纸窗子、铜水烟袋、桃源石、万寿宫柏树上的飞鹤、李家屋后池塘的丹顶鹤、蚕业学堂、定更炮、美孚灯、水客、卖大粪的、挑窑货的、刨黄烟丝的、炸灯盏窝的、鸦片馆、青楼、皂荚、水银。每个人物的外貌和内心的描写，每一片风景里阳光和树叶的展现，都十分仔细。写饮食，几乎是烹调技法大表演，不免勾起读者的食欲。写市井，土杂货店、地摊、洋货店、衙门、学校的花边新闻和娱乐八卦，打架骂街的本土做派和语言，应有尽有。他的惊人的记忆力还体现在小说中所涉及的大量的中国古诗词、外国文学作品片段、小学课文、曲艺唱段、口号、民谣、小调、俗语、苗医、中草药偏方等，经过文献查找和核实，大都是原样，只有个别词句的差异。故乡思维是什么样的思维？一种以形象思维为主体所表现出来的行为、语言和价值观，从泥土长出的活生生的想法，较少的理性干预，在接受外来文化的同时顽固地保持传统文化。神秘文化的熏陶，对超验世界的感知（巫傩、放蛊、落洞、赶尸等），让时至今日的湘西少数民族仍然保持着人类精神未被异化的一面，人的心灵仍旧秉承着人性的高贵与童真。湘西几代文人身上有极其鲜明的性格特征，湘西子弟多有游侠气，他们大气、豪迈、血性、刚烈，带着一股狠劲，这种性格力量刚好成就了许多湘西作家。同时，他们也有一种深藏于内心的自卑，这种性格走向反面就容易使人轻狂、傲慢、极端自恋。

黄永玉游历世界，善于内省，容易超越。故乡思维体现在语言和行动上。一是语言的雅俗合璧。其作品文字背后的信息量极大，拒绝一切平庸的过度使用的成语和俗语，充满趣味的方言、典雅的古诗词品评、色泽温润的民国遗风遗调和粗话、野话、市井大白话混合成一个语言嘉年华。他讨厌用形容词、连词，喜欢动词和象声词。"花季过了，光是落在树底下的花瓣，孩子们就扫了好几天。"① "坡底下过路的人会说：'看那么多荼蘼，都漫出来了！'"② 这样的句子可以看成文本时空表现上的隐喻，多得难以消化的美像荼蘼一样肆意地往外漫。黄永玉常用一方刻着"湘西老刁民"的印，从这部小说里我们可以看到故乡对他产生了一个什么样的影响。湘西人喜欢用"卵"形容糟糕的事情，"搞成这副卵样子""到夏天秋天我们吃卵"，这是朱雀人的口头禅，常用来贬损某个人或者自嘲。序子的表哥毛大被蛐蛐钻了裤裆就骂妈个卖麻皮！蛐蛐。这样的玩伴和邻居，加上赤塘坪刑场的记忆，他的"刁民"性格大概是这样熏陶出来的。书香门第的文化熏陶，同时又使得他骨子里透着典雅和绅士风范，他写太婆的文艺理论造诣："老三你吹得太脂粉气，太香！箫这东西要从容，平实舒缓，最忌花巧；指头要添点'揉'的功夫。"③ 二是人物行为粗犷与文雅。作品的人物塑造和感情倾向地方性特征很鲜明。对民族问题的叙述，尤其是苗族问题，黄永玉自己是土家族，他的亲戚朋友同学很多都是苗族，他对苗族的认知没有经过意识形态和文化偏见过滤，在他眼里，苗族玩伴岩弄是最勇敢善良的。王伯的男朋友隆庆是真正的男子汉，教他骑马的苗妹子和给他治伤的苗老汉，以及被一箩筐一箩筐挑进城的"不安分"的苗民的脑袋，在张序子眼里都是干净的人。他们身上灌注了作者对长期受压迫的人的同情，对威武不屈的人的敬仰。在性别问题上，作者同样表现出一种平等的姿态。在这部小说

---

① 黄永玉：《无愁河的浪荡汉子·朱雀城》（上），人民文学出版社2013年版，第45页。
② 黄永玉：《无愁河的浪荡汉子·朱雀城》（上），人民文学出版社2013年版，第45页。
③ 黄永玉：《无愁河的浪荡汉子·朱雀城》（上），人民文学出版社2013年版，第71页。

第六章 黄永玉的故乡思维及其人类情感的普遍性

里,有大量的女性人物,王伯、幺舅娘、谢蛮婆、河南女子巧珍等,都是敢爱敢恨的女子,与那些蝇营狗苟的男人相比,女性是最温暖、最坚强的依靠。在战争、生态环境、神秘文化问题上,都在本土经验上实现了世界性的超越。这就是朱雀城人的逻辑,这就是黄永玉的故乡思维。

儿童视角与全知叙事视角的切换使得《无愁河的浪荡汉子·朱雀城》这部自传体小说层次丰富,内蕴深刻,叙事视角的多样化,在里面也比较突出。儿童视角与全知叙事视角互相构成一个复调结构,儿童视角常常被作家作为一种有趣味的叙事策略用在小说叙事中,以儿童眼光去观察和打量成年人的生活空间,他可以呈现一个被成年人忽略的原生态的生命状态。在《无愁河的浪荡汉子·朱雀城》这部小说里,序子都处在童年时代,儿童视角会让人身临其境,这种视角的独特性在于,儿童的眼光、思维、心灵比成人单纯,因而儿童视角小说在自然、死亡、政治、性等方面体现出鲜明的特点,读者会看到一个有趣的奇妙的世界。"'死是哪样?'岩弄发明了一个主意,抓住狗狗手指娘,试着越来越重地咬它,'怎么样?怎么样?怎么样?''你做哪样咬我?''痛不痛?''痛!''一百两百这样的痛,就叫死'!"[①] 儿童视角使故事真实可信,一切事物在孩童的眼里都是有趣的,包括赤塘坪斫脑壳,大人的言行荒诞可笑。全知叙述视角则有助于统领全局,交代人物关系,推进情节。这部小说在政治观点、文艺理论、饮食、鉴赏、风俗等方面常有杰出的表现。黄永玉饱读诗书,他在凤凰文昌阁小学时阅读范围就已涉及四书五经、古典名著以及大量的志人志怪等杂七杂八的书籍,以至于在福建集美中学时,他与教语文的宋老师在课堂上讨论课文的某个章节的写作背景和作者意图,令同学大开眼界。他在集美中学留了四次级,大部分时间泡在图书馆,直到现在,还能背诵

[①] 黄永玉:《无愁河的浪荡汉子·朱雀城》(上),人民文学出版社2013年版,第259页。

詹姆斯·乔伊斯《尤利西斯》以及布鲁斯特《追忆似水年华》的某些精彩片段，《尚书》《诗经》《礼记》《论语》中的句子常常信手拈来。在《无愁河的浪荡汉子·朱雀城》中，常插入一些文艺评论，借人物之口对某一作品或某个文化领域的现象做一些点评。小说中父亲的朋友圈都是儒生，谈吐儒雅，又兼有内敛深沉的豪侠气。"一边打仗一边文雅是朱雀自来的古风"，文人聚在一起免不了品诗、评诗，常有精彩独到的见解，且每个人都有那么一点诗词歌赋方面或浅或深的创作能力。如滕老先生评周邦彦与柳永，认为柳永比周邦彦情感宽阔。95岁的太婆，四书五经信手拈来，一个"陈"字，从《诗经·小雅·何人斯》的"胡逝我陈"说到《尔雅》里的"堂途谓方陈"，把"陈列"解释为从门口到堂前的欢迎仪式。文人情趣和无处不在的幽默糅合得恰到好处，古今中外奇闻逸事都巧妙地穿插在人物和场景之中，就算大段大段地呈现也不嫌累赘。例如，通过王伯赶场，巧妙展开木里墟场的风情。人们从卖的猪就知道木里墟场的规模大小。"抬来的猪也瘦，也有人买；卖的人心里明白，这号猪也只能到木里小场来卖，忍住点不好意思，跟猪一起挑个不起眼的地方老实蹲着。"[1] 卖马的就很威风，人马一来，雄赳赳一阵热风势头。做铁匠的又苦又累，到老年"力气不行，脾气加码"[2]，铜匠比铁匠似乎体面些，"抽又长又粗的大烟袋锅，咳两声嗽，吐出的浓痰丈多远"[3]。"锡匠像个行吟诗人，吹着小笛子背着包袱大街小巷串游。"[4] "场上银匠的生活境界与众不同，他们是专为妇女们尽力费心的……有权轻言细语跟她们做点稍稍过分勾引调侃时，最不喜男人在场。做银匠的徒弟要蠢，面

---

[1] 黄永玉：《无愁河的浪荡汉子·朱雀城》（上），人民文学出版社2013年版，第260页。
[2] 黄永玉：《无愁河的浪荡汉子·朱雀城》（上），人民文学出版社2013年版，第262页。
[3] 黄永玉：《无愁河的浪荡汉子·朱雀城》（上），人民文学出版社2013年版，第262页。
[4] 黄永玉：《无愁河的浪荡汉子·朱雀城》（上），人民文学出版社2013年版，第262页。

对情挑要麻木不仁,不可存感染师傅快乐的奢望。"① 场上物件在他的笔下都变得有生命、有情趣,连青菜萝卜、粪桶斗笠都生动起来。

在这个生命理想必须进入资本运动才有意义的今天,人的生命创造力被工具化了,每个人方方面面都不可避免地成为资本的对象,包括我们的闲暇。黄永玉的文学作品从来是站在理性的对立面,他用活生生的生命热情让人的感觉复活,他笔下的人物都带着浓厚的泥土气息和浓重的烟火味,让灵魂重返温暖的人性家园,让邪恶无处藏匿。他的文学主题某种意义上是反理性、反工具、反虚无、反异化的,在方法上打碎一切陈规、一切主义和一切叙事手法。他的语言也是反常规的,他甚至拒绝用成语。他的文学让人重新记起被遗忘的存在,让人怀着乡愁寻找失去的精神家园。

◇◇ 第二节　超文体文本:《无愁河的浪荡汉子·朱雀城》

关于小说形式一直存在规范不规范的争论,小说家的文体意识也被放在小说创作论的核心位置。众所周知,在西方话语的影响下,当代中国小说差不多已经被"规范化"了。《无愁河的浪荡汉子·朱雀城》有一段话,主人公序子与小伙伴上山偷李子,路上看到一种开着白花带刺的"刺梨",学堂的先生曾经要大家相信它的学名"野蔷薇"。序子心里想:"这是卵话,太阳底下的花,哪里有野不野的问题。"② 规范不规范,野不野,往大里说是文化体制问题,往小里说也是小说家作文的格局问题。张新颖在一篇评《无愁河的浪荡汉子》的文章中也谈到序子这句话的含义:"现代人的观

---

① 黄永玉:《无愁河的浪荡汉子·朱雀城》(上),人民文学出版社2013年版,第263—264页。

② 黄永玉:《无愁河的浪荡汉子·朱雀城》(下),人民文学出版社2013年版,第817页。

念里人把天、地都挤出去了，格局、气象自然不同。"[1] 就在"西方""现代"对世界各国文化进行全面覆盖几乎就要完全格式化的时候，崛起后的中国开始对"文化上的自我"进行深刻反省和全面审视，中国文学在翻译、批评、创作、阅读等方面经历近百年的"西方化"之后，开始自觉地回归传统，寻找一种真正能够贴切地表达自己民族灵魂和精神的书写方式，也开始有意识地摆脱所谓的"规范"。2013年国内的长篇小说在这方面表现很突出，韩少功的《日夜书》以准列传为叙事模式，呈现知青与知青后代的代际关系的连续与断裂。阎连科的《炸裂志》采用地方志的结构，叙述一个叫炸裂的地方的发展和变迁。金宇澄的《繁花》也带有话本体精神，作者以旧时代说书人自喻，讲述一段时期上海人的风月欢场，平凡人的点点滴滴。《无愁河的浪荡汉子·朱雀城》在这方面更是一个典型的例子，它开放自由的文体包罗万象，无法套用现成的任何小说体例。正如韩少功所说："作者天马行空，无法无天，撒手撒脚，由着自己的性子来，投入了一种另类的、狂放的、高傲的、藐视一切文学成规的写作，大概一开始就没把'专业'太当回事。"[2] 作家不是小说"圈子里"的人，从一开始就很少沾染所谓的"西方"和"现代"习气。这部小说在当代小说评价体系里无疑是一个异数，作者不管小说的起承转合，藐视小说的基本要素，批评家也无法用西方文论的实证、论证、逻辑、推导等常规标准来对它进行分析和解读。《无愁河的浪荡汉子》无论整体气质，还是叙事、结构、语言、思维，与当代小说都不是一个路数。按照西方小说标准，它是一部"野"得出奇的小说，但同时它又处处能照见中国传统小说的影子，从这个意义上来说它又是"不野"的。这部长达80万字的小说杂糅了中国传统小说各时期的形态。就体制而

---

[1] 张新颖：《这些话的意思——再谈黄永玉〈无愁河的浪荡汉子〉》，《长城》2014年第3期。

[2] 韩少功：《黄永玉的百年悲悯》，《南方周末》2014年6月26日。

第六章　黄永玉的故乡思维及其人类情感的普遍性　※

言，它有早期文人笔记小说和话本的影子，史与志相结合，人物出场以准列传形式叙事，再辅以赋体虚构想象和铺陈夸饰的描写手法。画家出于职业本能，以极少的笔墨精准地塑造人物，使文人笔记小说的"雅"与话本的"俗"无缝对接。由于它本质上属于自传体小说，在时代和核心人物的"史"上基本遵循"实"，而对边缘人物、风物、地理、故事、情节上又不避"虚"，偶尔穿插志人志怪和奇闻逸事，把湘西神秘文化展示得淋漓尽致。全知全能叙述与儿童视角的结合，有意打破小说臆想和虚构的框架而做出了"纪实"的味道。就结构而言，以人物命运跌宕转流为经，以各事件铺陈为纬，将自传体小说因事件串联起来的单向因果链条式结构推向双向因果循环。文本本身显示出作者深厚的传统文化底子，同时也看得出他对西方意识流小说手法的欣赏。原始和童稚的语言特征，俗语、俚语、方言以及天真形象、反逻辑、色泽温润的民国语言，让现代读者体验到一种陌生化。小说的思维总落在一个"情"字上，价值取向和人物命运均以天命自然为底色，厚重的泥土气息和浓烈人间烟火味扑面而来，其所思所想、行为模式有"豪侠""怪异"的地方风情，与故乡"老湘西"原住民合拍。作家深谙"言不尽意""得意忘言"的精髓，以"气""韵""神""境""味"统领全文。《无愁河的浪荡汉子》为当代小说创作提供了一种可贵的经验，同时也为当代文学批评体系的发展提供了一个稀有的范本。

一

黄永玉的人生经历在当代作家中是一个罕见的个例，具有不可复制性。他逃过学，在福建集美中学留过四次级，有过流浪饥饿的经历，抗战时期在战地服务团工作过；很年轻时就已是知名木刻家，在香港《大公报》做过美术编辑，后来成为享誉世界的画家；在中央美院当过教授，游历过世界各地。百科全书般的记忆库，古

※ 湖南文学的本土经验与世界性

诗词信手拈来，戏曲唱段原腔原调，各时期文物古董了然于心，西方哲学与中国古典哲学熔于一炉，锻造出健康明朗的人生哲学。他的人生传奇构成了一套与众不同的知识体系，这一套体系落实到作品中，具有奇异、丰富、独有的特征。正是这种奇特的经历造就了与现代小说不一样的结构、语言和认知。小说的构造法和经营手段体现了作者全部人生观和审美情趣。

他童年所接受到的戏剧和书籍，比较明显地体现在小说结构中。对于一位生于民国初年的凤凰人来说，童年的基本娱乐是画纸风筝，看巫傩戏、阳戏①、布袋戏，包括上课时丢下正在讲课的先生跑到刑场观看执行死刑的"盛况"（把现实当作"戏"）。中国文学传统的叙事手法大都是历时性的，按时间顺序贯穿下去，在单元时间里（共时性）又采取一种列传体手法。小说主人公生活在一个人口密集的小城镇，是当地大家族，涉及众多的人物。从《史记》沿袭下来的列传体可以解决单位时间里众多人物出场的问题。这部小说主要人物有93位，在《收获》杂志连载时，第一期就有近50多位人物出场。《红楼梦》的主要人物出场是在《警幻仙曲演红楼梦》一回中，通过贾宝玉梦游太虚翻阅金陵十二钗正册副册为情节发展埋下伏笔。某些地方戏曲人物集中走场亮相，演员在"上场口"站那么一下，亮一个相，展示一下人物的整个品貌气质。《无愁河的浪荡汉子》的人物出场沿袭了这些传统，他一口气把将要出场的人物大致做了一个交代。众多人物出场容易混乱，如果没有特别突出的特征，很难让人记住，黄永玉以画家的职业习惯，简笔勾勒，往往能抓住人物的特别之处，给人留下深刻印象。如："孙瞎子看起来像个病人，其实一点病也没有。大近视，鼻子呼里呼噜喷气，大悬胆鼻子，下嘴唇长过上嘴唇，腮帮到下巴长满了修剪得十

---

① 阳戏是一种流行于湘西的地方小戏剧。湘西古为楚地边陲，楚文化的许多精彩积淀在那些僻远的崇山峻岭之中。湘西山野的樵歌、秧歌、炉歌、船歌、傩歌、采茶歌以及其他民族民间歌舞和一些地方戏曲剧种相互影响，形成了流行于湘西一带的地方小戏剧——阳戏。

第六章　黄永玉的故乡思维及其人类情感的普遍性　※

分蹩脚的连鬓胡髭根。矮而瘦,上半身单薄,下半身萧条,一对大脚板走在石板路上啪啦啪啦响。"[1] 很多人物出场只有一两句话。表示韩山这个人新潮,说他穿着亮炸亮炸的薄口黄皮鞋跷着二郎腿。写苗族猎人隆庆的剽悍,脖子跟脑袋一样粗,脸上像猪血打底生漆油过。人物出场顺序显然也用了心思,有章回小说的勾连和悬念,这得益于作者幼年胃口奇大的阅读经历。上学第一天胃先生给他们讲《捕蛇者说》。除此之外,作者的阅读兴趣大都在杂书奇书上,志人志怪,武侠小说等,至于《聊斋》《阅微草堂笔记》之类专门讲鬼的书他是不看的,因为"我自家也会,不喜欢"[2]。悬疑小说《包公案》《施公案》,武侠小说《三侠五义》《七侠五义》,爱情小说《平山冷燕》《梅开二度》等,这类被作者称为"废书"的小说,当时是他最大的爱好。在去福建集美中学之前,他的阅读量虽有扩大,但书的类型和品种并没有多大改变。中国小说从戏曲发展而来,结构也传承了戏曲特征,大都是《清明上河图》式的长卷图式。中国古代戏曲和传统小说的结构,不同于西方小说,西方小说往往是多线条并列发展,像一股粗大的绳索纽结在一起,互相促进,不断往上攀升。这与西方传统戏剧的多幕剧有关,构成密集的蛛网式结构,在节骨眼上形成矛盾冲突,使剧情达到高潮。西方小说和戏剧叙事节奏几乎可以用图表的形式归类。中国戏曲是散点式的结构,戏曲结构与音乐分不开,段落以乐曲来划分,叙事格局以出、折、场为大的框架,角色行当填充其中,讲求"凤头、猪肚、豹尾"六字诀。"起要美丽,中要浩荡,结要响亮。尤贵在首尾贯穿,意思清新。"[3] 湘西地方戏如大庸阳戏、辰河高腔戏每个单元结构集中表达一个情节,傩戏也大多是以"土地公"和"土地婆"

---

[1] 黄永玉:《无愁河的浪荡汉子·朱雀城》(上),人民文学出版社2013年版,第33页。
[2] 黄永玉:《无愁河的浪荡汉子·朱雀城》(中),人民文学出版社2013年版,第616页。
[3] 朱志荣、贺文婷:《论中国古代戏曲的结构》,《江南大学学报》(人文社会科学版)2009年第4期。

为主角展开叙事。京剧里的折子戏也都是这种结构。《无愁河的浪荡汉子》与古典小说《水浒传》《红楼梦》一样，也是大故事套小故事，有的长篇其实就是短篇的集合，如《镜花缘》《聊斋志异》等。《无愁河的浪荡汉子》许多章节可独立成书，另取书名。如"王伯与隆庆""侠客田三大""妹崽花之死""李研然赶集"等。事实上，就作者所拥有的人生大传奇而言，他不需要过多地经营小说结构，全书整体上看就是一种自身所携带的文化传统不自觉的流露。作者也阅读了一些西方小说，但大都是一些意识流小说，如乔伊斯的《尤利西斯》，普鲁斯特的《追忆似水年华》。在文学方面对他影响最密切的应该是沈从文与萧乾。沈对黄的影响很大，沈的文章有些甚至不好归为哪类文体，有些勉强归为小说，在中国现代小说中也属于"野路子"。黄的西方小说阅读受萧乾影响比较多，萧是翻译家，给他推荐过一些有意思的小说。无论是阅读，还是环境影响，黄永玉似乎很少受到现代小说的熏陶，但其小说的精神又处处体现出现代人的情怀。他写现代诗，注重词采与韵律，他还能填得一手好词（小说借序子的二舅填了一首《临江仙·雪湿梦》）。小说中不时有别具一格的"楹联体"，他后来美术训练上的国画线条、工笔、写意与泼墨，都在这种"散点透视式"的小说结构上发挥了作用。

　　作家对生死的理解得益于他与众不同的生命体验，在对人的终极关怀这个问题上，他不会陷入无谓的道德困境，他始终持一种健康的生命观。朱雀人常常是把戏与真实弄到两相混淆的境地，经验世界与超验世界分不清界线。序子与爷爷看完《白蛇传》后，幻想着妈妈会不会变成一条蛇。赤塘坪千真万确地人头落地，人们却只关注刽子手的刀法是否利落，那些在钢刀底下恐惧哆嗦的死刑犯被看客们指指点点，评价他们"值价不值价"。人生就是一台大戏，把真实当作一台戏来看，也是一种站在彼岸反观生命的方式。湘西巫傩文化积淀丰厚，形态原始，体系完整。在医学不发达的边远山

第六章 黄永玉的故乡思维及其人类情感的普遍性

区,巫傩是一个人解决精神困境和治疗身体疾病的首选,巫傩戏以夸张的舞步和艳丽的服饰娱神,以迷狂和非理性的状态与神沟通,巫傩的超验世界与现实世界形成对应,一边是法力无边的非现实,一边是无可奈何的现实世界。对一个天生有艺术感的人来说,这是一种有益的训练,他可以在有形与无形、虚与实、"心象"与"物象"之间无障碍地切换。不管是中国古代文论还是西方文论,艺术想象都被看作文学创作中最核心的心理机制。"形在江海之上,心存魏阙之下",想象可让形与神分离,"神与物游"不受时间和空间的限制。湘西神秘文化中,常常是人、神、鬼界线模糊,"女子落洞""放蛊""赶尸"等都在日常生活中,受此熏陶的艺术家容易进入"等齐生死,物我两忘"的境界,进入一种"神思""虚静"状态。同是边城凤凰走出来的艺术家,黄永玉比他的表叔沈从文幸运,他还可以时不时"回到家乡捡本事"。

有人认为《无愁河的浪荡汉子》里的朱雀城太美、太丰富,是作者构筑的一个乌托邦,一个世外桃源。由于这种美太强大,以至于掩盖了刑场用刑、强盗土匪、杀人越货、坑蒙拐骗、愚昧落后以及种种的不公平和人间悲剧。文学作品对细节进行艺术化处理,这是必然的。民国初年中国整体上是军阀混战、民生凋敝的,但在军阀陈渠珍的保护下,湘西社会稳定,生产力得以发展,物产丰富,文化和教育繁盛,与外界信息畅通。黄永玉的家族和亲朋里不乏时代大事件的参与者。现实的故乡与想象的故乡究竟有多大差别,不是本文讨论的重点,但作者在建构这部小说时添加了细节,运用了艺术手法,这是肯定的。作者的想象体现在大量的细节上。小说中有一段描写张幼麟与学校同事在接官亭饮酒的场面。文人在江边饮酒,江里必然有鸭子、鸳鸯之类的景观来衬托,但作者并不满足于这些,他们谈到了万寿宫柏树上的灰鹤、西门李家屋后的丹顶鹤,这些鹤类在朱雀城一下子多起来是因为洞庭湖那边打起来了。他接着写到偏安一隅的湘西王陈渠珍张贴告示,称那些活物"是祥瑞,不准人碰"①，有人谈到在南华山碰到了麒麟，也有人引用西晋人张华的《博物志》，讨论麒麟与非洲长颈鹿的区别，对古人的见识做了一番评点。这个场景大概是作者的想象，两岁的序子不可能听得懂大人的这番议论，何况他当时也不在场，但这个场景细节的美和丰富是毋庸置疑的，同时也暗示湘西的繁华得益于陈渠珍的保护。他把大事件巧妙地安插在看起来琐碎的日常生活中。"廖老板插了句嘴：'听人家讲，镜民先生（序子的爷爷）在北京跟谭嗣同他们是知交，很侠义的人格。经营过他们的埋葬。'"② "还请了北门上的印瞎子印沅兄。听说不久前他陪一个名叫毛润之的人走遍了大半个湖南，做了个什么调查报告回来。"③ "二十岁以前，去过北京、上海、吉林、奉天。他父亲跟朋友结伙谋刺袁世凯未遂，只身逃亡东北匿藏一二十年。"④ 晚清变法维新、民国初年的动荡、新民主主义革命等大事件在笑谈中一笔带过。时代大事件在朱雀城人的日常生活中看起来影影绰绰，若有若无，但实际上深刻地影响着他们的人生。序子的表叔孙得豫背着包袱头也不回地去考黄埔军校，后来当了师长。序子的另一位表叔孙茂林跟着部队漂沅水、过洞庭、走汉口，最后在北京落脚卖文为生，变成了文学家。湘西王的衰败⑤也使小镇陷入困境，序子的大家庭风光不再，贫寒时时来袭。这个交通闭塞的边远小镇与国家命运筋骨相连。这一个遥远而稀薄的背景时时笼罩着每个朱雀人的命运，但作者有意把它处理得不露痕迹。命运的起落体现在人物的日常生活中，张家大家族开始辞退保

---

① 黄永玉：《无愁河的浪荡汉子·朱雀城》（上），人民文学出版社2013年版，第18页。
② 黄永玉：《无愁河的浪荡汉子·朱雀城》（上），人民文学出版社2013年版，第21页。
③ 黄永玉：《无愁河的浪荡汉子·朱雀城》（上），人民文学出版社2013年版，第29页。
④ 黄永玉：《无愁河的浪荡汉子·朱雀城》（上），人民文学出版社2013年版，第33页。
⑤ 1934年11月，红军二、六军团攻克永顺县城，何键借此形势逼迫陈渠珍部接受改编，任国民党十四师师长，其部队改由顾家齐、包卞率领开出湘西，命令陈渠珍死命拖住贺龙、萧克。陈渠珍的三个旅约一万多人，堕入红军伏击圈，死伤、被俘三千余众。1935年春，何遂以军败为由责令陈渠珍交出兵权，改以湖南省政府委员、长沙绥靖公署总参议之空衔移居长沙，从而第一次结束了陈渠珍在湘西的割据局面。

第六章　黄永玉的故乡思维及其人类情感的普遍性

姆，序子的弟弟子光在保姆春花家蹭吃蹭喝，张家跟人借钱遭遇冷眼，序子只身去德胜营讨债，艰辛而屈辱。为了减轻家庭负担，12岁的序子唯一的选择是背着小小的包袱去远方。

一部可以拿来连载的小说，本身就带有章回体的精神，这一点外表看起来并不明显。湘西方言的"俗"与民国语言的"雅"构成了一种特别的结构，根据人物和场景的需要，俗的时候土得掉渣儿，雅的时候阳春白雪。雅俗并非截然分离，常常是混合着在一件事、一个场景、一个人身上出现。湘西北流行一种叫作渔鼓的民间曲艺，类似于宋、金、元时期的"诸宫调"[①]，渔鼓词大体上由韵文和散文组成，演唱时歌唱和说白相互穿插，唱韵文时配以渔鼓、快板和铜钹的节奏，唱词部分属于叙事体，说白时停止节拍，有议论的功能，形式上是插科打诨，有点像单口相声，口语与书面语互相渗透。这种结构又反过来释放了语言，使之在几种风格中享受充分的自由。按照文学语言的标准，这种对规范语言有意的违背正是体现文学性的关键。语境的外部压力加上语言自身的内部张力，形成一种超常规的美学力量。作者善于把民间文艺的技巧融会在创作中。小说大量使用方言，方言不仅使小说有现场感，同时还增强了文本幽默、戏谑的效果，像湘西这样的多民族聚集地，要用普通话表达丰富的生活内涵，难免会信息失真，普通话的"言"与地方的"语"无法进行完整的信息对接。方言的使用还可加强思想的力度。但是，密集的方言可能增加阅读和翻译的难度，被翻译体和现代小说喂养大的读者与文本的亲密度会大打折扣，但这种口语化的"话本特色"可以直接拿来作为说唱艺人的底本。方言用得恰到好处时，留下一些破绽和机巧，引诱读者发现隐藏于文本深层的意识形态，能多一些回味和反思。小说中有时候也有对人情世故委婉的批

---

① 宋、金、元时期的一种大型说唱文学，是从变文和教坊大曲、杂曲的基础上发展而来的，因集若干套不同宫调的曲子轮递歌唱而得名。有说有唱，以唱为主。又因为它用琵琶等乐器伴奏，故又称"弹词"或"弦索"。

评，常常让人拐个弯才醒悟过来。小说最忌注释过多，但如果注解加得合理也会让信息得以延伸，还能增加语言的层次和厚度。小说在《收获》连载时，注释过多，显得扎眼，成书后将括弧改成脚注了。湘西人的野性狂放以及对事物的形容往往就在这些方言之中。"妈个皮！吃块月饼当人家一辈子马弁？"① 毛大与人打赌不甘屈就。"什么蜂啊，那么凶火！"② "凶火"一词生动地刻画了一种性子凶猛火爆的野蜂。方言更贴切地表达了朱雀城人自由洒脱的性情："打落"（丢失）、"找一些小皮绊吵"（"皮绊"即麻烦事）、"探点水"（侦查）、"匀到点"（不要太过分）、"走高了"（走遍了）、"了了"（惊叹词，我的天哪）、"坐哪浪"（住哪里）。湘西方言被划入西南官话，属北方方言，比正规的官方语言多一些幽默和俏皮，暗藏着一股狠劲儿。有些词与普通话隔着一层薄薄的窗户纸，捅破那一层隔膜，越琢磨越有意思，韵味无穷。派巧！派巧！（镇定自己的口头语）差点把魂都勾了。时间和财富都在自然之中，民国时期，钟表已经流行到湘西小镇，但朱雀城人仍然习惯用醒炮、午时炮、定更炮来规定起居和工作时间："'定更炮响了没有？''定更炮？二炮也快了，不看看，月亮过八角楼了。'"③ 在时间和价值评判方面的用词上，作者严格按照当时的语境，朱雀城人是以自然节气、日月星辰作为他们的时间参照物，而财富的评价体系也以土地为基本衡量单位，评价某人抽鸦片败家："听到讲，一根洋烟几块'大脑壳'。眼看一亩地几个时辰抽完。"④ 这是一位从民国走来的作家所携带的天然语言财富，他无须在思维上挣扎和在资料上考证。

---

① 黄永玉：《无愁河的浪荡汉子·朱雀城》（上），人民文学出版社2013年版，第63页。
② 黄永玉：《无愁河的浪荡汉子·朱雀城》（上），人民文学出版社2013年版，第42页。
③ 黄永玉：《无愁河的浪荡汉子·朱雀城》（上），人民文学出版社2013年版，第19页。
④ 黄永玉：《无愁河的浪荡汉子·朱雀城》（上），人民文学出版社2013年版，第57页。

第六章　黄永玉的故乡思维及其人类情感的普遍性　※

二

中国传统文化有"规范"和"不规范"之分，儒家道统以及当代主流意识形态无疑是属于"规范"的。黄永玉的人生轨迹一直游走在"不规范"中，他感染到的恰恰是与正史相对应的稗官野史，以及神话传说、边地风俗，他的人生哲学也以道家思想和禅宗为中心。湘西地处武陵山脉莽莽群山之中，曾被形容为"中国的盲肠"，在古代受楚国与夜郎国双重文化影响。"子不语怪力乱神。"(《论语·述而》)孔子删定六经，确立"人者，仁也"的人本思想，劝诫人们"敬鬼神而远之"。湘西因高山阻隔，多民族杂居，尚武尚勇，鬼神混搭，"怪力乱神"被一直延续下来，千百年来与中原主流文化既有疏离，也有交流和碰撞。"文学湘西"是现当代中国文学版图中的一个异象，"不规范"一直主导着湘西的艺术，湘西人对文学艺术倾注的热情自沈从文起，先后出现了一批在文坛有影响的作家，"土家族文人文学的奠基者的孙健忠"[1]，来势很好的青年作家、被誉为"文坛湘军五少将"的田耳、于怀岸，活跃在20世纪八九十年代中国文坛的蔡测海，擅长散文写作的彭学明等等。凤凰古城、乾州古城、花垣边城、永顺王村、猛洞河等地成为旅游热点，与沈从文笔下的翠翠、萧萧、小寨客栈、沅江酉水的排客不无关系，这种"反馈"无意中又促进了文学发展。湘西文学传统游走在"规范"之外，但文人也遵从"天地君亲师"的文化传统，有规范的人生观和价值观。"四书五经"、儒家道统与神秘文化如巫傩文化、"放蛊"、"落洞"构成对应关系，这种"规范"与"不规范"的文化互动现象一直流传了下来。这种多元共生的文化结构，使得湘西人既野性刚烈，又时时怀抱一种强大的家国意识。在现代化进程中，人的方方面面都成为资本的对象，理性让现代人

---

[1] 吴正锋：《孙健忠：土家族文人文学的奠基者》，《文学评论》2008年第4期。

无法抵挡虚无，人在这种尖锐的冲突和荒谬的存在中，还要做精神的主人，面对物化和异化，传统文化中的这些"不规范"恰恰需要弘扬和肯定。从黄永玉零星的创作谈得知，他的创作是有一个宏大的目标的，这部小说60年前就动笔了，"文革"中怕招来祸患，被妻子一把火烧了，后来因生活动荡，加上美术创作、搞"运动"给耽搁了，他把作文比作"试管"游戏。他有意拒绝的那个"现代"，不是时间概念上的现代，而是不让自己落入美学上的俗套。他说："平日不欣赏发馊的'传统成语'，更讨厌邪恶的'现代成语'。它麻木观感、了无生趣。文学上我依靠永不枯竭的、古老的故乡思维。"① 他的为文也并不是有意要对正统的小说观念进行颠覆，抑或是擎起一面传统的大旗，他的这样一种独特的文学观是他的人生经历与世界观自然形成的结果。

　　作者将现实的湘西投射到小说之中，这种不规范成就了朱雀城人遗世独立的个性。他们恪守儒家经世致用、实事求是的价值观，同时也奉行道家的尚本真、亲自然，以及"为而不有，生而不恃"。即便是普通人，他们的思维方式和行为模式也都是一个鲜明的艺术个体，在追求立德、立功、立言的人生道路上，多义、重情的品格被格外看重。筸军②出了名的打苦仗、打硬仗，抗战时期，陈渠珍领导的国军128师在浙江嘉善一战，牺牲将士三千，全城弥漫着凄惶、哀痛的气氛。朱雀人尚武、崇文，以这两样本事打天下，在外混出名堂的，要么文官、要么武将，小说人物秉三即民国第四任内阁总理熊希龄的原型。"老师长"湘西王陈渠珍武备学堂毕业。小说中一大批混得像模像样的文官武将都摆脱不了文治武功的功名心，朱雀人重乡情，出门打拼多有乡党提携。文韬武略在某一个人

---

① 黄永玉：《无愁河的浪荡汉子·朱雀城》（上），人民文学出版社2013年版，序言第1页。
② 筸军即湘西镇筸、绥靖各镇绿营的一种称呼。镇筸乃改土归流之地，民皆兵籍、兵系土著。队伍注重训练，技艺娴熟，以能吃苦耐劳、作战勇敢而著称。

第六章 黄永玉的故乡思维及其人类情感的普遍性

身上其分野并不十分明显,文人弄武,武夫习文。侠客田三大武艺高强,神秘莫测,但他一身儒雅气,厅堂的装饰也是文人的格局。序子出身于书香门第,父母专门为他请师父,从小习武。小学的体育课基本就是武术课,军训课也真枪实弹,这是朱雀城的特色。小说刻画了好几位武师,尤其是序子的三位师父,其中瞎子师父和朱师父,功夫出神入化。作者这是吸收了民国武侠小说的写法。民国武侠小说领袖平江不肖生(向恺然)是黄永玉少年时期的偶像,《江湖奇侠传》扎根于湖南民俗,写实与神怪结合,很合黄永玉的口味,一招一式都烂熟于心。与向恺然一样,他跳出明清公案小说的套路,朱雀城的侠客都具有独立人格,不屑为官场的附庸。幺舅是个猎人,黄永玉把他塑造成理想的侠客形象,他沉着老练,不怒自威,好打抱不平,名震十里八乡,德胜营妹崽花和她的小丈夫被恶人害死,不久害他们的那两个恶人也在两起事故中死得非常难看。小说并没点明是幺舅的"杰作",但从各种暗示中不难看出只有幺舅这样的侠客才干得这一手漂亮活。小说塑造的文人雅士做派也很独特,在黄永玉的笔下,英雄不见得高大威猛,文人也不见得都向圣贤看齐,人物也大都有人格缺陷,正是这些弱点让人感到熟悉亲切。朱雀城教育局的一帮文人看起来都很接地气。李研然与卖板栗的苗老汉在价钱斤两上较劲,酸腐文人气更显可爱。唐凯然放肆和粗俗。滕启烟贪小便宜。号称研究语言学、朴学的包敬哉一脸白胡子虚张声势,爱"掉书袋"。季亚士是隐于市的贤士,几乎就要符合"规范"的读书人标准,有硬扎的学历(与语言学家黎锦熙同窗),清廉,洁身自好,但学问到底多深?作者有意卖了个关子,只说"有季亚士、李研然这样的人,朱雀城教育局也不至于就是什么'寥落之花'"[1]。唐二相是朱雀城的更夫,是全城人的钟表。他工作尽职尽责,更点敲得有板有眼,心情不好时"更"打得

---

[1] 黄永玉:《无愁河的浪荡汉子·朱雀城》(上),人民文学出版社2013年版,第363页。

※ 湖南文学的本土经验与世界性

不爽脆，心里特别歉疚。二相在朱雀城也算一个有文化的人，他对京剧有研究，中营街口高卷子京广杂货铺有人拉二胡唱京戏："'那一日，打从大街进。''错了！'二相说，襄阳音'日'字要唱'立'。'街'不唱'该'，隔凳子喝酒的几个熟人说：'你妈个打更的还预备这么多学问？'二相：'打更的也是政府一员，听过鸡人没有，周朝管时间的官。'答曰：'鸡人没听过，鸡巴听过，你是个鸡巴官！'唐二相偏过头去喃喃地说：'犬豕不足以论道，这帮人对文章学问过分得狠了！'"① 朱雀城的文人不分在朝在野，民间高人大有人在，有文学评论家、发明家、收藏家、堪舆学家、科学怪人。一个开照相馆的可能是晚清的翰林，一个神经错乱的流浪汉可能是顶尖的画师，一个废品收购站的可能是汉阳兵工厂的高级技师，一个小学体育老师可能是个隐姓埋名的武林高手。

黄永玉浩荡的才情在小说成规之外得到完全的舒展，他看中小说这种体裁的包容性，他说如果把文学体裁比作乐器，小说就是钢琴。天才的灵感与健康的常识汇成一条语言的洪流，一路浩荡。黑格尔说，天才的灵感容易堕入诗意的迷狂，健康的常识则会滑向平凡真理的华丽包装。② 黄永玉在小说中不露声色地加入了思辨逻辑，框架稳定，核心价值观不变。他始终坚持这样一种人生观，不妥协，不惧怕苦难，不回避矛盾，而是利用矛盾使事物向前推进。他把这一思想比较多地赋予保姆王伯这个人物。王伯是那个时代典型的湘西底层妇女，她一出生便遭嫌弃，天旱收不到谷子父母给她插根草标赶场把她卖了，由于太瘦，几次都没人要。后来她央求妈妈不要卖她，自己上山用手挖葛根吃，挖得指头见白骨。捡"羊奶子""酸叶苞""洋桃子""救兵粮"吃。有时也打野物吃，下雨点不燃柴火就"一口一口生着嚼"。她认为所谓"苦"都是比出来

---

① 黄永玉：《无愁河的浪荡汉子·朱雀城》（上），人民文学出版社2013年版，第206页。
② [德]黑格尔：《精神现象学》（上册），贺麟、王玖兴译，商务印书馆1979年版，第51页。

第六章　黄永玉的故乡思维及其人类情感的普遍性　※

的，她从来没"好"过，以为人天生就该这样过。她死里逃生，受尽磨难。十六岁时，爹妈把她送给一个四十四岁的王驼子，是个当兵的，生了个儿子，没过多久，两个兵把王驼子的尸体抬了进来。"我掀开军毯子一看，没有脑壳。'脑壳呢？''死都死了，还要脑壳做哪样？'两个兵答我。"[①] 后来爹妈死了，又回到木里，种点苕，拿棒棒打鱼吃。男朋友隆庆被豹子撕了，她离开了朱雀城这个伤心之地。王伯的苦难堪比《贤愚经》里的微妙比丘尼，微妙比丘尼家人死光，丈夫被蛇咬死，大儿子被水冲走，小儿子被狼吃掉，两次遇人不淑都被活埋，又侥幸逃脱（一次被盗墓贼挖起，一次被饿狼刨出）。[②] 微妙比丘尼后来皈依佛门，在彼岸寻找幸福。王伯却在人世间热烈地活着，一丝不苟，从不气馁。她也不会像祥林嫂逢人就讲阿毛。鲁迅在《祝福》里，开始让祥林嫂对彼岸幸福进行质疑："一个人死后究竟有没有灵魂？"[③] 王伯却抛开了宗教的终极关怀，身上充满了人世间的生命活力和进取精神。这是大多数湘西人的生命观。黄永玉评价湘西的文化"小而结实"。他的天才灵感浸泡在还停留于人类本真阶段的故乡思维之中，有某种程度的反物化、反异化倾向。当然，此岸和彼岸，进步和落后这种二元对立模式在朱雀城根本不存在。蒋委员长发起一场全国性的新生活运动，朱雀城响应最积极的是女校的教师，涂成花脸游行，喊口号，砸菩萨。但是对于渗透于她们生活的神秘文化、超验世界，这种"反科学"她们一点也不纠结。小说写到女校的一位教师，算是朱雀城的知识分子：序子妈妈的朋友舒元秀，女校教算术的，课上到一半，忽然倒地讲男人话："崽放到屋里不管，上哪样课？嗬！嗬！嗬。"[④] 这种事见多了，众人都知道她是鬼魂附体，并不惊慌，因为

[①] 黄永玉：《无愁河的浪荡汉子·朱雀城》（上），人民文学出版社2013年版，第214页。
[②] 宋先伟主编：《微妙比丘尼缘品》，载《贤愚经——中国佛学经典文库》，大众文艺出版社2004年版，第32页。
[③] 鲁迅：《祝福》，载《彷徨》，中国华侨出版社2011年版，第5页。
[④] 黄永玉：《无愁河的浪荡汉子·朱雀城》（上），人民文学出版社2013年版，第175页。

"宣讲一番之后醒过来仍然是好人一个"①。他们认为这其实不叫鬼魂附体,是"落洞",这女子某天在屋后蔬菜园梅花树底下见到一条蛇,跟那条蛇成婚的。朱雀城城里城外到处都是水井,岩洞多,井和洞,一口一个洞神,那蛇便是洞神。谨慎的女子一般只吃河里挑来的水。他们这种混搭还体现一种看透生死两端的终极关怀,能把文艺演出与刑场行刑这两件极其不相干的事捏合在一起,让人并不觉得别扭和荒唐。"其实杀人不杀人也不影响热闹事。六七月天,唱辰河大戏的就在这里。人山人海,足足万多看客。扎了大戏台,夜间点松明火把铁网子照明,底下放口棺材,一旦演《刘氏三娘》《目连救母》叉死人随手放进去。"②天真无邪的儿童玩的游戏也不平常,"野狗在这里吃断了脑壳的尸体,顽童们放学后背着书包经过这里探险,东摸摸,西踢踢。说这个脑壳眼睛还睁着,那个肠子让狗扯出来了,是花肠子"③。卖了一辈子苕的曾伯和曾伯娘,无端地招来灾祸,刘痒痒的婆娘边剁稻草边咒骂,老人背上放蛊的恶名,从此没有人买他们的苕。喜欢耍赖加上游手好闲的朱雀城名人谢蛮婆,她收拾完哥哥与另两位共产党同伴的尸骨后,一堵高大的背影竟有些英雄气魄。朱雀城也有儒家文化所倡导的严厉的族规家法,不守规矩就会受到"沉潭""站站笼"等惩罚。王伯背着狗狗(序子)到木里逃难时讲了一句有哲理的话:"人死了心,反而活了。"这种辩证法体现在每一位朱雀人身上。

三

与读者早已习惯的现当代小说相比,《无愁河的浪荡汉子》到底算小说还是散文,如果是小说又算哪类小说?中国小说在宋以前被视为"小道"和"丛残小语",在正统文人的观念里被排除在

---

① 黄永玉:《无愁河的浪荡汉子·朱雀城》(上),人民文学出版社2013年版,第175页。
② 黄永玉:《无愁河的浪荡汉子·朱雀城》(上),人民文学出版社2013年版,第186页。
③ 黄永玉:《无愁河的浪荡汉子·朱雀城》(上),人民文学出版社2013年版,第186页。

第六章 黄永玉的故乡思维及其人类情感的普遍性

"可观者"之外。① 经过千年变革发展，尤其受近代西方小说理论的影响，中国现当代小说已经发展成完整、丰富、规范的文体，成为超越其他文体的主导者。但这种科学、完备的体系，复合式结构，完整的小说要素，起承转合的运动模式，给现代小说创作带来高效的同时，也使得小说内部能量的展开变得僵化和不自由，束缚了小说创作者的灵感。《无愁河的浪荡汉子》沿袭了明清话本小说以来的传统，有大散文的影子，史传叙事模式，戏曲结构，说书人的口语表达，诗歌的内在韵味等，偶尔也借用西方小说的复合式结构和意识流。文体的开放性给叙述留下广阔自由的空间。

如果要在一般属性上去寻找中国古代文论与西方文学理论的不同之处，童庆炳先生认为可从"气""神""韵""境""味"入手，这五大要素是中国古代文论的基本范畴，也是古人的基本思想，同时也是文学美的极致。② "感物""缘情"虽然也与西方文学理论有很大区别，但只道出文学的抒情言志的一般属性。世界是在不同的思想框架下被把握的，无论是儒家思想还是道家思想，都强调个人的生命体验，小说中的朱雀城正处于前工业革命时期，人与人、人与物的关系还充满了温情，小说尽量做到在时间、空间、语言上回到现场。作者在经营小说整体结构和意蕴时参悟了这几大基本范畴，显现出在后工业革命时期反工具、反异化、反虚无的当代价值，呼唤一种活泼泼的生命热情。

"气"作为一个审美范畴不仅表现在语言层，也表现在结构层。"缀虑裁篇，务盈守气，刚健既实，辉光乃新。"③ 刘勰在《文心雕龙·风骨》中道出了"气"对一部作品的重要性，谋思成篇要守住"气"，语言刚健充盈，光辉鲜亮。由于作者对于"气"的分寸把握十分到位，《无愁河的浪荡汉子》既有一种洒脱灵动之气，又

---

① 张毅：《宋代文学思想史》（修订本），中华书局2006年版，第244页。
② 童庆炳：《中华古代文论的现代阐释》，中国人民大学出版社2010年版，第40、44页。
③ （南朝梁）刘勰：《文心雕龙注》，范文澜注，人民文学出版社1958年版，第513页。

有浑厚沉郁之气。由一连贯的"气"比如"气脉""气韵""气象""生气""气势""气息""气节"等挥洒而成。就"气脉"而言，沈从文、黄永玉、田耳他们作为边城凤凰走出的文化人，也常常面临着一种内心焦灼和精神困境。他们善于把本民族的历史、内心感受和精神变迁等丰富资源转化成艺术。他们的作品，既有一种高端超拔的"神韵"，同时又是接地气的，是拔萝卜带泥的那种。这种气脉造就了一个作家的视野和感受世界的能力。"气象"也随着"气脉"同时养成，杂书的喂养锻炼出一副具有超强消化机能的"胃"，那些被视为糟粕的封建小说、志人志怪、地方剧种，其实都主导着一种人生观，所以湘西人多有豪侠气。还有一个便利，就是作者不在小说写作圈子，完全不管不顾，他可以把自己的那一套知识结构落实在小说中。命运的跌宕，人生际遇的大起大落，作者在肯定这种千回百转、生生不息的人生哲学，体现了一种积极的、正面的价值判断，一种灌注在朱雀城人整个生命的"生气"。朱雀城的少年郎都要出去闯一闯，一代一代延续下来，已经成了这个地方的传统。得豫出门闯荡到坡上与家人告别的情景十分悲壮。序子的二表叔到北京卖文，已经受到老辈人的看重，那是得豫出门的动力。他抛开背后家人的哭声，背着包袱一声不响地昂头下坡而去，在外打拼的苦和痛，寂寞和忧伤都只能和着思乡的泪水独自吞咽，家人看到的只是功成名就的一面。朱雀城的老辈人常常告诫青少年，飞出去的是凤凰，飞不出去的是麻雀，或者，朱雀城是个阉鸡坊，不走就该阉，不是任何人任何时候都可以闯的。毛大也向往闯江湖，跟一帮河南卖膏药的人跑，被亲戚看到了，一根麻绳将他捆了回来。毛大似乎没有明白朱雀城人出去闯荡的真正含义，这种走法，既不壮烈也没气节。气节是个有价值的东西，也是个要命的东西。很多时候，这里的人是带着极其微薄的盘缠，以及与盘缠成反比的宏大理想轻率地上路，凭着湘西人的一股子狠劲儿在外闯荡的，他们前赴后继，投亲靠友，相互提携。出门闯荡最需要的是胆

第六章　黄永玉的故乡思维及其人类情感的普遍性

略，还要有相当深厚的人脉基础，朱雀城的许多头面人物都到过大地方，更多有能耐的人则留在了大地方。这种深厚的基础，同时还体现在未曾出去闯荡的已经渐次衰老或者早已作古的朱雀城人身上，其勇猛、强悍一样令人震撼。幼麟的父亲曾经是警察局长，说他"有一年一个人过河抓赌，十几亩大枫树底下，秋林灿烂，一字排开几十张赌桌，给人捆住在肚子上来一刀，扔进河里还能泅水过河调兵遣将，把那帮人擒了"[1]。这种"气势"与小说结构的"气"是一致的。猎人无疑是最具流动性的，与那些勇敢的闯荡者一样，带动着小说情节一起流动。春天，千千万万种花与花香都是他的。夏天泡在清水潭里想尘间琐事。"秋天，白果树、乌桕树、枫树和所有的高树、矮树都喝到醉得没有救药，天底下一片浓浓的酒气。你穿过几十里、几十里纱网似的灌木林，你像个讲着醉话的酒鬼骂你的狗，骂还没有打到的野物，骂你已经打到的伏在肩上重不堪言又舍不得丢掉的野物。"[2]"你的手背，流了血，你吮着血，舌头上一点新鲜的卤咸味。"[3]人与天地万物形成的"气韵"，犹如猎人的人生，自由洒脱，勾人心魄。作家感叹，这样的缠绵和苦难只有爱情和革命堪与相比。生命和自然轮回在这样的互动中流光溢彩。

很难把"神"与"韵"分开来看，它们既存在于形象层和语言层，也存在于结构层。中国画强调神似，而形似被看作一种幼稚或者初级的审美层次，要达到"神似""入神"，还需"韵"，"韵不是声音的韵，而是文学形象的'风气韵度'、'情调神姿'"[4]。古代文人常常把"神""韵"看成一体。严羽、苏轼、王夫之都特别强调"神韵"的重要性。王夫之说："含情而能达，会景而生心，

---

[1] 黄永玉：《无愁河的浪荡汉子·朱雀城》（上），人民文学出版社2013年版，第21页。
[2] 黄永玉：《无愁河的浪荡汉子·朱雀城》（上），人民文学出版社2013年版，第323页。
[3] 黄永玉：《无愁河的浪荡汉子·朱雀城》（上），人民文学出版社2013年版，第323页。
[4] 童庆炳：《中华古代文论的现代阐释》，中国人民大学出版社2010年版，第40、44页。

※ 湖南文学的本土经验与世界性

体物而得神，则自有灵通之句，参化工之妙。"[①] 他所说的"会心""得神"，在《无愁河的浪荡汉子》中处处皆是。自传体小说与"神韵"之间有一道鸿沟，自传体小说"纪实"的属性不允许其过多地偏离"形"，但一味重形，审美又很难上升到更高层次，作者需将这些拿捏到位。王伯带序子到木里逃难，人物和环境发生了根本性变化，原来繁华热闹的市井切换到了人烟稀少的乡村。作者借用绘画手法，充分运用了中国水墨人物、风景画的"技法"，抛开故事、传奇、有趣，赋予了这个章节纯粹诗的意境界，在"神"与"韵"上做足了文章。树被赋予静穆高贵的美，"树不会走，光想，光站着想"[②]。树与人之间的情感交流是礼貌而节制的。王伯小时候迫于生计打落满树的桂花用麻布袋装好背到城里卖给京果铺和药铺，现在王伯再也不会动它一朵花，"满满的一树花，谁打我就打谁"[③]。山野比起城里来反而更丰富，王伯一声炮仗响起，山里的群众演员悉数出场：伯劳、老鸦、喜鹊、鹭鸶、蝙蝠和一些杂雀儿惊得哇哇叫。水缸后面的植物也来一个大起底：虎耳草、紫地丁、苦蕨、石菖蒲、景天、常春藤、黑蔓藤等。"天又高又蓝，太阳不热，土地润冉冉子。"[④] 四个人加上一条狗（达格乌）、一只羊，与满山满岭的动物和植物上演着人间最真挚的情爱。王伯与隆庆的精神苦恋，序子与岩弄的儿童欢乐，彼此的情谊与城里的市井社会构成一个审美反差，精神上的干净纯粹达到极致，逼近神性。作者通过序子过生日、王伯到木里给序子买银饰这一情节，用一种带有声调和节奏的手法，把木里这个苗族集市展现了出来。粪桶水桶、斗笠背篓、鱼篓渔网、花带子苗衣、陶罐水盆等都活了起来。铁匠最苦，赚来的钱不够吃喝，"填锤"拉风箱的徒弟另谋生路，到了老年，

[①] （清）王夫之：《四溟诗话 姜斋诗话》，夷之校点，人民文学出版社1961年版，第155页。
[②] 黄永玉：《无愁河的浪荡汉子·朱雀城》（上），人民文学出版社2013年版，第234页。
[③] 黄永玉：《无愁河的浪荡汉子·朱雀城》（上），人民文学出版社2013年版，第234页。
[④] 黄永玉：《无愁河的浪荡汉子·朱雀城》（上），人民文学出版社2013年版，第226页。

第六章 黄永玉的故乡思维及其人类情感的普遍性 ※

力气不行，脾气加码，"往往铁匠铺门边矮板凳上坐着个鼓眼睛、瘦筋亮骨一事不做的老家伙，便是这种人。社会生活上少不了他，虽是个重要环节，却有个自我抛弃的必然命运"①。有时候插一段"传奇"，在节奏上"韵"那么一把，类似于上文提到的渔鼓曲艺的"说白"。本来在说四弟子光的小京巴狗，又由狗抓老鼠，扯到朱雀城的奇风异俗，"吊水碗""泥神道"，以及小说中叙述者亲眼所见的关于蛇的传奇。在山川草木、动植物面前，人物成为渺小的参与者，每一个物体都是主角，天地大美从容地展开。整个文本的节奏把握也遵循"神"与"韵"的内在规律，文字上张弛有度，情节上注重轻重缓急，韵律上铿锵参差。

据传为王昌龄所著的《诗格》认为诗有三境：一曰物境，二曰情境，三曰意境。② 这里所指的"境"不是客观的景物描写，而是诗人作家想象中的"境"，是一种精神境界，跟格调、格局有关，主要体现在意蕴层。《无愁河的浪荡汉子》追求的大境界正是作者在扉页强调的那样：爱、怜悯、感恩。美的、善的、崇高的、卑琐的、龌龊的、恶毒的，都被纳入一个大的胸怀大的境界之中。苦难和弱小在作者那里是感同身受，而不是故作姿态地跳出来给予爱和同情。人同此心，心同此理，也就是西方哲学讲的"自我意识"，把自己当对象，万物都是对象，也就可以把万物看成自己。每一种苦难都是他自己的苦难。善良、美好也是感同身受的，朱雀城人的欢乐和喜悦也是他自己的欢乐和喜悦。朱雀城人对生命的体悟，也在这种大的格局里，不做作，不大惊小怪，认真过生活，坦荡面对一切，关键时刻舍生取义，毫不含糊。小说中的朱雀城大的社会背景是动荡的，军阀混战，内忧外患，而湘西王陈渠珍把湘西治理成了一个世外桃源，物产丰富、文化鼎盛，所以小范围内又是和谐稳定的。但这两种状况对接起来，必然会产生矛盾，赤塘坪刑场就是

---

① 黄永玉：《无愁河的浪荡汉子·朱雀城》（上），人民文学出版社2013年版，第262页。
② 王大鹏等编：《中国历代诗话选》（第一册），岳麓书社1985年版，第38、39页。

这个矛盾的焦点。暴力对辖区的"暴民"和"犯上作乱"者似乎是非常有效的。苗人的暴乱不需要拉到赤塘坪，一箩筐、一箩筐苗人的脑壳从乡里挑进城，他们早在镇压现场就被解决了。而一刀一个就倒在赤塘坪里的"忤逆者"，"血流在地上，红的，四处爬"这种景象是一定要做给朱雀城人看的，但文人的风雅和百姓的快乐似乎又并没受到多大的影响。是感官的麻木不仁吗？也不是。隆庆被豹子撕了，"王伯点火把自己的屋烧了，烧完屋就自家走了，这么多年就像死了一样"①。妹崽花的死，让德胜营的人都沉浸在悲痛之中。生命的无常让他们既看重生命，又有一种独特的价值判断。生于乱世的朱雀城人就有了重义轻生、向死而生的品质（这一独特的文化现象值得社会学家人类学家重新审视）。作者不得不把野蛮与文明、迷信和科学煮成一锅大杂烩，用启蒙主义、爱、感恩和悲悯提亮整个灰暗的调子。一个人身上也会有粗鄙和文雅，作者善于转化矛盾，能在不一致里体现出一种和谐。

正如这部小说多处描绘的大量美食一样，《无愁河的浪荡汉子·朱雀城》总体上让人觉得口感丰富，香气浓烈。作者把一个酸甜苦辣咸五味杂陈的社会和人生调制得让人回味无穷。社会大环境的悲苦是主色调，但作者并不想把自己的人生写得苦大仇深，往往是苦涩里掺杂着清凉和甘甜，品咂过后，意犹未尽。他善于找出味外味，一种极高境界的人生况味。幽默是一种调和剂，朱雀城人如果没有幽默，人生不知少了多少味道。朱雀城没有报纸，无线电收音机是军队也才刚用的，老百姓偶然见到一回就骂："日你妈！那么多线还讲无线，占这种口头便宜做哪样？"②朱雀城人对待新事物总是又爱又怕，在没有完全弄明白之前，难免闹出一些笑话。序子的表叔在坡上给大家族照合影，远房二爷二婆就很紧张，以为照相术跟留声机一样是勾魂摄魄的妖术，吸人元神这种事他们是绝对不

---

① 黄永玉：《无愁河的浪荡汉子·朱雀城》（下），人民文学出版社2013年版，第1166页。
② 黄永玉：《无愁河的浪荡汉子·朱雀城》（上），人民文学出版社2013年版，第146页。

第六章　黄永玉的故乡思维及其人类情感的普遍性 ※

让干的,二爷亲眼见过京城名角汪笑侬、谭鑫培、杨小楼、孙菊仙在留声机里的原腔原调,是洋人出钱把他们的嗓子吸进去了。"二婆坐在矮板凳,吓得背脊紧紧顶着板壁:'你看啊,有没有解药解得了?''事情来了,吃药有什么用?'"①孙云路本来可以给他们解释清楚,却火上浇油。朱雀城人最大的优点就是善于自嘲,小说里的幽默铺得满满的,但处理幽默的手法却是精致洒脱,收放自如。智力正常的人几乎都是幽默大师。刘三老是一位有深厚旧学功底的孤独行者,他让一本本手稿闲困在书架子上发了霉,所以寓沉痛于山水井梧之中,某一天突发奇想要大家为他开个追悼会。除了人是活的以外,一切都按真丧事的程序来。在朱雀城,粗话、痞话、脏话都是一种排解苦难的方式。"妈个麻皮的,是只三尾子。"②"你怕吗?怕我个卵。"③拟声本来属于韵的范畴,但作者把韵转化成况味。一路上,蓝布轿子"惹杠!惹杠"地走着。京剧打闹台出场锣鼓拟声:"呆、呆、呆、呆——启呆呆;呆、呆、呆——启呆呆!"④南去的雁鹅飞在天上"哦哦"招呼着儿女。"康"的一声,顶针掉在油罐里。小羊吸吮岩弄手指上的米汤的"就!就!就!"声。布谷鸟叫着"鬼贵阳,鬼贵阳,有钱莫讨后来娘",而王伯却听成"多种包谷,多种包谷"。这些个用词已经不是简单的拟声,它的意蕴超出了字本身的含义。

　　黄永玉深谙传统文化的精髓,深通儒家的"仁"与"和",道家的阴阳五行,佛家的因果。"气"作为精神能量主导着全局,"神""韵"发散和流动到每个细节,"境"始终把握着文本的格调和格局,"味"则调和颜色、声音、气味,使得文本层次绵密、融洽、丰富、厚重。

---

① 黄永玉:《无愁河的浪荡汉子·朱雀城》(上),人民文学出版社2013年版,第58页。
② 黄永玉:《无愁河的浪荡汉子·朱雀城》(上),人民文学出版社2013年版,第62页。
③ 黄永玉:《无愁河的浪荡汉子·朱雀城》(下),人民文学出版社2013年版,第1039页。
④ 黄永玉:《无愁河的浪荡汉子·朱雀城》(上),人民文学出版社2013年版,第345页。

总之，黄永玉以横跨美术界、文学界、收藏界的独特身份，以丰富的人生经历和厚重的人文知识做支撑，在不甚明了当代文学批评规约的情况下，其作品反而显出了它的"优势"。他可以做到真正意义上的"我手写我心"。其作品反映出离现代并不遥远的朱雀城那种前工业文明与信息时代的巨大反差，他拨开现代性迷障，让被技术驱赶掉的人文价值在作品里重新焕发光彩，并传递出一种信心，即这样的文化有能力与现代技术建立一种和谐的关系。然而，在一片"反现代""反西方"的声浪中，真正出现了与"现代""西方"没有什么亲缘关系的作品时，评论界和读者都集体表现出不适之感。在现代西方文学理论惯用方法失效的情况下，人们更愿意采取一种偷懒的办法，将不规范的"怪胎"弃之不管。人们乐于躺在业已僵死的批评体系中，用一套套陈规捆住作家的手脚，看着他们戴着"镣铐"起舞，评价他们谁的舞姿更美。而当那些新鲜活泼的规范之外的作品一经出现，已有的评价体系不能套用时，他们便慌忙拿出一套说辞。

◇◇ 第三节 《无愁河的浪荡汉子·走读》之上海朋友圈

黄永玉无论是作画还是作文，从来不按常规套路，他的作品几乎都是"我手写我心"。任何一个题材到他手里，写出来的东西就立意很新，总能发前人所未发。他大胆想象又取舍得当，有内在逻辑和章法却从不笔墨畏缩，初入文坛艺坛便能自成一家。他的艺术品格的锤炼过程无法复制。用他自己的话说："十二岁男人，在一个轻率的早晨，离开了那个永远爱他的故乡。"[①] 这种艺术品格需要读书、流浪、广交朋友，自我升华，需要多种要素的综合：上根利

[①] 原话是"十二岁男人的脚步/在一个轻率的早晨/离开了那永远爱我的/微笑着的故里"。参见黄永玉《见笑集》，作家出版社2021年版，第43页。

第六章 黄永玉的故乡思维及其人类情感的普遍性 ※

器（智力超群）、心地纯良、体魄雄健、意志坚强、遇事通达，执着于自己的艺术追求。从黄永玉的长篇自传体小说《无愁河的浪荡汉子·走读》可以看出，青年时期的黄永玉为了自己喜爱的木刻艺术，不管不顾奔赴当时的艺术之都上海，利用每分每秒，狠狠地吸纳来自各方的资源和灵感。他的目标宏大甚至有点异想天开。在上海人文圈里，表叔沈从文的文坛人脉关系使他游走于一众作家、编辑家之间，同时也少不了木刻界前辈的提携和指点和艺术家同侪的互相勉励。在这个自传体小说里，他用幽默、智慧、诗性的表达再现了上海的那段经历。他把自身的经验毫无保留地呈现，上升为人类的普遍经验。这本书富含营养，处处都是闪光的宝贝。22岁的外乡人在上海过得很艰难，因此他也从不避讳自己的失意和不足，他自嘲、反思、自我揭短。小说是以真实发生过的事情为蓝本，如同木刻艺术的表现手法，以事件为坚实的线条，以情感为清晰的块面，与黄永玉自身经历一一对应。书中几乎所有的事件都能从相关文献中找到证据，并且所有的事件都忠实地按照历史发展顺序排列，没有腾挪和借用。这种对历史的忠实程度，相当于一部纪实文学。某种意义上，小说本身就具有文献价值，从《无愁河的浪荡汉子·走读》张序子的朋友圈，可以看到当时上海的文艺实况。

一

国内一些景点、商铺、建筑物、出版物有很多黄永玉的题字。黄永玉写招牌字常常是倒着写、反着写，跟普通人顺着写一样称手。他说是刻木刻练出来的。如同有些常识性的东西，可先顺着捋了一遍，然后又倒着捋了一遍，上上下下，左左右右，四面通达了。在艺术心得方面，他常常得出一些惊人的结论，发前人所未发，发人深省。枚乘有七发，使楚太子据几而起，涩然汗出，霍然病已。黄永玉的艺术美学也常使迷茫者醍醐灌顶。他以这种思维逻辑和行为方式，颠覆了很多日常经验，在鸿篇巨制《无愁河的浪荡汉子》中随处可见。

他一辈子刻了四百多块木刻，作为一个有抱负的青年木刻家，奔赴上海朝圣的念头是谁也挡不住的。从黄永玉的长篇自传体小说《无愁河的浪荡汉子·走读》（以下简称《走读》）中可以看出，20世纪三四十年代，上海对于文化人尤其是木刻家具有不可阻挡的魅力。黄永玉曾在他的木刻集《入木》的前言里说："我年轻时用厚帆布做了个大背囊，装木刻板、木刻工具、喜爱的书籍，还有一块被人当笑话讲的十几斤重的磨刀石。听到枪声、炮声，背起背囊跟人便跑。"[1] 在《走读》里，他把这个细节写得更具体，从厦门坐飞机去上海，行李还被狠狠地检查了一番，检查行李的人"看到木刻刀，先是有点敌意，听到报纸发表的木刻画都是这些刀刻出来的，就展开了一点笑容，甚至问起：'木刻好不好学？'"[2]。1947年1月，他从一架军用飞机的舷梯走下来，正式踏入上海这片文艺热土。那个帆布大背囊里装着同他的生命一样重要的木刻板子。从《入木》收录的作品来看，1947年前有21幅作品，加上在集美学校的习作，他背囊里到底有多少木刻板子？总之这个背囊在战火纷飞的年代辗转了大半个福建省（泉州、厦门、福州、永安、连城等）、江西赣州（瑞金、于都、赣县、信丰、龙南、定南等）、上海，之后又到了台湾、香港、北京。当他与中华全国木刻协会木刻家们见面时，谁都没想到，黄永玉只是一个22岁的毛头小伙子。黄永玉说过："我是比较喜欢上海的。"上海可以说是他的艺术发祥地。他对上海的感情从他的小说布局可以看出，《走读》两册共765页，其中有560页是写上海，占七成多的比例。而他在上海的时间总共才14个月。因接了一个画《台湾风光》画册的任务，1948年3月他同张正宇、陆志庠去了台湾，只待了大约两三个月的时间，为逃避国民党台湾警备司令的追捕，又乘船从基隆到香港。

---

[1] 黄永玉：《入木·序言》，广西师大出版社2020年版，第4页。
[2] 黄永玉：《无愁河的浪荡汉子·走读》（1），人民文学出版社2021年版，第143页。

第六章　黄永玉的故乡思维及其人类情感的普遍性　※

黄永玉到上海的前一年，他的表叔沈从文从西南联大返回北平。沈从文那时已是名满天下的大文学家，他从朋友寄来的诗集中看到黄永玉的木刻作品，感慨命运偶然，二人开始通信。沈从文建议，将"永裕"改为"永玉"，沈从文认为"永裕"看上去就是一个布店老板的名字。第二年，他带着表叔新取的名字来到上海，开启了新的艺术之旅。小说里他自己的名字叫张序子，表叔沈从文叫孙茂林，沈从文的弟弟沈荃叫孙得豫。上海文人、画家全都是真名，通过各种文献的比较，《走读》中关于主人公在上海经历也都是真实存在的。

中华全国木刻协会总部就在虹口区外白渡桥大名路的那座大楼里，那是黄永玉的圣地，用他自己的话说是木刻家的"耶路撒冷"。他非常珍惜在上海的每分每秒。张序子（即传主黄永玉）在福建闽南是出了名的打架王，到上海后天天蹲在房里写字读书。有人问他为什么不出去走走，他说外面杀机四伏、步步陷阱。《走读》里的张序子到上海后对这个大都市有充分的评估，"一路小心走，别惹石头和街沿，清楚店铺两边玻璃柜跟门口的货架子，自己警告自己，要晓得，大上海街上的东西，无论死活，没有一样是你赔得起的"[1]。尽管之前他已经在厦门、泉州见过大世面，见到眼前上海这样的大都市，他这个乡下人还是被震撼到了。刚到上海的第二个月，他赶紧写信告知表叔沈从文上海生活的情况，给他寄去 40 件自己的木刻作品，请表叔批评指导。没多久，一个月的样子，表叔在 1947 年 3 月 23 日的《大公报》文艺专栏发表散文《一个传奇的本事》，开头写到常德的地理、城墙、小吃、斤斤计较的客栈老板娘，笔锋转入正题，写到与表兄（黄永玉的父亲黄玉书）的几次会面。在文中几次提到表兄的大儿子去福建读书、去江西战地服务团，文中几次用"大孩子久无消息""失踪"等悲观的说法。直到

---

[1] 黄永玉：《无愁河的浪荡汉子·走读》(1)，人民文学出版社 2021 年版，第 195 页。

有一天，忽然有个十多年不通音信的朋友，寄了本新出的诗集。诗集中的木刻插图的艺术感染力震撼到了他，他对插图的作者产生强烈的好奇，一打听，没想到作者竟是表兄失踪多年的大儿子。沈从文看出了表侄的艺术天赋，寄予了厚望。《一个传奇的本事》刊登以后，"我在傍晚的大上海的马路上买到了这张报纸，就着街灯，一遍又一遍地读着，眼泪湿了报纸，热闹的街肆中没有任何过路的人打扰我，谁也不知道这哭着的孩子正读着他自己的故事"①。这个情节写在小说里，用词更自由：

（《大公报》）《星期文艺》，《一个传奇的本事》，整版是那个北平二表叔写的爸爸妈妈和自己的文章，还有大大小小十张木刻。这从哪里说起？天打雷劈！那么震脑！②

当他捏住报纸往回赶，几个鬼头（阿湛、韦芜等人）正聚在一起谈论此事。有人歇斯底里地亲热，有人要序子请客。此后，沈从文在寄给黄永玉的书信中，往往还附有别的信，他要把黄永玉推荐给上海的一些名人、作家、朋友和学生。沈从文在写给朋友的信中，流露出对黄永玉生活的担心：怕他不知道料理自己，饿死了，或是跟上海的电影明星鬼混"掏空了身子"。有一天韦芜对序子说："萧乾让我转告，你表叔有信给他，让他转一笔钱给你，二十块（其实只是个标准数目，那时的币值说不清）。"③ 序子正缺钱，尤其是在上海走路太费鞋，这笔钱的预算首先是花了八块五毛钱买了一双半辈子穿不烂的军用皮鞋。

在上海的一年多时间，他一边在小学兼职，一边高强度进行木刻创作，同时与上海文坛、中华全国木刻协会的木刻名家密切交

---

① 黄永玉：《太阳下的风景》，生活·读书·新知三联书店1998年版，第135页。
② 黄永玉：《无愁河的浪荡汉子·走读》（1），人民文学出版社2021年版，第226页。
③ 黄永玉：《无愁河的浪荡汉子·走读》（1），人民文学出版社2021年版，第198页。

第六章　黄永玉的故乡思维及其人类情感的普遍性　※

往。经李桦、野夫、陈烟桥、章西厓等人介绍，他加入了中华全国木刻协会（当时叫中国木刻研究会），成为木刻界的话题人物，常有作品引起争议。让他这位初出茅庐的年轻人想不到的是，《同路人》杂志公开点名骂钱锺书、黄永玉，说他们二人"在文化上做的事对人民有害，迟早是末路一条……"（其中还有一幅作品是为女诗人陈敬容的诗集《逻辑病者的春天》插图，"文革"时这幅插图被作为资产阶级艺术思想的典型遭到批判）。同年加入左派团体"上海美术作家协会"，参加"中华全国木刻协会春节大展"①，有五幅作品入展。该次展览会参展的作者后来大都成为黄永玉的朋友。同年年底黄永玉当选为"中华全国木刻协会"理事。获"抗战八年木刻展作者提名奖"，英国人买走他的木刻。1948年木刻家野夫出版的《木刻手册》封面就是用的黄永玉于1946年创作的木刻《讲故事》。

　　有人说野夫和李桦是美术界的孟尝君，每当黄永玉"来到李（桦）先生那幢小屋的饭桌上坐下来的时候。对面往往同时坐着一个戴眼镜的、也是来混饭吃的青年，那是漫画家方成"②。在小说里，麦杆的家是木刻家的"据点"。让序子意想不到的是，李桦带着序子来到木刻家麦杆家里，里头坐满了人，在这里见到了很多大木刻家的"真身"，国内大木刻家几乎被"一网打尽"。"李桦从内衣袋里摸出两张纸，又从裤袋里摸出眼镜戴上，宣布：'协会本年度的春、秋二季的全国木刻展览筹备工作今天开始……'"③当时木刻界的重要事情都是在麦杆家这个辽阔的客厅里讨论的。

---

①　1947年4月4日，中华全国木刻协会举办首届全国木刻展览会，在上海大新公司四楼画厅开幕。该次展览会展出了全国各地版画家选送的180幅木刻版画作品，内容着重反映国民党政府统治区人民反饥饿、反内战、反迫害斗争；为普及木刻版画知识，还展出了木刻版画创作过程的图例、木刻版、纸张和木刻刀等工具。1947年11月11日，中华全国木刻协会举办第二届全国木刻展览会，在南京路大新公司二楼画厅展出。
②　黄永玉：《这些忧郁的碎屑》，生活·读书·新知三联书店2003年版，第35页。
③　黄永玉：《无愁河的浪荡汉子·走读》（1），人民文学出版社2021年版，第213页。

二

与前两部（《无愁河的浪荡汉子·朱雀城》《无愁河的浪荡汉子·八年》）不同的是，《走读》中作者密集地与文化人交往，里面涉及作者自己和相关人物对艺术的理解，有博物志式的知识呈现，也提及了当时那个年代所进行的艺术启蒙，内容上区别于前两部的风俗和传奇，是一个知识密度很高的创新性文本。书中层次丰富复杂的作品鉴赏活动，在时空上有一种递增效应，其语言和修辞包含隐喻、暗示等信息密码，结构随着情绪增强厚度和黏稠度，在适当的地方埋下伏笔，敏感部分采用了春秋笔法。有些意义开始并不显现，但随着时间的推移和阅读次数增加，它会自然显现出来。偶尔也有一些智力游戏，给读者带来读码、解码的乐趣。作者用一些符号图像、模棱两可的话语、模糊或者诗性的指称，故意留下话柄和谜题，使索隐派和考据派读者津津乐道。

作者童年时在湘西，少年时在闽地，湘西的剽悍任性，闽地的放达自由，两地厚重的文化熏陶、训练了作者。两种气质完美和谐地体现在他一个人身上。他有野马一样的爆发力、骡子一样的吃苦精神、图书馆式的知识容量、饱受磨难的人生经历。想象一下，这样一位青年，闯入聚集全国顶级高手的上海木刻界，会产生什么样的结果。仅1947年当年，他就有46件木刻作品问世。他的作品画面冲击感强，构图独特，刀法新颖细腻，创造了人们认为木刻艺术不可能完成的线条和画面，如《苗舞》中动感张扬的苗家青年男女，《神灯》那漆黑的夜空、巅峰上的辉煌，《逻辑病者的春天》集抽象派、野兽派、表现主义于一身的超时空感。大量的技法创新体现在如细腻的水纹、浓密的喷雾、繁茂的植物枝叶、丝滑的动物毛皮，以及人物难以捉摸的表情等细节上。这些木刻中的高难度技法还只是艺术的"术"，艺术之"道"更能体现出他过人的天赋。《风车和我的瞌睡》是一幅365mm×225mm的木刻作品，画面中一

第六章　黄永玉的故乡思维及其人类情感的普遍性

位劳动者（年轻人）仰面躺在花丛中小憩，周围是一架静态的风车、木梯和木架，疯狂生长的花果、枝叶、藤蔓、毛茸茸的小草围绕着赤膊躺在泥土上的人，这些内容占据了画面的三分之二，让人感到扑面而来的热烈的感染力。两幅《水》的简洁线条、神秘构图，显出高科技感和未来主义。这一年他为文学作品作插图的数量也是惊人的，包括"范泉儿童文学"插图19幅，还有少量小说和诗集插图（其中有沈从文小说《边城》的两幅插图），以及老鼠嫁女系列。黄永玉在文艺创作方面的强烈的自主意识和进取心，不受约束的想象力和深厚的文化功底，使他一到上海便声名鹊起，他的深刻的思想洞穿力和独特的艺术表现力使木刻前辈们大为惊讶。但他从不骄傲自满，处事又低调得体，因此前辈文人和艺术家以及同辈小伙伴都喜欢跟他交往。

序子掉进了上海文人堆里，大都亦师亦友，有的情同手足。木刻界如雷贯耳的名字李桦、野夫都成了他的好朋友。美术界同行章西厓、麦杆、朱金楼、刘狮、陆志庠、庞薰琹、刘开渠等都与他交往甚密。他同时与很多作家、编辑也过从甚密，与巴金有交往，困难时得到过唐弢的帮助，臧克家、冯雪峰、楼适夷都是他的朋友。他还在刻插图时结识了黄苗子、郁风。旧时的上海是文化人的聚集地，大家都喜欢那种自由的气息。在《走读》中可以看到，张序子在上海交往最深的是汪曾祺、黄裳，三人几乎无话不谈，常常一起瞎逛，漫无目的地聊。汪曾祺是沈从文的学生，不太爱说话，"耐烦听别人废话"，是一个好的倾听者。而且"每回找曾祺他都有空，好像特地等着召唤"[1]。黄裳的身份比较复杂，表面看他是《文汇报》的编辑，报社有一张属于他的办公桌，还负责编辑一个重要的专栏，但他真正的正式的工作是中兴轮船公司的高级职员。此外，他还是古籍版本权威、抗战时的美军翻译、坦克教练，也给考大学

---

[1] 黄永玉：《无愁河的浪荡汉子·走读》（2），人民文学出版社2021年版，第81页。

的人补习数学，自己写散文，也"透熟京戏"，这一身本事到哪里都饿不死。有一次他们去参观动物园，从汪曾祺的《鸡鸭名家》聊到毛姆的《负之兽》，黄裳忽然指着一块关于黑豹的广告牌，汪曾祺马上从黑豹想到序子的木刻："黑豹不简单，特别机灵和娇媚的动物。一副黑缎子透黑章绒花纹的苗条身材，它一动不动默默过来扑杀你，让你面对一场梦。序子，你看你木刻怎么刻到黑里透黑，要刻多细的刀法和点子？"[1] 这是文学家的思维。聊到画法自然就聊到张大千、陈师曾。曾祺对序子的评价就一个字——"真"。序子检讨说"有时也不真"，比如再难啃的古文他都能读懂，但就是读不懂美学，别人问读过美学没有，他说他"不要脸地点头"。汪曾祺替序子辩解："你讲你在家乡看侯哑子画风筝，庙里看老菩萨，边街上看新菩萨，看浏阳木板年画老鼠嫁女，看人刷喜钱板，诚心诚意地发幽剔微，看民间老年艺人用艺术行动表现妙义，不对老民间艺术发轻浮的议论。这都是正式大学学不到的。味口好，胸怀宽，心里头自有师父。"序子由于对家乡民间艺术家的理解，有他自己体悟出来的美学、自己心里的民间的美术史，这些都是正规学院学不到的东西。汪曾祺劝他用不着遗憾不懂延年那几笔，"那东西是只要肯学就会的"。汪曾祺口中的"延年的那几笔"给序子带来过极大的困扰和打击。唐弢曾经帮过序子大忙，可谓雪中送炭。有一次他带来一张朋友父亲的照片，要序子画一张半身像，也算是一笔小业务。序子按深浅调子配上合适的颜色画了三天，这时赵延年来了，指出"鼻子冷暖调子不对，胡子也不对"，边说边动手改了起来，"这一改，神采飞扬，人活了起来。"[2] 画完有事就走了。鼻子和胡子这么精彩，继续往下画序子根本无从着手，于是"对着这副不三不四的画像发了呆。退还唐先生十块钱材料费，彼此不再

---

[1] 黄永玉：《无愁河的浪荡汉子·走读》（2），人民文学出版社2021年版，第81页。
[2] 黄永玉：《无愁河的浪荡汉子·走读》（2），人民文学出版社2021年版，第63页。

第六章　黄永玉的故乡思维及其人类情感的普遍性　※

提起出木刻的事。"①

三个人之间的文化探讨对黄永玉后来的艺术生涯产生过影响。有一次他跟汪曾祺、黄裳上朵云轩看画,墙上挂着吴昌硕、虚谷、任伯年的画。汪曾祺单挑任伯年的画点评:"任伯年,眼界宽,手笔玲珑,亭台楼阁,山水云烟,花鸟虫鱼,佳丽高士,善于多角度描写,俯览仰视,从无束手之困。不过,弄一张挂在书房的话,我愿意有一幅金冬心。"②黄裳掩嘴笑道:"等于没来。"金冬心即扬州八怪之一金农,汪曾祺专门写过《金冬心》。汪曾祺无疑是个鉴赏家,眼光很毒。有一次曾祺来信说:"《海边故事》那张木刻,总让人看着不舒服。"序子自己也感觉到什么地方不对头了,已经重刻了三次。序子感叹,"他说得很对。这家伙眼睛尖锐,时常看得到我怕别人看出来的地方。"③

张序子经常有一搭没一搭地跟汪曾祺逛街、喝咖啡、聊人生、聊文学。"上完课,碰巧是星期六,搭车去致远中学找曾祺,告诉他在南京的事情。"序子对当时南京政府的评价是"稀里哗啦,临时性的匆匆忙忙"的感觉。接着聊怎么来上海的一些琐事,说刻木刻有搞头,有时候从闵行进城,就在李桦、徐所亚他们家搭地铺。说是聊天,其实是序子讲,汪曾祺耐烦听,序子记忆太好,故事又多,一路不停地讲,汪曾祺偶尔回应一下,表示自己是一个合格的听众。有时候一起去找黄裳。

黄永玉后来在一次非正式谈话中说起汪曾祺,"他在我心里的分量太重,很难下笔"④。他回忆与汪曾祺在上海的日子,汪在致远中学当老师,他的同宿舍的人在《大美晚报》总是上夜班,这样黄永玉就睡这位室友的床,铁条床变形了,人窝在中间。汪曾祺在给

---

① 黄永玉:《无愁河的浪荡汉子·走读》(2),人民文学出版社2021年版,第63页。
② 黄永玉:《无愁河的浪荡汉子·走读》(2),人民文学出版社2021年版,第7页。
③ 黄永玉:《无愁河的浪荡汉子·走读》(2),人民文学出版社2021年版,第68页。
④ 李辉:《传奇黄永玉》,人民日报出版社2010年版,第166页。

沈从文的信中说起这事,"永玉睡在床上就像一个婴儿"①。他回忆起在上海同汪曾祺、黄裳一起逛街的情形,同《走读》小说里的场景一样:

> 有时候我们和黄裳三个人一起逛街,有时候我们俩。一起在马路上边走边聊,他喜欢听我讲故事,有时候走着走着,因打岔,我忘记前面讲到哪里了。他说:"那我们走回去重新讲。"多有意思。②

三个人有时候还会去巴金家看看。男孩子照例都喜欢战争片,三个人看了《马里亚纳岛》,又在 D. D. S 坐下吃点心喝咖啡。黄裳是这里的熟客,举一个指头,boy 知道是要"气凡客"(黄永玉记忆中一种好吃至极的点心)。消磨半天,谈话内容不离军事、搏击、艺术。三个一起去巴金家。"上巴先生家,进门上楼,巴师母陈蕴珍欢呼:'哈哈!三剑客光临,欢迎欢迎!'"③,李小林十三四岁,凑巧在他们进门后生病吃药。巴先生向曾祺打听茂林(沈从文)近况。有说茂林"温婉古风",曾祺说也不全是,拒绝一件不当的事态度像革命烈士。巴太太问序子对表叔的看法,在此之前,序子跟表叔只见过一面,还是七八岁的时候。巴金先生又问了序子的近况。

巴先生问序子:"序子呀,你最近做什么?"序子回答:"朋友介绍在闵行的闵行中学教美术课,同时给人刻一点木刻插图。我已经搬到闵行中学住去了。课少,有很多时间进城,有时候参加木刻协会的会议,有时候找朋友。不回闵行就在李

---

① 李辉:《传奇黄永玉》,人民日报出版社 2010 年版,第 166 页。
② 李辉:《传奇黄永玉》,人民日报出版社 2010 年版,第 166 页。
③ 黄永玉:《无愁河的浪荡汉子·走读》(2),人民文学出版社 2021 年版,第 11 页。

第六章　黄永玉的故乡思维及其人类情感的普遍性

桦先生住处搭地铺，有时在曾祺房间里借宿，有时在青年会借陆志庠的房里住一晚。""你那个家乡被你表叔形容得那么好，我都忍不住想几时跟你表叔到那儿去住住。"巴先生说。[①]

巴太太接过巴先生的话，说她也要去，像个撒娇的孩子的口气。序子告诉他们，眼前的湘西，讲不完的凄凉，八年全面抗战，光朱雀城的精英子弟在保卫嘉善一役就牺牲了百分之九十多，"剩下一个空城连哭声都没有"。序子第一次去巴金家是在刚参加木刻展后，林景煌带他去的。"巴先生家是个花园洋房。二楼楼梯口附近有张茶几桌子。"巴先生问了他衣食住行以及刻木刻的情况。序子告诉他曲折而艰苦的经历。黄永玉在上海期间，巴金先生带给他的人生榜样和鼓励是一笔巨大的精神财富。黄永玉曾说："前辈中，我最怕巴金。"这种怕是一种敬重。2011 年 11 月，上海"巴金故居"修缮完工。馆长周立民邀他为巴金故居设计一张藏书票，他爽快地答应了，并且还画了一幅巴金的头像《你是谁》，配诗一首，"你是谁？从哪里来？到哪里去？你是战士？还是刚出狱的囚徒……"[②]

三

文本的未来价值还表现在社会文化价值观与生命观的超前性，必要的时候采取通变之术。《走读》的篇幅和语言是从容的，情节必须跟着人物主线走，背后很多精彩不得不舍弃。好的小说语言都有健康丰腴的外貌，饱满、结实、闪光。强健有力的语言自己有主观能动性，能抓住读者的心。随着情节的推动，它们变成精兵强将，以一当十，给情节添彩。

人心辽阔，无风不起浪，在失意落魄时，坐一趟汽车也要在内

[①] 黄永玉：《无愁河的浪荡汉子·走读》(2)，人民文学出版社 2021 年版，第 15 页。
[②] 黄永玉：《见笑集》，作家出版社 2021 年版，第 354 页。

心演绎一遍车祸事故，想象用更大的痛苦掩盖眼前的痛苦。鱼行买卖"话一多，鱼就臭了"。写小说也一样，作者和读者互相心领神会。黄永玉的文章有一个特点话里含了机锋，处处有风景，处处也是地雷。现实有很多无情的竞争，使绊子、捅刀子，防不胜防，黄永玉少年得志，遭人嫉妒，但他在《走读》中却很少提到别人对他的打击和暗算。他把个人遭受的不公都屏蔽了，仍然用一种欣赏的态度看待这些经历，反倒同情那些经不起苦难的人。

> 序子心里头的家乡老头子比他们的老头子怪多了。老头子跟老头子不好比，地域观念形成的怪脾气很吓人。大地方的老头子经不起苦，稍微碰到点抗战这类事情就觉得天崩地裂，那一脑子、一肚子学问跟着逃难很是委屈，以为连人带学问一起让日本飞机炸掉了，地球就会缺一大块。这跟司马昭杀嵇康，嵇康临刑前想的一样："《广陵散》从此绝矣！"①

他感恩给他帮助的人，他一生不知遇到多少贵人，整个《无愁河的浪荡汉子》三部大书，多少欣赏他的人，帮助他的人，他能想起的都记下来了，这样的事例不计其数。某一天，唐犮到狄思威路来找序子，给他带来一个惊喜。具体来说是介绍一笔业务，刻一枚邮票。序子自认为"胆子平常时候不算小，邮票是国家大事"，心跳厉害，要求先弄个小的试试。

> "十张邮票也贴不满半边脸，丢不了我的脸的。别怕。我从小也是苦人儿，见多了，没甚了不起的事。"从口袋里掏出个整齐信封，"里头是三十块钱，是我为你争来的材料费，在这收条上签个字。你画个象征中国现代化意思的草稿给我，我

---

① 黄永玉：《无愁河的浪荡汉子·走读》(2)，人民文学出版社2021年版，第5页。

第六章　黄永玉的故乡思维及其人类情感的普遍性

再和局里当局研究研究再说,慢点动手刻木刻,你看怎么样?"①

序子将近景是钢筋水泥脚手架、旁边是火车和轮船的稿子交给唐先生,唐弢说:"行!天上加只飞机,表示我们邮政还有航空挂号。"②序子花了三天时间,刻了一块三十二开大的木刻。唐弢又拿来一个饱满信封,一百元。"唐先生啊唐先生!我简直是挨了一个轰天雷。这一百元解决了我好多事。给妈妈、梅溪、陈先生、吴先生、蔡嘉禾先生、李桦先生、野曼二叔河伯、赵福祥……写信。"③序子每次有重要的事情写信,都会想到蔡嘉禾先生,蔡先生曾经给他带来深刻的影响。

蔡嘉禾先生是序子和李桦共同的朋友(序子认识李桦是蔡先生引荐的)。这天李桦要离开上海去北京了。他跟序子有一段对话。"李桦边吃边说:你写信给嘉禾先生的时候,顺便告诉他我上北京的消息,讲长讲短都行。我刚到北京,开初会很忙,不可能给他写长信。我和他不是写短信的关系,他清楚。"④一群人为李桦、余所亚他们吃酒饯别,上海的木刻家几乎都来了。赵延年、汪刃锋、杨可扬、河田、野夫、陈烟桥、楼适夷、朱金楼、章西厓、徐甫堡、余白墅、丁正献、邵克萍、李寸松、麦杆等。所有人都 AA 制,除了李桦、余所亚、楼适夷。因为楼适夷也是送行的人,他不想享受这特殊待遇,"楼适夷听了要挣扎,众望所归,后来不响了"。⑤在这个重大场合,序子被激将出一个宏愿。李桦是徐悲鸿挖过去的特殊人才,为中央美院光耀门楣去的。

---

① 黄永玉:《无愁河的浪荡汉子·走读》(2),人民文学出版社 2021 年版,第 60 页。
② 黄永玉:《无愁河的浪荡汉子·走读》(2),人民文学出版社 2021 年版,第 60 页。
③ 黄永玉:《无愁河的浪荡汉子·走读》(2),人民文学出版社 2021 年版,第 60 页。
④ 黄永玉:《无愁河的浪荡汉子·走读》(2),人民文学出版社 2021 年版,第 17 页。
⑤ 黄永玉:《无愁河的浪荡汉子·走读》(2),人民文学出版社 2021 年版,第 19 页。

序子兴致来了，对李桦说："你去北平正好帮我在美术学院进一下学行不行？"

李桦说："你初中都没有毕业，怎么进大学？"

这一顺口擂槌下来，一刹那序子差点站不住脚，转过身来对李桦说："五年之后，我踩进你们美术学院去。"

老所在后面叫好："对！踩！往里踩，五年踩进美院我等着，看你热闹。"①

序子后来为自己一时的勇气吓了一跳，他把这次豪言壮语定性为"跟这位老实人使性子"，认为自己大可不必。事实证明，他做到了。他这个初中未毕业的人后来成为中央美院的教授。真实情况是，黄永玉于1953年2月，任教于中央美术学院版画科，当时是该校最年轻的教师，月薪90元。离那次发下宏愿不到五年。关于去北京任教的原因，他在《这些忧郁的碎屑》里回忆道："除我自己的意愿之外，促使我回北京参加工作的有两位老人，一是雕塑家郑可先生，一个就是从文表叔。由于我对于共产党、社会主义建设的向往，也由于我对两位老人道德、修养的尊敬和信任。"②

黄永玉在上海的住所一直不断变换。他曾经回忆起这段经历："先是在一个出版社的宿舍跟一个朋友住在一起，然后住到一座庙里，然后又在一家中学教音乐和美术课。那地方在上海的郊区。"③李桦去了北平到中央美专（中央美院）任教，余所亚去了香港。他们的住所交由黄永玉管理，黄永玉暂时又有了一个安稳的住所。

四

上海当时是文化大都市，思想前沿阵地，知识分子扎堆，有进

---

① 黄永玉：《无愁河的浪荡汉子·走读》（2），人民文学出版社2021年版，第21—22页。
② 黄永玉：《这些忧郁的碎屑》，生活·读书·新知三联书店2003年版，第69页。
③ 黄永玉：《太阳底下的风景》，生活·读书·新知三联书店1998年版，第134页。

第六章　黄永玉的故乡思维及其人类情感的普遍性　※

取心的青年人访学、进修、谋生的首选之地。他在这个文人扎堆的地方斗诗斗文，文学天赋也被激发出来了。一个二十郎当的小伙子，心中豪情万丈，口里念叨着一段戏文："壮气直冲牛斗，乡心倒挂扬州。四海无家，苍生没眼，拄破了英雄笑口。"[①] 这是汤显祖《南柯记》第二出《侠概》里的唱词，其中还有更放浪形骸的："自小儿豪门惯使酒。偌大的烟花不放愁。庭槐吹暮秋。"[②] 但他没念出来，他滴酒不沾，大概不能本色出演。明代戏曲里的这种妙品，现代人已经疏远太久了，只有研究古代文学的，还必须是宋元词曲的文学专业人士对此有感。但在那个时候，20 世纪三四十年代的上海，文化人兴致来了随口来几句，心思起伏无以消解时比拟几句，日常对话见景生情夹杂几句，就像散步时随手摘片树叶那么自然。并不是那个时代的人比现代人更热爱古雅的东西，他们自小被戏曲熏陶，戏文嵌进脑神经里，形势一激发，自然流淌。千辛万苦来到上海，连困难都是一种新鲜的困难。黄永玉在上海，交往的文人大概是半部中国现代文学史，多半部中国现代美术史。这当然有点夸张，现代文学艺术史总共 30 年，文人艺术家大都有过在上海"走读"的经历。

实际上黄永玉在上海的朋友圈主要有四大圈，第一大圈是木刻界的同行，第二大圈是除木刻以外的美术界的朋友，第三大圈是文坛朋友（包括作家和编辑家），第四大圈是福建、湖南及其他方面的朋友和亲戚。这四大圈大圈套小圈，圈与圈之间又有交集，其中三剑客（黄永玉、汪曾祺与黄裳三人）是圆心。

第一圈里有些是感情密切的木刻界前辈和领导朋友，李桦、野夫、余所亚、章西厓、陈烟桥、麦秆等，还有一些是木刻协会成

[①]（明）汤显祖：《南柯记》，胡金望、吕贤平评注，百花洲文艺出版社 2015 年版，第 7 页。

[②]（明）汤显祖：《南柯记》，胡金望、吕贤平评注，百花洲文艺出版社 2015 年版，第 7 页。

员、王琦、邵克萍、汪刃锋、赵延年、荒烟、李寸松、余白墅、徐甫堡等。其中又通过李桦认识了翻译家、出版家楼适夷，通过楼适夷认识了文学家冯雪峰，通过章西厓认识了画家林风眠。

第二圈是木刻家以外的美术家：这里头有两拨儿人，一是以刘开渠、庞薰琹为主的圈子，包括钱辛稻、刘狮（刘海粟之侄）、潘思同、周令钊、朱金楼等。其中又通过朱金楼认识了陈秋草、钱瘦铁。另一拨儿是好友陆志庠、张乐平、叶冈等，又通过叶冈认识了他的弟弟叶浅予，又通过陆志庠、张乐平认识了黄苗子、郁风、丁聪、张文元。

第三圈是文坛朋友，沈从文、巴金，表叔沈从文介绍他结识了萧乾、臧克家、唐弢、贾植芳、许天虹、韦芜等。在与臧克家的交往中结识了九叶诗派的曹辛之、陈敬容、王辛笛等。

在上海，二表叔是文人们的共同话题。黄永玉感觉到二表叔的名气给他带来了荣耀。"在庞家（庞薰琹家），和老雕塑家刘开渠先生有过一次很体己的谈话。他说他看到二表叔在《大公报》写的那篇文章了。他说他去过沅陵。庞先生听说讲沅陵也凑了过来。一齐讲沅陵。"① 又说，以前跟郁达夫先生到前门外"酉西会馆"去看过你二表叔，还请他在附近饭馆吃过饭。这次谈话时间不详，从场景推断应该不是当时的上海。他在上海就跟刘开渠认识。书中颇费笔墨地讲述了刘开渠请客吃饭的趣事。从这件事可看出艺术家为艺术献身的精神。"开渠先生是雕塑家，工作动静都比较大，需要大的工作车间，有来回运载工具设备、材料的方便结实的地面，有好的光源，当然，最好还能方便住家。"② 这块符合所有条件的宝地，得容得下十几个学生和帮手，租金很可能廉价或免收。想想看，上海这寸土寸金的地方，神仙也难碰到这个运气，但还真就有这么个地方，"五十米或八十米的瓦篷，宽八到十米左右，水电俱

---

① 黄永玉：《无愁河的浪荡汉子·走读》（1），人民文学出版社2021年版，第281页。
② 黄永玉：《无愁河的浪荡汉子·走读》（1），人民文学出版社2021年版，第281页。

第六章　黄永玉的故乡思维及其人类情感的普遍性　※

全。唯一的不足是——臭。一天二十四小时臭不堪闻的臭。挨到瓦篷一路过去同样长度和宽度，排列七八口储存满满大粪的露天粪池"。① 那次蒙邀的客人不少，没有一位退席，为了先生神圣的事业，当时开渠先生正在做他的《开路先锋》雕塑。"客人们勇敢地吃一大口饭，来一大口菜，闻一大口粪气，女主人殷勤地添着新菜，加满酒杯。"②

黄永玉的"走读"生涯漫长且艰辛，上海虽是其中极小的一段，但却是整个人生极重要的一段，之前走读、流转的经历在这里作了一个小结，初步形成了自己的艺术美学，艺术创作也实现了质和量的飞跃。小说中12岁的序子读书兴趣广，门类杂，爸爸说他脑壳里"像贺老广的荒货摊子"，要想办法让他读点正经书，把他送到离家里几千公里的集美学校。在集美中学整天泡图书馆，以至于留了四次级。在福建被好心人收留当孩子一样看待，在他们刻意引导下读了大量好书。一路结识了许多古怪而又热情的藏书家。手里只有一块钱的时候，花三毛钱给"长得不像话"的头发剪了一个分头，剩下的七毛钱买了一本沈从文的《昆明冬景》。关于木刻和读书，黄永玉有自己的心得和方法："《在延安文艺座谈会上的讲话》，薄薄的一本书，道理就特别之厚。要读一句想一句，一句半句可能要费半天时间。这本书不只给一个人看的，是告诉人怎么动手写书……"③ 刻木刻时想到几个内容，"聊斋是一个，唐宋传奇是一个，汉魏六朝人故事是一个"。这是黄永玉自己独创的美学。黄永玉高超的艺术是建立在丰富的学识之上的，他的"走读"的经历不可复制，他既读了大量的纸上的经典，也读透了人世间这本大书。

---

① 黄永玉：《无愁河的浪荡汉子·走读》(1)，人民文学出版社2021年版，第281页。
② 黄永玉：《无愁河的浪荡汉子·走读》(1)，人民文学出版社2021年版，第282页。
③ 黄永玉：《无愁河的浪荡汉子·走读》(1)，人民文学出版社2021年版，第90页。

第七章

不断变化的文学样态

◇◇ 第一节　文学的时间可能是点状的

　　作家常常有一种焦虑，身在当下时空之中，我们到底要表达什么？社会需要我们表达什么？我们的表达对社会有何意义？哲学是不承认时间是点状的，就像德勒兹在《差异与重复》中所说时刻（instant）的序列问题，它既形成时间也同样瓦解时间。也就是说，点状的时间，根本就不是时间。哲学只承认时间意识本身的连续性的绵延本性。时间的物理特征是重复循环的、有先后次序的、均匀统一的。也就是说物理时间或者说客观时间也不承认时间是点状的，它是一条无始无终的线。但是时间在人们日常经验中呈现出来的样子，既不是哲学的也不是物理的，时间是一种经验和感受。我们说"一日不见如隔三秋""度日如年"，时间被高度稀释了；说"日月如梭，如白驹过隙""光阴似箭"，时间又被高度浓缩了。文学关注的是这种"异化"的时间形态。我们将时间的本性归结到了外部的样态，它实际上已经转化为空间，变成了"非时间性"要素。它被某种力量（情感聚变、群体性事件、个性化）所破坏，变成一堆一堆的状态。文学时间是深入时间的最深处又逃脱于时间之外，从普遍事物中提取出一些极其个性化的事物，表现出一种点状的形态。关于哲学时间、物理时间与文学时间的辨析以及对时间的点状特征的内在性探索在这里不便展开。我这里说文学时间是点状的，主要是结合长篇小说基于现象学的分析。从观念性、技术性探讨作家与长篇小说发展的关系和问题。

一 观念性的时间点状特征

第一特征是大视野的重建。我们在考察人文历史时最好从两条历史线索中发现问题，一条是人的观念史，一条是社会发展史。大视野的建构需要看到两个历史的平行间区域与交叉点。如果我们把这两条线放在一个坐标系里，就会发现人的观念史与社会发展史有时候是齐头并进的平行状态，有时候有高有低，它们不是匀速的，还会时常出现波动、交叉。我们看到的文学史或者文学创作的观念史的重要事件和里程碑式的优秀作品，很多是这些区间的重要场面和交叉点上的生成物。长篇小说与中短篇小说、散文不同，它要做的是既要通过一种大视野对两条线的走向作整体把握，还要关注微观和细节的动人之处，找到精神骨架，将其以感性、富有魅力的艺术形式表现出来。作家花很大的精力，十年磨一剑，这种精神是感人的，但如果长篇小说的精神骨架坏了，艺术表现力再强也不能弥补。伟大的小说、经典的小说之所以经得起时间考验，一个先决条件是它抓住了时代的精神内核，发现了两个历史线索之间的聚集点。聚集点有很多个。现在有一种照相技术，众多人合影时它可以对焦到每个人脸上。但即便是最核心的焦点也是游移的，作家找准了其中一个，从这个点上发力，而如果其中有一条线速度走低，社会整体就会产生一种焦虑。为什么我们作家普遍感到焦虑、迷茫，抓不到重点。当下作家整体焦虑的情形超过以往任何一个时代，因为从社会发展这条线来看，从来没有像现在这样经济和科技高歌猛进，人的思想观念却严重滞后的时期。尤其是近几十年，全球化、信息化、人工智能、基因技术飞速发展，社会发展这条线持续走高，人的观念这条线缓慢上扬。只有极少数人的观念进入了现代社会，大多数人的观念还停留在农业社会、前现代社会。两条线之间区间越宽，需要解决的问题就越多，困惑也就越大。这里头就会产生很多事件，这些事件就是长篇小说的生长点。从这个意义上，就长篇小说创作的素材来说，现在或者未来相当长的时期内比以往任何一个时代都丰富。

　　第二特征是现代性生成与文学时间点状关系。大家可能还注意到了现代性的未完成状态，如传统资源整理的现代性转换，新观念探索，本土经验与世界性的认知转化，古今对接、中西汇通的集合和建构。过去一百年，从"五四"新文化运动以来，长篇小说这个文艺形式是最具当代性的，它常常能够代表了一个时代人的整体精神状态和理想追求。进入 21 世纪以后，长篇小说把握时代的能力在衰退。为什么？并不是小说家能力不强，也不是现在的作家不够聪明，而是现代性的进入路径呈扇面状态，难度加大，如同从小学数学四则混合运算一下进入微积分。小说家作为人类精神探索者，必须具备两方面的能力：一是解释世界价值体系的能力。做井底之蛙肯定是不行的，你对你自己的价值体系有一个很好的阐释，你对世界其他国家和民族的价值体系也应该有包容和理解的能力，同时你的作品人物的情感、行为模式包含着先进文明的价值体系。为什么说《红楼梦》伟大？那么多人传抄、批注、研究。它在价值层面超越了同时代普通人的认知，它有使人向上的动力，即使放在现代社会的价值体系之中，仍然能够启发人、引领人。它的清澈干净的人性力量和丰赡饱满的美学指向，能够把读者崇高、崇美、崇善的伟大情感激发出来。小说有两次重大人文革新，一次是曹雪芹的《红楼梦》在 19 世纪建立新的价值体系，一次是鲁迅在 20 世纪塑造人文精神。我们所说的现代性仍然没有突破他们建立的价值体系。价值框架的建立这种重要的人文成果还在期待之中。我们需要在新的历史观价值观框架之下重新解释中国，像 500 年前的西方文明重新建构世界现代文明价值体系一样。长篇小说的作用可能承担不起这样的重任，但对于文明进程还是可以起到推动作用，如在大的制度框架之下改善现存道德秩序的人道主义努力,以及在新技术新领域下重建疲惫破碎的心智架构。二是处理增量信息的能力。什么意思呢?身边所有的事物都在扩容。国民教育体系完善以后,读者的水平在提高,普通读者在信息化时代都变成了超强大脑,长篇小说所包含的信息量和情感浓度也相应增加,有经验的读者对事实判断和价值判断有一套相对成熟的标准,写哪个领域的小说必然是那个方面的专家。在思想价值、知识创新和艺术表现三个维度都有可取之处,文本的可阐释性才可能持续有效。

第三特征是作为主体的注意力与时间综合问题。文学时间的点状特征也有它的负面问题,点是凝缩的,凝结物的一个致命缺陷就是难以持久。当我们将注意力放在某个点上,时间的延展和流逝使得注意力一定会趋于疲惫,无论你下多大的决心使自己努力保持一种专注状态。只要你的注意力开始呈现衰竭的趋势,"那么凝缩的综合"也就随之逐渐松动乃至瓦解。因此,时间综合势必需要一个更高的条件,它能够给凝结物提供源源不竭的精神能量,这需要在小说本体中寻找答案。我们看到长篇小说作为一种精神凝结物,由于注意力的疲惫,它的凝聚点正在瓦解,那么,摆在我们面前的是要寻找新的精神能量。这就涉及上面提到的两种方面的能力,即世界价值体系解释的能力和处理增量信息的能力,在此基础上还要加上对现实介入的力度。主体感受力下降、注意力分散的后果是点状游移,被感受到的时间序列重新排列组合。主体的注意力需要有非凡的精神力量支撑。加缪说,"作家职业的高贵,永远根植在两种艰难的介入中,拒绝谎言,反抗逼迫"。它虽然不能算精神力量的全部,至少是一部分。时间的综合因素还会反作用于感受主体。

二 技术性的时间点状特征

技术看起来是细枝末节,但形式有时候就是内容本身。艺术形式是艺术本体论,但这里只讨论小说的技巧。通常是技术提高了,真诚减少了。技术和真诚它们不是不相容的两个东西，是可以同时提高的。但是小说技巧对文学性到底有没有影响？肯定有。西方有几个学术流派就专门分析技术，机械的、程式的、类型化的问题一直存在。传统章回小说也有类型化问题。现在各学科都开始搞语料库，文学的技术派有了语料库，有了大数据，那些明显玩技术的写作者就可能没饭吃了，ChatGPT 有可能比中等水平作家写得更好。人类顶尖围棋棋手不是阿尔法狗的对手。专门做深度思维的人工智能公司不断推出新的 AI 程序。AI 诗人"小冰""偶得"比一般二流诗人都写得好。写作是极端个人化的事业，过去我们听说网络写手是有团队的，接受不了，现在如果有人说某个小说是 AI 写的，已经用不着大惊小怪了。AI 不会像人类那样不计得失地追求真善美。很多重要的发明是来自兴趣，很多伟大的小说是纯粹出于表达的欲望。

1. 文学时间中的未来性

每一个现在点都是绝对异质的、"不相等的"。这个纯空次序到底是怎样发生的呢？因为点与点之间是绝对不对等并且断裂的。情感、记忆也是不对等的。历史脉络是直线的、不可逆的，而文学时间是可回环的。你可以站在现在时看待过去时的经验，那是一种被人类极其重视的反思行为，但如果你一直用过去时的思维处理现在时和将来时的事件，就会出现难以把握的困境。文学的时间除了过去时、现在时、将来时，它还有超现实——虚构时空、想象时空。这个超现实是聚集了过去时的经验，现在时的处境，将来时的想象，几种时空混合而成的一个东西。就像卡夫卡所说，我们坐在一辆尘世的马车里，驾着一匹非尘世的马风驰电掣。长篇小说一般由这四个维度构成的。即使是非虚构也有隐形的第四维度。

2. 创作的难题还在于"实时性"、无陌生化

"共时+实时"所展现出来的一堆一堆的事件，就是前面所说的时间转化为空间——被异化的时间。变成极大点和极小点，它也

有先后线性次序。但在数字化时代，每个点从内到外可能被扭曲和放大离开原来的真相。每个点从外部来说，总结和概括，从内部来说激发活力。真正回到时间本身，对"现在点"本身进行一种"时间性"的拓展。至于当下的两种拓展形式，"超现实"可以看作文学时间的一种延展手段。现实性相当于照相术中的实景，超现实可以看作一种"光晕"。本雅明在《机器复制时代的艺术》中认为机械复制技术制造了"世物皆同的感觉"，令人神往的古典艺术的距离感和唯一性被彻底消解，以至于古典艺术的"灵光"消逝殆尽。如何解决"艺术美境的流失"问题？文学作品尤其是长篇小说或多或少会夹带一些超现实手法。一段时期拉美的魔幻现实主义受到追捧，可以看成作家试图对古典艺术灵光进行拯救。现实主义或者自然主义描摹的机械重复方式还原了时间，这种稳定的、让人安心的时间性，在文学形式中魅力不减。非虚构的再次崛起充分说明了这个问题。但如果将所有事物都纳入精确的时间表达中，实时与光晕的张力无法体现，人类天生固有的艺术美感会跳出来闹事。打通现实与超现实时间，在过去和未来更大的空间认识自身，可能更有利于反思当下。

　　历史和经验可能提供一些方法。工业化、城市化进入成熟时期以来，文学时间的点状特征越来越游移，很难让人抓到关键点，因为根本就没有关键和核心，它是散点的，文化、思想和艺术表现手法，还有文艺载体都多元化了。另外，二次创作和多次创作如长篇小说改编影视剧，继而改编成动漫、游戏、旅游胜景及周边产品，重心转移。文化场域形成多种主流，还有逆流、回流、旋涡。时代潮流由主旋律与民间立场、庙堂与江湖、本土经验与世界视野等组成，并相互激荡。以近百年中国小说中女性角色的定位为例，现代小说女性角色一直在变。在妇女权益没有得到基本改观、生产力没有有效解放、生产关系向强者倾斜的年代，女主基本是白莲花、柔弱，或者柔弱中带着一丝丝坚强，大多是"小鸟依人"型。鲁迅笔下的经过奋斗最后妥协的子君，丁玲笔下勇猛新潮的莎菲女士，哪个更真实？女性的自我变革在时代大背景下变幻着姿态。互联网时代，独立人格、大格局女主广受欢迎，依附性的纯爱情题材显得"不高级"。小说中女性角色变强以后，男性反而正常了。角色定位其实就是想要找回真正的人的价值。这也是前面讲到的两种历史的交叉问题，社会变迁影响人物角色的变化，同时也取决于社会与作家所在的民族国家在世界格局中的位置等因素。作为创作主体的作家可能没有意识到，这其中的聚集点在变化。

三 当下小说的时间点状特征分析

对作家而言，在两个历史交叉的支点，以及现代性未完成的大前提下，哪些点发光、哪些点可以浓墨重彩，过去很清晰，现在却混沌一片。当下有多个集中点，每个集中点关注的人都不在少数。题材是文学外部的事，什么题材都可以写出好东西，如新农村题材小说、城市题材小说、历史小说、家族小说、官场小说、生态小说、女性小说、言情小说、家庭伦理小说、财经小说等，甚至武侠、玄幻、盗墓、悬疑以及各种爽文，以抓取肤浅的快感为目的。题材是外在性的，无论什么题材都有外部视角和内部视角的区别。以上题材如果视角向内，用超现实主义、现代主义的手法来写，就会更贴近人的精神发展史。现实主义手法多是向外的视角。报告文学和非虚构成为一个新的生长点。非虚构也可以写出精品力作。非虚构、现实主义题材更接近社会发展这条历史规律，它的不足之处是在人的观念、精神、心灵等的问题上探索性相对偏弱。作家存在着载道与言志这两种创作倾向，有些作家知识背景和性格整体上偏向载道，这跟作家的文化传统和时代大环境有关。在社会重大变革或转型时期，他们有家国情怀，关注外部问题，虽处江湖之远仍然会忧庙堂之策。文化诗学传统会将一部分人引向言志的方向。作家到了一定层次，一般都是两种气质都具备。这两种气质其实是两种不能分开的结构性属性,关注社会发展的人内心有很强的理想主义情怀;偏向诗学传统的人是想把现实关怀用变形艺术呈现出来。两者在技术上侧重点不同,思维和视角方面有外部与内部的区别。人们往往过于关注外部社会发展的"线",而忽略了精神内部的"点",把文学时间看作哲学和物理一样的线性。不同层次的社会发展,其聚集点大不一样。本土经验放在世界性的大框架中,它也是点状。各民族国家、种族、地区、宗教的语言表达和思想成果所形成的区块特征即"点",综合起来成为我们所说的"世界性"。中国文学、欧洲文学、英美文学、印度文学、尼日利亚文学都是世界性中的一个点,这些有很强属性的"点"综合起来形成了整体的世界性。

  文学内部的聚变与离散构成了文学的时间点状动态变化,有恒久的点,有稍纵即逝的点。人性和灵魂内部的东西在大灾大难中容易显现出来,这就是为什么无论哪种题材的作品,主人公的成长都需要苦难加持。人活着需要信念支撑,在阴沉基调之上必有明艳夺目之光,否则人就看不到希望,找不到活下去的勇气。平凡的事例也能在细节上体现出人性的光辉和温暖的底色,这是好小说见功夫的地方。高明的作家能把普通人的日常生活写出大气象。时间点状关系有其偶然性和必然性。为什么中国画的最高境界有一种神秘感?中国画的魅力就在于笔墨中的偶然性,有即兴的成分,其他门类的艺术这种成分很少,表演有,表演将偶然性处理得好的一定是出色的演员。皴擦和晕开都没有定量,笔墨线条是有章法的,但把握二者的张力需要画家的才华。作家的才华同样体现在如何把握偶然性与程式化的辩证关系。这个关系把握不好,就会堕入技术主义的陷阱,技术主义与形式探索是两码事。技术主义者有能力生产出"好看"但价值不高的作品,甚至批量生产,团队协作,比如那些好以惊心动魄的情节见长的长篇小说,每个细节都扣人心弦,通篇高潮迭起,泪点和爽点精确地落到点上,契合读者的娱乐心理。这些作品富含肤浅的美，有目的的善，但其传播效果却与文学价值成反比。人工智能时代，AI完全可以写出这样的小说，这些情节设置是可以程式化的。英语写作课里有写作模型图，告诉初学者怎么铺垫，怎么设置悬念和高潮。当然写作班不只讲技术，也讲情怀，如拯救地球、打怪扶弱、行侠仗义等主题小说。商业大片的剧情大都符合这个设置。当把拯救人心、唤醒生命本身作为口号时，"点"本身需要拓展广度和厚度的任务可能被弱化。

◇◇ 第二节　湖南作家的前沿探索

回顾过去的20年，谁也不能否认这样一个事实：文学的圣殿已经在经济洪流中倾圮，文学行业被底层化、边缘化。"文艺青年"常常是被调侃的对象。青年把目光投向了别处，有成就的作家也转行的转行，隐退的隐退，只有少数还在顽强地坚守。文学杂志发行量锐减。曾经红火的报纸副刊改版成为娱乐、生活、休闲，不再有文学园地。文学经典著作不再畅销，心灵鸡汤、名人传记、厚黑学、成功学成为必读书目。就在21世纪头十年，笔者所在的文学研究所到湖南省各市州文联作协进行调研，常常遇到一些尴尬现象，越是经济情况好的地区越是找不到作家来开座谈会，主席们碍于面子东拼西凑，勉强凑到一拨人，所谈内容无非是经费紧张、生计艰难。至于文学本身，拿不出几个像样的东西。作为湖南省级的文学研究机构，也差点被撤销或者合并。全国大约有四分之一的省级社科院文学研究所更名为文化研究所或者合并为文史所。这几年情况好转，有些地方又开始恢复文学所的名称。熬过了惨淡的20世纪90年代末至21世纪初这段时光，文学的种子又开始滋滋地冒芽，一年比一年好。中国社科院文学研究所从2003年开始编写《文学蓝皮书》。文学开始显现出复苏景象。

文学创作从来是个体智思行为，不太需要同伙，也用不着帮手，更不需要昂贵复杂的设备，很多伟大的作品都是在几米见方的斗室里创作出来的，所凭借的只有大脑和纸笔，现在也就是多了一台电脑。同时文学创作又是极其社会化的活动，作家的知识结构、气质气韵、价值观念、心理构成、文化选择、审美倾向、艺术感知等很大程度上来自社会，因此它必然存在团体效应。所以谈一个地方的作家一定涉及当地文化。自然环境和人文环境与作家、作品、读者之间到底有多大的关联？随着信息化时代的到来，全球视野，多元文化板块的漂移、重组、生成，人的流动迁徙频率加大，社会制度变革下原有的阶层固化结构被打破，这种关联度更加模糊，"文学地理学"的研究难度加大。文化类型、族群结构、人文地理的时空流转对作家的影响是毋庸置疑的，个人感知来自社会，表现对象以人为主体。"原始之力"是创作的根本冲动，"教养"（或"理性"）则让这股力量成型并上升为艺术，这两样东西在湖湘文化中恰好是两块基石。作家动笔之前首先要解决一个认识论的问题，怎样认识人的本质和结构以及人与客观实在的联系。这个问题看起来大而空，但对于一个作家来说他必然有一个落脚点。"原始之力""内感知"都强调人向内心探索的功能，理学精神也讲"反求诸己"，扩充自己内心固有的良知良能。二者其实最后都走到了一个方向。在辩证唯物主义认识论一统天下的时代，湖南作家在认识到"实践"的重要性的同时，还意识到"情"与"理"其实就是水与流的关系，虽然大多数人不一定有这种理论自觉。在文学创作中两股力量并不一定要对等均衡，美学性趋向和思想性趋向并不是对立的，偏"情"的时候会更注重艺术，偏"理"的时候会更注重思想。

  无论是偏向艺术还是注重思想，文学在意识形态中扮演重要角色的时代，湖南作家的这种独特的诗学特征使得他们异常抢眼。信息化、智能化时代，多维立体的复杂现实对作家的要求更高，因为作家和文学本质并没有发生变化。文学就是这么一个怪东西，经验告诉我们，经济发达并不一定能带来文学繁荣，拿钱堆出来的文学，也不见得就是好文学。就算个人奋斗和官方鼓励双管齐下，也并不一定就能逼出惊世之作和传世经典。当一个人带着强烈的追名逐利的企图去从事文学创作，挖空心思琢磨着如何才能打动读者、引起轰动，其作品往往很难经得起时间的考验。但人还有最基本的生理需求和荣誉感，作家毫无疑问是一种职业，何况现代社会早已赋予了它职业的含义。作为职业它就应当还有养家糊口、满足人的基本生活需求的功能。这个职业比其他职业更需要丰富的生活积累，很好的教养，很高的智慧，精深的技艺，崇高的精神。但它又不同于别的职业，当作家就不能抱太大的"雄心壮志"。这是世上最难的职业！为了保持行业活力，它跟其他职业一样也有行规和定量、定级的要求，也就难免庸俗化、市场化，必须考虑排行榜、奖项、作品发行量和影响力，包括团队效应，文化艺术管理部门的成绩总结等。量化的结果是把艺术品与工业流水线产品画等号，所以很多作家抵触这种搞法，作家还要拿出一些精力排除这些世俗的干扰，使自己处在流俗之外，尽量单纯。邀宠心理是文学创作的天敌，一个优秀的作家有能力看清这个现象，也有能力摆脱这种欲望，并且超越这个层次。伟大的作家和清苦的生活两者并不是一对因果关系，也许有的人，他们有意要过一种清教徒式的生活来达到精神上的纯粹，这些都因人而异，有的人觉得肉身的欢愉阻碍了精神的提升，为了文学，或者通过文学这种方式抵达更高的精神层面，不得不有所放弃。湖湘文化崇尚"经世致用"，因此，湖南人既懂得执着，也舍得放下。

　　文化风气处在变动之中是一种常态，但一个地方的文化底蕴深埋着，是一种看不见的物质和意识，可能会在不同时代以不同形态表现出来。不管思想资源出自哪一种文化传统，"美""善""真"都是写作者永恒的追求。如今各行各业都比文学有利可图，还有很多行业比从事文学更容易出名。早些年经济学领域有一个新名词叫

"新常态"，文学是否也进入一种"新常态"？"常态"其实并不好玩，它意味平稳扎实，还意味着作家要更注重作品的质量，注重个人的修为和社会担当。位置、格局发生了变化，社会也会相应地对作家增加新的期许。新常态的"新"意味着复杂性和一些不太好把握的新情况，以及必须面对的新困难。也好，文学的态势安静下来，写作都被重新排列组合，挤掉一些水分，从被动卷入到主动介入，这个过程可能有点长。现在还能坚持下来从事文学创作的人有很多是出于对文学的真爱，他们经历了漫长的准备和等待，死心塌地与文学长相厮守。有爱，才有坚持的理由。常态是处于一种相对放松状态，很多好的文学作品都是在放松的状态下写出来的。放松意味着还有不那么好的一面，有时候要出丑，有时候很烂、很幼稚，不自量力、好高骛远，有时候松松垮垮，不够积极。新事物与旧事物激烈碰撞，强的干掉弱的，重新洗牌，你不知道下一分钟会发生什么。同样，和平时期，一个人的人生一眼看到底，20年相当于一天。少了大开大合的传奇故事，琐碎的日常更考验作家的笔力。其实，太刻意和太放松都不好，虚假的文艺腔同空洞的政治腔一样，都是太过刻意的结果，网络文学中大量的泡沫又是太放松的结果，松得太厉害作品就没有质量。

　　文学，除了给人带来奖项、荣誉、成功人生等世俗化的好处，它总有一种冲动，它要超乎凡俗，要追求卓越，要实现高层次的精神价值，有的甚至高得不切实际，高到肉身凡胎根本做不到的那种程度，但是文学有必要树起这样的标杆，它使人性趋向完美。作家一方面要揭露停滞、庸俗、腐朽以及精神的萎靡，另一方面有责任把光明和清澈引进来，照亮尘世间的昏暗和混乱。如果说20世纪八九十年代的文学热潮曾经让人们激情燃烧、尽情释放，那么现在正好冷静下来，思考一下过去没来得及思考的问题，锤炼一下写作之外的能力，比如，反省的能力、独立于批评之外的能力、不受市场控制的能力等。

◇◇ 第三节　王跃文《漫水》的灵空与温润

"星沉海底当窗见，雨过河源隔座看。若是晓珠明又定，一生长对水晶盘。"同《锦瑟》一样，李商隐的这几句诗也被认为是唐诗中比较隐晦艰涩的诗句，诗句的大时空感和不可捉摸的感怀之情，读者可以按照自己的心境去体悟。襟怀大者，从中感受到宇宙之博大；身陷闺怨私情者能读到彻骨的伤感；焦躁烦忧者能感受到沁人心脾的凉爽。李敬泽认为这首诗里有高远境界："义山诗里有大寂寞，是一个人的，是岁月天地的；义山是被遗弃在宇宙中唯一的人，他是宇航员他的眼是3D的眼，他看见了星沉，同时看见雨过，他的寂寞地老天荒，壮观玄幻，是华丽的、澄碧的、寒冷的、坚脆的，这世界如水晶琉璃。"[①] 王跃文写《漫水》是不是也曾受到过李义山诗句的启发，不得而知。《漫水》背后的境界高可抵星空，低可至尘埃。王跃文用极慢极细的手法达到这种深广的境界。文章叙事与骑自行车有可比之处，骑车的人都知道，如箭矢般飞驰与定在原地具有同样的难度，极快与极慢都是最高境界。马尔克斯的《百年孤独》以眼花缭乱、跌宕起伏的叙事艺术著称，读者跟着人物和情节飞奔，如坐过山车一般兴奋刺激。曹雪芹的《红楼梦》则由贾府琐碎的日常徐徐展开，读者几乎与书中人物一道在大观园里享受时间的静止。《漫水》显然更像后者。余公公与慧娘娘的情谊，正像"星沉海底""雨过河源"，人生一定存在着那种近在眼前又遥不可及的东西，触手可及却一碰即碎。

一　余公公美学的灵空与温润

王跃文在乡村题材上有天然的优势，通过他在《喊山应》中带

[①] 李敬泽：《小春秋》，新星出版社2010年版，第1页。

有自传性的叙事,可以瞥见他精彩、饱满、踏实的成长历程。对应《喊山应》的情节,小说《漫水》就是被高度提炼概括了的王跃文出生地湖南溆浦的一个村庄的故事。漫水作为一个村庄所承载的人文历史,可以放大视为整个中国同时代的人文历史。主要人物其实就两个人,余公公、慧娘娘,余公公是大伯子,慧娘娘是弟媳妇。作家把男女主人公的关系写得节制而哀婉,苦难而辉煌。《漫水》区别于大多数乡村题材小说写法,作家给主人公赋予极高的美学高度和人格高度。主人公余公公对周围的人有一种温润如玉的浸润感和崇高的力量感。漫水也没有真正的坏人,他们的过错都事出有因。这是作家对生命的思考,他以一颗童心看待这个世界,正如李贽所说:"天下之至文,未有不出于童心焉者也。"[①] 作家想在人的普遍性与特殊性之间找到一个合理的解释,一种符合基本人性的解释。余公公大名叫有余,有余辈分大,公公就是爷爷的意思,漫水人都叫他余公公。余公公心细,把日子过得像闲云。"他儿女们都说:老爹要是多读些书,必定是了不起的人物。漫水只有余公公跟旁人不太像,他不光是样样在行的匠人,农活也是无所不精。漫水这么多人家,只有余公公栽各色花木,芍药、海棠、栀子、茉莉、玉兰、菊花,屋前屋后,一年四季,花事不断。有人笑话说:'余公公怪哩,菜种得老远,花种在屋前屋后!'"[②] 余公公有见识,是漫水先进文化的代表。城里人想花几万块钱买漫水的龙头杠。他听在外留学的儿子说,龙头杠是文物,他用最朴素的方法保护这个文物。有一次慧娘娘跟他说:"余哥,龙头杠祖祖辈辈在我屋的,只怪强坨不争气。我想,龙头杠要不要漆一漆?漆钱还是我出,功夫出在你手上。"[③] 余公公是好木匠也是好的漆匠。他笑眯眯地说:

[①] (明)李贽:《焚书》,李竞艳注说,河南大学出版社2016年版,第325页。
[②] 王跃文:《漫水》,湖南文艺出版社2018年版,第3页。
[③] 王跃文:《漫水》,湖南文艺出版社2018年版,第6页。

※　湖南文学的本土经验与世界性

"老弟母,我们漫水龙头杠不要漆,永远都不要漆。漆了,可惜了!"①尽管慧娘娘在漫水老一辈妇女中最有文化,但还是不明白为什么不能上漆,她显然不知道文物越旧越值钱!他怕有人动歪心思打龙头杠的主意,用猫儿刺罩住龙头杠。他保护龙头杠的动机很简单,他跟慧娘娘说,哪天他们被阎王老儿请了去,用几十万块钱的龙头杠抬,面子天大!

余公公对美有很强的感悟力。作家安排了一些具象的东西,其中最具有代表性的是笛子。余公公巨大的孤独如何排解?夜晚吹奏一曲,与自己心灵对话,向山川草木、鸟兽虫鱼倾诉。他对山川风物的感知能力细腻而深刻。余公公对事物观察入微,用心感受,他不仅能辨别蛐蛐和灶蚍子,还能辨别出蛐蛐的性别。山村的夜里有虫子吱吱叫,他弟弟有慧不假思索地认为就是蛐蛐在叫。有余(即余公公)纠正有慧的说法:

"我看都不要看,就晓得不是蛐蛐,是灶蚍子!"有慧是个犟人,说:"余哥,你做功夫手巧,我承认!蛐蛐,灶蚍子,一回事,我都不晓得?"有余笑着说:"有慧,你的眼睛,看马同驴子,都差不多。你说的话,只有你阿娘信!"有余这话惹了有慧的心病,两人都不说话了,埋头抽旱烟。有余自己找梯子落地,说:"不信,我去捉个蛐蛐来!"蛐蛐叫声四处听得见,想捉个蛐蛐却不是件容易事。②

他们的美学心性都不在一个层面。有余捉了个蛐蛐回去,有慧早把这事忘记了。有慧说:"认得蛐蛐算个卵本事!"给有余来了个下马威,蛐蛐停在他手心,一蹦,逃走了。有慧阿娘(即有慧的妻子,漫水人都叫她慧娘娘)连忙替他打圆场。有余还给有慧和慧娘

---

① 王跃文:《漫水》,湖南文艺出版社 2018 年版,第 6 页。
② 王跃文:《漫水》,湖南文艺出版社 2018 年版,第 11 页。

娘普及昆虫和动物的知识，他分得出"公早禾郎"和"母早禾郎"。"早禾郎"就是蝉。他又以公鸡和孔雀为论据，推导出公蛐蛐晚上叫是喊母蛐蛐。余公公的一整套推论有严密的逻辑。有慧却打岔说，你"你夜里吹笛子也是喊母蛐蛐"。气得有慧阿娘骂自己的老公"嘴巴不上路"，说有慧脑子笨。在这件事上有慧有他的深刻用意，有慧采用非逻辑证明的"强制阐释"，论证有余吹笛子是别有用心。哥哥有余是远近闻名的有魅力的好男人。有余吹笛子，高山流水遇知音，这个知音却是有慧的老婆。慧娘娘一听到有余的笛声就禁不住打拍子，有慧就吃醋。有余与这位弟媳妇在同一个审美层次上，但伦理的高墙阻隔了他们的美学交流。

乡村伦理是乡村秩序的底层逻辑，与法治构成共生互补关系，法的威慑力远不及伦理对人心的规制，因此，乡村常常出现理大于法的局面。"传统乡村伦理中有许多值得肯定和借鉴的地方。传统伦理，其中很大部分与乡村伦理有密切关联，比如慎终追远、亲敬忠孝的内涵，对于中国社会和人的生存具有不可缺少的重要意义。"[1] 贺仲明做出这一推论，有他的依据，他认为中国人不注重宗教信仰，将传统伦理作为精神依托，以此为信仰。因此，中国人尤其是汉族，对家、对祖先的信仰，异于其他民族或种族。他们倾心维护着这个精神依托，不使自己处于精神真空的状态。余公公与慧娘娘属于大伯子与弟媳妇的关系，这一对关系有着严厉的禁忌。在有些农村，小叔子与嫂子可以打打闹闹，开荤玩笑，大伯子与弟媳妇却不能。分析背后的原因，大伯子处于强势地位，对弱于自己的弟弟的婚姻可能构成威胁，需要靠外在的道德伦理约束和个人内在的严厉的自律来保证社群和家族的安全。违反者将遭到家族和社会的双重谴责。《漫水》正是利用这一内在矛盾张力展开叙事。余公公与慧娘娘处在同一个美学层次，在对生活的热爱、对美的欣赏、

---

[1] 贺仲明等：《乡村伦理与乡土书写——20世纪90年代以来的乡土小说研究》，人民出版社2017年版，第327页。

对他人的宽容方面，二人心性相通，遇事只需一个眼神就知对方的意图，有高度的心灵契合。余公公始终极度自律。尽管漫水个别人说闲话，背后议论，余公公自认为，清者自清，浊者自浊。在一些关键事件上显出他高洁的人格。

余公公的美学建立在高超的技艺之上，无论是种花种菜还是上山捡枞菌，余公公都是深度的技术痴迷者，他给老木上漆除了有非常严格的程序，还有一些不易被其他人掌握的秘诀。当慧娘娘担心阴雨天漆干不透影响质量，余公公却笑得很得意地告诉她："老木上漆，落雨还好些！天晴有灰，漆就怕灰。落雨天只是干得慢些，没有灰。干得慢不怕，反正慢工出细活。你的福气好，老天才照顾！"①

二　慧娘娘的苦难与辉煌

慧娘娘的来历对漫水人来说是一个谜，像秋玉婆之类的乡村长舌妇对她的身份早有猜测和议论。身份之谜的引线无处不在，几次都差点引爆这个火药桶。有慧有一次酒后吐真言，说我阿娘是我从堂板行（妓院）领回来的。有余把筷子往桌上一拍，对有慧吼说他放什么屁。有慧原原本本把事情的经过告诉了他，自己放排拉纤、担脚挣的几个辛苦钱都花在堂板行了。他与这位风尘女子已是老相识。突然世道变了，不准有堂板行了。女子在街上游荡，有慧就把她带回家了。"有余猛喝一口酒，说：'老弟，你一世只做对一桩事，就是把老弟母引进屋了。她是个好女人家！你样样听她的，跟她学，你会家业兴旺！'"② 有余知道慧娘娘的身世，对她更加爱惜。

王跃文对女性形象的塑造有一个历史变化的过程。《国画》里朱怀镜与玉琴的爱情还是郎才女貌的模式，玉琴作为30多岁的独

---

① 王跃文：《漫水》，湖南文艺出版社2018年版，第51页。
② 王跃文：《漫水》，湖南文艺出版社2018年版，第15页。

身女子，社交场上阅人无数。作者仍然让她保持处女身，满足像朱怀镜这种传统思想男人的"洁癖"。当朱怀镜发现"床单上鲜红一片"时，让爱朱怀镜这个小说人物的读者也长长舒了一口气。明清章回小说、民间渔鼓词中，冰清玉洁的女子必然是处女，否则不配"冰清玉洁"这个词。因此，玉琴为了证明自己正派、干净，最好的答案就是处女身。玉琴也因为有这一张王牌，才敢跟朱怀镜撒娇发嗔。"玉琴才哭着说：'算我看错人了，我只当你同平常人不一样，不会以为我是一个随便的女人。可你也是这么看我的，你以为我还是一个处女，就吃惊了，放心吧，我有过去的生活。你原以为我早同无数男人睡过觉了是吗？你想你是碰上了风流女人，乐得同她逢场作戏是吗？'"① 前现代宗法思想始终维护着男性的性权利，认为对女性的性禁锢越彻底就越安全。《漫水》跳出了这个思维逻辑。慧娘娘高洁、善良、知性、宽宏大量。年轻时身不由己落入娼门，自进入漫水村之后，勤劳持家，忠于婚姻，成为人人称道的赤脚医生、接生婆，还不计前嫌为秋玉婆妆尸。过往不堪的历史，不仅没有成为人格污点，反而更衬托出她的高贵。如果说《国画》中朱怀镜对玉琴的处女洁癖体现了前现代社会形态中两性关系的不对，作家不自觉地维护了男性的利益，但到了《漫水》，通过余公公对慧娘娘的态度，作家在男性对女性身体意识方面的视角发生了变化。如果《漫水》仅描写有余这位"真理化身、道德楷模"给她极大的宽容与爱护，那说明作者对女性仍然是一种俯视的态度。有余小心地护着这块"伤疤"，自己内心也完全接纳。就此打住的话，有余这样的旧式农民也很了不起了。慧娘娘做了很多善事，但乡民们仍然介意她的过去，时不时揭开这个伤疤。最后，慧娘娘通过自己的智慧、爱、宽恕、怜悯战胜了这种偏见，以强大的主体性完成了人格独立，美和善完全覆盖了过往的历史。这比单纯的被男

---

① 王跃文：《国画》，湖南文艺出版社2012年版，第58页。

性保护更具有进步性。

　　余公公的人格高度也是《国画》中朱怀镜不能比的。余公公从一开始就欣赏慧娘娘,他与慧娘娘惺惺相惜,他们俩各自的老伴都先后过世,一对孤男寡女做邻居。余公公给慧娘娘割老屋(做棺材),慧娘娘给余公公做寿衣。两个人始终互相照应,不让人伤害对方。余公公处处护着慧娘娘。慧娘娘每日早起,先在屋后井边浆洗,再去做早饭吃。她早想喊余公公不要再开火,两个老的一起吃算了。话总讲不出口,一直放在心上。慧娘娘吃过早饭,没事又到屋后磨蹭。空气里的樟木香让她心情舒畅。"往年她每日背着樟木药箱,每日听着樟木香味。别人的药箱都是人造革的,慧娘娘不喜欢听那股怪味道。有个省里来的专家,看见了慧娘娘的药箱,打开看了看,问:'用樟木做药箱,很科学!天然樟脑,可以杀菌,防虫。谁做的?'慧娘娘只是笑,脸红到了脖子上。"① 老木两头可看见樟木的年轮,慧娘娘看到两副一大一小的老木,突然觉得那不是两副老木,而是躺着的两个人。她心上就有说不出的味道,不好意思再往前走。余公公有面子,村里人杀了猪,都会上门来请。余公公总是说:"'你请慧娘娘,她去我就去。'人家就说:'慧娘娘病没好,不肯出门。'余公公就说:'大家多请几次,她的病就会好的。'果然,慧娘娘的病就好起来了。"② 漫水乡邻尊敬余公公,请他到家里一起过年,余公公总是说年还是在自家过,叫花子都有个年。但强坨来请,余公公就改了口。强坨要伯爷跟他家一起过年。余公公就会问强坨是谁的主意,强坨就说他和娘都想请他去,余公公心里就美滋滋的,怕强坨对他和他娘的关系产生误会,便发一番感慨,"我同你爹娘做了一世兄弟,就是一屋人"。把自己早早准备的干枞菌拿出来,他知道慧娘娘喜欢吃枞菌,要强坨做道枞菌炒腊肉。要强坨先瞒着他娘,"等泡香了,看她还听得到枞菌香不"。漫

---

① 王跃文:《漫水》,湖南文艺出版社2018年版,第48页。
② 王跃文:《漫水》,湖南文艺出版社2018年版,第53页。

水人把闻到气味讲作听到气味。漫水的枞菌分两季,下半年的乌枞菌更香。

余公公对慧娘娘的好,在给慧娘娘办丧事时全面表现出来。慧娘娘因为儿子强坨偷龙头杠羞愧难当而病倒。慧娘娘落气后,余公公跟慧娘娘说了一些肺腑之言,屋里帮忙的人都哭起来。余公公也泪涟涟地说:"老弟母,你是个苦命人啊!是人都有娘屋,你没有;是人都有外婆,强坨没有。不是碰到慧老弟,晓得你要落到哪里啊!"①边哭边诉,情真意切,堪比贾宝玉的"芙蓉女儿诔"。老屋早已安放在中堂,慧娘娘穿戴好了,抬进去躺着。老屋睡了人,就喊灵棺了。灵棺四壁是红红的朱砂漆,寿被面子也是红的,映得慧娘娘脸如桃花。余公公伏在灵棺头上看着,心上说:"脸红得这么好看,哪像去了的人?"②眼泪就吧嗒吧嗒,滴在慧娘娘的脸上。他们二人之间深厚而干净的情谊在一些细节上表现出来。没有人给慧娘娘妆尸,余公公亲自妆,给她用生前喜欢的碱水洗头,给她乌黑的头发擦茶油,插银簪子;提前给他自己和慧娘娘割樟木老屋,双份的木料双份的老漆和朱砂;连夜赶制龙头杠;担心没人哭丧,看到受过慧娘娘恩惠的人都哭着就放心雕龙头杠;把自己最喜欢的笛子给她陪葬。作家把他们的这种关系写得节制而得体,再放纵一点就沾了情爱,再收紧一点就体现不出深情厚意。余公公永远记得阴历九月初十是一个特殊的日子,那是慧娘娘来漫水的日子。类似于割老屋这种大事他都选这个日子。慧娘娘每次问他怎么记得这个日子,有慧都不记得,她自己也常常忘记。余公公总是说,眼前的事老忘记,年轻的事总记得:

那年,粮子从漫水过路,阴历九月初八到的,歇了一夜,初九走的。我想参军吃粮,娘不准。娘身体不好,说,余坨,

---

① 王跃文:《漫水》,湖南文艺出版社2018年版,第60页。
② 王跃文:《漫水》,湖南文艺出版社2018年版,第60—61页。

你初九走，我初十死！我就没有去。娘这句话我一世记得。初十，慧老弟把你引回来了。听说慧老弟引了个阿娘回来，我娘说，粮子的衣服变了。世界也变了。①

有余每次被问起都准确无误地重复这段话。这段话有几个关键信息，粮子（兵）的服装颜色变了，世界也变了。湖南和平解放，国民党军队走了，中国人民解放军来了。"初十，慧老弟把你引回来了"这句话刻意在"初十"后面断句。1949年10月1日正是农历九月初十。新社会解散妓院、赌场、鸦片馆等场所，慧娘娘正是在这个日期获得重生。作家巧妙地把这个重大的历史转折时期的具体时间节点嵌入文本，慧娘娘这种被残害的社会底层的人民获得新生，这个时间节点被反复提起，具有一种象征意义。余公公记得这个日期的深层含义，可以一层一层地打开，表层意义是对慧娘娘进漫水的永不褪色的美好记忆，深层含义超越了事情本身，具有多重含义。漫水一切动荡以及动荡之后的宁静平和都在这个大前提上展开。

三　以儿时经验为参照的暖色系渲染

《漫水》的静态美有一种氛围的渲染，暖色系的背景，布面油画中的村庄，朦胧中透着晶莹的暖光。小说的开头就铺开了调子，村子在田野中央，四周远远近近围着山。典型的南方丘陵地带的农村景象。

> 村前有栋精致的木房子，六封五间的平房，两头拖着偏厦，壁板刷过桐油，远看黑黑的，走近黑里透红。桐油隔几年刷一次，结着薄薄的壳，炸开细纹，有些像琥珀。②

---

① 王跃文：《漫水》，湖南文艺出版社2018年版，第33页。
② 王跃文：《漫水》，湖南文艺出版社2018年版，第1页。

这是一种有画面感的描写，远景是一幅世外桃源的美景，镜头推向局部，读者眼前闪现着"结着薄薄的壳，炸开细纹，有些像琥珀"这种有历史感的布面油画印象。微微翘起的瓦檐，屋上的瓦角，"瓦角扳得这么好看，那瓦匠必是个灵空人"①。灵空是漫水人对人智慧的一种赞美，再往上走，接近空灵的境界。由此可以看出，漫水必有上根利器者，心向佛性，才用这个词代替聪明。与之类似的湘中地区方言，以长沙为代表，说一个人聪明用"灵泛"，北方方言（已成为规范普通话）也讲"灵活"。"灵泛""灵活"都不及"灵空"来得高远而玄妙。漫水的灵空的人会把生活过得很空灵。

《漫水》中通过儿童游戏玩闹的场景表达了漫水人的温暖与平和。余公公是木匠，从刨子口吐出的刨叶子就成了孩子扮酷的道具。"强坨同巧儿捡起地上的刨花，抠了两个洞，当眼镜戴着玩。"② 有过乡村成长经验的人都知道，偷吃水果与偷偷下河游泳，面对的是两种不同的伦理评判。虽然前者涉及道德品质的培养，但在乡村，只当是孩子玩闹，大都睁一只眼闭一只眼，持默许的态度。而后者却是被严厉禁止的，因为涉及生命安全。谁家因此体罚孩子，旁人并不劝诫。但这些都会成为童年的"美好"记忆。漫水的孩子都掌握了偷甘蔗的手艺。"用脚踩着甘蔗蔸子，闷在土里扳断，不会有清脆的响声。一望无际的甘蔗地，风吹得沙沙的响，伢儿子在里头神出鬼没。"③ 偷橘子吃就要特别小心，橘子皮的香味容易留下把柄。孩子们也自有办法，扯一把干草裹着橘子剥皮。"有人发现自家甘蔗或橘子被偷了，多会叫骂几句，哪个也不会当真。

---

① 王跃文：《漫水》，湖南文艺出版社2018年版，第1页。
② 王跃文：《漫水》，湖南文艺出版社2018年版，第29页。
③ 王跃文：《漫水》，湖南文艺出版社2018年版，第5页。

哪家都是生儿养女的,伢儿女儿哪有不调皮的!"①偷偷下河游泳就没那么轻松,在有余和有慧家甚至引发一场事件。发坨带着弟弟妹妹到溆水河里洗澡,检验是否在河里洗澡有一个通行的办法,"有余抓住发坨的手膀,拿指甲一划,一道白白的印子"②。慧娘娘怕有余打孩子太狠,就来劝解,说可能是她家强坨要发坨带的。强坨受不得冤枉,强坨说蛤蟆潭不敢去,发坨说不敢去是婊子养的。"婊子养的"这句子话对其他人来说,就是一句单纯骂人的话,大都不会太在意。对强坨来说,却是真实的,而这个真实蒙着一层脆弱的薄纸,通过孩子无意间的玩闹,捅破了这层纸。秋玉婆正好路过,一阵火上浇油,差点闹成群体事件。

乡村掌故,既有实用主义,又有由实用主义提炼而来的典礼制度。关于龙王的故事,漫水没有人见过海,日子里却离不开海。天干久旱,依旧俗就得求雨,行祭龙王的法事。男女老少,黑色法衣,结成长龙阵,持香往寺庙去。一路且歌且拜,喊声直震龙宫。人过世了,得用龙头杠抬到山上去。楠木雕的龙头,权威的象征。余公公因没有亲手雕刻这样的龙头杠而心生遗憾。小说里的乡言俚语充满智慧且含义深刻。绿干部的妻子小刘因生活作风问题,下放在漫水村改造。慧娘娘把这个秘密瞒得死死的。不想有一天绿干部来了,说小刘给他戴了绿帽子,吵吵嚷嚷要离婚,有余教育绿干部:"俗话说,一条鸭公管一江,一条脚猪管一乡。脚猪算男子汉吗?你脾气不改,你不像个好男子汉,你阿娘还会偷人。"③

起新屋、割老屋是这篇小说的生产主线,由这一条主线呈现出了漫水人的生死观、价值观。人物在生死大事面前如何立起来?作家暗暗用乡村伦理给人们的行为规范划了上线和底线。乡村向来不喜欢用严刑峻法,更愿意借助偶然的天象做类比教化。乡村人大都

---

① 王跃文:《漫水》,湖南文艺出版社2018年版,第5页。
② 王跃文:《漫水》,湖南文艺出版社2018年版,第37页。
③ 王跃文:《漫水》,湖南文艺出版社2018年版,第34页。

天真遵循自己的天性，只有像余公公这样德高望重的人，健壮有力又性格温顺，忍耐力极强、超负荷负重，他们用一种高难度的自律，过得节制而得体。他们还要接受秋玉婆这样的人质疑与挑战。秋玉婆背后说人坏话，当面给人难堪，以小人之心度君子之腹，无中生有，伤害了很多无辜的人。作家在处理这一类人物时，仍然保持宽容和怜悯的态度。秋玉婆死后，儿子铁炮借寿衣去了。

> 有慧阿娘又喊人加热水，不能叫水凉下来。突然，响起一声炸雷，秋玉婆的下巴掉了下来。死人的下巴往下掉，下眼皮也拉开了，眼睛白白地翻着。女人们都惕得弹，不停地拍着胸口。有人就说："冤枉话讲多了，遭雷打。这回真是相信了。"①

一声炸雷，惊掉了下巴，可能有声学或力学学理，乡村伦理把这个偶然现象联系起来，做坏事得到了报应，惩恶扬善的任务就交给了老天爷。人的心情好坏也与天象联系起来。南方农村过春节时，初一听外面的鸟叫判断一年年成。余公公听到喜鹊叫就宽心了。人们怕听到麻雀叫，因为麻雀叫是灾年。慧娘娘跟他都欢天喜地地讨论刚刚听到的喜鹊叫的事情。

乡村美学的要素都是与土地相关的。人的尊严也是土地赐予的。农民种地种的是脸面。慧娘娘的儿子强坨种菜敷衍，余公公总是批评他，余公公自己把种地上升到人格的高度。他与土地的默契其他任何人都比不了，他的菜比别人好，庄稼比别人茂盛。他有一个秘密菜园，他带着黑狗采枞菌，藏在刺蓬里一窝窝枞菌等着他去采。余公公与慧娘娘在地场坪晒日头，闲坐没事，余公公就吹笛子。他新学了几首曲子，不再窜来窜去了。慧娘娘听得享受，脚在

---

① 王跃文：《漫水》，湖南文艺出版社2018年版，第45页。

地上轻轻地点着。黑狗和黄狗趴在地上，好像也在听笛子，这个光景很美，人生最美境界。

王跃文善于用自然景象营造氛围。他描写慧娘娘的悲伤："日头开始偏西，井边的石板地到了阴处，开始变得清冷。慧娘娘仍坐在那里，想起死去的男人，眼泪又出来了。"[①]他把俗话与生字作为阅读的停顿，产生陌生化效果，如"放在火上燀几下""女人们都愒得弹"，搞网绊（男女私通）、灵空（聪明），双（含沙射影）、听气味（闻气味）、盘（搬）等，有古汉语的影子。

四 慢下来，倾听自己的内心

《漫水》不会发出《金色池塘》那样的宣言："为了爱，让我们有质量地活着。"他们的爱已经不是小我之爱。余公公爱漫水所有人，为他们做力所能及的事。有余割老屋也不要好处。他自己定的规矩，他不收，别人割老屋也不好收，都恨他呢。他肯定不知道孔子批评子贡赎人不取报酬的故事，他就是单纯地认为这样做对自己对大家都好。慧娘娘为漫水人接生、治病、妆尸。《漫水》通过两位老人回答了一些人生基本问题。第一个问题：人如何面对衰老和死亡。余公公从容地割老屋，慧娘娘平静地做寿衣。他们早已悟透了生死大问题。第二个问题：人如何处理仇恨。秋玉婆曾经中伤慧娘娘，慧娘娘却不计前嫌给她妆尸；绿干部曾经害过余公公，余公公却宽恕了他，还帮他与小刘夫妻和好。第三个问题：人如何管理自己的激情。余公公一生都以平和的心态待人，兄弟有慧误会他吹笛子，他不辩解，就把笛子藏起来不再吹奏。强坨下河洗澡事件，有余维护慧娘娘，有余阿娘有些醋意，两口子不免争执起来，但有余阿娘就是没点破那层纸。争执的原因是秋玉婆在外头说强坨是有余的种。有余也听出来了，只是装糊涂。他晓得话说穿了，不

---

① 王跃文：《漫水》，湖南文艺出版社2018年版，第18页。

第七章 不断变化的文学样态 ※

好收场。传到慧娘娘耳朵里就更不好了。第四个问题：人如何确立自我价值。慧娘娘落入风尘，命贱低入尘埃，来到漫水后却活出了高贵，成为漫水的天使。漫水人不管是来到这个世上还是离开这个世上，都从慧娘娘手上过。有慧阿娘说："做事都要有好处吗？日头照在地上，日头有什么好处呢？雨落在地上，雨有什么好处呢？余哥你是晓得的，他给人家修屋收工钱，做家具收工钱，捡瓦收工钱，只是给人家割老屋不收工钱。他得什么好处呢？"[1] 王跃文给笔下的每一个人物赋予了存在的意义和价值。对于他们不恰当的欲望和价值，如何评判？作者并不直接下断语。秋玉婆死后下巴脱落，强坨趴在泥泞里自我忏悔，绿干部后来发生转变等等，这些情节就是答案。《大清相国》里有坏人，《国画》里也有坏人，《漫水》里却没有一个真正的坏人，或者作者没有用"坏人"给他们贴标签。

作品把对人的宽恕、怜悯都落实到细节上，让读者从一些细小的琐碎的事里发现人性的光辉。有余边做手工活边给绿干部上课，把随便给人贴坏人标签的绿干部说得心悦诚服，他现身说法说自己活到40多岁，漫水老老少少两千多人，他都知根知底。太坏的人没有，整人的人有，但都是跟绿干部这样的人学的。过去家法惩罚忤逆不孝的人，他也只听见整过一回。绿干部蹲点整过多少人？那个被整家法的人在运动中却成了蹲点干部的得力干将。他又从绿干部自身经历给他启发，说绿干部14岁上山当土匪，一辈子的污点，让他扪心自问自己是不是坏人。绿干部开窍了，跟老婆小刘也摒弃前嫌。秋玉婆说了有余和慧娘娘多少坏话，有余和慧娘娘不计较。宽恕、怜悯是这个作品要提倡的价值。割老屋是承载漫水人的生死观的一个具象，其背后是放达的生命观。这一章节设置和叙述都有很高的艺术技巧。作者不露声色地把价值观表达出来了。

---

[1] 王跃文：《漫水》，湖南文艺出版社2018年版，第21页。

余公公维护漫水人性的善，一是以身作则，道德感化，二是保护村里所有美好的事物。龙头杠事件将这些表现得淋漓尽致。余公公每天都要检查盖在棕蓑衣底下的龙头杠，有一天发现两个空空的木马，棕蓑衣丢得乱七八糟。"余公公瘫软在地上，耳朵里嗡嗡地叫。"他从寒冷的地上慢慢爬了起来去敲着慧娘娘的门，慧娘娘吓得眼睛睁得箩筐大，余公公话还没出口自己眼泪猛地滚了出来，慧娘娘听说龙头杠不见了，也吓傻了一屁股坐在地上。龙头杠是余公公一生最大的事件。漫水人死后灵柩用龙头杠抬过，就是人生画上完美的句号，它暗含着高价值的人生意义。某种意义上龙头杠是一个美和善的象征，对龙头杠的守护，就是对乡村美与善的伦理的守护。

漫水人对死亡的态度出奇的平静，乡人常拿生死大事开玩笑，有余搬进新屋，大家都来贺喜，秋玉婆也来了，有余拍拍秋玉婆的肩膀要她多吃多喝啊！秋玉婆开玩笑说会敞开肚皮吃，把自己胀死！同桌也说出"死个老牛，吃餐好肉！死个小牛，吃餐嫩肉"这样的玩笑话，还说要热热闹闹把她抬到太平垴去。铁炮端着酒碗也趁此表达对娘的不满，说漫水没有几个人喜欢她，"死了没人抬，拿钉耙拖出去"之类的话，也算是间接地向乡邻们道歉。秋玉婆却并不生气，现场气氛欢快活跃。

《漫水》虽只是一个中篇，却对许多人生大问题进行了展开。有余大度纵容是因为看透了一些问题。他有老庄豁达的智慧——对于涉及自己利益的事，即面对生命本体时是道家思维；又有孔孟严厉的礼制——对于涉及自己欲望的事，即面对社会伦理时是儒家思维。他没读过孔孟、老庄，人生经验自然形成。乡村伦理传承下来有一套完整的程序，威严耸立的家法、祠堂是其象征，与新社会的法制和新社会的伦理互相支撑。这种不露声色的群众性道德约束，形成了乡村伦理的坚实基础。龙头杠被偷，村里人都知道是强坨干的，但他们并未进行词语上的严厉指责，而是进行一种特别的审讯：抬慧娘娘的灵柩上山时，抬柩的人用极端的手法整蛊孝子。强坨匍匐在泥泞中，终于听见自己的内心，幡然悔悟。

◇◇ 第四节　张枣诗歌的表面"现实"与意识深处

社会的变革和文明的升级并不是纯粹的外部形态变化，它是从内到外的一种系统性关系，人的情感过程是这个关系中的本质和核心。诗歌史告诉我们，诗与文明的演化史是同步的，无论是哪种风格的诗，说到底都是"现实主义"（社会现实和情感现实）：诗歌某种程度上就是人的精神史。从张枣的诗歌可以看到无处不在的现实性。思维方式现实性：后现代的非线性思维，跳跃、越界，反映出精神现象的演化史。语言的现实性：词语的空间排列，各种"垂直的力"和"弯曲的力"，形成一种势能，反映出诗歌语言的形式演化史。自然与人伦关系规则的现实性：隐秘化，心灵底部和幽暗处境，反映了诗歌伦理的演化史。认知的现实性：荒诞意象与失重体验，反映了心与物的演化史。节奏的现实性：情感节奏配合音节节奏，形成内部情感流动与外部环境混响的交响乐式节奏，表现了诗歌节奏从单一到复杂的演进过程。这些现实性表现在诗的整体和细节处，用"我是我的……"的视角探索现代人意识深处的东西；通过失重与悬浮，寻找存在与非存在关系；用形式的空格和语言空壳化，证明某种普遍性；非常规思维可达到对现象的穿刺与清空，从而对意义和感觉进行双重建构。

一　"我是我的……"意识深处

哈贝马斯说西方的现象学在 20 世纪末期遭到解构，他只说出了哲学界的一个客观事实，但是，现象学并没有消失，它在张枣的诗歌里出现了。反常规、反理性其实是另一种常规和理性，一切越界的东西最初总是让人怦然心动。我是我的说话对象，我是我的另一个我，我是我存在的唯一见证人和怀疑者。诗歌对象范围收窄，山川自然、社会万象不再是客体，而是审视的主体。我成为被审视的对象。孤单、晴朗、明亮的星星，竟然会让他感到诧异。风声和门响构成某种内在关联。他要寻找的是诗人的本质，或者诗的本质。渺小的自己，跟同样渺小的另一个我促膝交谈。

　　心理经验和纯粹意识无法抵达"我"的本质，要回到原始的意识现象，而现象背后有更重要的东西。"最后分开又一直心心相印。"① "跟我心中另一个透明的脸蛋讲和。"② 我是我的另一半、我与我达成和解。"我这些随波逐流的书页"没有思想、没有价值、没有理想，就是随波逐流。英雄远去，美好远去，只有不完美的日常。这就是真正的日常，这就是我。"一些念头苏醒，一些人因固执而死去。"③ 这是张枣 1984 年写的诗。念头会带来怎样的思想风暴？诗人是那场思想风暴的见证者和亲历者，但他不想说得太明白，他有迟疑，还在远观："苹果树会串起感动的念珠"④，"同时捏紧几个烈焰般的咒语"⑤。他的情绪是连贯的，他的所有的诗甚至可以看作一首诗。他把自己抛向时代旋涡中心，奋力抓取语言精髓，百炼成诗。古代诗人讲悟性的同时必须强调"如何去悟"。严羽说孟浩然的学识远在韩愈之下，"而其诗独出退之之上者，一味妙悟而已"⑥，这个妙悟的"妙"就包含了一种高深的方法。张枣在现代汉语诗歌中独树一帜，他探索出了一种高深的方法。我与他物的对照，理念的感性显现，或者我与我的，都体现为外在的对象性，而我是我的中的"是"经过了位置转换，成为内在的对象性。

---

① 《张枣的诗》，人民文学出版社 2010 年版，第 34 页。
② 《张枣的诗》，人民文学出版社 2010 年版，第 37 页。
③ 《张枣的诗》，人民文学出版社 2010 年版，第 39 页。
④ 《张枣的诗》，人民文学出版社 2010 年版，第 40 页。
⑤ 《张枣的诗》，人民文学出版社 2010 年版，第 41 页。
⑥ （宋）严羽：《沧浪诗话校注》，郭绍虞校释，人民文学出版社 1961 年版，第 12 页。

从外环跃迁到内环，是他的诗歌创作的突破。梦中的梦，死了的死，破碎着破碎，怀疑我的怀疑，都是这种内向视角的延伸。

古典主义是"求得心安"。做好事不求回报，只求自己心安还是比较低的层次。孔子强调老者安之，朋友信之，少者怀之，他不但要求自己心安，同时也要求对方也心安。与古典主义诗歌求得心安不同，现代诗歌始终处于不安中，处于存在与非存在之间。张枣的很多诗歌都表现出这种不安，存在被抽空，意义被抽空，空间感和时间感全都消失。他仰仗着一种毫无依凭的信念，深刻地思考那件事，但那件事本身却毫无意义，唯一的意义是我在思考那件事。这又回到了海德格尔的存在主义。他给娟娟的春歌、夏歌和秋歌，都处在不安、焦虑之中。他用险词和莫名其妙的句子、不连贯的思想表达某种不安，如他用"生日的肩胛""再走一串突然的尽头""紧张的根须般的倾诉"这样的诗句，表达某种情绪。这已超出言语规范和意义的可能性，大幅度越界，越界的目的在于通过某种捷径到达意义的核心："此刻的火苗，破碎着破碎着"，"再也不需要破碎的诠释"。[1] 这样能叫人心安吗？他翻越语言的樊篱，触摸到的是加倍的焦虑。因为"我看见你走进逻辑的晚期"[2]。由于他始终把自己看作对象，又通过对象反观这个"我"，语言混乱癫狂，认知却是理性的。诗文的非逻辑、无关联变成了语言本身的事情。可以肯定，不深入语言的现实性，则无以接近真理。

诗人的创造最好具有强烈的个人烙印。里尔克认为诗人的使命就是拯救存在，他提出"诗是经验"的原则。只有个人对社会的深度介入才可能有效地揭示存在。张枣与里尔克不同的是，他更注重感觉，用感觉建立意义。其实他与另一位生活在布拉格的人更加契合，即卡夫卡。对存在的思考这种使命感迫使张枣投入诗歌的方式与众不同，因此他的"卡夫卡式的焦虑"随处可见。在《卡夫

---

[1] 《张枣的诗》，人民文学出版社2010年版，第24—25页。
[2] 《张枣的诗》，人民文学出版社2010年版，第30页。

致菲丽丝》中体现得更为充分。"一股异香袭进了我心底/我奇怪的肺向您招手"……"灰色的雨衣，冻得淌着鼻血"。① 感觉通向知觉，不需要神经这个中介。有些器官自己有冲动，中医有"忧伤肺"之说。黑格尔虽然否定了头盖骨相学，但他认为器官的功能与精神感通的说法还是有些道理。通篇读来，画面诡异，感伤刺骨，像一支暗箭射来，躲避不及。他以这样的黑暗和血腥对时间进行追问，对自我存在的本质进行追问。这是现代诗歌由外向内的变革。"橡树（它将雷电吮得破碎）/而我总是难将自己够着"②，时间是什么？梅花鹿说是风月，布谷鸟认为只是缓慢的失血。这里有梅花鹿与杜鹃啼血的典故。与古诗用典不同，绕开字面意义，直取其中寓意，但又保留了其曲折的线索。"我真愿什么把我载走/载到一个没有我的地方"，③ 在存在与非存在之间悬浮。卡夫卡的《猎人格拉库斯》悬浮在生与死之间，靠冥府深处之风推动的小船任意飘浮，这是卡夫卡的心愿。失重，悬浮，诗人这时与卡夫卡是心灵相通的。诗人对这首诗的真实意图有过说明，但读者只能通过诗本身获得意义，字面的意图或许大于真实意图。他把个人意图、自我的一种小格局普遍化了。他想表达一种存在的失重感，对存在本身产生了怀疑。笛卡尔的我思故我在，怀疑一切，只有怀疑本身不可再怀疑。在这里，诗人往前踏上一步，对怀疑本身也开始质疑，这在哲学中是讲不通的，但在诗歌里却是一种极高的意境。他获得了一种突破。词语的突破已经在众多的诗中得以体现，而这首诗是一个意义的突破的典型。他承认自我意识，又反自我意识。安于悬浮中的平静和安稳，又在失重中感到无助和恐惧。如同卡夫卡本人的矛盾，猎人格拉库斯永远漂浮在存在的空隙中，他裹着尸布，安于现状，与市长亲切交谈，却又谢绝市长的挽留，唯愿永久地悬浮。但

---

① 《张枣的诗》，人民文学出版社2010年版，第171、172页。
② 《张枣的诗》，人民文学出版社2010年版，第174页。
③ 《张枣的诗》，人民文学出版社2010年版，第174页。

这首诗背后的焦虑也是显而易见的。一旦回到事物里，回到胡塞尔现象学所说"事情本身"，回到诗歌文本中"看不见"的东西，就回到了存在于文本背后的事物。对于"看不见"的事物的揭示需要以意逆志，找到诗歌中诗人与我的一种共同性建构。"文字醒来，拎着裙裾，朝向彼此。"① 滚烫的诗句，邀请的同时又加以拒绝。"天上的星星高喊：'烧掉我！'布拉格的水喊：'给我智者！'墓碑沉默：读我就是杀我。"② 节奏紧迫得让人喘不过气来。在激进中寻找真理，如同卡夫卡的《地洞》中的小动物，无法做到与外界彻底断绝关系，洞口的苔藓掩体装置，既是一种迷惑，又是一种曲折的邀请。看起来风声鹤唳、草木皆兵，却又急切地等待着假想敌的来临。这种失控的情绪在后工业时代也有极大的普遍性。

二 失重·悬浮，存在与非存在

张枣不太在意浅表的美，他是向内心、向灵魂内部长驱直入的诗人。他走过的是现代诗最艰难的区域，那是一个充满迷障和诸多不确定因素的无人区，他在这里探出了一条新路。按照科学推论，人类只能理解三维，但三维以上的维度可以通过数学理论构建，在量子力学和仍在建立的弦理论中，世界被假定为十一维，据说量子力学已经可以确定到五维空间，这是科学话题。"五维空间"在这里只是一个比喻，但也不排除张枣诗歌与物理学中的五维空间原理上的一致性。五维空间方法是逻辑与历史的一致，还原论与整体论的统一。社会、人本身是一个什么样的形态，如何把意识空间与物质空间统一起来，张枣用荒诞意象和魔性诗句代替数理公式进行推演。

站在世界诗歌史的立场上，现代汉语诗歌的发展历程虽然短暂，但在诗意的开掘方面，似乎比其他国别（语言）的诗歌更趋于

---

① 《张枣的诗》，人民文学出版社 2010 年版，第 175 页。
② 《张枣的诗》，人民文学出版社 2010 年版，第 176 页。

成熟。毕竟，中国是诗的国度。但新诗的文体标准并不像古诗那样能充分展现出汉语的精神和灵魂，现代诗人的诗体意识和经典意识不够明显，这也导致了现代汉诗很难撕掉浪漫主义和朦胧诗的标签。张枣并不始终在这个诗歌革新队伍之中，但他的实验性写法却具有建构性。他回过头来重新审视汉诗传统，从中吸收营养。虽然他在德国学习工作过，思维方式、思想意识、诗歌写作技巧也都或多或少吸收了异域文化的因子。也正是这一点使得他很容易从一个更广阔的视角打量现代诗，发现不足，改进写法，确定写作方向，并且不自觉地站在时代的前沿去思考诗歌的本质问题。他后期的诗歌比前期更有思想的穿透力。人的内部空间是那么深、那么复杂，他调整了方向，专注于对人的内在性的把握。他尝试用诗的方式表达什么是现代人的普遍性，试图在诗性和诗意上形成一种新的传统。

他的诗歌世界就是现实世界，就是一种"清脆的一动，皓月般的恶心"①，就是把残酒挂在树上，"清脆的一动，勾魂摄魄"②，再不会有古道西风瘦马。现实的人心惊悸、脆弱（玻璃心）、猜忌、怀疑、失望、冷漠、自私，他将这种意境全都表达出来了。这种变形的画面、凛冽的词语似乎深入到了有冷气的地宫，寒冷透骨。牛奶是一种怎样的孤寂？铁轨和枣红马，两种飞奔的意象交替，"双臂是冤枉的电流"③。这种印象派风格也是一种达利式的荒诞意象。扭曲变形的现实或叫超现实主义的场景，在《死亡的比喻》中有充分的表达："它站立的角度的尽头/恰好是孩子的背影/繁花、感冒和黄昏/死亡说时间还充裕。"④ 被死亡紧紧地跟踪却又保持一段礼貌的距离。他不惜冒犯透视原理，通过重新布局空间，来直击人心

---

① 《张枣的诗》，人民文学出版社2010年版，第76页。
② 《张枣的诗》，人民文学出版社2010年版，第76页。
③ 《张枣的诗》，人民文学出版社2010年版，第16页。
④ 《张枣的诗》，人民文学出版社2010年版，第72页。

最脆弱的部分。他一层一层地剥，一步一步地向后退，脚后跟已经站在悬崖边，只能就此打住，不可再退。"我是熊熊烈焰却再也不烫自己了。"①

"或许对岸吃桃花的伶鬼知道。"② 闭眼想象一下，伶人本来就是人间精灵，化作鬼，口含桃花，与"笑吟吟透明的虾子"，"不疼的鱼和水"这几个意象叠加，妖艳至极，邪魅至极。乌托邦转化成了敌托邦。被发情的马摩擦得凌乱的大树，解开肮脏的神经，将我皓月般地高高地搂起。最末一根食指独立于手，叶子找不到树。你若是抱着古典的情怀去寻找属于自己的位置，结果肯定是难遂人愿。于是，人处在悬浮、失重之中。

张枣最著名的那首诗就表达了这种失重感。他以"让她坐到镜中常坐的地方"③ 为基调，经过转换，把理念通过感性画面显现出来。为后面的失重铺设了条件。"只要想起一生中后悔的事，梅花便落满南山。"④ 从1985年开始，他的诗中那种失重感开始加重。体验燃烧、悸动、飞逝的生命。常有莫名发痛的细小声音。"暗绿的山坡上一具拖拉机的/残骸。世纪末失声啜泣。"⑤ 人感觉下坠，生命中不能承受之轻。"碎裂，人兀然空落，咖啡惊坠。"⑥ 一想到自由就失重。诗不需要追求结果，诗人是最有耐心停留在过程中的人，细细地品味人的情感过程、意志过程和思维过程，把个体的经验变成普遍的经验。没有这个耐心就发现不了"空想的重量"。内心被掏空，拿什么来填充？诗人从来就只关注感受，不关心故事。

---

① 《张枣的诗》，人民文学出版社2010年版，第95页。
② 《张枣的诗》，人民文学出版社2010年版，第104页。
③ 《张枣的诗》，人民文学出版社2010年版，第43页。
④ 《张枣的诗》，人民文学出版社2010年版，第43页。
⑤ 《张枣的诗》，人民文学出版社2010年版，第210页。
⑥ 《张枣的诗》，人民文学出版社2010年版，第219页。

三 空格·空壳,某种普遍性

轻微越界有一种超脱的美感,通过某种看起来无意义的重复来表现节奏美,通过空格和停顿形成一种想象空间。现代和后现代社会的复杂和单一(如多元文化与民族主义),碎片化和整体化(如贸易保护与全球化),对抗与妥协(如权力意志与自由主义),温婉典雅的古典主义诗歌已经无力把握这种尖锐复杂的现实。现代诗歌中的理念成分大于感觉,他用形式的排列组合所获得美感,抓取认知,把立体事物归结为平面,把平面还原为立体:声、光、影、情堆积在一个维度,让它们在杂乱中形成一种通感(或意境)。他排斥传统的单一观察角度,诗人的观察和感受同立体主义画家一样,每个点都是焦点,都有透视效果,由此形成一种新的时空观念。当诗人不再单纯依靠视觉经验和感性认识理解世界,而是依靠理性、观念和思维时,时空感便得到很大突破。

空的形状和空的感觉是最难表达的。形式探索既有古典主义手法,也有立体解构、理性的超现实幻觉以及图像转换,他还尝试发明了一些独特的超现实主义语言。要表现空,必须先有"实"。这个过程很难。早期诗歌语言,初看与 AI 诗人小冰的风格近似,语言似乎是被大数据处理后的任意排列,带着一种莫名其妙的感觉,以及讥诮、炫酷、无意义的延长。这是他走的实验主义路子,也是现代派手法的必经之路。如果说其意义还不够深刻,但至少在形式探索方面已经有了突破。"碎语碎语碎语乌鸦的"[1],所有的事物被碎语笼罩,被你的曾有的感情笼罩,我无法摆脱你的碎语,你的唾液,你的温暖,虽然你走了,最后还是走了。"你抚弄过的每一株草尖,这个雨天已经亭亭玉立了。"[2] 亭亭玉立的春天被抽象在草尖上。碎语与昙花,昙花已失,碎语残留。在这首诗里就有形式探

---

[1] 《张枣的诗》,人民文学出版社 2010 年版,第 7 页。
[2] 《张枣的诗》,人民文学出版社 2010 年版,第 8 页。

索。花瓣飘落，余香残留。钟声飘荡，余音缭绕。用文字编排成花瓣下坠、钟声环绕的姿势。形式上的下坠和缥缈激发了感觉上的失重和飘浮。人有时候就是这样，把实体抽空，才有正直存在感，直奔一种不可逆转的绝望："隧道　长长的秘密/守着长长的隧道（空格）霉味长长地/扑向你长长的发丝/和那些长得比未来还长的凝望。"① 空两格，不加标点，形成一个留白。松紧有度，密不透风，疏可跑马。你是流水，六个字排成竖线，形成水的直流。诗中包含着一些极其细微的感觉、感触、感知，疼痛、失落和幸福搅和在一起。精神上的历程如史诗般的苍凉、宏阔、大气、悲切。人在"细如发丝的水路"上，如何能抵抗海妖勾人的歌声：空格，空行，单字成句，缠绕，挪移，飘飞等，此诗，可以看出有一种形式探索与意义探索的合力推进。他的"空与实"的辩证还体现在感觉空格化、语言空壳化、意象恶感化。

1. 感觉空格化

形式空格化是外在的，感觉空格化才是要害。在"徒劳而美丽的星辰"下，有瞬间失忆之感。空，变大，我与我隔得更远，"新区的窗满是晚风，月亮酿着一大桶金啤酒"②。古典意境让他更加回不到现实。这种空格化使他的诗未来感更强，因为完美会带来另一个问题，月盈则亏。张枣掌握了诗的真谛，他用马勒的说法作为诠释，"这儿的五声音阶是合理的，关键得加弱音器"③，让它听上去就像某个未知界的微弱的序曲。诗句感情充沛，信息量大。空有空之饱满，满有满之深意。

2. 语言空壳化

人总有要把握未知的冲动，将诗句直接剥开，让人看到语言的空壳和意义的果核。意义的果核通过语言仍然无法抵达，这是

---

① 《张枣的诗》，人民文学出版社 2010 年版，第 10 页。
② 《张枣的诗》，人民文学出版社 2010 年版，第 262 页。
③ 《张枣的诗》，人民文学出版社 2010 年版，第 264 页。

诗人的苦恼，一说出来就消失了。"多年以后/妈妈照过的镜子仍未破碎/而姨，就是镜子的妹妹。"① 姨变成了理念和思维，不再是实体。后工业社会精神虚无与历史事件的虚无重合，反映论与主体论两面同体。我们还能做什么呢？语言成为空壳了，连意义也消失了。

3. 意象恶感化

张枣的诗虽有空蒙意象却感受不到古典诗词的那种欢愉与忧愁。农业文明的宁静悠远不再，诗中虽然偶尔也会有古典意象，恰似苏东坡、李清照的意境，他更多的是用恶的意象表达痛的普遍性。"老板的第六十四副面具开口了"，② 每个人都有好几个化名。发廊内部的哑谜竟然是"干净"。恶的意象是现代主义艺术家们的基本手法。"花瓣骑着死铃铛飞跑""乌托邦骑着领带飞跑"，类似诗句带来的意象③如女巫骑着扫把飞跑，表达负面情绪更有杀伤力。中国传统文化骑仙鹤、金毛犼的正面权威形象，更适合表达一种外在的和谐关系，即便是骑害人的九头狮、青牛精也只就表达外在关系的不理想，而灵魂的阴暗部分需要用恶的意象来表达。

四　穿刺·清空，意义和感觉的双重建构

现代诗的复杂构成像现代建筑一样，在美感的前提下要强调一个功能性。美是诗歌的本质，需要复杂的意象来体现。意象是续接了古诗的传统，它既要消解，抛弃传统诗歌僵死的部分，同时还要建构，建立一种新的方法。尽管科技对自然的探索已经取得了极大的进步，但人类对自然仍处于一种无边界、不可知的境地。古人认为世界是天圆地方，吃住行在方圆十几里以内，心绪安宁平和。人

---

① 《张枣的诗》，人民文学出版社2010年版，第59页。
② 《张枣的诗》，人民文学出版社2010年版，第271页。
③ 《张枣的诗》，人民文学出版社2010年版，第190页。

们对世界的把握和对自我的把握都是在可控范围，会感受到美和伤感，但不会有对未来和未知的恐慌。现代人天地格局大了，人心却小了，恐惧加深，越是被禁锢越是渴望自由。落实到诗歌写作上，语言空间构成和向内部开拓的任务就摆在了诗人面前。尼采、福柯对康德、黑格尔的解构，庄子对老子的解构，王阳明对二程、朱熹的解构，现代对传统的解构，都是在否定和扬弃中发展。诗歌意象移置，对宏大事物的消解。语言的大而无当和徒劳，对言说本身的怀疑。人们对死亡也不再从容，"我心跳地估算自己所剩的时光"①。美好事物被毁灭的痛感，新生事物又那么面目可疑。生存的勇气和合理性搁置在高远的天边，诗人奋力追赶。

　　古典诗讲求雅和正，很少有刻薄的诗句。要解剖人的精神结构，雅和正已经不是一件有力的工具。穿刺是一种方法，他的悲慨有时是直接的控诉，能产生很深的疼痛感，他把它系统化、过程化，形成生命的整体流动。"夜啊，你总是还够不上夜/孤独，你总是还不够孤独"②，"这滚烫的夜啊，遍地苦痛"③。惊悸、不安、恐惧，干脆透明和机械主义。黑暗、荒诞，感觉化成了灰。作者似乎是在用一些顽皮的东西调节气氛。这是现代诗和西方诗歌的特征，但他的讥诮却是对古典风格的另一种继承，他把这种遗憾和疼痛表达得自然、疏野、悲慨、流动，如"他左眼白牵着右下巴朝/右上方望云，并继续骂我"④。诗是哲学镜子后面的东西。他说过很多镜子后面的东西，他说，有多少不连贯就有多少天分。"我跪着爬回被你煎糊的昨天。"⑤ 如同进入五维空间，悬浮、失重，让人心里咯噔一下，如悬挂于崖壁的冰凌倏然坠落，碎裂一地，空谷回荡着脆响，让人产生一种不可名状的失落感。空虚让人发疯，杂乱让人失

---

① 《张枣的诗》，人民文学出版社2010年版，第222页。
② 《张枣的诗》，人民文学出版社2010年版，第173—174页。
③ 《张枣的诗》，人民文学出版社2010年版，第175页。
④ 《张枣的诗》，人民文学出版社2010年版，第238页。
⑤ 《张枣的诗》，人民文学出版社2010年版，第200页。

去宁静，对未来的向往和恐惧被各种坏情绪、坏想法、坏倾向撑开之后，需要大面积清空。诗人想要忍痛扔掉很多有用的东西，变成一种真的空，空的悲切，空的容器。消费主义，物质主义，比他想象的更糟糕，他想与这些东西进行切割，一刀一刀割下来的痛比原生性的痛更加酷烈。他想抓住真理，却抓住一具死尸，寻找真理的路途遥远、曲折、充满了不确定因素。用诗思考存在，需要清空一些东西。诗歌拒绝陈词滥调，但诗意的重复是被允许的。它要跟某种风格进行区分、撇清，就要剔除某些陈腐，还要呕吐掉那些积怨已久的情绪，"我的声音五花大绑，阡陌风铃花……我已经死了，我/死掉了死"。诗人把自己逼到绝境，又在困境中崛起，在绝望中超越。

对精神意识的把握比对外部现象的把握更难，尤其是处于复杂的现代社会的人的精神意识，但这又是人性的现实，人类精神发展的现实性。现代汉语诗歌中有一类诗歌专门做向内的探索，诗人对人情世故有深刻的洞察，用变形的方式说出来，并且还在不断地朝着这个方向拓展。张枣一直致力于关注心灵难题和精神困境。意识深处的东西抓挠不着，无法描述，张枣不畏艰难，用他的才华和执着抵达到了意识的深处，轻轻地碰触或重重地穿刺，把这种内在的现实性呈现出来，极具美感和震撼力。也正是这个原因，张枣诗歌的美学思想和诗学价值独特而丰富。诗歌可能做不到对心灵的警醒和疗救。通常，人们热衷于追求事物的结果，于是，一定要让意义占据诗的核心，而让感觉退到边沿。张枣似乎做到了感觉和意义的双重表现。诗的革新意义从来是被肯定的，不管是形式的革新还是思想的革新，但做这些革新之前，如果没有看到感觉的变化和审美的变化，改革往往是肤浅的。张枣的诗是从内而外发起的，从感觉发起的。这是张枣诗歌的高明之处。

◇◇ 第五节　阎真《活着之上》的义利之辨

义利之辨是千百年来中国知识分子面临的一个根本性话题，阎真的小说《活着之上》通过主人公历史学博士聂致远以一个受难者的视角揭示出：义利之辨不仅是一个学术问题，而且是人之为人的根本性问题。小说故事并不复杂，讲述了来自鱼尾镇的聂致远从大学生成长为教授所经历的精神煎熬。他本着单纯的做人准则，怀着崇高的理想，以历代圣贤为标杆，在现实中却处处碰壁：考研被人换导师，考博因为没有"熟人"几次落榜，博士毕业后在麓城大学任教，发表论文、职称晋升都历尽坎坷。聂致远虽然面临险恶的生存环境，上当、受骗、被打压，生活处处与他为难，但他始终没有失去对"人"的信心和希望，他试图用行动证明：个人是有能力引导自己的善行和利他行为的，他在用行动证明良知良能的实践性问题。一个现代知识分子在复杂的价值标尺面前如何确立自己的核心价值，如何完善人格？这个过程充满了冒险，但这正是这部小说吸引人的地方。现代文明接纳了西方价值体系，"义""利"的定义更为复杂。工业化与城市化对人的物质盘剥和精神压迫日益加重，个人的生活方式发生了变化，人的基本权利附加了很多新的概念和符号，单纯遵循古代圣贤标准已经很难与现代社会对接。然而，现代西方伦理学同样也没有能力处理好"义"与"利"的问题。小说的意义在于把这个问题引向更广泛更深刻的层面，它已经不单单是知识分子的问题，而是现代人整体上都迫切需要解决的一个道德哲学问题。

一　将义利之辨引入自身

伟大而不求回报的荒寒境界是"义"的制高点，现实中的"义""利"是一枚钱币的两面，人们只能在"义""利"的二元对立中寻求合法性。义利之辨的落脚点在于义,在儒家先哲看来,义不仅仅是标准,更是原则。与以往大多数小说不同的是,作者把这种修炼的困难从外部引向了内心,让人物完成了一次比一次惊险的灵魂冲浪。聂致远的义利观并不是一开始就形成的。他小时候在鱼尾镇也是个顽皮的孩子,在送葬队伍中抢得一大串鞭炮,感到很有面子。爷爷珍藏的《石头记》和赵教授对曹雪芹的考证,是一种暗藏的力量,在某个时刻突然袭击他,让他从世俗中超拔出来。曹雪芹以旷世才华做着一件伟大而不求回报的事,使他震撼,他开始思考:之前所确立的人生的价值和意义究竟是什么呢?"我那坚如磐石的信念被震开了一道细微的裂痕。"[1] 考大学虽然不是为了吃饭,但有面子。在鱼尾镇,有钱有势有地位都有面子,义和利的达成都有面子,它构成了一种暗中对立。在投机者的眼里,义可以作为谋利的工具或幌子,义完成得好,会得到很多好处:权力、地位、金钱、美色,这实际上仍然是在谋利。聂致远的困难是要脱掉罩在这上面的一层皮,鱼尾镇的面子观构成了聂致远后来修身的最大障碍。他要追求纯粹的"义",这太难了,几乎不可能。在人们都把义当成摆设,当成一件昂贵而无用的东西的时候,这种追求就变成了一个人的战斗。作者让人物把自己抛向绝境,在绝境中搏斗、厮杀,生死未卜,整个过程令人窒息。那么真正的"义"是什么呢?聂致远通过后天的认知体会到了它的精髓。人的根本性问题才开始困扰他:"一个人活了七八十年一点痕迹都没有,那不等于没活吗?这恐慌像电一样,一闪就过去了。伟大的人物都是反功利的!如果钱大于一切,中国文化就是个零,自己的专业就是个零。"[2] 孔子、屈原、司马迁、陶渊明、杜甫、王阳明、曹雪芹等历代圣贤的存在,使他对世界有了另一种理解。

《活着之上》采取一种极简的结构:顺叙,单线条,三个四主

---

[1] 阎真:《活着之上》,湖南文艺出版社2014年版,第9页。
[2] 阎真:《活着之上》,湖南文艺出版社2014年版,第3页。

要人物死揪着一件事不放，但作者很用心，他注意到了既要有"道"的高度，又要有"技"的精巧。简单的好处是可以把矛盾直接引向人的内心。小说借用了戏剧手法，不断强化冲突和悬念，聚光灯始终打在聂致远身上，其他人物都只是道具，帮他设置障碍，引出心魔，让他更出色地完成一个人的内心独白和灵魂升华。它的戏剧冲突集中表现在想要解答"人之所以为人"这个问题上，这是人的存在理由，是人与动物的根本区别。从鱼尾镇开始一直到麓城大学，在聂致远受到越来越高的教育并最终成为一名历史学博士之后，产生了另一个参照系。这个参照系光芒四射，悬置于头顶，够不着，形成他痛苦的根源。他的理想要往上升，现实却把他狠狠地拽了回来。在这个发展、成长的过程中，他的修炼难度越来越大，离他所追求的"止于至善"的境界还有多远，谁也不知道。

在柏拉图的《理想国》第二卷中，格劳孔列出了三种善：一是仅为其自身的善，二是既为其自身亦为其结果的善，三是仅为其结果的善。之后他问苏格拉底，正义可归属于哪一种善？苏格拉底回答他，正义是属于第二种善，也是最好的一种，既为其本身，也为其结果。[1] 这似乎与儒家的观点是一致的，孔子讲"志于道，据于德，依于仁，游于艺"[2]，强调先要明事理，身心健康，然后才是欢乐与无害的娱乐。《大学》的功夫就是讲"诚意"，"意诚而后心正"，诚意的最高境界就是"至善"。[3] 在儒家众多经典中，"仁""义"二字是紧密相连的，是道德的最高准则。《活着之上》也是把"义"与"利"对立起来，甚至拔高对"义"的要求。作者直接把这种对立表现出来，设置了一个接一个的障碍，聂致远就像一

---

[1] ［古希腊］柏拉图：《理想国》，郭斌和、张竹明译，商务印书馆1996年版，第33页。格劳孔与苏格拉底的对话，第一种善只关注本身，如欢乐和无害的娱乐。第二种善既是本身也是结果，比如明白事理、视力好、身体健康。第三种善只关注结果，能带来利益。苏格拉底认为正义属于第二种，是最好的。

[2] 《论语》，张燕婴译注，中华书局2006年版，第88页。

[3] 参见杨天宇《礼记译注》，上海古籍出版社2004年版，第801页。

个清道夫,他不懈地努力,却有永远也清不完的障碍。他一直在涉险,总是处于"死亡"的边缘,只要越雷池一步,最后对义的追求就崩塌了。对一个心底里还守着"义"的人来说,那些看起来习以为常的事情,对他件件都如五雷轰顶。取"利"则道德受损,取"义"则生存艰难,他始终在这两种选择间徘徊、纠结。他的痛苦就在于,在"义"和"利"的搏斗之中,"义"总是处于被动,"利"总是占上风。有没有一种既不伤"义"又能得"利"的办法呢?古人早已设置了一个标准:君子爱财,取之有道。如果这个"道"不通畅,被蒙蔽,需要通过耍心机、玩手段才能得到,那些重义的人便无路可走。大学体制、学术环境、教育政策等都是力图循着"道"的方向去的。道不畅,不公开不透明,人事任命由领导个人说了算,博士考试制度不透明,评职称论资排辈,课题评审看谁的关系硬等,逼着人舍生才能取义,这就是悲剧,必须屈就才有活路,不屈就就意味着甘愿做学术生态链的最底层。蒙天舒是一个参照,作者有意让他作为聂致远的一面镜子,但聂致远不能拿起那面镜子照,一照就是骷髅,就是人性变形扭曲的画面,他自始至终都是分裂为两个我在撕扯,内心的对抗残忍、冷酷,一场比一场激烈。

  聂致远是学历史的,更有机会深入了解中国思想史。他以历代圣贤为标杆,如果没有外部困难,他是不是真的就能成为一个贤者?没有痛苦就没有升华,障碍可能恰好成就了一个人。正义、良知都需要对象来加以定义,对象既包括自己,也包括周围的人和事。要将心中的贼捉住,连根拔除,他需完成慎独自律,省察克治等一系列修炼步骤。一个现代知识分子面对的是复杂的现代化难题,按照现代观念,维护正当权利也是义,但在聂致远的知识结构中,现代观念无法给他以思想资源和精神支撑,他仍然需要在古代圣贤那里寻找依据,这是最要命的,他有时候找不到支点,因此看起来有些危险,摇摇欲坠。

这部小说的场景主要在教育界，基层政权也是一个若隐若现的背景。聂致远本身面临学术腐败的考验，他的弟弟聂致高作为基层政权小官员也面临权钱交易的诱惑，他的妻子是一个没有编制的中学教师，在委屈和被压迫中生活。他的亲人、同学、同事个个蝇营狗苟，在他们心里，义早已经被抽空，因此没有道德压力，活得肆无忌惮。在这样的背景下，聂致远一个人坚守"义"还有意义吗？聂致远患得患失、怯懦、琐碎、拖泥带水，在名利面前半推半就，这恰恰让人感觉到这个人物真实可信。他自我划定的一个底线离他的参照系那么远。他自觉力量不够，无法形成影响，也很难赢得人的尊敬，他内心的焦虑才是一个知识分子真正的价值所在。

二 新时期知识分子的角色定位

每个时代的青年人都不会自甘平庸，他们本能地倾向于理想主义，但现实使他们无法摆脱功利主义，在传统思想与现代意识互相作用的情况下，格局的大小决定了人的追求。明代学者顾炎武说："三代以上，人人皆知天文。"[①] 天文是人文的根据，天文在上，人文从之。人与天分离后，人的格局就变小了，时代越往后，人的格局越小。聂致远努力做到"仁义礼智信，温良恭俭让"，却不能适应现代社会，不被人理解，反而有时候被人当作是傻瓜。到底哪里错位了呢？主要还是他的格局不够大，小说通篇给人一种很憋屈的感觉。聂致远常常恨自己软弱、窝囊，用那一点点清高与现实对立，到处都是陷阱，到处都是要命的对抗。面对潜规则，他的对抗又不彻底，他一方面对中学教师的编制大加批判，一方面还要昧着良心去副局长家送礼，人家没有给他坚实的承诺，他还打算拿回刚刚送出的那两条烟。他看不起蒙天舒，遇事却总是找蒙天舒帮忙。鱼尾镇的面子观和官本位传统残留在他的意识里，在经济环境和人

---

① （明）顾炎武：《日知录集释》，黄汝成集释，上海古籍出版社2006年版，第1673页。

文环境新的要求方面又没找到出路。他面临的冲突主要有以下三个。

一是官本位与身份确认的冲突。麓城大学有着浓郁的官本位意识，教师拉关系找门路，拼命争个一官半职，就连学生也通过各种手段当班长、组长，学而优则仕。来自鱼尾镇家乡父老的官本位思想更让他喘不过气来，一个打鱼的人也这么关心级别问题。聂致远评到副教授后，他爸爸问他相当于什么级别，听说相当于处级，马上觉得有面子，顺便提到房子翻修。在鱼尾镇人眼里，级别的高低跟钱的多少成正比。有钱、有面子，在乡里就有话语权。现实情况是：一个博士或者教授回乡以后无法描述自己的身份，他的风光程度赶不上当科长的弟弟。

二是实用主义与学术理想的冲突。现今社会对一个学者的评价标准是论文、课题、获奖的数量和级别，而理想的学术机构应该给学者宽松的环境，尽最大可能保护学者们对学问本身的好奇心。聂致远在这个被称为重点大学的麓城大学，要面临严酷的考核，竞争异常激烈。在科技转化成生产力、知识变现的风潮中，绝大多数人的才能都耗在以功利为目的的钩心斗角之中，聂致远在这种氛围中也免不了搞一点来钱比较快的"文化研究"。

三是经济状况与人文环境的冲突。离开这个经济共同体，就如同被时代抛弃。同窗郁明鉴定古画，打着学术的幌子干着缺德的勾当。房子按揭、孩子的抚养费和教育费，一环套一环，一直扼制着聂致远。首付的钱来得很屈辱，是妻子过去给人当小三的赔款。历史学是一门基础学科，无法产生立竿见影的经济效益。一个寒门子弟该不该选择基础研究？聂致远不禁要反问："学问都变成了生产力那还有意义吗？"道理很清楚，他却束手无策。

评职称要不要贿赂评委，申报课题应不应该疏通"上面"的关系，发表文章是否要巴结主编和交"版面费"，给学校购买空调拿不拿回扣，代笔这种事能不能做，这是黑白分明的"义"和

"利",聂致远和蒙天舒的选择形成对立,蒙天舒本能地选择了容易获利的一边,因此顺风顺水,平步青云。聂致远的选择却并不轻松,他在犹豫、徘徊之后爬到了靠近义的那一边,却始终为自己的"不得志"感到委屈。其实,大多数情况下,义利并不是那么黑白分明。聂致远在妻子编制这个问题上,还有没有其他办法?他的脑海里有没有现代的法治观念?送礼、求人,从另外一个角度来看是不是纵容了这种"恶"?学生范晓敏组织能力强,各方面都很优秀,就因为她有"背景",作为班主任的聂致远为了显得清高,为了撇清某种东西,拒绝她当班长的诉求。这种"义"是不是有些过头?这种貌似恭谨,实则与流俗合污的做法,是值得聂致远警惕的。这一点在文章的结尾有了提升,在面对那位通过打点关系评职称的人的时候,他没有表现出之前的"道德洁癖"。"义"与"利"的概念如何辨析和抉择,是当前知识分子需要思考的问题。

三 知识分子与大学精神的互证

就像很多人对理想的爱情怀有一种美好的期待,这样的信念可以让人过得充实,一个学者对理想的学术环境的期待也是这样:人人平等,自由表达,没有欺世盗名、强横粗暴,每个人最大化地实现自己的价值。这是这部作品设置的一个高度,这个高度有它的积极意义。

1. 乌托邦的意义

市场经济的前提就是承认人的欲望的合理性,聂致远也清晰地认识到这一点:"这是我们时代的巨型话语,它如水银泻地,以自身的逻辑即功利主义,在很大程度上统摄了我们的价值观。"[1] 聂致远的理想无法着陆,有些乌托邦。但这一差距恰好是人性向上的动力。聂致远常常把自己跟曹雪芹做对比。曹雪芹才华横溢,有很多

---

[1] 阎真:《活着之上》,湖南文艺出版社2014年版,第125页。

条道路通向富贵，姑姑嫁给了镶红旗五子讷尔苏，表兄是当时的议政大臣。他还可以考科举实现荣华富贵，退一万步，以他的才华还可以去做一个豪门清客。曹雪芹太骄傲了，内心太强大了，这些都不是他的选择。有了这样的参照，聂致远才在行动与理想之间生出来那么多纠结。为东北商人写传记，这个家族的污点需要美化，他放弃了；师兄张维要他代写一个城市文化方面的书稿，他拒绝了；评副教授，他到校图书馆找到了竞争对手那本没有刊号的书，并且给出版社编辑打电话核实了，却最终没有告发。

2. 无限接近的"合适的度"

德国哲学家伽达默尔认为人类看世界的方式有两种：一种是科学的方式，一种是艺术的方式。艺术的方式需要一个"合适的度"，这个度比科学更难把握，它有点虚幻、缥缈，靠一些在这方面有特殊能力的人的天才领悟。到目前为止人类仍然没有找到能够合适地拿捏这个"度"的最佳标准，因此，聂致远们的痛苦并没有终结。

麓城大学是一座历史悠久的大学，它的庄严肃穆的学术氛围里，有历代大师高贵的灵魂，让人仰望和崇敬。"这让我想起刚进大学那年，在一个晴朗凉爽深秋的下午，我拿着那本《宋明理学史》去麓山上读，不知不觉爬到了山顶，我随意翻开一页，正好瞟见了张载的千古名言：'为天地立心，为生民立命，为往圣继绝学，为万世开太平。'那一瞬我激动不已。"[①] 他在麓城大学后面山坡上时常想起张载，想起历代圣贤，但他清楚地知道现在的校园充满了痛苦、血腥和煎熬，那些自认为有着高贵灵魂，要干一番大事业的青年学者，没几下就变成一条躺在砧板上待宰的鱼，而那些操刀的屠夫在另外的场合也是弱者。知识分子活得如此苟且，这是时代的悲哀还是知识分子自身的悲哀？这是聂致远需要思考的问题，但他有什么办法？他没法不在乎这个制度，没有权威期刊的文章就评不

---

① 阎真：《活着之上》，湖南文艺出版社2014年版，第70页。

到教授，评不到教授就不能加薪，回乡没面子，父母没好脸色，老婆天天吵，还要被同事挤压。这已经不是单纯的经济问题，虽然温饱没问题了，房子也不愁了，现代性层出不穷的符号消费一层层压迫着人们。人或多或少都被虚荣心所支配，聂致远一开始揣着学者的傲气，自认为高人一等，但金钱主导的价值观不吃他这一套，他不得不放下架子巴结主编。聂致远处在这样一个急于把人文成果量化的大学里，在这种制度下，学者的理想玄虚而空洞，大学自身也不再是圣贤之地。

3. 知识分子精神层面的塑造

大学与知识分子究竟是什么关系？小说没有正面回答这个问题，他把以聂致远为主角的知识分子与麓城大学的内在精神看成一个整体。毫无疑问，知识分子是大学精神的践履者、体现者和承载者，大学精神的实现主要依赖知识分子。现代知识分子的价值展现也主要依靠大学的这平台，大学的价值追求与知识分子的精神诉求应该是一致的。

大学教育应该有怎样的程序设计？在《礼记·学记》中有过非常具体的规定：比年入学，中年考校。一年视"离经辨志"，三年视"敬业乐群"，五年视"博习亲师"，七年视"论学取友"，要学会交朋友，懂得亲近老师，知道自我学习，这才"谓之小成"。九年"知类通达，强立而不反"，这才谓之大成。学到九年时知识通达，能够触类旁通，遇事不惑而且不违背师训，才可以称之为大成。[①]《学记》还主张课本学习和实际操作相结合，在知识领域的扩大与道德情操培养方面做到兼而修之。《学记》的程序与现代大学在操作层面已经不能对接，但它在精神层面的指引价值依然存在。大学教育与社会之间是要拉开距离还是保持一种贯通？聂致远所在的麓城大学的教师有多少人在乎信念、气节、道德和原则？在

---

① 参见《礼记》，中州古籍出版社2010年版，第147页。

麓城大学还有谁"知类通达,强立而不反"?文章没有交代,但给人无限的想象空间。

知识分子的社会交往、生态系统构成是知识分子整体精神气质的呈现。如果他们的精神生活无法从谋生的牢笼中分离出来,这个阶层的价值和意义在哪里?现代当然不能照搬旧时文人那种吟诗作画、唱酬、传经布道的活动方式,但现代知识分子精神层面的交往该如何体现?他们之间的交往方式、关注热点、生活内容等除了赤裸裸的功利目的是否再无其他?这其实也包含了作家对整个人文知识分子阶层的质疑。

四 人物形象与道德生态系统的对应

作家阎真对王阳明应当颇有一些研究的,书中多次提到王阳明的哲学观点,但王阳明的"知行合一"与"天理即人欲"的观点在小说中体现并不充分,小说主人公聂致远与中国古代大多数文人士大夫一样,把"天理"和"人欲"对立起来。其实王阳明对天理人欲有过很多次讨论,这也是王学的一个根本问题。王阳明与他的学生徐爱有一次讨论天理与人欲,他推翻了程颐、朱熹存天理灭人欲的观点,认为天理即人欲。"心一也。未杂于人谓之道心,杂以人伪谓之人心。人心之得其正者即道心,道心之失其正者即人心,初非有二心也。"[1] 天理只有一个,天理与人欲对立起来是说不通的。怎样求得天理的统一与完整,他提出要广泛地在万事万物上学习存养的方法。如果按照程颐的"人心即人欲,道心即天理"的说法,就有两个心,天理人欲二者不能并存,"道心""人心"互相对立。在这样一个架构之下,聂致远实际上还是道心与人心分离,没有合二为一。圣贤并不总是偏执和孤傲,而且也不是普通人想象的那么遗世独立,世上万事万物那种绝对独立、绝对自为是不

---

[1] (明)王阳明:《传习录》,中州古籍出版社2008年版,第39页。此段论述主要是针对朱熹的《中庸章句·序》"必使道心常为一身之主宰,而人心每听命焉"所作的辨析。

存在的。

在"道心"与"人心"的结构之下,还有个体与整体的问题。书中除了聂致远追求高尚的道德以外,其他人都是反面教材,众人沉醉我独醒,知识分子通常是先觉者,但知识分子的精神动力恰恰来自民间。其他体力劳力者并不见得就没有清晰的义利观,按王阳明的说法,良知本来是自然光明的,这些人毛病缺点很多,遮蔽太厚,良知不容易显现出光明,但也不至于漆黑一团。

聂致远的妻子赵平平是一个没有被完全人格化的形象,她是一件附属品。这个女性形象也有其典型意义,她虽然受过高等教育,本质上却是旧式妇女,没有自己独立的价值观,生命完全依附于这个男人。她很聪明,很精明,教育制度逼迫她变得狭隘:"中秋节有编制的发四千,没编制的发两百。"① 她又是一个对钱看得很重的人:"存折上那点钱就好比是我怀的胎,要拿出来那就要做个剖腹产。"② 她多次考试都没有进正式编制,开始打歪主意,送礼、托关系等,最后发展为贪婪,想利用老师身份开视力矫正眼镜店,明知那是骗钱,还一门心思要做。她本性并不坏,但虚荣心导致她一步一步紧逼丈夫,使丈夫左右为难。小说委婉地对现代女性提出批评,妇女并没有确立新的价值观,一切重又回到原点。

蒙天舒的生存哲学是被逼出来的,他是个超级灵泛的人,不是聂致远这样书生气十足的人可比的。在人脉上他抢得先机,读研究生的时候就选了一个大牌导师,又打杂跑腿,端茶递水,帮导师装修房子;毕业后弄头衔、抢职位,眼观六路耳听八方,必要的时候卑躬屈膝、耍花招、玩手段,变相剽窃;谋得一定职位后,更是玩权术,讲平衡,带着团队打天下,通天连地,远交近攻,合纵连横。在这种机械的学术考核机制下,他拿捏精准,拼的不是本事,比的也不是读书人的节操,而是政治手腕,运作能力。即使如此,

---

① 阎真:《活着之上》,湖南文艺出版社2014年版,第75页。
② 阎真:《活着之上》,湖南文艺出版社2014年版,第115页。

他也说不上是个坏人，反而每次聂致远需要帮助时，他都及时出现：聂致远考博士是他介绍的导师，到麓城大学当教师也是蒙天舒的"关照"。

主角聂致远这个人物形象有点迂腐，遇到原则性问题又有一股执拗的劲头。他成绩比蒙天舒好，学问比他扎实，境界也高出很多。做好学问、做一个正直的学者是他的追求，"为天地立心、为生民立命、为往圣继绝学，为万世开太平"① 是他的终极理想，历代圣贤是他的偶像和楷模。在现实中，他考研究生时稀里糊涂被人换了导师而不自知，考博士时两次被潜规则。女朋友虽然重新回到他身边，却发生了许多故事。他邪气攻心时想干点坏事，在与家人的斗争中软硬兼施。妻子多次威胁要打胎，他不得不做出一些妥协："我心里憋屈得很，想往后退缩。"② 他不会跟官场上的人打交道，处处是雷区，像大象进了瓷器店。在送礼这件事上，他比妻子赵平平"更文明"，人情负担很重。他始终不认同"历史都是由强者写的"史学观，为汉奸翻案的传记还是没有写。

书中人物群像的塑造及其对比似乎达到了批判与反思的效果，如对社会乱象和物质主义的批判，对高校学术制度的反思，对学术界丑恶现象的揭露，对物欲横流、金钱至上的抨击，对人性恶的哀叹。如果仅仅是这样，它就是一部普通的官场小说。作者想由此引出人性的恶，以众恶强调善的不易，但这个"道德生态系统"不够多样化。"道德生态系统"类似于自然生态系统，生物群落的种类组成及组成部分之间有量比关系、层级关系、递减关系，最高的道德与最低的道德之间有落差，但不会断裂。强调戏剧性，容易忽略客观性；个体立起来了，整体上的精神高度不容易立起来。

孟子说："学问之道无他，求其放心而已。"③ 仁是人的本心，

---

① （明）黄宗羲，（清）全祖望：《宋元学案》，中华书局1986年版，第664页。
② 阎真：《活着之上》，湖南文艺出版社2014年版，第108页。
③ 《孟子》，万丽华、蓝旭译注，中华书局2006年版，第254页。

义是人走的路，放弃正道、丧失善良本心是人的悲哀。正义支撑自由的精神、自主的工作、自在的生活。作为知识分子的聂致远抵制了各种"利"的诱惑，艰苦卓绝地守住了"义"，他血拼出来的经验不易推广，维护起来成本极高，随时都会破碎，大多数时候他势单力薄、无奈、无力、能量耗尽，最后不得不作一些妥协。在《活着之上》这部小说里，阎真清晰地表达了这样一种焦虑：实用主义在慢慢毁掉一切有价值的人生信条。然而，人的高贵恰恰是在这种缓慢的、低效率的、高成本的抗争中体现出来。正义自身即为善，正义既是追求的原因又为其结果。小说暗含这样一个命题：每个知识分子固然有责任构建适应现代社会新的价值体系，但个人的自清、自明、自尊乃重要的修身之道。

第八章

中国式现代化过程中的文学现代化

◇◇ 第一节 文学现代化的延宕

中国文学现代化进程与中国社会发展现代化进程基本同步，考察文学现代化必然以中国社会发展的大背景为前提，中国现代化进程促进了文学现代化，中国文学现代化推动了中国社会发展和精神文明现代化，中国文学的发展是中国现代化进程中的一支重要力量。中国历来有"辨章学术、考竟源流"的学术传统，黄宗羲的《明儒学案》，江藩的《国朝汉学师承记》，梁启超、钱穆各自用不同视角和方法独立完成的《中国近三百年学术史》是这方面的杰出代表。中国文学现代化进程需要梳理文学各学科的学术源流以及学术嬗变，而"现代"这个词的起始时间一直存在争议，一种说法认为19世纪70年代李鸿章开展洋务运动是现代的起点，一种说法认为19世纪末的"戊戌变法"失败是现代的起点，还有人认为中日甲午战争（1894年）后是现代的起点。通行的说法是中国的"现代"始于1919年"五四"运动（即中国进入新民主主义革命时期）。文学分期上的现代普遍认定是1919年"五四"运动至1949年10月1日中华人民共和国成立这一时期，而1949年之后为当代。"现代化"是一个容易产生歧义的词。在文学学术中常常提及"现代文学""现代性""现代主义"，"现代化"这个概念需要从众多带有"现代"标签的词里单独进行规定。它不同于"现代"，

第八章　中国式现代化过程中的文学现代化

因为"现代"这个词在文学中还包含思想启蒙和社会形态变革的含义。它也不同于"现代性","现代性"是西方社会工业革命以后逐渐形成的理性化、世俗化的观念和行为,它有诸多特征,其中最重要的一个特征就是直线向前、不可逆转的线性时间观。而"现代主义"则是整个欧美文化艺术在"现代性"影响之下表现出来的东西。关键词"现代化"是指上述各种现代要素还处于一个动态发展的状态。文学学术现代化是文学学术的集大成的过程,包括高度发达的学术生产和表现方式的现代化,在结构上表现为多层次立体结构,包括文学理论、文学史、文学批评等,时间上包含多阶段的历史过程,各学科需根据其自身学术发展实际情况划分时段(如马克思主义文论的起点就晚于文学基础理论、文学史和文学批评)。它在文学学术表现机制上,有两个原则,一是主体性原则:学术生产者具有个体独立精神,能独立思考,追求自我意识,道德自律,自由权利和艺术自主;二是理性原则:追求真理,具有批判精神,积极介入现实,理想主义。中国文学现代化是指在继承和发扬传统文化的优秀成果的同时,在方法上打破原有的程式,努力重新定义已成定论的理论、教条的东西。在语言、方法、体制等方面寻求新的呈现方式,力图实现健康、自由、自主、与时代相适应并推动社会发展的学术理想的过程。中国文学现代化始自"五四"新文化运动,而中国文学学术现代化的起点可追溯到19世纪末20世纪初梁启超、王国维等人的文学学术的革新。中国文学现代化进程并未到达终点,还在进行之中,是一个未完成的过程。

一　现代性与文学转型的必然性

西方的"文学"观念只有200年左右的历史。在中国古代,至少在魏晋以前,文学是包括文史哲的大文学概念,真正审美意义上的文学概念,则是近100多年来的事情了。当文学这个事件被人们热切关注之后。人们对它寄予了越来越高的期望。文学在某些时候也适时地扮演了重要角色,它甚至能够对一个国家和民族产生巨大的影响。用乔治·戈登的话说,它拯救了我们的灵魂,治愈了我们的国家。

文学的危机几乎一直伴随着工业社会的进程。对文学产生深刻的担忧时期应该是20世纪60年代,美国一批实验小说家如约翰·巴斯、托马斯·品钦、苏珊·桑塔格,他们发起并形成了一个文学派别。他们对文学的未来充满了悲观和绝望,认为没有什么能够让文学恢复原有的激情和魅力,他们发表的论文题目像"疲惫的文学"(exhausted literature)、"补充的文学"(supplement literature)都无不包含着颓废、失落的情绪。国内学者同样也有类似焦虑,如陈晓明的《不死的纯文学》等,无论是肯定还是否定,都是对纯文学未来发展的焦虑。

人们对中国当代文学的看法责难多过赞扬,人们常说的20世纪中国文学成就后半叶不如前半叶,当代作家整体水平不如现代作家。这样的论调涉及一个参照系的问题。文艺的微妙复杂促成了"文艺生机"的多元性,将文学危机单一地归因于体制过于笼统。作品脱离大众、资本裹挟等最为深刻的原因恐怕跟现代性有关。

现代性从正面理解,它是理性的,是黑格尔所说的时代精神。从反面来看,现代性在带来巨变的同时,也把精神焦虑植入了人类活动的各个层面,包括文学、艺术、理论,它几乎是"危机和困惑"的代名词。现代性与资本主义有着一脉相承的血缘关系。资本主义在上升时期代表一种健康力量,文学创作不自觉地反映社会发展规律,文学一片繁荣。到了资本主义成熟时期,社会冲突加剧,异化倾向严重,人们日益丧失整体认知能力。社会的责难和创作者内部的焦虑和危机感随之而来。何为文学现代性,赵一凡等在《西方文论关键词》中这样解释:"它既是自由表达的欲望,也是理性自身的叛逆,它反对资本主义的精神整合,却再一次陷入叙事和表征的困难,它珍爱自身的独立超越,却被迫一步步陷入资本主义的精密控制。"① 本雅明在《技术生产时代的艺术作品》中，提出文学生产论，提出"光晕消失"理论，光晕原指环绕着艺术作品的神圣气氛，或一种令人起敬并向艺术品膜拜的心理距离。艺术品天生有标准，它独一无二，真实权威。本雅明认为，机器时代引发了一种变化，即文艺作品光晕消失，何以如此？一是大规模的机器生产出现了仿制品；二是传统的接受模式瓦解；三是原本只有少数高贵者享用的文艺作品，现在却要讨好大众，受制于政治等因素。艺术一方面远离大众，一方面要平民化通俗化，二者形成一种紧张的矛盾关系。在这一矛盾中，文学通过变换姿态，用一种作者与读者双方都容易接受的方式呈现出来，非虚构成为一种流行的文体。非虚构更接近事实，但疏远了文学性。

二 焦虑的核心问题是文学性问题

俄国形式主义批评家、结构主义语言学家罗曼·雅各布森认为："文学的对象不是文学及其总和，而是'文学性'，即那种使特定作品成为文学作品的东西。"② 在这里文学性指的是文学文本有别于其他文本的独特性。在雅各布森看来，如果文学批评仅仅关注文学作品的道德内容和社会意义，那是舍本求末。文学形式所显示出来的与众不同的特点才是文学理论应该讨论的对象。文学性主要存在于作品的语言层面。举两个例子："大儿子说这话时带着威胁的口气，很长的腿叉得开开的站在那里，就是阳光落在他的身上也没有用，那种阴暗牢不可破。"③ 它们并没有打破语言常规，只是对平常的语言进行了提炼和加工，就显得意义深奥、耐人寻味了。同样是语言，例如"把音响打开，放点音乐"，或者"建筑工地堆满

---

① 赵一凡、张中载、李德恩主编：《西方文论关键词》，外语教学与研究出版社2006年版，第644页。

② [美] 维克多·厄利希：《俄国形式主义：历史与学说》，张冰译，商务印书馆2017年版，第255页。

③ 残雪：《从未描述过的梦境——残雪短篇小说全集》，作家出版社2004年版，第210页。

了材料",这样的句子很平淡,它仅仅在传达一个信息。并不是说小的叙事拒绝这样平淡的语言,而是说,一旦语言本身具备了某种具体可感的质地或特别的审美效果,它就具有了文学性。一个鲜活的句子,它本身有脉动、有张力,甚至有细胞再生能力,它是一个活着的生命。这应该是文学语言的特征,也应该是一个作品文学性的标志。普通语言经过作家改造就成了文学语言,作家的难题是对这些极其平常语言进行提纯、升华、优化。

强调文学性,另一个问题容易被遮蔽,即文学与真实生活的勾连。当代读者在阅读《红楼梦》《金瓶梅》时,很想知道作品所表现的时代更多的社会生活细节。除了文学性,作品的另一个经典就是它的史料性。当下流行的非虚构写作,某种程度上弱化了文学性,强化了史料性。这一类文本在情感、思想、风物、生活细节、社会样态上的真实呈现,战胜了文学性的不足。它们的未来价值同虚构作品一样不可低估。当文学性不被视为作品唯一的价值时,问题似乎得到了解决。

三 文学现代化中的生态文学探索

生态文学概念来自西方,西方20世纪60年代以来的生态文学和生态批评,从生态危机与工业文化的批判出发干预文学和社会发展。西方生态文学和创作分为两个阶段,第一个阶段始于20世纪六七十年代,讨论文学作品如何表现自然生态,利奥伯德的"生态中心论"(Ecocentrism)与卡森的《寂静的春天》被认为是生态研究的标志性成果。第二个阶段是20世纪90年代以来,通过文本阐释创立诗学理论,"环境伦理说"(Environmental Ethics)、"环境哲学"(Environmental Philosophy)与"深层生态学"(Deep Ecology)等,都参与讨论了人与自然伦理的深层次关系。

中国的生态文学则强调人与自然和谐共生。中国山水诗文讲究人与自然和谐共生,传统文学理论中的情景美学包含山水诗文的创作规律与方法。宗白华在《关于山水诗画的点滴感想》中就说："《诗经》三百篇里有些被古人称做'兴'体的，多半是开端两句或一句描写自然景物：山水、鸟兽、草木等，以便引起下面的思想情感。"① 他认为陶渊明"'采菊东篱下，悠然见南山'，是因为南山给予了他劳动时的安慰和精神上的休息。陶渊明正是在自己辛勤的劳动里体会到大自然山水给予他的慈惠和精神的养育"②。百年新文学的文学文本与文学社会生活实践形成了广义的生态文学，许多优秀作家从乡土、自然、生态以及现代社会的反面等不同层面贡献了大量优秀文本。20世纪初周作人发起的新村运动、三四十年代晏阳初发起的乡村建设运动、50年代马烽在山西作乡村盐碱地治理、2000年以来韩少功在湖南八景峒开展乡村生态实验等，都是文学家直接参与自然生态改造的社会实践。

无论是脱贫攻坚还是乡村振兴，都强调绿色发展理念，主张人与自然和谐相处，走资源节约型社会的发展道路。以脱贫攻坚和乡村振兴为背景的生态环保主题生态文学创作和生态文学批评成为文学书写的热点。对应这一号召，作家们进行了观念提升和一系列现实行动。在对中国传统生态美学与西方批判生态美学进行比较、辨析、批判的基础上，探索属于本土性的生态文学。

在历史发展过程中，文学概念的内涵有着不稳定性，其外延也具有不确定性。例如，我们现在看莎士比亚的剧作，认为它们都是经典，而在作家所处的那个时代，舞台剧被认为是粗俗而且大众化的。宋元时期酒肆勾栏的说唱文本，后来也演变为经典文学。这些文学作品本身具有的文学价值没有变，它的文学价值是只不过没有被当时的人们所认识。

我们拿这一现象对比文学现代化，可以更清晰地看到问题所在，社会生活与艺术生活的尖锐冲突犹如正在发展的紧张剧情，作

---

① 宗白华：《关于山水诗画的点滴感想》，《文学评论》1961年第1期。
② 宗白华：《关于山水诗画的点滴感想》，《文学评论》1961年第1期。

家和艺术家抓住矛盾双方各种条件和因素,以非主流观点或思潮进行分散扩展,如剧场的穿插性场面,使社会生活与艺术表达之间的尖锐的矛盾冲突受到抑制或干扰,出现暂时的表面的缓和,这种拖延和分散实际上更加强了矛盾冲突的尖锐性和人们情感的紧张性,作者和读者普遍有一种焦虑的心理期待。非虚构文学体裁可视为文学现代化过程中的离散性要素。

◇◇ 第二节 沈念《大湖消息》的生态问题探索

沈念的《大湖消息》是一篇具有实验性的非虚构生态文学作品。《大湖消息》把读者带进了错综复杂的大湖腹地和长江集成孤岛。它把洞庭湖生态环保的几个关键问题分篇章展开,以水为逻辑起点,每一个问题都涉及大湖的历史性和当代性。作品以柔性的语言、沉重的社会实践和深刻的灵魂拷问,真实而恳切地记录了大湖的生态万象、人与大湖的生死纠缠。沈念为了深度研究洞庭湖的生态问题,做了长时间的实地勘察的文献准备。他从历史深处打捞相关资料和历史掌故,走访湖岛群众收集民间口头流传的故事,搜寻理性严谨的科学数据和环保实践案例,通过多要素的复合叠加,多维度地展现了大湖的发展变迁和生态实况,展开一幅宏阔的生态实践图谱。他擅长向内的笔法,他的近期作品中也可以看到这种写作实验,如扶贫题材小说《天总会亮》以及关于非物质文化遗产的小说《长鼓王》,都是在探究个别事件背后社会、经济、人文的系统性与关联性。这一次,他在非虚构上进行了新的尝试,知识密度和情感力量的黏合度很高,沉重的社会实践与轻盈的艺术手法浑然一体。他以内在逻辑和形式安排上的创新,打开了生态文学书写一扇新的大门。

第八章　中国式现代化过程中的文学现代化　※

一　生态环保问题的历史性与当代性

"水天一色，风月无边。"李白在最后一次登临岳阳楼时留下的对联，八百里洞庭深刻的内涵和广阔的诗意尽在其中。然而，沧海桑田，李白看到的洞庭湖与我们现在看到的洞庭湖显然不能画等号。洞庭湖由魏晋时期的五百余里到唐宋之际的七八百里，再到清中叶道光年间发展到八九百里（这一时期为洞庭湖的鼎盛时期）。接下来情况急转直下："20 世纪 40 年代中期洞庭湖已是洲滩广袤，湖体支离破碎，港汊交织，滩地发育系数达 0.4 左右。洞庭湖滩地发育程度如此之高，表明洞庭湖已进入它的衰老阶段。"[①] 洞庭湖近 40 年坏消息不断。进入工业化社会以后，由于人口、产业结构等的影响，外地许多人拖家带口涌向湖区，大面积垦荒、围田，湖区湿地面积飞速萎缩。人们未经科学调研，盲目种植"湿地抽水机"黑杨，就地建设造纸厂，就地排污，土地变干，湖水变黑，单一种植造成的昆虫灭绝，飞鸟不栖，湿地迅速变成"绿色沙漠"。仅有的一些小块湿地虽然是候鸟和留鸟的栖息地，但也危机四伏。动物的命运与湖水共进退，在捕猎合法的时代，狩猎能手被当作英雄登报表扬。触目惊心、丧心病狂的捕杀，甚至造成物种灭绝。在相当长一段时期内洞庭湖的人和各类生物都活得很艰难。近 10 年来当地政府已对其进行彻底整治，渔民上岸，农民转型，其过程虽然艰难曲折，但洞庭湖慢慢恢复了生态多样性，现在湖区湿地环境友好，一派自然和谐的景象。沈念以非虚构手法贴切地表达了洞庭湖的悲伤与反转，他的笔触落到个案和实体，用大历史观、大时代观思考生态问题和民生问题，历史反思与现实批判结合，对笔下的人物、动物、草木和水饱含深情。

沈念生长于岳阳洞庭湖流域，写洞庭湖有天然的优势，也有天

---

① 李跃龙：《洞庭湖志》，湖南人民出版社 2013 年版，第 6 页。

然的责任。在这部作品里,他是一个深度介入的旁观者,实际上他也是一位生态保护的践行者。他无数次实地走访,"我记不得有多少次和当地的朋友(湿地工作者、媒体记者、生态保护志愿者、水生动植物研究者、作家、摄影家、画家等)深入到洞庭湖腹地、长江集成孤岛,去经历今天的变迁,也经历过去的光阴"[1]。他跟湖区各种职业的人打交道,有的成为朋友,加了微信,经常有联系。80后的黑脸疤槽的小余站长不仅因长年在湖区日晒雨淋而肤色暗沉,性格也因空旷无人而"只言片语,吝啬乏味"。同样环境里的"元老级"人物老张则为了对抗这种乏味而显得话多。在这部作品里,真正的主角是天上的飞鸟、地上的走兽、水里的游鱼,以及构成这个完整生态的水和万物,主角们出场炫目、抢眼、自带光环,一幅流溢于天地间的绝美风景通过这部作品展现于读者眼前。

> 一群豆雁星点般撒落,在轻快掠起的飞行中,发出波纹般的微光。偶有形单影只的头上一撮凤凰般艳丽色彩毛羽的凤头䴙䴘、琵琶形长嘴的白琵鹭在近一点的洲滩边优雅踱步。几只针尾鸭夹着如箭镞般翘起的"拖枪"尾巴,混迹于一群肥大的罗纹鸭中。黑色的椋鸟群,像个紧攥的拳头,在惊马奔逃般的甩身中,总有几只掉队的同伴,沮丧地看着高高飞走的队伍,给天空镶上流动的黑边。还有几只麻灰色羽翼的苍鹭,弓着颈,好几个小时一动不动地在浅水里站成一尊雕像,直到游过来鱼虾、泥鳅,才会将细长的尖喙刺过去。在本地人眼中,这是一种懒惰的鸟,渔民给它取个绰号叫"长脖老等"。[2]

这幅诗情画意的图景中包含了许多偏僻的鸟类知识,作者为了写出真实的洞庭湖,潜心研究《中国鸟类图鉴》,对应洞庭湖区的

---

[1] 沈念:《大湖消息》,北岳文艺出版社2021年版,第259页。
[2] 沈念:《大湖消息》,北岳文艺出版社2021年版,第10页。

留鸟和候鸟，建立鸟类知识图谱。生态文学或者生态文学批评其实都是一个历史性概念。民生问题与发展问题在生态建设中不是二元对立，而是融合发展。生态问题很容易被看成一个非黑即白、先入为主的东西。作者为了接近真相，走进湖区人民的日常生活。书中所涉及的人物很难进行道德评判，不好简单地贴上好人或者坏人的标签。中国传统文化对万物怀有仁德，"子钓而不纲，弋不射宿"[①]（孔子只用钓竿钓鱼，不用网打鱼；只射飞鸟，不射归巢栖息的鸟），但这种儒家君子礼仪对于处在生存危机中的民众来说显然缺乏道德约束力。按现在的评判标准，每个湖区人都是环境恶化的"凶手"，他们可能都打过鸟，或多或少地吃过野生动物，都是围湖造田的主角，都是与湖争食的索取者，种植过黑杨、意杨。就像环保者鹿后义，曾经是一铳打死几百只鸟的"英雄"。人物内心深处的道德拷问、人性纠结也具有历史性和当代性，问题的困难和复杂程度超出想象。沈念站在唯物史观的立场，对这些问题都做出了恰当的评判。

二　打开大湖的纵深记忆

中国新闻网 2020 年 4 月 22 日报道《湖南"五加三"生态环境整治，让洞庭湖更美更绿了》，文章介绍了 2015 年洞庭湖的治理的数据，洞庭湖Ⅲ类水质断面比例从 36.4% 下降为 0，出口断面总磷浓度升幅 97.9%；2019 年，洞庭湖区总磷平均浓度比 2015 年下降 41%，接近Ⅲ类水质标准，[②] 被称为"长江之肾"的洞庭湖，终于摆脱生态危机，重现碧波荡漾的景色。大湖的好消息一个接一个。洞庭湖是中国第二大淡水湖（曾经是第一），也是长江中游最重要的调蓄湖泊，同时也是长江经济带生态环境重点治理对象。洞庭湖

[①] 杨伯峻：《论语译注》（简体字本），中华书局 2006 年版，第 105 页。
[②] 2020 年 4 月 22 日，中国新闻网（https://baijiahao.baidu.com/s?id=1664648251933352774&wfr=spider&for=pc）。

的生态问题从来就不是一个简单的环境保护问题，它涉及社会发展、民生保障等一系列国计民生大事。八百里洞庭历史上曾经真实的存在过，现在这个数字只是一个比喻。地方志记载历代洞庭湖的变迁，清道光年间编纂的《洞庭湖志》舆图载录洞庭湖三府一州八县四大水入湖全图，《大湖消息》引用多张《舆图》还原洞庭湖鼎盛时期的状态。两相对比，湖面极大地萎缩，而今大象变成了蜥蜴。在湖区中心地带仍然是"横无际涯""日月出没其中"，湖区作为湿地，它的生态问题仍然是最突出、最集中的地方。《洞庭湖志》里可以看皇帝频繁的批示和事无巨细地指导，以及常年不休的治理和整顿。如嘉庆六年（1801）正月，新授刑部右侍郎、湖南巡抚奏报洞庭湖治理情况，方志作者对部分奏折进行总结概括，并引用前朝官员对洞庭湖的态度，说明其重要性："经户部查湖南省围田一案，缘洞庭湖地方表延半省，所有黔、川、楚、粤各省山溪之水，俱由此湖以达长江，而长江水涨之时又从岳、澧各口倒漾入湖，全赖湖面宽广以资容泄。若围田过多，浸占湖面，设遇江水盛涨之年，难免泛溢之虞。是以乾隆十二年抚臣杨锡绂奏准禁止私围，又经前抚臣陈宏谋奏定章程，前抚臣乔光烈遵旨议覆。蒙高宗纯皇帝谕旨，褒嘉永远遵行。"[①] 又如嘉庆七年（1802）五月，"湖南巡抚马奏：周历查勘，所有奏定应毁私围六十七处，并长沙县团头湖围、湘阴县莲蓬塞、武陵县美眷障等三处，亦于乾隆二十八、三十一等年勘明废毁，缺口宛在，流行无滞。"[②] 从历史规律来看，常有侵占湖面的事情发生，地方治理查办也毫不手软。洞庭湖在农业社会的主要功能是蓄洪、调节长江水位。

生态环保类话题不像一般的人文社科，它还涉及广泛的自然科

[①] （清）陶澍、万年淳修撰：《洞庭湖志》，何培金校点，湖湘文库编辑出版委员会，岳麓书社2009年版，第25页。

[②] （清）陶澍、万年淳修撰：《洞庭湖志》，何培金校点，湖湘文库编辑出版委员会，岳麓书社2009年版，第26页。

第八章 中国式现代化过程中的文学现代化

学领域的冷僻的知识。要把洞庭湖说清楚是一件不太容易的事,《大湖消息》涉及地理、水文、动植物、渔业、农业、生态环保等知识。文章插图借用《洞庭湖志》中的《舆图》,美化了版面,提升了作品的艺术性,有历史感和直观性,方便读者理解。涉及鸟类、鱼类等动物的冷知识都化在故事中,如文中写到一种叫鳑鲏的鱼,产卵到河蚌里。说到小孩子们赶鱼,"连最小的鳑鲏也不放过。乡下又把鳑鲏叫四方皮,这种鱼喜欢在有河蚌的地方栖息,在发情期间通过摩擦河蚌的敏感部位,趁着蚌壳张开之际,排卵到蚌内完成繁殖"。① 湖岛上的孩子还会拿弹弓去射击躲在水塘的鸟,"惊起一片飘散的飞羽和尖厉的叫声",似乎有作者儿时的影子。

渔民的门前屋后种上几棵鸡婆柳,作者对鸡婆柳进一步解释:一种褐红色枝条柳叶状互生叶的树,树身却是黑色的,结出的果子如樱桃大小。还有一些不常见的草,秋后暖天重生的南荻、狗牙根,入冬发芽的紫云英、碎米荠、短尖苔草,浅一片深一片地点缀着田间垄上。正是这些奇特而又平凡的植物装点着洞庭湖湿地,形成一个完整有序、生机勃勃的生态系统。关于四不像麋鹿的描写,非亲眼所见,很难写得如此生动。"蹄印交互踩踏,地面的图案奇形怪状,真正的野兽派抽象画作。野外鹿群都是非确定性聚居成群,长途迁徙时是昼伏夜行,行走中发出清亮的磕碰,打破洲滩上的宁静。麋鹿趾间有皮腱膜,前趾是悬蹄,在软泥烂草的沼泽湿地草滩上能奔走如飞,缺陷是不能像马一样钉铁掌,走到水泥石板路上就像醉酒的汉子。"② 麋鹿的可爱惹人怜爱,而前文提到的那个像"紧攥的拳头"的椋鸟,作者给它附会了一个有趣的故事,更增添了些许神秘。椋鸟"终日变换嗓音,学唱听来的曲调,任何外界的声音,都被它模仿,一旦它偶然撞中了那段旋律,椋鸟会变成一团

---

① 沈念:《大湖消息》,北岳文艺出版社2021年版,第224页。
② 沈念:《大湖消息》,北岳文艺出版社2021年版,第81页。

灰烬，在风中飘散，而灵魂钻进旋律之中，再也出不来了"。① 这故事一看就是音乐家的最爱，果然，莫扎特在店里听到一只椋鸟唱出了他的协奏曲中的一段，就买回去精心饲养，后来鸟去世后，还为它郑重其事地举办了一个葬礼。

小余站长与作者讨论今年湖里监测到的四种新鸟类——黄头鹡鸰、北灰鹟、卷羽鹈鹕和黄臀鹎。在场的湖区人从来没听说过，这几种鸟的名字也不知怎么写。大湖到底有多少珍奇动植物？谁也说不清。那些平凡的、随处可见的植物，湖区人却有更精确的分类。当人们笼统地把一种植物叫作芦苇时，实际上在湖区人的眼中有着芦与荻、苇与茅的区分。沈念将鸟类知识图谱巧妙地化在好看的故事之中。洞庭湖的行政规划、山脉河流走向，也通过故事呈现出来。历史文献与资料数据的佐证穿插于文本之中，使感性唯美的文字不至于空疏。

三 大湖的它们，大湖的主角

作品的历史叙事除了依据《水经注》《洞庭湖志》等文献资料，还依据湖区人民口头流传的有关史料。这些活的历史材料是以一个个鲜活的生命作为载体和注解。打开网站，搜索洞庭湖新闻，会出现这样的标题：《湖南君山采桑湖：人鸟争食变成如今候鸟天堂》《沅江七星洲：湿地再现秀丽水景》等。连森林公安老高都不禁感叹："渔民上岸转产转业，候鸟保护意识深入人心，湖上已经没有了毒鸟人，人与自然的关系也因此变得友好。"② 麋鹿、江豚、珍稀物种的存量是考量洞庭湖湿地的重要指标，人们也在尽可能地延续和恢复珍稀物种。湖区人为了实现产业升级和转换，应对复杂的变革，经历着生死纠缠和深刻的疼痛。

自然界鲜活的生命、有灵性的动物都有它们自己的生存法则和

---

① 沈念：《大湖消息》，北岳文艺出版社2021年版，第92页。
② 沈念：《大湖消息》，北岳文艺出版社2021年版，第56页。

快乐法则。老湖区人都知道"清末民初,私围垸者是要杀头的"。20世纪六七十年代鼓励围湖造田,造成湖区人口膨胀,大湖的生态系统遭到破坏。1998年特大洪灾以后,国家启动"洞庭湖二期治理",退田退耕,还林还水,这是一个浩大的工程。饲养员李新建外号"麋鹿先生",他所在的小岛被划为麋鹿保护区,9个月内1万多村民散迁到22个乡镇的400多个村场,长江中下游生态恢复规模最大的整体移民工程走完了最艰难的一步。"麋鹿先生"从小生活在岛上,懂得那些离散的人对故土的眷恋。人与鸟兽争地,现在人走了,岛上真正的主人候鸟、麋鹿回来了。"草木与日子疯长,岛上变成了一片息壤,村庄没有了炊烟,倒有了原始林的气象。"①大湖的主角们麋鹿、江豚、白鹤以及各种说不出名字的动物纷纷出场,飞鸟走兽婆娑起舞,眼前这自由舒展的场面令人陶醉。

> 那天湖上风吹雾散,看得清晰,鸟的羽毛极其洁白,人们走动的声响惊扰了鸟,它们抬头张望,扇了扇翅膀,像举起一双大手,微屈的长脚突然蹬得笔直,拔地而起,又在空中平展双翅滑翔,再振翅往高处斜飞,扇动的翅膀像一个大写的字母"M"。②

这是红旗村的景象,黑水鸡不像白鹤那么高调,"黑水鸡喜欢藏身于枯败荷塘的水面上,是潜水的高手,一头扎进水里,游出十几米远"。③它有伪装的技巧,有一种可爱的聪明。作者介绍,所谓黑水鸡头像鸡,游水时像鸭,嘴额是鲜红色的,肋部有白色纹,黑得透亮,发出墨绿色的光泽。

麋鹿岛以麋鹿为主,"麋鹿先生"李新建心里牵挂着岛上的麋

---

① 沈念:《大湖消息》,北岳文艺出版社2021年版,第79页。
② 沈念:《大湖消息》,北岳文艺出版社2021年版,第165页。
③ 沈念:《大湖消息》,北岳文艺出版社2021年版,第165页。

鹿，常常做梦都是母鹿乐乐和小鹿吉吉在水中游得快的情景，他梦见吉吉踩着乐乐的脊背，一个跃起，像被风托着，越过了防护铁栏，稳稳地落在了一片水中。眼前的情景如梦中一般，吉吉在妈妈背上，沼泽地里，水花像一个转动的喷洒，在阳光下发出碎金般的耀眼斑点。公鹿成成的一对鹿角，像放大的分枝分叉的珊瑚，在阳光下熠熠发光。物种的传奇历史与社会性叙事使这部作品有历史厚重感。一念向善，心存良知，便有无意间的某种成全。麋鹿在《大湖消息》中占有最大篇幅，它是洞庭湖的常驻"公民"，也是耀眼的明星。沈念为了探究麋鹿的来历，专门查阅文献，麋鹿本为中国物种，也即古代灵兽"四不像"，清朝时被集中放养在皇家猎苑。1894年北京永定河发大水，逃散的麋鹿成为灾民的果腹之物。所幸的是在这之前，英国传教士暗中串通竞价，使出各种手段弄走数十头。1898年英国十一世贝德福特公爵花重金买走了18头麋鹿养在乌邦寺庄园。"公爵豢养的十八头鹿在这里自由生息、开枝散叶，一百多年后，数千头麋鹿后裔的足迹分布到了二十三个国家。"[1] 麋鹿的回归反映了人类与自然打交道的心态，也是经济发展、文明程度在家园建设中的实践参照。据"麋鹿先生"说，点点刚出生时，安排有专人喂养，像是给一个婴儿请了一位月嫂。小麋鹿的细皮嫩肉怕被蚊虫叮咬，不能吹电风扇，专门有工人给它打扇。人的良知、救赎、解脱，最后都需要在动物身上落实。

从网开一面到十年禁渔，这不只是放生，也是自我救赎。因为有长江白鳍豚的警示，当江豚面临危机时，人们倾心保护。江豚的篇幅在《大湖消息》里仅次于麋鹿。作家的这种叙事安排，也是出于一种艺术结构和思想表达的考虑。江豚的发展史同样也是对生态环保的警示和反思。江豚是被湖区人赋予了神性的动物，渔民说，江豚最有家庭责任感，小江豚遇险，它的父母会莽撞地尝试营救。

---

[1] 沈念：《大湖消息》，北岳文艺出版社2021年版，第71页。

第八章　中国式现代化过程中的文学现代化　※

大湖上没有人会去捕捞江豚，有不信邪的渔民恶意捕捞江豚会遭到船毁人亡的结局，即使误伤了江豚，犯了禁忌，都要烧香祈祷谅解，严重的会卖船改行。那么，为什么江豚最后还是濒临灭绝？

平静的湖面下布满了迷魂阵、地笼王，不过，在"十年禁渔"政策出台之前这些要命的陷阱就被拆除了。然而壕坝与高丝网结合起来的陷阱，对鱼类进行了灭绝性的捕捞，所有洄游的鱼都被一网打尽，就连不知底细的渔民也不能幸免。一对从湖北过来贩虾的夫妇，他们的渔船的螺旋桨被网挂住，巨大的冲力造成的反向拉力将船拉翻，夫妇丧身水中。直到2012年，壕坝水下的这张巨网才被渔政和江豚保护协会打击取缔。

长江白鳍豚的先例警醒着江豚保护者。为了调查白鳍豚的生存状况，国际顶尖级的科考组织，用世界上最先进的观测设备沿江搜寻了3400公里，得出一个残酷结果：白鳍豚的现存数量为零。2007年8月8日，组织方正式宣告，长江白鳍豚"功能性灭绝"。美国《时代周刊》将其列为当年全球十大灾难之一。长江白鳍豚的物种灭绝给老朱打击很大。老朱生怕江豚走长江白鳍豚的老路。沈念为了跟踪调查江豚的情况经常与老朱拉家常。老朱告诉他自己先是当民办老师，后来招进了渡务所当轮机员，后来成为江豚保护站的一员。老朱说，那时候在江上跑船，经常看得到江猪子，往后是越来越少。江猪子是当地人对江豚的昵称，这个称呼直接而准确。资料显示，长江江豚种群数量持续减少，1991年约2550头，2012年约505头，这一数据一度被人当作"危言耸听"，目前所剩不到100头。上岸后的渔民身份180度转变，从捕捞者变成保护者。14岁就在丝茅铺捕鱼的江哥，练就一双火眼金睛，洞庭湖数不清的鱼类和鸟类，江哥一眼就能辨别出种类。当地媒体人发起一个江豚保护协会，上岸后的江哥与另外10名渔民兄弟一起加入协会。"放下屠刀，立地成佛"，江豚保护协会10年来"共巡逻一千九百五十六次（夜晚六百二十六次），打捞江豚尸体十四具，成功阻击电力捕鱼等非法捕鱼二百三十多起，清除滚钩十一万多米，清理迷魂阵、密阵一千三百四十多杠两万八千二百余米；参与人数一万余人次，有来自全球各地的志愿者"。① 江豚保护协会与老朱所在的保护站协作，共同为江豚撑起了保护伞。老朱记得故道有一头小江豚出生，像是自家添了新丁般的喜悦。江豚的例子告诉人们，人犯下了错，用最大的努力和诚意来补偿，更高级的文明应该与自然万物深度沟通、理解、融合。

崔支书父子的故事诠释着湖区不可承受的黑杨之殇。作品以村支书的儿子外号"崔百货"的视角和内心活动切入湖区的重大生态环保事件——"黑杨种植"。崔百货（崔山）的父亲是红旗村有着绝对权威的村支书，母亲的手掌有着铁钳一样力气。崔山的老婆和崔山的相好香寡妇两人赌气同时跳湖死给崔山看，正在月经期的母亲下水救起两个女人，自己的铁打的身子废掉了。大面积种植美洲黑杨、意大利杨，是 30 多年前的事，老支书走家串户游说，为了说服大家栽树可谓费尽口舌，因为植树造林有非常强的实用目的，护堤、防浪（抵抗江水的拍打和清洗）、防血吸虫。黑杨命贱，适应性强，天生喜湿，生长快，可用于造纸、做家具，是很划算的经济林种，一时间黑杨成了湖区人民的救命树、保安树、摇钱树。经过大力推广，空荡荡的湖洲很快就变得一片绿荫。

崔山内心深处反感黑杨，他模糊地理解"生物多样性"，模糊地知道"湿地抽水机"的破坏力。他对造纸厂直接排放的污染心生恐惧，给厂长提出处理污水的建议但不被采纳。风高月黑之夜他堵污水管，被开除回村后又秘密组织村民，两天砍倒了几十亩半大黑杨树，与村支书父亲对着干。最后国家干预，强力清除黑杨。"县里被迫投入很高的代价去修复一条污染的河流。湖洲上的黑杨不见了踪影。上面的清零禁令严苛，动真格而卓见成效，野草艰难地反

---

① 沈念：《大湖消息》，北岳文艺出版社 2021 年版，第 114—115 页。

攻那片土地，两三年后才有了草地丰茂的感觉。"① 村支书父亲管得了红旗湖村却管不到儿子的意识形态。老支书却在这场持久的黑杨战争中耗尽了生命。

四 "他"或"她"的拍案惊奇

如果纯粹只想了解一段往事，弄明白前因后果，只需看一个调研报告就可以了，沈念显然不想这样，他要使文学的功能最大化，他要用情感融化人心。一个作家精心地创造出这个作品，使读者得到的信息、产生的印象、受到的感动，终生难忘，甚至使每个接触该作品的人内心构建起新的价值体系，这大概应该算得上好作品。沈念是有这方面的写作抱负的作家。

这部作品对人的描写笔墨寥寥却充满深情。非虚构作品必然涉及很多具体的人，作者在人物的称谓上做了一些艺术处理：虚化人物的标签，精心勾画人物的精神气质。人物形象像飘忽的精灵，个性独特，没有实体感，却有很强的辨识度，鲜明的人物特征修改了读者对湖洲人的认知。人物的名字在开头一段话提起，后面用第三人称"他"或"她"贯通到底。通篇有无数个"他"和"她"，这个"他"在不同的篇章里代表着老朱、小余、老高、李新建、崔百货、鹿后义、谭亩地、割芦苇的少年等。这个"他"既是个别，也是一般。红旗湖村的那个"她"在红旗湖村是一个具体的她。她的经历不可复制，但她的精神气质却是红旗湖村人整体的精神气质。"又一次见面，她站在临街的屋门口，那双脚又细又瘦，迟迟没有迈过门槛，扶住门楣的手微微弹动，像极了一朵花的绽放。"② 这是她出场时的情形。作者有意模糊人名，让读者的关注力倾注在大湖生态这个主题上。整篇叙事涉及很多人物，在湖区，大湖养育了所有人，所有人也为大湖而生。他们与湖深刻关联，休戚与共，

---

① 沈念：《大湖消息》，北岳文艺出版社 2021 年版，第 198 页。
② 沈念：《大湖消息》，北岳文艺出版社 2021 年版，第 164 页。

不可分割。所以作者需要以"致江湖儿女"表达他的立场。写人比写动物难,下篇"唯水可以讲述",刻画人更耗费精力,也更能看出作者的叙事功力。"她"喜欢花鼓戏《春草闯堂》《补背褡》,还有折子戏《戏牡丹》《柜中缘》。"师傅说,帝王将相戏非儿戏,妖狐鬼怪情是真情。师傅这句话,震得她一惊一乍的。"① 她守着一个与风有关的故事,这一章写得极其唯美,蒙太奇手法,快速闪回,抽象的光影,欲说还休的悬念和高潮,难以捕捉的内心世界,狂暴的性情,阴郁的节奏,恬淡如秋天湖面的晚年生活。她的一生过得像出悲情基调的戏文。她常年与鹤打交道,自己老成一只仙风道骨的鹤,连走路也开始模仿鹤的步态。

生态问题有时候不能用道德、善恶来界定。大多数情况下渔民的生计问题才是根本问题。从江豚保护站老朱口中得知,由于长江流域禁捕禁止外地渔民作业,而洞庭湖水域是渔民们自由的天堂,各路渔民一窝蜂涌来,高峰期达到10万渔民。天然捕捞量从20世纪80年代的1万多吨,到2020年的8万吨,鱼的生长速度远不及捕捞的速度。污染,各种费用,成本上涨,恶性竞争,人们活得像一出戏,有时候分不清戏里戏外。戏子奔逃、离奇的凶杀案,大湖上演了一幕幕拍案惊奇的故事。极少数人平静而深刻地生活,大多数人平庸而乏味地活着。春风湖村也有一个具体的"他",读者只知道他有一个叫昆山的儿子,还有一个没长大的叫庆声的孙子。他与儿子一同救起十几位落水者,儿子在救最后一位落水者时被一个大浪卷走了。他自己患上了血吸虫病。"政府有很多次的宣传,防治、灭螺、封洲禁牧、改水改厕、建沼气池,从传染源头来消灭这种微细的虫病。运气真差,他想自己一定是过去接触过有虫卵的污水,细虫尾蚴通过毛孔钻进了体内,鬼才知道它潜伏了多久了。"② 他从此离不开一种叫吡喹酮的药。儿子死的时候他眼泪都流光了,

---

① 沈念:《大湖消息》,北岳文艺出版社2021年版,第169页。
② 沈念:《大湖消息》,北岳文艺出版社2021年版,第207页。

流到湖里了。现在他像是在讲别人的故事。他是湖区人民的缩影，血吸虫病是湖区人的魔咒，科技发达有了特效药，但因各种原因还是要了很多人的性命。

春风湖村的另一个"他"，在深刻而平静的生活表象下隐藏着一个痛彻心扉的经历，他的名字也只出现过一次，谭亩地。他一辈子在水上漂，却发誓不再下水。他的儿子死于一场离奇的凶杀案。儿子在镇上读寄宿学校，因一次见义勇为，被惹事的小流氓一刀捅死，尸体被拴在自家船尾底下时发出蹊跷的响声，被鱼啃食时响声惊动了邻居，捞上来时只剩一架骨头。两次水响自家人都听得分明，都没想到是自己的儿子。妻子疯了，他把船卖掉，不再与水打交道。他成为一个执着的志愿者，湖上冬来春去的飞鸟是支撑他活下去的动力。

> 他听到空中的鸣叫、嗡嘤、呼啸，或是欢悦、清澈的声调，像是看到田埂上瘦削的孤影，热泪一滴滴滑过脸上丘壑般的皮肤。他划动双手，身体不由自主地战栗起来，如同一只想要张翅飞却始终没飞起来的鸟。[1]

这一章写得极为悲恸，水最深的地方，藏着最深的疼痛，写尽了一个渔民与水的悲戚。湖也有阴郁之气，据说村里起早的人，打开门都会侧一侧身子，不让野凉的湖风和雾气撞到身上。

"神枪鸟王"的故事说的是鹿后义，大湖上空苦难的鸟类克星。20世纪70年代，鹿后义一铳打了5980斤鸟，红旗湖一时成为打鸟先进典型，湖区垸内四镇八村的人组团来学习。这个猎鸟能手在一次偶遇一只受伤的白鹤之后，彻底改变了自己的生活方向。那天他突然心生怜悯，救起白鹤，取名飞飞。通灵性的飞飞一次偶然又救

---

[1] 沈念：《大湖消息》，北岳文艺出版社2021年版，第230页。

起鹿后义的孙女。飞飞春去冬来,与他成为朋友。老鹿像抱着自己的恋人,和飞飞在屋前坪上跳起了双人舞。红旗湖洪水猛兽之地,"随便栽一小块人生,丢在荒洲野滩,湖里岸上,就会长成一段令人唏嘘的命运"[①]。第三年,飞飞还带着它的伴侣来见老鹿。鸟对人的救赎产生巨大的激励,鹿后义这位猎鸟"凶手"现在是湖上最坚定的环保人士。

"洞庭湖的老麻雀"形容人生活经历丰富,狡猾,不好对付。执法者和违法者都具有"洞庭湖的老麻雀"的气质,才能棋逢对手。话多的老张"听得懂鸟的絮语,空中的风和湖水的密谈"。七星湖是天鹅喜欢的越冬地。天鹅高雅、纯洁、忠贞,有一种令人起敬的神秘感和高贵感。我们从古今中外无数的艺术作品中可以看出,人类对天鹅无以复加的热爱和赞美。天鹅的昂贵价格使得一些毒鸟人不择手段,铤而走险。老张跟毒鸟人过招,凭着天赋和机敏。"船从死去的天鹅身边驶过,老张弯腰把它捞起。在捞起的一刹那,我的心一沉,跟着天鹅的脖颈往下垂落。死亡的阴影吞噬了它生前的荣光。"[②] 老张从那些散泊在洲滩四处的船只中,盯紧一条孤零零停在另一边的小木船,准确地找到并抓住毒鸟人。采桑湖保护区的老高与何老四的过招充满了悬疑片色彩。何老四是一个十多人的毒杀、收购、运输、销售野生候鸟的犯罪团伙的头目,用哨音模仿鸟声,几近乱真。老高火眼金睛,心思缜密,常与何老四斗智斗勇。有一次查获何老四8袋毒死的水鸟,其中有小天鹅12只,还有数量不等的白琵鹭、赤麻鸭、夜鹭、苍鹭、斑嘴鸭等。这一案例曾入选全国法院系统环境资源刑事审判十大典型案例。老张、老高这些毒鸟人的克星,成为洞庭湖的不朽传奇。

作品中的人物和动物都有独特的造型,有戏剧般的形式感,有接地气的故事,那故事无一例外地带着眼泪的苦咸,或梦里笑醒的

---

① 沈念:《大湖消息》,北岳文艺出版社2021年版,第240页。
② 沈念:《大湖消息》,北岳文艺出版社2021年版,第35页。

欢快，混合着阳光、青草和水的甜味，以及冲鼻的气息——来自淤泥、腐殖、鱼腥味与动物的臊气。大湖所有的生命，他们和它们粗粝的命运轨迹、毛茸茸的生活细节构成了《大湖消息》的全部内容。人为此付出的代价，得到的回报，都是为了自己的家园更好、更美。

◇◇ 第三节 乌托邦小说叙事探索

当代乌托邦小说，试图对未来社会作科学系统的制度构建。当代乌托邦小说在实践层面探索一种可能性，与早期的乌托邦小说不同，它们不仅有系统的、完整的制度设计，还与当下社会发生种种勾连。它们虽然在政治、经济、意识形态领域方面面临很多困难，对未来人类社会的终极目标表示担忧，但在制度探索和精神向度上仍表现出了积极的一面。乌托邦小说有着其他类型小说不可替代的价值，它可以赋予历史一种观念意义上的远景。对比框架之下的乌托邦叙事，具有标杆性的意义，现实社会制度与标杆之间的差距恰好是人性向上的动力。与纯粹的实践性和现实性相比，它有一种自由和超越的气质。当代乌托邦小说，试图对未来社会作科学系统的制度构建，涉及政治、经济、意识形态领域等许多艰难的问题。这一类型的文本，作者意图很强，总体来说它的社会文化性价值比艺术性价值更突出。社会主义就经历了从空想到科学，从理论形态变成了现实制度，从一国道路走向多国道路的发展史。早期乌托邦或世外桃源的思想资源早就证明了人类理性可以主导未来。乌托邦式的猫庄尽管很大程度上做到了公平，但内部矛盾重重，最后土崩瓦解。

一 高纯度的乌托邦是否可能

社会改良者对社会主义试验的冲动从未停止过，他们对超越现行的初级阶段的社会主义制度，进入纯粹的或者较为高级的社会主义模式之后，人们在各种难题面前如何突破展开各种想象。恩格斯的《社会主义从空想到科学的发展》从普遍规律和哲学层面对社会主义进行了较为系统的阐述。但在实践操作过程中，仍然面临很多不确定因素，如社会的变革、全球格局的变化、科技的发展。人工智能和基因技术实际上对这一制度的顺利实现，带来机遇和挑战。乐观主义者预测，大数据平台下，市场可以被调控，更有利于计划经济和财产公有。人工智能可以将人们从繁重的体力劳动中解放出来，基因技术或可治疗身体残疾。带来的挑战是，它们对不同阶级的影响是不一样的。斯洛文尼亚哲学家斯拉沃热·齐泽克曾担忧，一个潜在危险可能是掌握财富和权力的人利用人工智能和基因技术操纵和奴役低阶层的人，不排除出现新的阶级问题、贫富悬殊等问题。

空想社会主义与科学社会主义表面看起来，一个是先验的，一个是经验的，在主客关系上似乎也存在一种对立的形式。实践者的办法是躲开唯物主义与唯心主义二元对立的矛盾，理性地扎根于质料之中，但又必须基于形而上的设计。主体应当回到作为自我解释的现实环境，并且具有建构世界功能的主体性那里，而不必拘泥于偶然性，类似于亨利希的后形而上。空想社会主义文本往往都具有非时间性，在空间上采取一般性描述，虚构一个现实中并不存在的地理位置，没有实践只有绝对真理是不会实现科学社会主义的。恩格斯在《社会主义从空想到科学的发展》一文中指出："对所有这些人（空想社会主义者，作者注）来说，社会主义是绝对真理、理性和正义的，因为绝对真理是不依赖于时间和人类的历史发展的。"[1] 自古以来的乌托邦文本都有它的不可替代的价值，在无力改变社会现实的情况下，乌托邦可以赋予历史一种观念意义上的

---

[1]《马克思恩格斯文集》第3卷，人民出版社2009年版，第536页。

第八章　中国式现代化过程中的文学现代化

远景。

在当代中国作家中，有少数几位作家对体制和社会形态进行过深入思考，他们把构筑乌托邦当作一种观念上的社会实验。历史的车轮滚滚向前，现代科技已渗透到每个人的生活，某个共同体要与这样的时代大环境疏离或者隔绝是不现实的。恩格斯曾提醒空想社会主义者不要"把各种自然物和自然过程孤立起来撇开宏大的总的联系去进行考察"[①]。当代乌托邦小说中的社会主义实验场所大都是封闭的、孤立的，对融入全球化持一种谨慎的态度，与现代经济运行规则保持一定的距离，对高科技心存戒备。当代乌托邦小说还有一个共同特点，都有一个强悍的改革者，仁爱博学、理想主义，靠人格魅力号召民众。实验场所体量小，一般都是以村庄为单元，容易被周边环境影响，一旦主动与外界合作，很快被瓦解。因此，他们有一种本能的反资本、反市场、反全球化的态度。发展社会主义是历史的选择，全球化也是历史的选择，如何在两者之间达成一致？当代乌托邦小说都未能解决这个问题，最后还是免不了被各种外在因素击得粉碎。格非在《山河入梦》中，塑造了一位铁腕人物郭从年，他苦心经营的花家舍，在"江南三部曲"[②]的下部《春尽江南》中解体，在资本和人欲的冲击下变成了娱乐场所。刘继明在《人境》中抠出了一小块理想主义园地，书中做过大公司董事长助理的马垃，公司破产，替老板坐了七年牢，获释后把长江边上的一个叫神皇洲的村庄作为理想社会的实验场地。最后，跨国大公司的买办与县里官员勾结，以洪水的名义让神皇洲的"同心社"全部搬迁。这里洪水只是一个隐喻，资本洪流的摧毁力量超出了自然界的洪水。于怀岸的《巫师简史》严格地说不具有完全意义上的社会主义因素，而是一个古代桃花源的升级版。隐蔽在湘西大山里的"猫庄"，巫师兼族长的赵天明从父亲手里接管了猫庄，按照祖制经营。

[①]　《马克思恩格斯文集》第3卷，人民出版社2009年版，第539页。
[②]　格非的江南三部曲是指《人面桃花》《山河入梦》《春尽江南》三部长篇小说。

※　湖南文学的本土经验与世界性

赵天明的建设性恰好体现在毁灭性上，这个躲过无数灾难的世外桃源，从晚清开始，衰败的势头不可阻挡，同盟会、土匪、革命党、红二六军团先后到来，进步和反动的势力展开你死我活的斗争。红色革命最后胜利，猫庄不再是拥有法力、能与神沟通的世外桃源。巫师赵天明在这样的大动荡中落败，最后还是吃了枪子儿。猫庄与红色革命后的新制度有内在的一致性，没有地主，不用土改，追求自由和平等，但在精神层次和终极目标上存在根本性分歧。

乌托邦小说都提出了一个严峻的问题。他们设计的高纯度的社会主义或共产主义制度样本的周围，总是存在着各种不确定因素。有不受约束的自由市场，有外来的制度冲击，有不同体制下的资本裹挟，有新兴的科技力量，有来自人本身的思想难题，还有战争、革命、文明冲突等。乌托邦单纯的社会主义或共产主义都容易被周边其他社会形态同化和消灭。它们同世界主义、国家消亡理论一样，需要大环境支持。毛泽东在1959年12月至1960年12月读苏联《政治经济学（教科书）》谈话记录中说："国家消亡需要有一个国际条件。人家有国家机器，你没有，很危险。"[①] 面对这种种困难，如何构建一个具有前瞻性的科学制度，并将这一制度稳步向前推进，这个问题始终困扰着热衷于乌托邦小说的作家们。

二　作为一种思想类型的乌托邦

乌托邦小说是文学现代化过程中的另一种形式探索。利用现有制度和人类终极理想之间的张力，构造情节，展开矛盾和冲突，探讨怎样消灭剥削压迫、消除不平等，人类的终极目标是什么，人该过怎样的生活，如何才能达到人之完美。

关于人类的理想社会形态，孔子和柏拉图都有过深刻的思考。孔子的理想是大同社会，虽然没有涉及财产所有权问题，但对人心

---

① 《毛泽东年谱（1949—1976）》第4卷，中央文献出版社2013年版，第316页。

有规划，人与人之间没有私心，相处融洽和谐。孔子认为理想社会的基本条件是"庶""富""教"，即人口繁盛、生活富裕、教育发达。要克服贫富悬殊、社会动荡的问题，"不患贫而患不均，不患寡而患不安"[①]。柏拉图的《理想国》与孔子的大同社会相比更为抽象。《理想国》严格地说不是一本政治哲学著作，他的直接目的也并不是讨论政治建构，而是站在一个理想国家之上来思考个人的位置，由个人再反观国家。他讨论什么是善，要从"正义"说起，正义自身即为善。他想把哲学作为一种生活方式，一种圆满人格的道路。在这个人格高尚的国度里，人过着自己想要的生活。孔子和柏拉图都没有考虑经济因素对社会形态的决定性影响，但他们都认为理想社会必须和谐有序。

空想社会主义与乌托邦在英文里是同一个词。英文为 utopian socialism，准确的译法为乌托邦社会主义。恩格斯的《社会主义从空想到科学的发展》的书名几经更换。恩格斯在1892年英文版导言说："根据我的朋友保尔·法拉格（现在是法国众议院里尔市的议员）的要求，我曾把这本书（即《反杜林论》，作者注）中的三章编成一本小册子，由他译成法文，于1880年出版。"[②] 恩格斯所说的1880年在巴黎印的单行本书名为《空想社会主义和科学社会主义》，其中"空想社会主义"对应的是 socialism utopioue。1892年英文版的《社会主义从空想到科学的发展》，其中空想对应的是 utopian。"'空想'这种中文译法，在清末民初报刊上即出现过，是从日本转译来的。辛亥革命后，国内的一些报刊陆续开始直接译载恩格斯的著作。1912年5—7月，中国社会党绍兴支部在上海出版的《新世界》第1、2、5、6、8期上，以《理想社会主义和实行社

[①] 杨伯峻：《论语译注》（简体字本），中华书局2006年版，第245页。
[②] 《马克思恩格斯文集》第3卷，人民出版社2009年版，第500页。

会主义》为题，连载了恩格斯《社会主义从空想到科学的发展》。"①"空想社会主义文本"与"乌托邦小说"在内涵和外延上并无多大差异。从使用频率来看，在马克思主义关于社会制度的理论中侧重使用"空想社会主义"一词，在文学批评和文化批评中常用"乌托邦小说"。事实上两种用法也没有严格的规定，词根都是Utopian。

乌托邦小说常常是作家的文化理想和社会理想的实验基地。中国知识分子对理想社会的追求和描述的这种热情和痴迷，有深厚的思想根基。中国当代乌托邦小说有两个思想来源，第一个思想来源是孔子的大同思想。这里面包含了一个内在的线索，小说文体在不同时期的每一种变体都不同程度地包含有乌托邦成分，如文人笔记小说、章回小说、武侠小说、科幻小说等。另一个思想来源是17世纪欧洲的空想社会主义、俄罗斯的无政府主义（无政府主义是乌托邦的一个侧面或者一个支流，最终汇入乌托邦的河流）。

在孔子提出大同社会理想之后，一直以来都有不同形式不同手法的关于理想社会的探索和想象，陶渊明《桃花源记》中的世外桃源，李汝珍的《镜花缘》直接从制度入手的颠覆性描述，表达了扶助弱者的平等社会理想。晚清、民国更有大量无政府主义思潮和空想社会主义文本。中国文化中一直有一股乌托邦思想的潜流，孔子的大同社会理想影响了后世士大夫和知识分子。陶渊明在《桃花源诗》里有理想化的说明，他对社会现实表示不满和苛责，认为只有在"春蚕收长丝，秋熟靡王税"这样一个没有苛政的前提下，才有"童孺纵行歌，斑白欢游诣"这样的理想化图景。《桃花源记》和《桃花源诗》给世人呈现的理想世界，内在地包含了以儒家伦理为中心的礼法名教的发展前景。古代文人笔记小说也有很多空想成分，但文人笔记小说缺乏对集体或者某个利益共同体的整体构想，

---

① 于艳艳：《恩格斯著作在中国早期传播的历史考察》，《当代世界与社会主义》2012年第6期。

他们通过志人志怪的形式，重点描述了个人化的理想状态，如成仙、遁世、长寿，以及潇洒俊逸的高士、名士风度，大量笔记小说甚至包括猎艳、暴富等低俗的幻想。但无论是哪种境遇，都没有上升到制度层面，都表示出对现有的制度的认可和顺从，属道家文化的支脉，与古希腊的伊壁鸠鲁、斯多葛学派有异曲同工之处。他们都主张逃离现实，遁入自我内心。其积极意义是表示出对强权的不合作态度。这一脉络历代相传，从西晋张华的《博物志》一直到清代纪昀的《阅微草堂笔记》，都没有多大的改变。真正从制度上反思的乌托邦文本当数清代小说家李汝珍的《镜花缘》，它对制度的探索虽然近乎荒诞，但却超越了一种纯粹的空想。《镜花缘》表现了对弱势群体的极大同情，直接从制度入手改变政策结构上的不平等问题，以想象中的女权社会，对人情风俗进行匡正，以此来"正人心，宜风雅"。

与中国的桃花源想象形成对比的是欧洲17世纪中叶三个托马斯①的空想社会形态的制度设计，他们同样也给后世留下了一笔宝贵的思想资源。托马斯·莫尔的空想社会主义文本《乌托邦》（1516）影响巨大，后世有关各种空想或虚拟的事件都拿乌托邦做比喻。《乌托邦》没有人物塑造，类似于中国古代的文人笔记小说。该文本通过航海家拉斐尔·希斯拉德之口描述了某个地方的一个神奇国度，这个地方财产公有、人人平等、按需分配，人们穿统一制服、吃公共食堂，选官用人通过公共选举。人与人之间的和谐超越了所有现实存在的国家。托马斯·康帕内拉的《太阳城》（1623）与《乌托邦》体裁类似，内容涉及生活的方方面面，对日常琐事的细节都有描述。太阳城是一个人人向往的地方，虽然它内部还有奴隶（没有实现人人平等），与周边国家常有战争（作为异端被孤立），外交上也有尔虞我诈（人格的两重性），但已经对现实有了

---

① 即托马斯·莫尔、托马斯·闵采尔、托马斯·康帕内拉。

巨大的超越。托马斯·闵采尔，这位精通古文学的神学博士，没有像上述两位托马斯留下空想社会主义文本，但他把想法贯彻在实践之中，一生致力于人人平等的伟大事业。三位托马斯对于世界社会主义的发展意义非凡，作为一种思潮，世界社会主义已经走过近500年的历史。"从空想到科学，从理论到实践，从运动到制度，社会主义不断发展和不断演进，取得了丰硕的成果。"[1] 18世纪后期，又有圣西门、傅立叶和欧文对社会主义的推动。恩格斯在《社会主义从空想到科学的发展》中对他们三个人有过高度的评价："所有这三个人有一个共同点：他们都不是作为当时已经历史地产生的无产阶级的利益的代表出现的。他们和启蒙学者一样，并不是想首先解放某一个阶级，而是想立即解放全人类。"[2]

晚清和民国的乌托邦文本吸收了中西两种资源，蔡元培就认为《石头记》为清康熙朝之政治小说，他自创的《新年梦》（1904）也是带有一种制度幻想的"清光绪政治小说"。梁启超的《新中国未来记》（1902）、陈天华的《狮子吼》（1905）等作品与古代乌托邦文本相比，除了理想品格，更难能可贵的是实践品格，"我们看到，'新中国乌托邦'的图景在十年后、半个世纪后得到了一定程度的证实，令人十分感叹其合理性与预示性"[3]。经过一轮又一轮的流血和不流血的革命实验之后，"五四"时期的空想社会主义思潮与无政府主义开始兴盛，精英知识分子尤其信仰无政府主义。无政府主义者"脱离历史条件地鼓吹立即废除一切形式的强权和国家，实现没有剥削、没有压迫，各尽所能、各取所需，绝对自由的无政府主义空想"[4]。另一部分知识分子如沈从文、废名则反身寻觅古代

---

[1] 顾海良、季正矩、彭萍萍：《热话题与冷思考——关于社会主义五百年回顾与反思的对话》，《当代世界与社会主义》2013年第3期。
[2] 《马克思恩格斯文集》第3卷，人民出版社2009年版，第529页。
[3] 陈方：《论中国近代乌托邦小说的意义》，《明清小说研究》第2期。
[4] 刘勇：《无花之果——五四时期空想社会主义思潮的兴衰和无政府主义在中国的破产》，《北京党史研究》1990年第3期。

第八章　中国式现代化过程中的文学现代化

桃花源式的理想社会。反而是那些进行了各种尝试的改革者，最终找到了正途。"那些受到无政府主义及其衍生物的影响并热心进行实验的先进知识分子，才较早地将自己的信仰转变到科学社会主义上来，成为坚定的马克思主义者。"[1]

与描述美好未来的乌托邦小说相对应的还有反乌托邦小说，反乌托邦（Dystopia）（或叫"敌托邦"或"废托邦"）通常指充满丑恶与不幸之地，比较典型的有《美丽新世界》[2]《动物农场》[3]《我们》[4]。反乌托邦描述的社会，表面上和平，其实是一个大脓包，阶级矛盾尖锐、资源紧缺、犯罪率高，是一个看不到未来的强权政治社会。科幻类的反乌托邦小说则表现人类受制于人工智能，或物质文明侵害精神文明，人类被高度发达的科技捆绑从而失去了自由。中国当代反乌托邦小说篇目十分有限。阎连科的《受活》（2003）本意是构筑一个残疾人的乐园，圆全人（即正常人）要想过受活庄天堂般的日子，除非把自己弄残，否则无法领受这个村庄所包含的真正的幸福的含义。当受活庄进入现代体制，真正纳入社会主义、共产主义实践时，受活人经历了很长的适应期，试图适应新体制。受活庄经历了革命、社会主义改革、"文化大革命"、改革开放等运动和社会变革之后，受活庄的精神领袖和实际上的管理者茅枝婆，她的最大的理想就是带领受活庄人返回过去三不管的时代，去寻找悠闲自在、丰衣足食、不受人管束的日子。已经经过现代性洗礼的受活庄想回到古代桃花源式的乌托邦显然是不可能了。《受活》的意义在于，传统乌托邦与现代乌托邦缠斗的过程中，各种乌托邦尽显所能但都以失败告终，从而宣告了乌托邦的不可能性。与《美丽

---

[1] 刘勇：《无花之果——五四时期空想社会主义思潮的兴衰和无政府主义在中国的破产》，《北京党史研究》1990年第3期。

[2] 英国作家阿道司·赫胥黎（Aldous Huxley）的《美丽新世界》（*Brave New World*）是二十世纪最经典的反乌托邦文学之一，在国内外思想界影响深远。

[3] 《动物农场》（*Animal Farm*）是英国著名作家乔治·奥威尔的作品。

[4] 《我们》是俄罗斯作家尤金·扎米亚金的科幻讽刺小说。

新世界》《动物农场》《我们》等反乌托邦小说一样，它表达了对未来的同样的焦虑。

当代中国乌托邦小说提供了一种方式或者一种思想类型。它已经不同于早期的空想社会主义文本，不仅有系统的、完整的制度设计，还进入实际操作层面。虽然结果却令人遗憾地滑向了反面，甚至与反乌托邦类型小说殊途同归，但从制度探索和精神向度上仍有积极的意义，它们无论如何仍是对未来社会主义社会和人类社会的终极目标的美好展望。为什么在作者意图与目的非常明确的情况下，文本反映出来的现实，或者给读者传达的信息却是另外一番情景？作者有可能陷入了一种维姆萨特所说的"意图谬误"，或者是阐释者出现了一种"强制阐释"[1]现象，抑或二者混合纠缠。中国文学中的桃花源情结（或乌托邦理想），往往是在对现实不满意的情况下的幻想。区分乌托邦小说和反乌托邦小说，主要看作者是站在哪个逻辑起点上。如果站在社会现实的对立面，从当时社会现状相反的方向去构想，就会带有强烈的对社会现实不满的情绪。在这种虚构的理想社会形态中，政治、国家机器都有原罪，只有脱离国家的政治法律、经济运行规则、行政组织等各个社会必要条件，才是真正的自由。而现代社会与古代农业社会的桃花源式的乌托邦不能兼容，后者设想的是一个靠道德自律、没有法律、没有战争、没有剥削、没有压迫、人人平等、真诚纯朴、安逸和谐、无为而治的"净土"。作家在单纯美好意愿的推动下陷入了一种叙事的悖论。

三 乌托邦是否需要科学系统的制度建构

《巫师简史》里的西北县位于湘西。陈统领[2]大办工厂，湘西十县自治，治下政通人和，百废俱兴，夜不闭户，路不拾遗，整个

---

[1] 张江：《强制阐释论》，《文学评论》2014年第6期。
[2] 陈统领的原型为民国时期的陈渠珍。陈渠珍镇守湘西期间，以"湘西王"自居，实行"湘西自治"，兴办教育、民生、经济等事业，使湘西一段时间内稳定富足。

第八章 中国式现代化过程中的文学现代化 ※

湘西安定和谐。这是猫庄的大环境。猫庄是个富裕寨子,红军土改工作队来猫庄,打算揪出一两个恶霸地主,激发老百姓的情绪,然后把田地分到每个人。只有他们分到了田地,才会有人踊跃报名参军。可是,猫庄人告诉工作队,猫庄人没有地契,地契只是一张纸,猫庄人的契约都在心里装着。工作队的领导周正国意识到这是个特别的地方,他在其他地方的一切工作方法在猫庄都失效了。不仅各种条例在猫庄没有对应,他的慷慨激昂的演讲得到的是集体的沉默。人群没有躁动,没有跟着他振臂高呼。猫庄没有地主,猫庄人人有田地,有饭吃,有衣穿,没有欺压。周正国想揪出一个田地相对数量比较多的人做典型也失败了,因为猫庄人的田地都是按人头分的,每人一亩六分水田,二亩八分旱地,五亩四分坡地。每十年重新分一次田地。族长身上也找不出催租逼税、欺男霸女的恶行,这就尴尬了。一说到征兵,台下的猫庄人"哄"的一下就散了。但给苏维埃的钱粮布鞋却又悉数上缴,让工作组找不到革猫庄命的借口。猫庄显然过于理想化,主要是制度问题,一是只取传统中合理的成分,对有些致命的问题视而不见。孔子的大同社会开启了中国人的德治梦想,他删改六经,奠定了"尧舜德治禅让"的心灵根基,以至于后来者对未来制度的设计过于简单化,避开重大而艰难的经济难题和精神难题。在儒家礼制德治的框架之下,往往会忽视人的自由和平等。猫庄的土地问题与经济制度是脱节的,土地均分初步解决了生产力适应生产关系的问题,但这里头有许多块垒没有化开,其对男女平等、人的自由、人格成长完善、价值判断、理想追求等方面的回答显得无力。彭武芬是一个天资聪颖的女孩,过目不忘,却没有受教育的权利,她只能站在学堂门外旁听。赵长梅被族权迫害夺去了年轻的生命。自私、贪婪、邪恶的族长弟弟赵天文却混得顺风顺水,猫庄的族规和私刑失去了普遍意义。作者通过这些例子反证了只有德治没有法治的后果。瓦解猫庄的力量看上去是战争和动乱,年轻人有的参加了红军,有的参加了国民党军,

※ 湖南文学的本土经验与世界性

有的变成了土匪。他们有些是被迫的，但大部分是自愿的。这实际上反映了猫庄的制度没有了凝聚力和向心力，年轻人要追求另一种生活，要去另一个世界，要生活自由、婚姻自主，挣脱族权和神权的双重枷锁。

当代中国作家对于乌托邦小说的建构一直持极为谨慎的态度，很多人把"各尽所能，按需分配"的社会制度视为"无法实现"的社会制度。乌托邦小说需要有一个系统的制度构建，在意识形态领域涉及许多艰难和敏感的话题。然而，新世纪前后国际金融危机频繁爆发，对新旧制度（包括西式民主）的批判声一浪高过一浪，但有生命力的社会改造方案却仍然稀少，构建一种预见性的没有弊端的社会制度是有难度的。恩格斯在《社会主义从空想到科学的发展》中是将"乌托邦"与"科学"对应起来进行分析的，也是为了说明空想社会主义与马克思和他自己倡导的社会主义之间是有区别的。恩格斯曾明确地界定："两个伟大的发现——唯物主义历史观和通过剩余价值揭开资本主义生产的秘密，都应当归功于马克思，由于两个发现，社会主义变成了科学。"[1] 曼海姆对乌托邦界定得很明确："一种思想状况如果与它所处的现实状况不一致，则这种思想状况就是乌托邦。"[2] 它仅仅是一个客观描述。

乌托邦小说的"作者意图"很强，阐释者的立场也很明显，相关作品的社会文化性价值比艺术性价值更突出。如格非的《山河入梦》所虚构的花家舍几乎到了一种比较高级的社会主义形态，或者是已经一脚迈进了共产主义门槛。刘继明的《人境》面临的是资本暴力和政治不合作，"一旦社会占有了生产资料，商品生产就将被消除，而产品对生产者的统治也将随之消除"。[3] 于怀岸的《巫师

---

[1]《马克思恩格斯文集》第3卷，人民出版社2009年版，第546页。
[2]［德］卡尔·曼海姆：《意识形态与乌托邦》，黎鸣、李书崇译，商务印书馆2002年版，第196页。
[3]《马克思恩格斯文集》第3卷，人民出版社2009年版，第564页。

简史》面临的是制度本身的重大改革问题。作者有一个理想在里头，他想超越人性（假定人性趋于完美），超越制度（假定制度不需要在社会进步过程中不断升级改进），完成一个纯粹自然形成的大同社会的想象。作者认同德治方式，认为它是一种值得期待的方式（假定这种不需要法治的方式更完美更高级）。族长虽然也要运用家法和族规进行统治，但须凭族长的个人威望得以实现。德治可以省掉一笔维护"国家机器"运转的费用，但它存在一个人才选拔制度的困境，"选贤任能"的机制如何落实，如何能避开"人性的结构性伪善"？许多历史进程其实是由技术进步触发的，这在工业化、信息化之后体现得更为明显。小说塑造的社会在制度结构上缺少一种社会力量、科技力量和经济力量之间的平衡。

乌托邦小说大都有极强的现实感，在实践性上具有某种警示意义。正如格非的《山河入梦》和刘继明的《人境》最后都是毁于资本主义洪流，《巫师简史》的猫庄也经历了一个极其痛苦的过程，眼睁睁地看着这个猫庄毁灭在真实的社会主义之中。中国当代乌托邦小说在体制上有一定的反思能力，对社会进程中可能出现的各种问题都有预测，包括对这些问题的深刻的忧虑，但往往对社会发展规律缺乏一种宏阔的视角，对人类终极目标和理念缺少整体的把握，对某些探索性的改革缺乏理解和同情。它们对中国目前的制度选择以及其历史性和必然性缺乏深刻的认识，在人类未来图景的描述上，反而丢失了古代作品的想象传统，过于经世致用的观念导致小说失去了乌托邦应有的超越气质。

◇◇ 第四节　于怀岸《巫师简史》的猫庄想象

乌托邦式的猫庄尽管很大程度上做到了公平，甚至类似于社会主义制度，但内部矛盾重重，最后土崩瓦解。小说提到了几个潜在的问题：一是动荡的大时代与猫庄人生命观的悖论；二是湘西传统文化与现代化的碰撞和撕裂，猫庄人如何重新把握世界；三是全球化背景下的价值观、生命观都在发生改变，新的猫庄如何适应这种变化？

资本造就了产品的同质化，同时也造就了人的风格同质化，一个阶层一个类型的人，成片成群地显现出同等的品质，就连纯粹个体劳动的作家也在思维模式、语言、做派上趋同。然而，于怀岸是少有的例外。他蜗居湘西永顺，湘西人的独特的世界观和审美，还没有被现代社会完全颠覆，他身上还保留了由神秘文化熏养而成的灵动和纯朴。他作为作家，思想活跃，眼界开阔，在他身上能感受到审美的代际变化、社会发展的动态性因素。他能够把这种独特性灌注在作品里。在当下这种写作环境中他的优势很明显，他有基层生活经验，接地气，有写作素材，有生动活泼的群众语言。同时他已经是一个成熟的小说家，知道小说该怎么写。作为"文坛湘军五少将"之一，他过去写过很多优秀作品，但他不满足，一直在探索。《巫师简史》也是他探索的成果，他过去的很多中短篇小说主要写现实的湘西，乡土题材、打工题材都有涉及。作为湘西作家，他大概意识到了一个问题——云谲波诡的湘西近代史值得整体地写一写。把巫师史和近现代湘西史结合起来写，这是个大题材，沉重而又独特，他敢挑战这个题材，是很有魄力的。他选了一个巧妙的角度，以猫庄作为典型，以湘西地区的神秘文化的主角——巫师来切入，半个多世纪以来猫庄的发展史或者说毁灭史通过人和事来展开，小说的结构、视角、人物构造都颇费心思。

一 乌托邦结构下的生命观

把《巫师简史》定义为历史小说、家族小说，应该是没有问题的。历史小说、家族小说通常有几个问题绕不开：首先是历史观问题，它体现作家的主体性和倾向性。辩证唯物主义历史观应该是进步的历史观,但还有虚无主义历史观、进化史观、自然历史观、乌托邦和反乌托邦等。其次是艺术空间,通常以历史上真实发生的人和事为基本素材,在熟悉历史的前提下进行材料选择和人物安排。最后是方法和视角,作家的常识和素养起决定作用。在进步的历史观影响下,作家常常以启蒙心态和民间立场进入作品。受后现代主义和解构主义的影响,一些作家坚持历史虚无主义,对理性认知体系加以怀疑,反英雄、反革命史,强调历史偶然性和个人感受。这种视角和方法弹性很大,没有对历史局限性和知识异化问题的彻底的清理能力,是很难把握的。

在《巫师简史》中,猫庄的巫师史与湘西的近现代史是重合的。没有一个脱离湘西社会环境的巫师史,也没有离开了巫师的湘西近现代史。在文明的进化中,湘西是多神主义文化,虽然经历过大大小小的启蒙,但这种文化一直保存了下来。巫师并不服务于某一个神,湘西是多民族地区,每个民族都有自己的神灵,私家神、公共神,还有鬼魅、精灵,众多神灵都靠巫师来沟通。猫庄的族长制与世界上大多数地方的族长制相同,家族是以血缘为纽带的利益共同体,族长制实际上是融合了血缘政治、地缘政治。"缺乏变动的文化里,长幼之间发生了社会的差次,年长的对年幼的具有强制权力。这是血缘社会的基础。"① 同时,人口繁殖会给土地带来巨大的压力,成熟的农业技术也是血缘政治的基本属性,但是,"精耕受着土地报酬递减率的限制,带着这个社会族群分裂,分出的部分到另外别的地方去找耕地"②。猫庄这个原始状态的社区形式恰好符合血缘和地缘的合一状态。猫庄整体上就是赵氏家族的聚集地,但同时也开始有费孝通先生所说的中国乡村常见的"新客""外村人""客边""寄籍"的形式,彭武平、彭武芬兄妹以及哑巴岩匠等外人的加入,以及动荡年月人口频繁的流动,导致猫庄不再是纯

---

① 费孝通:《乡土中国》(修订本),世纪出版集团、上海人民出版社2013年版,第65页。
② 费孝通:《乡土中国》(修订本),世纪出版集团、上海人民出版社2013年版,第67页。

粹的血缘政治社会。但总的来说，在猫庄，所有成员共享一种价值、历史、文化和语言，有一种高度的体制认同。

赵天国既是巫师又是族长，猫庄某种程度上有"政教合一"的色彩。两种身份发挥作用的方法不同，但目标却惊人的一致，都是为了保一方平安，禳灾祈福，子孙繁衍。赵天国的父亲赵久明对这种制度有过深刻的探索，他认为"巫师和族长两种职责并不相悖，反而高度统一。作为一个巫师，一个天神的使者，他的任务是驱魔、镇妖、除邪、解秽，保山寨人人平安，六畜兴旺；族长的职责则是让种族兴旺，子孙繁衍，山寨强大，不受外族侮辱；反之，种族兴旺强大也一定会带来山寨平安、六畜兴旺、妖魔鬼怪退避三舍"[①]。赵天国是一位道德高尚、有担当的族长，符合儒家体系的"贤君英主"的诉求，他励精图治，继业守成，试图开创治世。但他的理想与那个时代是完全冲突的，实际上他接的是一个烂摊子，他想利用另一个身份的特殊能力——巫师的神力，却仍然难以挽回这"社稷飘零"的衰世。近代史上的猫庄并不是"不知有汉，无论魏晋"的全封闭模式，它也是与时俱进的。赵天国要提升本族的竞争能力，不得不做一些改革。他重视文教和武治，改良武器（改进弓箭、购买火铳），练武强身，提升作战能力。每当猫庄面临重大历史选择，或者遭遇重大事件，都会收到神谕。神谕是某位祖先通过在世的活人说出来，"只能意会"，并且是"发音极其深奥古怪"的已经消亡几百年的赵氏家族的土话。语言符号是巫师与神沟通的核心机密，它是横在巫师与普通民众之间的屏障和壁垒，掌握这个核心机密只有一个渠道——世袭。

赵天国六七岁才开始说话，不鸣则已，一鸣惊人。他发出一串当地人从未听到过又似曾相识的音节"你敢弄死我的鸭儿，我就弄死你"，他说出"它们都是性命，性命没了谁能赔"的超前理念。

---

① 于怀岸：《巫师简史》，中国青年出版社2015年版，第5页。

第八章　中国式现代化过程中的文学现代化

在族群械斗、战争、匪患、疾病等各种威胁面前，超前的生命观既是猫庄的制胜法宝，同时也变成制衡猫庄的软肋。猫庄与白水寨是死对头，白水寨的龙大榜请巫术高明的巫师施了邪法，朝赵久明射了一支正中胸口的毒箭。起初，没有人知道毒箭是从哪里射来的，它跨越了传统射程的空间概念，把神秘的意念附加在箭这个实体上，实际上是意念杀人的低阶模式，同时又有现代军事上洲际导弹的设想。年轻的赵天国对这种双重的"高技术"一时不知道如何应对。他是一个极其重视生命的巫师兼族长。他的这种生命观贯穿他生命的全部历程。他上任后的第一件事情就是造石头房子。盛产木材的湘西，几乎看不到用石头建造的房屋。石头房屋不仅成本高，而且不宜居住。但为了阻挡这有形和无形的毒箭，他认为这样做是有必要的，事实证明，在后来的各种真枪实弹的对抗中，这种有科学规划的石头房子和石头砌的寨墙是最好的防守堡垒。赵天国要求"猫庄各家各户不准造木房，一律去乌古湖开采条石或去那支溪河背大卵石"。此语一出，整个猫庄的人都炸锅了。人们连见都没见到过石头房子。对时不时前来劫掠的龙大榜，族长的弟弟赵天武拿着《演武手册》组织操练，学习使用新式武器火铳就成了猫庄的日常。赵天武还是在一次龙大榜的偷袭中失去了年轻的生命。

　　平等是尊重生命的大前提。岩匠周正龙和他的哑巴弟弟周正虎长年在猫庄建石头房子。赵家老三赵天文从城里学来的规矩，认为主子就是主子，奴仆就是奴仆，于是把周家两兄弟当下人看。赵天国严厉地制止了他，他说："我们猫庄从没招过长工，你是第一家，待好人家两兄弟。这两人都是忠厚本分之人，别搞主子奴仆那么多规矩，让人家心里不舒服，猫庄人听起来也不是个味道。"[①] 你坏了这个规矩，以后族人打短工不也成了奴仆？猫庄从来只有辈分大小，没有高低贵贱之分。但这种平等观有其局限性，他一方面受外

[①] 于怀岸：《巫师简史》，中国青年出版社2015年版，第99页。

村文化影响，一方面有根深蒂固的传统因素阻碍。落实到婚姻问题上，就无法体现真正的平等。赵长梅出嫁时被土匪龙大榜强奸，怀上龙凤胎，生下彭武平和彭武芬。在长沙讲武堂学习的丈夫彭学清发现真相后休掉了赵长梅，猫庄人只能忍气吞声，让他们母子三人寄身赵家祠堂。猫庄人从心底里是认可这种制度的。在教育问题上，猫庄没有表现出性别上的歧视，但大环境的不平等他们改变不了，科举取士制度下的旧式教育模式也影响着猫庄，尽管赵天国说："猫庄人读书历来只求识字算账、明道理知气节，不重功名，猫庄人既不赶考，更不做官。"[①] 但周先生还是惋惜天资聪颖的彭武芬是个女子，他惊叹彭武芬绝世聪慧，但社会大环境并没有给彭武芬往前发展的可能。彭武芬只念了两年书就变成家里的半个劳动力。她不可能像赵长林那样进县城上学，最后出国留洋。赵天国与表弟彭学清在生命观上截然不同，彭学清在他爹坟前杀土匪，邀请赵天国前去观摩，赵天国说他心里住着神，不像军人心里头住的是魔鬼。彭学清对俘虏剥皮、凌迟，手段极其残忍，赵长春把前去杀人现场的赵长春和彭武平狠狠地打了一顿，怕他们胆子大、心肠硬，将来当土匪。

二 猫庄制度的结构性困境

作者在这部作品里设置了一个高度：生命的价值高于一切。乌托邦式的猫庄尽管很大程度上做到了公平，甚至类似于社会主义制度，但共产党的政权到达这个村庄时，竟遇到了前所未有的尴尬。这里没有土豪劣绅，不需要土地改革，家家都是生产资料拥有者。与此同时，封建宗法制度的所有不平等在这里又都存在，庄里私刑泛滥、性别压迫、贩毒、贿赂、藐视公权、以强凌弱等，神权、父权、族权罩在每一个人头上，人们只能在这种高压权力结构下获得

[①] 于怀岸：《巫师简史》，中国青年出版社2015年版，第107页。

所谓的尊严。赵天国的生命观也只能停留在"活命"或者"苟活"这个最低层次上，要想跳出来达到更高层次是不可能的。现代甚至后现代的生命观，装不进古代宗法神权的套子里，小说也容易陷入两难境地。作者极力避免让赵天国陷入封建家长一言堂的局面，有一种客观现实仍然无法避免，即宗族长老利用礼教仪式从精神上控制家族成员和家族的生产生活资料。从县城回来的赵天文带回来的"新文明"基本不具有任何启蒙意义，反而只显示了资本主义的嗜血本性。如果说古朴宁静的乡村是令人向往的，革命和暴力是被否定的，那么猫庄现有的制度值得维护吗？作为历史小说和家族小说，正视历史才是基本前提，作者通过赵长梅与彭武芬两代人的悲惨命运表达了对猫庄旧制度的质疑。她们作为猫庄人，不能享有生产资料所有权、财产分配权、受教育权、婚姻自主权，她们的人生任人摆布，赵长梅因为新婚当天被土匪强奸，怀上龙凤胎，被夫家休掉回猫庄，养大彭武平、彭武芬。被堂叔赵天文欺辱，生下死胎。正要被整家法浸猪笼时，她投水自尽，死于礼教。彭武芬自小天赋过人，"班昭转世，蔡琰再生"，却没有受教育的机会，死于愚昧和巫蛊。

猫庄的宗法主义与巫鬼神秘主义混合在一起，表面看起来，老庄精神比较充分地体现在巫师赵天国身上，他对猫庄的管理大多数时候是无为而治，他重视生命，重视个人感受，但他作为族长，身上同样也有较强的儒家实用主义精神。他在魅界和人间随意切换，自由进出。当族长时他是一个世俗的管理者，进入巫师角色时，他是一个专注称职的人神之间的媒介。他的终极关怀还是人本身，充分表现出人的主体意识。他本质上是一个儒家实践者。

在对待白水寨匪患这个问题上，他吃透了孟子的"生于忧患，死于安乐"的精神，允许白水寨这个强敌存在。当彭学清把土匪龙大榜和吴三宝交给他处置时，他还是一贯的态度，放他们走。白水寨龙大榜的存在就是猫庄的忧患，若没有了，说不准就是坏事了。

"毕竟,酉水两岸土匪多如牛毛,哪个山寨不对水美田肥的猫庄觊觎已久?一旦没有二龙山的土匪,猫庄人的神经松弛下来后,反而离亡寨灭族的日子不远了。"① 赵天文从城里带来的商业资本思维模式或多或少地影响了赵天国,因此他也不知不觉有一种现代资本主义的进取精神,也就是被西方称为浮士德式(Faustian)② 的文化模式。这种文化模式把冲突看成存在的基础,生命在不断克服困难的环境中得到成长,没有困难、没有阻碍,生命就失去了意义,生命就在这种无尽的循环和递进之中,但在制度方面就是安于现状,认定现存的制度是上天设定的规矩,类似西方古典主义精神的阿波罗式(Apollonian)。

但他对自己家族内部的隐患却束手无策。"赵天国已经清晰地感觉到了真正能毁灭猫庄的也只有赵天文。这个已经完全不像猫庄人,而像城里人的他的弟弟,只要回猫庄,每次带给猫庄和族人们的都不是福祉,而是灾难。"③ 赵天文劣迹斑斑:谋财害命,杀死对他有恩的曾伯,将曾伯的黄金和财产窃为己有;乱伦,强奸同族侄女赵长梅致其怀孕生下私生子,赵长梅赶在被族规私刑处死之前,投河自尽;组织民团武装,架空族长赵天国的权力;私占族田,贿赂、赌博、欺诈,可以算得上是猫庄的毒瘤。赵天文的贪欲把一个自在富贵的世外桃源猫庄推向了整个社会。按书中交代的背景,当时陈统领(即陈渠珍)进行湘西自治,训练民团,平时务农练兵,战时上战场打仗。陈统领亲自制定了《湘西十县乡联合自治条例》和《保境息民纲要书》,赵天文当上了保董,乡公所把白沙镇西北角七个边远寨子都划归猫庄,总人口不上五百,猫庄是大庄,有三百多口人。他把"白沙乡公所猫庄联保办公室"的牌子挂在自家大

---

① 于怀岸:《巫师简史》,中国青年出版社 2015 年版,第 174 页。
② 费孝通转引 Oswald Spengler 的"西方陆沉论",说西洋曾有两种文化模式,一种是阿波罗式,一种是浮士德式。参见费孝通《乡土中国》(修订本),世纪出版集团、上海人民出版社 2013 年版,第 42 页。
③ 于怀岸:《巫师简史》,中国青年出版社 2015 年版,第 175 页。

门口，招收男青年加入民团，猫庄青年都躲躲闪闪不愿参加，他只好鼓动猫庄以外的青年，来的大都是猎户，图着赵天文的那几把空杆子枪，以为可以把枪背回去打猎。这下猫庄人不干了，赵天国也不干了，外来力量的加入，使猫庄整个制度体系都受到了挑战。猫庄是一个相对纯粹的利益共同体，这种共同体本质上是很脆弱的。"小共同体虽然也有人身依附关系与个性压抑问题，但作为稳定的熟人乃至亲族群体，它的温情纽带，有'信息对称'与'多次博弈'基础上的信任机制，因此可以更多地依靠伦理维系。"① 猫庄的这种伦理基础被打破。赵天文的带有现代性质的管理模式与赵天国的古典模式形成对抗。

赵天国的生命观越来越无法落实。猫庄为了躲避抽丁，常在户籍上玩花样。赵天文重新登记户口时，赵天国说："你把哪家有三个以上男丁的匀一下，匀到一个男丁也没有的人家名下，每家都别超过三个男丁。这样，猫庄的总人口不变，万一有人来查也查不出明堂。"② 按照湘西自治军政府的规定，战事吃紧需要兵源的时候是三丁抽一丁。但赵天文却以"秉公上报、对得起良心、国家兴亡、匹夫有责"的大道理抢白赵天国。他只能眼睁睁地看着赵天文把猫庄子弟拉出去练兵，以至于后来，抗日、剿匪、解放战争、抗美援朝，猫庄青年一样都没躲过，伤亡甚至在周边寨子的平均数之上。

以赵天文任保董为界，猫庄可分为前猫庄时期和后猫庄时期，前猫庄时期，基本符合古代桃花源式的理想，政治清明，生活平静，衣食无忧。钱穆先生认为汉代是轻徭薄赋做得比较好的时代，虽然名义上十五税一，实际上是三十税一。汉文帝时，曾全部免收田租，前后历时十一年之久。"因中国疆土广，户籍盛，赋税尽轻，供养一个政府，还是用不完。"③ 这么好的制度为什么还会引起社会

---

① 赵骊生：《中国土地制度史》，武汉大学出版社2013年版，第11页。
② 于怀岸：《巫师简史》，中国青年出版社2015年版，第178页。
③ 钱穆：《中国历代政治得失》（新校本），九州出版社2014年版，第23页。

※　湖南文学的本土经验与世界性

动荡呢？中国封建统治者一直没有解决的问题就是土地所有权的问题。土地私有制是历代封建王朝的基本土地政策。土地自由买卖，地主占有大量的土地，国家赋税越薄，地主越得利，失去土地的农民变成佃农后，给地主缴纳高比例的租金。"轻徭薄赋"与"平均地权"结合才算好的制度。猫庄在这两方面都做到了。土地按人头分，优劣搭配，每30年重新调整一次。但在匪患和战乱频仍的年代，"轻徭"是建立在周边村寨"重徭"的基础之上的。薄赋也是很难做到，况且他们还要额外拿一笔钱来买通各级官员，保证不抽猫庄的壮丁。这一笔成本怎么分摊？所以，到了后猫庄时代，平均地权刚好与新政权重合，抽丁这一项则全部颠覆。在时代的大环境之下，猫庄青年根本不用动员，都是主动参与各种社会大事件。

在第十二章（小说一共二十五章），巫师赵天国的神力消失，加上族权被赵天文架空，神权和族权双重失效，虽然赵天文疯癫之后他又重新掌管猫庄，但名称变成了保长（保董更名后的名称），无尽的战争不断消耗着猫庄的生命和钱财。《巫师简史》实际上只有半部巫师史，第十三章之后已没有巫师，可视为后猫庄时代。

三　家族史与革命史结构下的后猫庄时代

小说从第十二章断开是有它的内部逻辑的。表面看起来，巫师失去法力，赵天国变成普通人，小说的连贯性似乎从中间折断。实际是猫庄被解构，后猫庄时代来临后，神权变成多余，并不是某种神秘力量收走了法力，而是单纯的法力无法驾驭复杂的现实。

于怀岸的家乡在永顺县。假定猫庄是从永顺抽象出来的一个典型村庄，它不同于某一个具体的村庄，但它又具有所有村庄的特征。再看那个时代，在中国近现代史上的大变革中，永顺县几乎是湘西大动荡的中心。清政府巡防营与同盟会的斗争、革命党的革命、国民党的统治，湘西永顺总是首当其冲。湘西的安宁和动荡都与湘西王陈渠珍有关，陈统领被削兵权就在永顺。湘鄂川黔四省红

第八章 中国式现代化过程中的文学现代化

色革命根据地的中心在永顺塔卧。著名的嘉善抗日阻击战也跟永顺有关系，陈渠珍被何键夺了兵权后，部队由顾家齐带领并开出湘西，编号为128师，浙江嘉兴县志有记载，长长的阵亡将士名单，以湖南人为主，最多的是凤凰人，永顺人也不在少数。著名的湘西剿匪，永顺是匪患重灾区，永顺五连洞生擒匪首李兰初是当时湘西剿匪大事件。另外，抗美援朝期间，湘西志愿兵也有永顺人。小说把一些历史事件作为副线处理，通过人物命运植入情节中，重要人物都用了化名，看起来像是虚构，事件的成败决定着人物的命运转折。每一桩事件来临，猫庄均以消极方式对付，铺天盖地而来，风卷残云而走，这样一遍遍地折腾，覆巢之下安有完卵。历史的进和猫庄的退形成矛盾和张力，人物的挣扎和搏斗，撕裂和疼痛，天生有故事有话头，这是一个很好的角度。与这个小说题材类似的都是以家族为切入点，像《白鹿原》《尘埃落定》，它们都是正面描写，积极介入，视角宏阔，大开大合。《巫师简史》避开了这个套路，猫庄是消极的、逃避的，他们用石头屋把自己包裹起来，用鸦片换来的枪支让自身长满了刺。对赵天国来说，怕什么来什么。不管它多么有能耐、多么卖力，家族成员还是以不同的方式不断损耗。青年一代家族成员没能把准时代脉搏，始终是被动地拖着走。与白水寨土匪的斗争是长期而艰巨的，尽管这样，猫庄斗赢了土匪。赵长春一腔爱国热情，只能以上山落草为寇的方式来抗日。不招人待见的彭武平却误打误撞成了新政权的领导人。制度的改变才是颠覆性的，赵天国斗不过历史规律，他有朴素的生命观，但不懂人的自由和觉醒。结尾把恶人土匪头子龙大榜与和善的巫师族长赵天国关在一个号子里，同时枪毙，这种荒谬的设置使得悲剧更悲。作家在作品的结构上很用心，整部作品有很强的艺术表现力。

《巫师简史》前半部是巫师史，后半部是革命史，第十三章之后，是国民党、共产党、土匪这三股力量之间的对抗与斗争，没有核心人物。革命的风暴之下，巫师的权力被瓦解。猫庄人或赵氏家族的人在这三种势力中都有参与。彭武平是一个极具破坏性的人物，这个人物出身不明不白，人品不佳，恩将仇报，生性凶残。他代表的革命力量摧毁了一切，某种程度上是一个恶毒的隐喻。他最后把叔外公判处死刑，没有看到人性的温暖。在人物安排上，需要另外一种力量来补充和升华，赵长春似乎可以作为这样的角色，但在党派和政治立场上，他们不是一路人，他身为国民党军人，为人正直，本性善良，迫不得已做过土匪，抗日战争为国捐躯。彭学清是跨越这三股力量的人，他既是军人又是文人，作为军人，他能打硬仗，但手段极其残忍。作为文人，他为礼教所缚，抛弃妻子和一对非亲生的儿女。他意识到新政权的好处，起义投诚，却被冤杀。人性的复杂性在这个人物上表现得很充分。历史小说常常因体裁上的限制，对人物和事件只能做粗线条的勾勒，作者很难腾出手来给人物做细致入微的刻画。彭学清这个人物是可以做更精细的处理的，他的复杂代表了那个时代的复杂。他内心难以知晓的深刻矛盾、痛苦和纠结被简单化了，这不能不说是一个遗憾。如果说赵天国与赵天文两个人物的塑造因本性上的泾渭分明，代表了两种力量、两种阵营，那么彭学清恰好是中间部分。

赵天国与赵天文在政权上的博弈最终取得胜利，但最开始时显得苍白无力，在他反复阅读《酉北县民团试行章程》时，就已经卷进去了。赵天文赌博，按族规要处罚十鞭，赵天国要赵天文吃了早饭到祠堂去，赵天文却以自己是保董，是政府官员，谁敢给其动刑就是犯罪为由来抗拒。赵天国尽管以"进了祠堂只有族人，没有保董，没有团丁"来反驳赵天文，但赵天文的后台老板太大，是国民政府，因此他也只能眼睁睁地看着"一下子送走二三十个年轻人"。赵天文疯癫之后他重新获得权力，又要与共产党的新政权争夺权力。中国共产党的土地革命是一次最彻底的土地革命，猫庄的平均地权建立在人们对伦理的信任上，而新政权建立在人们对制度的信任上，这个观念猫庄人一时也转变不过来。

从小说可以看出，猫庄的领导者们都是理想主义者，或者说乌托邦主义者。猫庄人对变革怀有恐惧。他们不当兵，不为匪，不与外界过多地交往，过着自给自足的世外桃源的小日子，远离党派斗争和政治大环境，在历史巨轮的碾压下，这种乌托邦理想肯定会被碾得粉碎。小说实际上给出了答案。新的政党的介入，使猫庄发生了颠覆性的变化，巫师的法器被毁，旧制度被推翻。然而，猫庄彻底消失了吗？小说提了几个潜在的问题。第一个问题是，在那种动荡的大时代，猫庄人这种对生命的保全是否可能。第二个问题是，湘西传统文化与现代化第一次大规模地碰撞和撕裂，猫庄往远古的农耕社会退守，历史却无情地大踏步前进，人的观念从根基上被摧毁，猫庄人如何重建把握世界的方式和生存的方式。第三个问题是人们心目中理想的猫庄还在，然而，全球化已经渗透庄里的每个角落，互联网介入了每个人的日常生活，人们的消费品和信息来自全球不同国家和地区。人们的价值观、生命观都在发生改变，新的猫庄如何去呈现这些？

参考文献

贺仲明：《乡村伦理与乡土书写：20世纪90年代以来的乡土小说研究》，人民出版社2017年版。

贺仲明：《一种文学与一个阶层 中国新文学与农民关系研究》，人民出版社2008年版。

胡光凡：《周立波评传》（修订版），湖南文艺出版社2018年版。

金宏宇等：《文本周边：中国现代文学副文本研究》，武汉大学出版社2014年版。

《鲁迅全集》第13卷，人民文学出版社2005年版。

《鲁迅全集》第1卷，人民文学出版社2005年版。

《鲁迅全集》第3卷，人民文学出版社2005年版。

《马克思恩格斯全集》第1卷，人民出版社1956年版。

《马克思恩格斯文集》第3卷，人民出版社2009年版。

《毛泽东选集》第3卷，人民出版社1991年版。

茅盾：《论如何学习文学的民族形式》，《中国文化》第1卷第5期。

童庆炳：《新时期文学审美特征及其意义》，《文学评论》2006年第1期。

魏文享：《国民党、农民与农会：近代中国农会组织研究（1924—1949）》，中国社会科学出版社2009年版。

《习近平关于社会主义文化建设论述摘编》，中央文献出版社2017

年版。

杨义:《中国叙事学》,人民出版社2009年版。

张江:《强制阐释论》,《文学评论》2014年第6期。

赵俪生:《中国土地制度史》,武汉大学出版社2013年版。

周立波:《山乡巨变》,人民文学出版社2018年版。

卓遵宏、姜良琴等:《南京国民政府十年经济建设》,南京大学出版社2015年版。

[德] 汉斯-格奥尔格·伽达默尔:《真理与方法》,洪汉鼎译,商务印书馆2016年版。

[德] 康德:《三大批判合集》(下),邓晓芒译,杨祖陶校,人民出版社2009年版。

[法] 热拉尔·热奈特:《热奈特文集》,史忠义译,百花文艺出版社2001年版。

[美] 费正清:《中国:传统与变迁》,张沛译,世界知识出版社2001年版。

[美] 欧文·潘诺夫斯基:《图像学研究:文艺复兴时期艺术的人文主题》,戚印平、范景中译,上海三联书店2011年版。

[意] 伊塔洛·卡尔维诺,《为什么读经典》,黄灿然、李桂蜜译,译林出版社2005年版。

[英] 贝思飞:《民国时期的土匪》(修订版),徐有威等译,上海人民出版社2010年版。

[英] 科大卫、刘志伟:《宗族与地方社会的国家认同——明清华南地区宗族发展的意识形态基础》,《历史研究》2000年第3期。